W0466304

Copyright © 2023 Arzu Schausinger
Wichnerstrasse 21
6850 Dornbirn
Österreich
arzu@schwarzebuecher.com
Cover Gestaltung Arzu Schausinger
Selbstverlag

Alle Rechte vorbehalten. Kein Teil dieses Buches darf in irgendeiner Form oder durch elektronische oder mechanische Mittel einschließlich Datenspeicherung und Abrufsysteme ohne schriftliche Genehmigung der Autorin reproduziert werden, außer für kurze Zitate im Rahmen kritischer Artikel oder Besprechungen.

ISBN 978-3-200-09270-9

Widmung

Dieses Buch widme ich
dem Menschen,
der mein Herz gestreift hat.

Danksagungen

Zuallererst möchte ich mich beim
Stellvertretenden Leiter der Justizanstalt Stein
Herrn Oberstleutnant Stefan Gaupmann,
für seine hochprofessionelle
und geduldige Herangehensweise
bei der Unterstützung meiner Recherche
recht herzlich bedanken.
Lieben Dank.

An Herrn MMag Udo Müller,
der mir nicht nur mit seinen
ausgezeichneten Kenntnissen
als Psychologe und seiner
einfühlsamen Art einen zusätzlichen
Blickwinkel für die Figuren ermöglichte,
sondern auch für seine Zeit, die er für
mich so kurzfristig hatte.
Das werde ich dir, lieber Udo,
nicht vergessen und immer dankbar sein.

An meine liebe Mutter,
Ich liebe dich von ganzem Herzen.
Du hast immer an mich geglaubt
und liebst mich seit du
von mir Erfahren hast.
Du bist das Kostbarste in meinem Leben.
Ohne dich wäre ich niemals hier,
wo ich gerade bin.

An meinen lieben Vater,
dein Vertrauen in mich
und dein Glaube an mich
und mein Buch
bedeutet mir sehr viel.
Danke, dass du mich mein Leben leben lässt.
Ich bin dankbar deine Tochter
sein zu dürfen.

Meine zwei Brüder,
meine Liebe zu euch
kann ich nicht in Worte fassen.
Ihr seid meine größte Stütze,
einer Rechts und der andere Links von mir.
Danke, dass ihr immer für mich da seid
und mich bei der Entstehung
meines Buches, meines Traumes,
in jeder Hinsicht unterstützt habt.
Ich liebe euch.

Meine wunderbare
und wunderschöne Schwägerin,
mir fehlen die Worte.
Ich weiß nicht, wo ich bei dir anfangen soll.
Danke für die vielen Stunden,
die du mir mit Geduld
zugehört und mich beraten hast.
Ich kann dir meine Dankbarkeit
nicht oft genug aussprechen.
Du warst, bist und bleibst ein Segen für mich.

Meine liebe, treue Freundin Hermine,
ich danke dir nicht nur
für deine Geduld und dein Verständnis,
sondern auch für deine
unbeschreibliche Freundschaft,
die wir seit siebenundzwanzig Jahren
mit Respekt, Loyalität und Liebe zueinander führen.
Dich will ich in meinem Leben niemals missen.

An den lieben Menschen,
der gerade dieses Buch gekauft hat
und in der Hand hält.
Ich danke dir für deine Entscheidung
und hoffe, dass du
in eine Welt eintauchen kannst,
die dich kurz von deiner Welt entführt.
Ich wünsche dir viel Freude
beim Lesen.

Schlussendlich möchte ich mich
bei meinem Schöpfer,
dem Allmächtigen bedanken,
der immer bei mir ist
und mir nicht nur die Kraft gab,
diesen Weg zu gehen,
sondern auch den Schleier
vor meinen Augen öffnete,
sodass ich vieles erkannt habe.
Meine endlose Liebe
und mein Vertrauen
gilt zuallererst dir.

ΛRZU

Doktor

Michael

Prook

" Dieses Buch ist reine Fiktion. Alle Personen, Institutionen und Ereignisse, auch die Örtlichkeiten, sind erfunden und jede Ähnlichkeit mit lebenden oder verstorbenen Personen, realen Institutionen und Orten zufällig. "

Psychothriller Roman ab 18 Jahre

INHALT

KAPITEL 1

DARF ICH MICH VORSTELLEN

Ich bin Michael Prook und mit meinem IQ von 149 nicht nur hochbegabt, sondern sehe auch noch verdammt gut aus. Ich trainiere jeden Tag, achte penibel auf mein Äußeres und auch auf meine Ernährung. Ich liebe sadistischen Sex mit verschiedenen Frauen, verletze sie dabei sehr stark und flicke sie anschließend wieder zusammen, weshalb ich immer meinen kleinen Arztkoffer dabeihabe. Sie können sich gar nicht vorstellen, wie viele Frauen da draußen sind, die sich auf meine Verletzungen, Erniedrigungen oder Prügel einlassen. Egal, ob zum Vergnügen oder für Geld. Kinder habe ich noch keine, ich will jedoch mindestens drei, denn mit dieser Veranlagung in meiner DNA bin ich – selbst in meiner Linie – einzigartig. Ich trage das Killer-Gen Monoaminoxidase-A – auch MAOA-Gen genannt – in mir. Mit zwölf Jahren tötete ich den ersten Menschen, meinen besten Freund, ohne dabei mit der Wimper zu zucken. Bis heute habe ich exakt 209 Menschen getötet und werde dabei auch noch unterstützt. Sie denken, das ist nicht möglich? Ich versichere Ihnen, das geht problemlos. Ich bin immer noch unter ihnen! Sie wollen wissen, wer ich bin?

Ich wuchs gut behütet von meinen wohlhabenden Eltern in einem großen Haus auf, das im Nobelviertel unserer Stadt liegt. Mein Vater Gerald ist unser Familienoberhaupt. Er und meine Mutter Katharina haben sich beim Psychologiestudium an der Universität kennengelernt und verliebten sich sofort ineinander. Ich habe meine Eltern nie streiten oder laut miteinander reden hören, denn sie legten sehr viel Wert auf Respekt und Disziplin, weshalb meine ganze Kindheit auch von Bildung und Regeln geprägt war. Schon mit fünf Jahren hatte ich auch durch den frühen Unterricht mit Privatlehrern fast alles drauf, was meine Eltern von mir erwarteten, wie das Rechnen, Schreiben, Fremdsprachen, aber auch das Benehmen zu Hause oder in der Öffentlichkeit. Knigge-Regeln und Höflichkeitsformen waren für sie das A und O. Sie waren sehr streng mit mir, aber es fiel mir auch nicht schwer. Gespielt habe ich als Kind nur Denkaufgabenspiele und ich hatte etwas für Zahlen übrig. Bis heute zähle ich noch immer die Treppenstufen in Gebäuden sowie meine eigenen Schritte, wenn ich gerade irgendwohin laufe, oder die Anzahl an Personen und Gegenständen, wenn ich einen Raum betrete, und kann mir diese Zahlen und auch die Situationen mein Leben lang merken. In der Schule und an der Universität war ich immer der Klassenbeste. Ich wurde von jedem gemocht und akzeptiert, da ich immer offen, ehrlich und gradlinig war. Mir fiel es auch nie schwer, Anschluss zu finden. Schon mit sieben Jahren entwickelte ich Interesse am Wasserspringen.

Diese Sportart faszinierte mich nicht nur wegen seiner notwendigen Disziplin, sondern auch
wegen meines Vaters. Er war damals ein großartiger Wasserspringer. So oft es ging, nahm er mich zum Training oder zu Wettkämpfen mit. Nach dem Schulabschluss fing ich gleich mein Medizinstudium an und schloss es mit 1,0 ab. Die Studienjahre an der Universität waren in jeglicher Hinsicht meine besten Jahre. Später eröffnete ich meine Arztpraxis und angekommen im Leben, dachte ich mir, dass ich mich von nun an nur noch vollkommen dem Töten von Menschen hingeben würde. Doch das verdammte Schicksal, welches nicht von meiner Seite wich, öffnete mir nicht nur erbarmungslos, sondern mit voller Härte Augen und Ohren! Oder waren es doch die verdammten Menschen, die mich auf meine Knie zwangen? Sie wollen wissen, wer ich wirklich bin?

KAPITEL 2

DER KILLER WIRD GEBOREN

Ich lernte Simon mit 11 Jahren beim Wasserspringen kennen. Wir verstanden uns auf Anhieb und verbrachten viel Zeit miteinander. Ich war froh, dass ich einen gleich gesinnten Freund wie Simon hatte. Wir waren beide sehr schlau, sahen gut aus und waren sehr beliebt in unseren eigenen Schulen.
An jenem Tag wollte Simon unbedingt in die Bücherei, um Johanna zu sehen, die er in meiner Schule kennengelernt hatte. Johanna war ein Mädchen aus einer der Abschlussklassen, die es liebte, im Mittelpunkt zu stehen. Klug hingegen war sie gar nicht, dafür aber leicht zu haben. Eine, die für ein wenig Aufmerksamkeit, Geld oder bessere Noten schon alles gemacht hatte. Sie trieb es nicht nur mit den Schülern, sondern auch mit den Lehrern. Auch ich bezahlte Johanna, damit sie mit mir schlief, aber sie wollte mehr Geld von mir als von den anderen, denn ich entdeckte gleich damals beim ersten Mal, dass ich Spaß hatte, sie beim Sex zu schlagen. Simon wollte ihr ebenfalls Geld anbieten, damit sie auch mit ihm schlief. Doch sie war an dem Tag nicht in der Bücherei.

Obwohl es fast dunkel und novembertypisch kalt war, wollte Simon wieder lieber zu Fuß gehen, da er nicht so schnell zu Hause sein wollte.
Kurz bevor der Gehweg aus dem Wald heraus die Straße kreuzt, haben wir uns auf eine alte Bank hingesetzt. Simon redete wie so oft von seiner Stiefmutter Belinda und von seinem Vater Leo. Belinda hatte Simon vor fünf Monaten das erste Mal missbraucht. Das erzählte Simon nur seinem Vater und mir, doch leider glaubte er ihm nicht. Denn Leo war so verliebt in Belinda, dass er dies niemals für möglich hielt. Zudem war Belinda noch eine sehr raffinierte Frau, sah auch noch sehr gut aus und war damals gerade mal 21 Jahre alt. Simon wollte so schnell wie möglich weg von den beiden. Nur wusste er nicht genau, wohin er gehen sollte. Ohne Plan und ohne Geld. Er tat mir damals sehr leid. Ich konnte ihm aber nicht helfen, denn er wollte auf gar keinen Fall, dass ich es meinen Eltern erzählte und sie wiederum die Polizei anriefen. Ich tat es auch nicht, also hörte ich ihm jedes Mal aufmerksam zu und baute ihn immer wieder auf.

Während Simon mir seine Sorgen erzählte, bemerkte ich irgendwann, dass mein Herz plötzlich schneller schlug. Mir wurde für einen kurzen Moment schwindelig und ich sah Simon leicht verschwommen. Ich dachte, es sei die Kälte, denn schließlich saßen wir bereits seit fast einer Stunde auf der kalten Bank. Plötzlich fing ich auch noch an, heftig zu schwitzen, versuchte aber trotzdem, mich auf das Gespräch mit ihm zu konzentrieren.

Ich wollte Simon nicht unterbrechen, um ihm zu sagen, wie schlecht es mir geht. Ich dachte mir nur, das wird sicher vergehen.
Also nahm ich einen tiefen Atemzug und fing an zu zählen: *Eins, zwei, drei, vier …*

Nach 46 Sekunden beruhigte sich mein Herzrasen endlich, das Schwitzen hörte auf und ich bemerkte, wie ich plötzlich voll mit Energie geladen war.
Ich sah Simon jetzt so klar wie noch nie. Ich kam mit meinem Gesicht näher zu ihm, starrte ihn an und alles in meinem Kopf war ausgelöscht. Bis auf diesen einen Gedanken – *Simon töten!*
Simon fiel nicht auf, was mit mir geschah.
Er bemerkte nicht einmal, dass ich mit meinem Kopf so nah bei ihm war. Plötzlich zog ich rasch mein Messer, das mir mein Vater zum zehnten Geburtstag geschenkt hatte, aus meiner Hosentasche und stach 16 Mal abwechselnd mit beiden Händen überall auf Simons Körper ein.
Ich kann mich genau erinnern, als wäre es gestern gewesen, wie ich das Messer nach jedem Stich noch tiefer in seinen Körper hinein rammte, wir gemeinsam auf den Boden fielen und er nur noch „Michael, Michael, hör auf, hör auf" schrie.
Er probierte sich so heftig zu wehren, wie er konnte, hatte aber keine Chance gegen mich. So viel Kraft, die ich an mir nicht kannte, war in mir und in meinem Körper. Mir machte es unheimliches Vergnügen, das ich vorher auf keine Weise kannte. Zudem spürte ich auch in diesem Moment, dass ich unbesiegbar war.

Das ganze Blut spritzte auf unsere Gesichter und Körper. Ich konnte nur noch seine Augen erkennen. Seine Blicke waren voller Angst, aber auch gleichzeitig leer. Ich hingegen war erstaunlich ruhig und konzentriert, denn ich wartete gierig auf seinen Tod.

Nach und nach ging Simon die Kraft aus, und genau in diesem Moment, als er seinen letzten Atemzug tat, wusste ich, dass ich als Mensch, als Michael endlich komplett war. Völlig erschöpft lag ich in der Blutlache auf Simons Leiche, als mich plötzlich, wie aus dem Nichts zwei unbekannte Männer aufhoben und an den Straßenrand des Gehweges schleiften. Ich fing an zu schreien, schlug um mich und bekam Panik. Ich schaute um mich, jedoch war es dunkel und keine Menschenseele war weit und breit da, um mich zu retten. Die Männer versuchten, mich festzuhalten, drückten meinen Mund zu und schleppten mich zu einem Auto. Sie stießen mich auf die Rückbank und einer der Männer setzte sich neben mich.
Der andere startete das Auto, verriegelte die Türen und fuhr mit hoher Geschwindigkeit weg.
Ich fing fürchterlich an zu weinen und hatte vor lauter Schreien kaum noch Stimme. Während der Fahrt versuchte der Mann mich zu beruhigen: „Michael, beruhige dich, Michael.“ Er hielt meine Arme fest und meinte: „Wir tun dir nichts. Wir fahren dich nach Hause.“ Er gab mir auch mein Messer wieder in die Hand. Obwohl er meinen Namen kannte und mir sagte, dass sie mir nichts tun würden, glaubte ich ihm trotzdem nicht.

Ich hatte Todesangst, schlug weiterhin um mich und versuchte, den Mann zu erstechen. Vor lauter Schreien und Weinen bemerkte ich nicht, dass die unbekannten Männer mich tatsächlich nach Hause gefahren hatten. Mein Vater stand mit strengem Blick und den Händen in den Hosentaschen vor dem Haus und wartete schon. Ich war verwirrt und konnte nicht denken. Wir stiegen aus dem Auto, die beiden unbekannten Männer lieferten mich bei meinem Vater ab und fuhren einfach wortlos davon.

Da stand ich mit meinen 12 Jahren, komplett dreckig, mit Blut beschmiert, das Messer in meiner Hand zittrig vor meinem Vater. Mein Vater sah mich langsam von oben bis unten an und verzog keine Miene. Nach einer Weile sagte er mir, ich solle näherkommen.
Mit langsamen, kleinen und wackligen Schritten lief ich zu ihm und wischte dabei meine rinnende Nase ab. Ich fürchtete, dass gleich etwas Schlimmes passieren würde. Als ich bei ihm war, nahm er mir das Messer ab, umarmte mich und sagte: „Michael, mein Sohn! Mein Blut!" Bei diesen Worten meines Vaters stand ich wie gelähmt vor ihm und dachte *Was?* Nach der Umarmung gingen wir ins Haus hinein und liefen die Treppe hoch.
Meine Mutter wartete schon in meinem Zimmer auf mich. Sie sah mich wie mein Vater von oben bis unten an und schmunzelte. Nebenan, in meinem eigenen Bad, musste ich dann meine blutgetränkte Kleidung ausziehen. Mein Vater wartete vor der Türschwelle und meine Mutter wickelte die Kleidung in ein sauberes Handtuch ein.

Sie ließ Wasser in die Badewanne laufen, nahm meine Hände und küsste sie. „Hab keine Angst, mein Schatz. Wasch dich jetzt gründlich und komm dann runter.“ Sie nahm das Handtuch mit der blutigen Kleidung an sich und verließ mit meinem Vater, der ihr dabei das Messer reichte, das Badezimmer.

Erst als ich allein war, merkte ich, wie sich mein Körper langsam beruhigte. Allerdings konnte ich meine Gedanken nicht einordnen.

Was habe ich getan? Was passiert hier gerade und das Schlimmste – was wird nachher da unten mit mir passieren?

Ich hatte Angst – große Angst. Nachdem ich mich fertiggemacht hatte, ging ich runter ins Wohnzimmer. Meine Eltern warteten schon auf mich und meinten, dass wir gleich gemeinsam in den Kunstverein fahren würden.

Meine Eltern sind, seit ich mich erinnern kann, die Vorstände in einem Kunstverein. Mich nahmen sie als Kind ab und zu mal mit. *Was? Was soll ich jetzt in einem Kunstverein? Fragt ihr mich nichts? Wollt ihr nicht wissen, was ich getan habe?*

Ich hatte so viele Fragen an meine Eltern, insbesondere an meinen Vater, was er mit Mein Blut gemeint hatte. Kurz bevor wir das Haus verlassen wollten, ging die Haustür auf und unsere Haushälterin Magda kam mit den Einkaufstüten herein.

Meine Mutter sagte zu ihr, dass wir noch in den Kunstverein fahren würden und erst gegen 22:00 Uhr wieder zu Hause wären. Sie solle trotzdem noch das Abendessen vorbereiten und könne sich danach in ihren Wohnbereich zurückziehen.

Wir fuhren in die ländliche Umgebung außerhalb der Stadt zum Kunstverein. Für die ersten zehn Minuten redeten meine Eltern kein Wort. Mein Vater schaltete das Radio ein, drehte es auf leise und summte zu jedem Lied, während meine Mutter mit ihrer perfekten Sitzhaltung nur geradeaus schaute.
Ich realisierte in dieser Zeit, dass ich meinen besten Freund getötet hatte, und war am Grübeln, warum ich das tat. *Was wird jetzt auf mich zukommen?*
Trotz allem fühlte ich mich aber überraschenderweise gut, dass ich ihn umgebracht hatte.
Doch warum?
Meine Mutter fragte mich, wie es mir geht. Ich schaute auf den Boden, denn ich traute mich nicht, ihr meine Gedanken zu offenbaren. Sie blickte nach hinten und fragte noch einmal mit einem Lächeln: „Michael, wie geht es dir?"
„Gut."
Dann meinte mein Vater: „Du musst mir sehr gut zuhören, mein Sohn. Du darfst niemandem erzählen, dass du Simon getötet hast. Hörst du, niemandem!"
Mich traf beinahe der Schlag, als ich das von meinem Vater hörte.
„Woher weißt du, dass ich Simon getötet habe?", fragte ich ihn überrascht.

„Ich weiß alles über dich. Ich bin dein Vater."
„Und was passiert jetzt mit mir?"
„Nichts, was soll mit dir passieren?"
„Weiß ich nicht. Rufst du nicht die Polizei an?"
Mein Vater sah lässig in den Rückspiegel.
„Wofür soll ich die Polizei rufen?
Nur, weil du Simon getötet hast? Bestimmt nicht."
Ich war fassungslos und gleichzeitig auch sehr erleichtert, was ich da von meinem Vater gehört hatte.
„Michael, hab keine Angst, denn du hast das Töten in dir. Es fließt, wie schon bei unseren Vorfahren, durch deine und meine Adern. Wir wussten, dass du irgendwann töten wirst, und haben schon auf diesen Moment gewartet und uns darauf vorbereitet."
„Was heißt, ich habe das Töten in mir?", fragte ich und beugte mich zwischen den Sitzen vor, denn es erweckte mein Interesse.
„Du hast das Killer-Gen in dir Michael, auch MAOA-Gen genannt. Und dank deiner Mutter, die es ebenfalls in sich hat, bist du in unserer Stammlinie der Einzige, der dieses Gen zu 78,4 % in sich trägt."
Ich wurde noch neugieriger „Killer-Gen? Mörder? Seid ihr Mörder?", fragte ich wie aus der Pistole geschossen und schaute zwischen meinen Eltern hin und her.
„Ja, deine Mutter und ich sind Mörder, genau wie du jetzt auch ein Mörder bist, Michael."
Als ich das hörte, saß der Schock auf eine positive Art und Weise bei mir schon fast wie Erleichterung.
Ich lehnte mich wieder zurück, schloss meine Augen und dachte:
Ich – ein Mörder? Mein Vater – ein Mörder? Meine Mutter – eine Mörderin? Meine ganze Sippe sind Mörder?

Es war irgendwie faszinierend, was ich da hörte.
„In dem Fall werde ich auch nicht bestraft, oder?“, fragte ich erleichtert.
„Wir werden dich ganz bestimmt nicht bestrafen oder versuchen zu ändern. Es ist alles richtig, was passiert ist, denn das bist du, mein Schatz. Ein Mörder“, antwortete meine Mutter.
Für 158 Sekunden war es still im Auto.
„Wenn ich es zu 78,4 % in mir habe, was macht dieses Gen dann noch mit mir?“
Meine Eltern lächelten und meine Mutter antwortete: „Es macht dich nach jedem Mal Töten einzigartiger, Michael.“
„Werde ich wieder töten?“
„Ja, mein Sohn, du wirst wieder töten.“
„Und wann? Wann werde ich wieder töten?“
Es war erneut für einen Augenblick still und meine Eltern schauten sich kurz an.
Dann erklärte mir mein Vater: „Das ist ja das Fesselnde an unserem Blut. Es ist immer da und es kommt, wann es will. Mal wenn wir glücklich sind, mal traurig oder gar, wenn wir wütend sind. Warum hast du Simon, deinen besten Freund getötet, Michael? Hat er dir etwas gesagt? Habt ihr gestritten oder sonst was?“ Ich schüttelte den Kopf.
„Siehst du, es kam urplötzlich und du hast drauflos getötet, was auch in Ordnung ist. Du musst aber auch mit der Zeit lernen, dich zu beherrschen. Erst wenn du alles gut durchdacht und einen perfekten Plan hast, kannst du töten. Das braucht aber auch seine Zeit. Wir werden dir dabei helfen. Verstehst du mich?“
Ich nickte.

Da fielen mir auf einmal die zwei Männer ein „Wer waren diese zwei Männer, die mich nach Hause gefahren haben?“
In einem schärferen Ton fragte mein Vater „Haben sie dir etwa wehgetan, Michael?“
„Nein haben sie nicht.“
„Gut, das hoffe ich für sie, denn sonst würde ich sie sofort umbringen.“
„Kennst du sie Papa? Ich hatte große Angst vor ihnen.“
„Vor diesen Männern musst du keine Angst haben, Michael, denn ich habe sie beauftragt. Sie arbeiten für uns. Seit deiner Kindheit beobachten sie dich und sie werden dich weiterhin beobachten und alle deine Spuren zu den Morden beseitigen, die du noch begehen wirst.“
Plötzlich fing meine Mutter lautstark an zu lachen, drehte sich zu mir um und sagte mit einem todernsten Blick: „Sie haben vor uns Angst, mein Schatz.
Vor den Prooks und du bist ein Prook!“

KAPITEL 3

KUNST

Es war schon dunkel und trotzdem konnte ich das große Shato des Kunstvereines von Weitem durch die vielen gedämmten Lichter und das Feuer in den großen Feuerschalen gut erkennen. Die alten kunstvollen großen Büsten und Skulpturen von Körperteilen und die kleinen Brunnen standen immer noch da. Wir parkten direkt vor der Tür, wo vor einem Parkplatz unser Nachname auf einem Schild stand.
„Da wären wir. Du wirst hier ein paar nette Leute treffen, die sich schon freuen, dich kennenzulernen, Michael“, sagte meine Mutter.
„Warum? Muss ich denn neue Leute kennenlernen?“
„Ja musst du. Glaub mir, du wirst sie alle mögen“, war schmunzelnd ihre Antwort.
Als wir ausstiegen, kamen uns schon ein paar Leute entgegen. Es waren nicht nur Mitglieder vom Kunstverein, sondern auch Freunde von meinen Eltern. Ich schaute mich um und zählte die 36 Autos, die dastanden und auch die Arbeiter, die hektisch mit alten Bildern, antiken Kleidern und kleinen Möbeln ein und aus gingen. Drinnen angekommen, sagte mein Vater zu mir: „Wir haben in zwei Tagen eine Auktion, deswegen ist hier seit Tagen so viel los“, und ging zum Empfangsbereich, redete kurz mit der Empfangsdame Evelyn, während meine Mutter einem der Dekorateure

ein paar kurze Anweisungen gab. Ich schaute mich weiterhin um und stellte fest, dass sich im Kunstverein kaum etwas verändert hatte.

Wir liefen die Treppe hinauf und an verschiedenen Räumen vorbei. In jedem der einzelnen großen Räume gab es nach Kategorie getrennte Ausstellungsstücke wie alte Bücher, kleine Skulpturen, Schmuckstücke oder Möbel. Wir betraten einen der hinteren Räume. An der Wand hingen alte Bilder von Männern und Frauen in wuchtigen, verschnörkelten Bilderrahmen, die vom 19. Jahrhundert weg datiert waren. Darunter erkannte ich auch ein Bild von meinem Großvater. Verwundert schaute ich meine Eltern an. Meine Mutter bückte sich zu mir und flüsterte: „Schau Michael, irgendwann wird dein Bild auch hier hängen."
„Warum?"
„Na, weil du auch ein Prook bist, mein Schatz", antwortete sie mir und hielt danach ihren Zeigefinger auf ihren Mund.
Da wusste ich, dass ein paar dieser Menschen auf den Bildern, wenn nicht sogar alle, auch Mörder waren wie ich. Danach ging mein Vater in den Flur und sagte zu jemandem: „Wir kommen gleich." Meine Mutter streichelte meine Schulter und wir gingen ebenfalls hinaus. Doch als wir ein paar Meter weitergelaufen waren, rief jemand aus einem der Räume nach meiner Mutter. Meine Mutter ging zurück. Meinem Vater kam ein Mitarbeiter entgegen und stellte ihm ein paar Fragen zu der Auktion. Ich blieb eine Weile bei ihm stehen und ging danach zu meiner Mutter. Ermüdet lehnte ich mich an den Türstock und beobachtete sie.

Sie sah wunderschön aus und unterhielt sich autoritär mit einer Näherin und deren zwei Mitarbeitern.
Als sie fertig war, kam sie zu mir und ich richtete mich wieder auf. Sie lächelte mich an und streichelte stolz über meinen Kopf. Gerade als wir wieder zu meinem Vater gehen wollten, rief die Näherin nach meiner Mutter, eilig kam sie zu uns und gab ihr noch die Rechnung für die Restaurierungsarbeiten. Danach gingen wir gemeinsam weiter. Bevor wir den letzten Raum betraten, hielt meine Mutter kurz meine Hand. „Sag jetzt nichts, mein Liebling. Und immer auf die Haltung achten.“ Sie gab mir noch einen Kuss auf die Wange, nickte dann zu meinem Vater und er öffnete die Tür. Mit aufrechter Körperhaltung und erhobenem Kopf betraten wir den großen Raum, der durch das gedämmte Licht fast dunkel war. Drinnen stand nur ein riesiger viereckiger antiker Tisch, an welchem ich von Weitem fünf Männer und zwei Frauen sitzen sah, die sichtlich aufgeregt und neugierig auf uns warteten. Als wir näherkamen, erkannte ich den Metzger Herrn Fornalle und seine Mitarbeiterin Anita Hulste.
Die anderen hatte ich nur ein paar Mal auf Festen oder bei uns zu Hause gesehen. Wir gingen in die Mitte des Raumes, blieben dort stehen und meine Mutter setzte sich an die Kopfseite des Tisches.
Mein Vater strotzte vor Stolz und rief mit erhobener Stimme: „Liebe Unterstützer. Ich danke euch, dass ihr so schnell und kurzfristig kommen konntet. Meinen Sohn Michael kennt ihr schon lange. Heute hat er mich sehr stolz gemacht, denn er hat vor ein paar Stunden seinen ersten Mord begangen und steht jetzt als ein vollendeter Prook vor euch.

Unser aller Wohl wurde somit für die nächsten Jahrzehnte gesichert."
Sie fingen an, leise zu klatschen, und mein Vater machte eine kurze Pause. Danach deutete er mit seiner Hand auf Herrn Fornalle. „Seine erste Leiche bekommt laut Liste Herr Fornalle." Alle Anwesenden am Tisch nickten zustimmend.
Aber Moment mal! Obwohl mein Vater sagte, dass ich niemandem erzählen durfte, dass ich getötet hatte, sagte er es all diesen Leuten und meinte auch noch, dass ich ihren Platz gesichert hätte. Und was hatte er mit der Liste und der Leiche gemeint?
Ich sah diese Menschen, die immer noch begeistert leise klatschten und dabei nickten. Nicht nur mein Vater war stolz auf mich, sondern auch diese Leute. *Wovon sprach mein Vater da?* Ich war durcheinander. Nichtsdestotrotz gefiel mir aber der Applaus der Anwesenden. „Michael, stell dich jetzt persönlich bei diesen netten Menschen vor", sagte mein Vater.
Mit gerader Haltung und erhobenem Kopf stellte ich mich bei jedem einzeln vor. Alle Namen und Gesichter, sogar gewisse Interaktionen der Personen, merkte ich mir problemlos. Danach schickte mich mein Vater raus. Völlig fasziniert von den Ereignissen lief ich an den anderen Leuten vorbei und durch das Shato zum Ausgang hinaus, ging zu der letzten Feuerschale im Garten und wärmte meine Hände.
Ich war komplett fertig und wollte eigentlich nur noch nach Hause, um zu schlafen. Nach einer Weile kam mein Vater heraus und stellte sich neben mich.
„Wie gefällt es dir hier?", fragte er und streckte ebenfalls seine Hände in Richtung Feuer.

Launenhaft antwortete ich ihm: „Es geht, aber warum hast du den Menschen hier im Kunstverein erzählt, dass ich getötet habe? Das durfte doch keiner wissen?“
Mein Vater antwortete schmunzelnd: „Aber genau und nur diese Menschen müssen es wissen Michael.“
„Wissen jetzt alle im Kunstverein, dass ich ein Mörder bin?“
Mein Vater schaute nach hinten. „Nein, nur die Leute, die in diesem Raum mit uns waren. Der Rest vom Kunstverein weiß absolut nichts über dich und über uns.“
„Und warum? Warum müssen sie wissen, dass ich getötet habe?“
„Weil sie uns verstehen, Michael und uns auch brauchen. Wir passen aufeinander auf und lösen auf eine Art und Weise unsere Angelegenheiten, die andere Menschen niemals akzeptieren oder verstehen würden.“ Überrascht sah ich meinen Vater an.
„Sie verstehen uns? Sind sie denn auch alle Mörder?“
Mein Vater lächelte und lief noch näher zum Feuer.
„Nein, sind sie nicht. Keiner von ihnen ist ein Mörder.“
Verdutzt schaute ich zum Kunstverein „Was sind sie dann, wenn sie keine Mörder sind? Wie können sie uns dann überhaupt verstehen?“
„Diese Leute kannst du dir wie deine Beschützer von vorhin vorstellen. Sie werden alles dafür tun, um dich zu beschützen.“
Beschützer? Vor wem und wovor sollen sie mich beschützen? Bin ich in Gefahr? Ich wollte es wissen! „Du und Mutter, ihr beschützt mich doch.

Wieso noch diese fremden Leute, Papa? Sie kennen mich doch gar nicht und ich sie auch nicht. Vor was genau werden sie mich beschützen? Wieso machen sie das? Bin ich in Gefahr?"
Mein Vater blickte ernst ins Feuer hinein und war für einen Moment still, überlegte kurz und antwortete: „Nein, Michael, du bist nicht in Gefahr. Solange ich, deine Mutter und diese Leute da sind, wirst du nie in Gefahr sein." Danach nahm er einen langen Atemzug. „Manche von ihnen machen es für Geld, andere nur für ihre Gelüste oder beides. Du hast sicher Herrn Fornalle erkannt. Simons Leiche wurde schon in seine Metzgerei gebracht. Herr Fornalle wird sich so um ihn kümmern, dass niemand Simon je finden wird. Somit hat er dich heute schon verstanden und auch beschützt. Verstehst du, was ich dir sagen will?"
Ich vermutete schon, was mein Vater gemeint hatte. „Ja, er wird seine Leiche beseitigen."
Mein Vater nickte und ich fragte weiter: „Aber wie macht er das?"
Er war wieder für einen Moment still.
Ich bemerkte, dass er zögerte und sich nicht sicher war, ob er mir das sagen sollte oder nicht. Schlussendlich sagte er: „Wer weiß Michael, vielleicht steckt er ihn einfach in den Fleischseparator", und zwinkerte mir zu. „Mein Sohn, irgendwann wirst du, wenn ich nicht mehr am Leben bin, meinen Platz übernehmen, so wie ich ihn von deinem Großvater übernommen habe. Stück für Stück werde ich dich, wenn du so weit bist, mit allem hier vertraut machen, denn nach mir bist du der nächste Anführer dieses Kunstvereines."

„Was für ein Anführer Papa?“, fragte ich ihn irritiert, jedoch schaute mich mein Vater nur bedeutungsvoll an und sagte nichts.
Er steckte seine Hände in den Mantel und schaute weiterhin zum Feuer. Da ich keine Antwort erhielt, beließ ich es dabei. Aber es kam schon der nächste Gedanke und dieser war am beängstigendsten.
Wenn mein Vater stirbt! Und dann soll ich noch irgendwann diesen Kunstverein übernehmen?
Das wollte ich nicht. Ich hatte auf einmal große Angst.
„Ich will das aber nicht, Papa“, sagte ich traurig und mit Tränen in den Augen.
Er drückte mich zu sich und streichelte meinen Kopf. „Du musst Michael. Um als Mörder unentdeckt zu leben, musst du. Du brauchst sie und sie brauchen dich.“ Er nahm noch mal und diesmal einen sehr langen tiefen Atemzug und sah mich mit sehr ernstem Blick an. „Vergiss nicht Michael, nur wir hier wissen, dass du getötet hast. Erzähle niemandem, dass du Simon getötet hast. Wenn man dich nach ihm fragt, egal wer – auch Leo und Belinda, – sagst du, dass du ihn seit der Bücherei nicht mehr gesehen hast und dass du dir ebenfalls Sorgen um ihn machst. Das ist sehr wichtig, mein Sohn! Um Leo und Belinda kümmere ich mich, indem ich ihm Therapiesitzungen verordne und ihn dabei bearbeite! Wer weiß, vielleicht stecke ich ihn später in eine Anstalt. Wie einen Hund werde ich ihn in meiner Nähe an der Leine halten!“
Anschließend umarmte er mich und legte seinen Arm auf meine Schulter.

Ich hielt ihn ebenfalls, aber so fest, dass mir meine Hand schon weh tat und wir schauten minutenlang gemeinsam wortlos in das Feuer.
Später kam meine Mutter und stellte sich neben der Feuerschale vor uns hin. Sie öffnete ihre Handtasche, schaute um sich, holte meine blutgetränkte Kleidung heraus und warf sie zusammen mit dem Handtuch schnell in die Feuerschale. Danach griff sie in ihre Jackentasche und überreichte mir stumm mein jetzt gereinigtes Messer, mit dem ich Simon getötet hatte, und küsste mich auf die Wange. Sie schaute meinen Vater und mich liebevoll an und umarmte uns. Dieser Tag war für mich damals ein sehr schrecklicher Tag, nicht, weil ich Simon getötet hatte. Nicht, weil ich Angst vor den unbekannten Männern hatte oder ein paar Leute im Kunstverein wussten, dass ich jetzt ein Mörder war. Sondern wegen des Gedankens, dass mein Vater irgendwann sterben würde!

KAPITEL 4

HEILIGE MAGDA

Fast acht Monate lang erzählte ich jedem in meiner Schule und auch beim Wasserspringen dieselbe Geschichte, die mir mein Vater aufgetragen hatte. Dank meinen Eltern verschwand Simon nach und nach aus meinem Kopf. Die Gespräche und das große Verständnis von ihnen halfen mir dabei. Sie meinten immer, ich solle mich besser kontrollieren, wenn es wieder passieren würde und sehr vorsichtig sein. Ich hatte auch in dieser Zeit kein Verlangen danach oder Gedanken daran, jemanden zu töten, doch an meinem dreizehnten Geburtstag passierte es wieder!

An diesem Tag, am 29. Juli, hatte meine Mutter in unserem Haus eine Geburtstagsfeier für mich organisiert. Es kamen ein paar der Unterstützer aus dem Kunstverein und auch andere fremde Leute, die ich gar nicht kannte, aber ebenfalls von meinen Eltern eingeladen worden waren. Meine Mutter beauftragte einen Cateringservice, der uns rundum versorgte. Die Erwachsenen saßen draußen im Garten und tranken Wein. Meine Freunde und ich waren nebenan im Gästehaus und feierten.

Durch die großen Büsche konnte ich deutlich erkennen, wie meine Mutter liebevoll zu mir herüberblickte und mich anlächelte. Wir feierten bis 21:00 Uhr auf meiner Geburtstagsfeier, zu der auch Anna gekommen war.

Anna war für mich das schönste und klügste Mädchen in der Klasse und ich wollte unbedingt, dass sie meine Freundin wird. Was sie dann später an diesem Abend auch wurde, aber nur für kurze Zeit blieb, denn ich schlug bei unserem ersten Sex heftig auf sie ein. Dies erzählte sie schließlich geschockt ihren Eltern, die daraufhin entrüstet zu uns kamen, woraufhin mein Vater ihnen Geld anbot und dafür sorgte, dass sie kurz darauf wegzogen.

Nach und nach verließen meine Freunde die Party und zuletzt dann auch Anna. Ich war noch so aufgeregt wegen Anna, dass ich nicht müde war und entschied, mich zu meinen Eltern hinüberzugehen, doch nach einer Weile war ich vom Zuhören bei den Erwachsenengesprächen gelangweilt. Mir fiel eine junge Frau vom Cateringservice auf, die beim Aufräumen war. Ich beobachtete sie eine Weile.
Wie mein Vater mir gesagt hatte, kam das Killer-Gen urplötzlich wieder. Ich hatte zum zweiten Mal das Verlangen zu töten. Ich weiß nicht genau, was sie an sich hatte, vielleicht war es ihr tölpelhaftes Benehmen oder ihre lahme Art. Aber, sie war in dem Moment das perfekte Opfer für mich.

Ich spürte es, denn es kam wieder das gleiche Gefühl in mir hoch, dass ich vor acht Monaten bei Simon verspürt hatte.
Mein Herz raste und ich fing an, leicht zu zittern. Rund um mich wurde wieder alles still. Dieses Mal hörte ich aber auch noch ihren Herzschlag und das schon von Weitem. Es störte mich, wie es klopfte. Ihr Herz musste aufhören zu schlagen.
Sie musste sterben. Sofort! Ich versuchte, mich so gut es ging zu kontrollieren, sodass ich nicht sofort über sie herfiel. Ich schaute kurz zu meinem Vater hinauf, der am Reden war, und danach zu meiner Mutter, die meinem Vater aufmerksam zuhörte. Mein Verlangen zog mich weg von ihnen und ich begab mich unauffällig ins Haus. Endlich kam sie dann auch herein und stellte die Gläser in der Küche ab. Ich atmete extrem schnell, war zudem auch sehr unruhig, denn ich wartete auf eine Gelegenheit, sie ungestört und ohne, dass mich jemand sehen konnte, zu töten.
Als hätte sie mein Verlangen gespürt, ging sie direkt von der Küche in den Weinkeller hinunter und ich schloss mich ihr an. Sie bemerkte mich gar nicht, da die Musik im Haus etwas lauter war als im Garten. Unten im Weinkeller angekommen, nahm ich vorsichtig eine Weinflasche und versteckte sie hinter meinem Rücken. Vom Geräusch der Flasche erschreckt, drehte sie sich um und griff auf ihren Brustkorb. „Hast du mich erschreckt, brauchst du etwas junger Mann?“ Starr und ohne ihr eine Antwort zu geben, schlug ich mit der Weinflasche auf ihren Kopf und sie fiel seitlich auf den Boden.

Ihr Kopf fing sofort an zu bluten. Wackelig versuchte sie, sich mit einer Hand aufzustützen, während sie mit der anderen Hand verwirrt an ihre Stirn griff.
Ich stand äußerst zufrieden da, blickte die zerbrochene Weinflasche an und wollte, dass sie jetzt starb!
Also drehte ich sie ruckartig auf den Rücken, stürzte mich auf sie und schlug mit der zerbrochenen Flasche noch zweimal weiter auf ihr Gesicht ein.
Mit jedem Schlag wurde ich immer heftiger und aus meinem Mund tropfte schon mein Speichel. Es waren überall nur noch Glasscherben. Da es mir jedoch immer noch zu wenig war, nahm ich die Scherben und rammte sie in ihr Gesicht und ihren Hals hinein. Aus ihrem rechten Auge stachen zwei Scherben hervor, in den Wangen drei und in ihrem Hals waren es zwei. Sie war komplett mit Blut und Scherben bedeckt.
„Michael, Michael genug", hörte ich aus dem Nichts jemanden laut rufen. Ich zuckte zusammen, und als ich mich umdrehte, sah ich unsere Haushälterin Magda. Mit Entsetzen schaute sie die Leiche und mich an. Nicht nur sie war erschrocken, sondern auch ich.
Ich hatte nicht damit gerechnet, dass Magda mich beim Töten erwischen würde. Ich konnte nichts sagen, saß erstarrt auf der Leiche und schaute Magda geschockt und gedankenleer an. Plötzlich machte sie die Tür zu, eilte zu mir und hob mich auf. Sie stellte ein paar Kisten übereinander, wickelte ihre Schürze ab und gab sie mir. „Setz dich, Michael, und wisch dein Gesicht mit meiner Schürze ab. Ich hole schnell deinen Vater."

Ich setzte mich wie ferngesteuert auf die Kisten, wischte mir mein Gesicht ab und bemerkte, dass ich blutete und ein paar kleine Glasscherben in meinem Gesicht und auch in meinen Händen hatte. Magda rannte stürmisch raus und sperrte mich im Weinkeller ein.
Um meinen Körper zu beruhigen und um den Schmerz zu lindern, fing ich innerlich an zu zählen. Nach exakt 180 Sekunden hörte ich schon das Aufsperren der Weinkellertür und mein Vater kam mit Magda herein.
Besorgt eilte er zu mir, Magda versperrte wieder die Tür von innen und stellte sich davor. Obwohl mein Vater besorgt war, hatte er exakt denselben Blick wie damals, als ich Simon getötet hatte. Es war ein Blick voller Stolz und Begeisterung, den mein Vater bis heute noch hat, wenn ich ihm von meinen Morden erzähle.
„Michael, du bist verletzt, ist alles in Ordnung?", fragte er, hielt mich an meinen Oberarmen und schaute mich überall am Körper an.
Kraftlos antwortete ich: „Ja, aber ich bekomme die Scherben nicht aus meinem Gesicht und aus meiner Hand raus. Es tut weh."
Ruhig und aufbauend sagte mein Vater: „Lass mal sehen, das ist nicht so schlimm. Ich hole schnell Florian runter. Warte hier mit Magda auf uns."

Florian war unser Familienarzt, der an dem Tag auch auf meiner Geburtstagsfeier war und mich, wie ich erst später erfuhr, bei meiner Geburt auf das Killer-Gen getestet hatte.

Noch dazu war er ein sehr guter Freund meines Vaters. Obwohl er immer nett zu mir war, mochte ich ihn nie. Er versuchte, bei jeder Gelegenheit im Mittelpunkt zu stehen und sich einzuschmeicheln, machte sich dabei aber immer zum Clown. Dazu hatte er auch noch etwas Belehrendes und Arrogantes an sich.
Mein Vater ging raus und ich wartete mit Magda. Schnell kam er dann mit Florian zurück. Florian stellte seinen Arztkoffer neben mich. „Na junger Mann, lass mal sehen, das haben wir gleich."
Völlig entspannt und mit seiner schleimigen Art öffnete er seinen Arztkoffer, säuberte meine Wunden und verarztete mich. Die Leiche neben ihm und das ganze Blut, das fast im ganzen Keller verteilt war, hatte ihn gar nicht interessiert. Er war gelassen wie immer. Mir schien es, als würde er solche Situationen schon kennen. Danach machte er seinen Arztkoffer wieder zu und drehte sich zu meinem Vater um.
„Alles ist gut mit ihm, Gerald. Keine Sorge."
Mein Vater nickte erleichtert, klopfte ihm auf seine Schulter und Florian ging wieder nach oben.
Er kam näher zu mir, streichelte meine Schulter und meinte ernst: „Michael, wir gehen jetzt nach oben, bleib dicht hinter mir, wenn wir oben sind, bringt dich Magda rauf in dein Zimmer. Zieh danach deine komplette Kleidung aus, gib sie ihr und geh sofort duschen. Ich komme zu dir, so schnell es geht."
Ich hörte ihm aufmerksam zu, nickte und ging ihm nach. Magda entsperrte den Weinkeller.

Mein Vater fragte mich leise, ob ich bereit wäre, und lächelte mich kurz an. Ich lächelte ihn ebenfalls an und nickte. Er lief voraus und Magda folgte sehr knapp hinter mir. Oben am Flur angekommen wurde mein Vater dann etwas langsamer und ich bemerkte von Weitem wie meine Mutter mich und danach meinen Vater besorgt anschaute.
Mit einer ruckartigen Bewegung schob mein Vater mich hinter sich seitlich vorbei. Magda deckte schnell meinen Rücken ab und brachte mich dann mit schnellen Schritten über die Treppe unauffällig nach oben. Im Zimmer angekommen ging ich gleich ins Bad und Magda wartete vor der Badezimmertür. Rasch zog ich meine Kleidung aus, gab sie ihr durch den Türspalt hinaus und konnte noch sehen, wie sie die Kleidung samt meinen Schuhen in einen meiner Trainingssäcke hineinstopfte. Nach dem Duschen zog ich mich an, setzte mich ins Bett und wartete wütend auf meinen Vater. Flüchtig schaute ich zu Magda, die mittlerweile neben mir stand und deren Blick etwas unruhig immer wieder zwischen dem Sack und mir, den sie noch immer in der Hand hielt, hin und her wechselte. Als mein Vater nach ungefähr 15 Minuten hereinkam, richtete ich mich auf und sagte mit leisem Ton und gesenktem Kopf: „Papa. Es tut mir leid, ich weiß, dass ich einen sehr großen Fehler gemacht habe.“ Mein Vater machte die Tür zu, kam zu mir, setzte sich neben mich, hielt mein Kinn, hob es an und sagte entschieden: „Michael, erstens senke nie wieder deinen Kopf. Zweitens, was hast du für einen großen Fehler gemacht?“

Mit Tränen in meinen Augen zeigte ich mit dem Finger auf Magda, die still dastand und nur meinen Vater anschaute. „Ich dachte, dass mich keiner beim Töten erwischen würde. Aber Magda und auch Florian haben alles gesehen und sie werden zur Polizei gehen. Du hast gesagt, dass ich besser planen und mich kontrollieren soll. Doch das konnte ich nicht. Keiner darf wissen, dass ich töte – dass wir töten!
Es tut mir leid, Papa. Es tut mir leid."
Meine Tränen liefen nur noch meine Wangen runter. Ich fühlte mich sehr schlecht, denn ich dachte, dass ich unser Familiengeheimnis verraten hätte.
Mein Vater schaute kurz zu Magda, danach zu mir und meinte mit seiner gelassenen Art: „Weine nicht, Michael, es ist alles in Ordnung. Keiner geht hier zur Polizei. Du hast es sehr gut gemacht. Du konntest dich beherrschen, indem du sie nicht sofort getötet hast. Und einen Plan hattest du auch. Das ist schon ein sehr großer Fortschritt."
Er streichelte meine Hand, blickte erneut zu Magda, dieses Mal mit längerem Blick, und redete weiter. „Gut, dass Magda dich beim Töten erwischt hat und kein anderer." Irritiert schaute ich meinen Vater an, der weiterredete. „Magda ist an dich gebunden, seit du ein Baby bist. Sie macht hier nicht nur den Haushalt, sondern ihre Hauptaufgabe ist es, immer ein wachendes Auge auf dich zu haben. So, wie sie es jetzt gemacht hat."
Noch irritierter schaute ich zu Magda.
„Michael, mein Lauser, ich würde niemals jemandem etwas sagen.

Du bist mir richtig ans Herz gewachsen. Vertraue mir", sagte sie und lächelte mich dabei an.

Mit den Jahren erfuhr ich von meinem Vater, dass er Magda, als ich gerade sieben Monate alt war, aus der Zwangsprostitution herausgeholt hatte. Meine Eltern machten ihr damals das Angebot, auf Lebenszeit für uns Prooks zu arbeiten und besiegelten diesen Pakt.

Ich lächelte sie kurz an, blickte wieder zu meinem Vater. „Und was ist mit Florian?"
Mein Vater kratzte sich nachdenklich an der Stirn „Nun ja, Florian. Er hilft seit Jahren deiner Mutter und mir, wenn wir nach einem Mord verletzt sind und verarztet werden müssen. Und heute hat er dir geholfen, indem er dich verarztet hat, denn Florian arbeitet auch für uns."

Es gefiel mir gar nicht und es ärgerte mich, dass Florian - dieser Schleimbeutel und Klugscheißer in einem - meine Eltern und jetzt auch mich nach dem Morden, wenn nötig, verarztete. Hinzu kam noch, dass er unsere Familiengeheimnisse kannte.
Auch deshalb entschied ich mich später für den Arztberuf, denn ich wollte, dass Florian aus unserem Leben verschwindet.
Nichtsdestotrotz fiel mir auch bei meinem zweiten Mord eine Last von der Schulter, meine Wut auf mich war trotzdem noch da. Ich musste besser werden. Einfach besser.

Leicht zornig schaute ich meinen Vater an. Er lächelte, streichelte meinen Nacken und fragte: „Was ist Michael? Warum schaust du so?"
Ich setzte mich noch aufrechter hin und mit ernstem Blick antwortete ich: „Ich werde besser, Papa. Bevor ich wieder töte, werde ich einen Plan machen. Du wirst sehen."
Mein Vater und Magda schmunzelten.
Danach kam er mit seinem Kopf näher zu mir und berührte mit seiner Stirn meine Stirn. Mit seiner Hand streichelte er immer noch meinen Nacken.
Er schaute mich fürsorglich, aber auch ernst an.
„Ich bin so stolz auf dich, Michael!"
Glücklich, mit einem Lächeln und aus tiefstem Herzen sagte ich: „Ich habe dich lieb."
Liebevoll lächelte er zurück, hielt meinen Nacken dieses Mal noch fester und sagte mir diese Sätze, die ich bis heute nicht vergessen habe und auch niemals vergessen möchte: „Vergiss das niemals Michael, du bist mein Sohn, ich liebe dich und werde dich immer lieben und vor jedem und allem beschützen. Egal, was passiert, denn wir zwei sind aus demselben Blut. Ich würde niemals zulassen, dass dir etwas passiert oder du nicht mehr töten darfst."

KAPITEL 5

ES REICHT

Zwischen meinem dreizehnten und vierzehnten Lebensjahr verbrachte ich meine Zeit mit sehr viel Lernen, Wasserspringen und Morden. Ich brachte problemlos alles unter einen Hut und war in jedem Bereich wie immer der Beste. Alles ging mir leicht von der Hand und egal, was ich machte, machte ich mit Leidenschaft. Nur beim Töten war ich noch präziser und spürte dabei zusätzlich ein noch intensiveres Gefühl der Vollkommenheit als Mensch. Ich tötete in diesem jungen Alter mit einer Hingabe, die Sie sich gar nicht vorstellen können, und meine Eltern vertuschten meine Morde. In kürzester Zeit hatte ich mir auch alle Gesichter der sich immer abwechselnden kleinen Gruppe von Männern eingeprägt, die mir fast immer und überall unauffällig folgten.
Nach jedem Mord brachten diese Männer mich professionell und perfekt organisiert vom Tatort nach Hause. Dabei konnte ich fast immer deren fassungslosen und beinahe ängstlichen Ausdruck mir gegenüber in ihren Augen sehen. Aber meinem Vater gegenüber hatten sie noch größere Ehrfurcht, besonders wenn sie dabei auf ihn trafen!

Dennoch machte ich noch manchmal kleine Fehler beim Töten, wie etwa, dass ich warten musste, bis es dunkel war oder mich vorher von der Menschenmenge verabschieden musste, um länger auf der Lauer zu sein. Aber wie erwähnt, waren das nur kleine Fehler. Nach jedem meiner Morde setzten sich meine Eltern mit mir gemeinsam hin, gingen dabei alles noch einmal sorgfältig durch und gaben mir auch faszinierende Ratschläge, von welchen ich manche noch heute mit Begeisterung anwende, zum Beispiel zum Quälen der Opfer vor dem Töten. Von meinem Vater habe ich unter anderem den Gürtelgriff, bei dem ich meine Opfer mit dem Gürtel würge und ihn immer wieder lockere, bevor sie ihren letzten Atemzug tun. Mit der Zeit waren meine Eltern immer stolzer auf mich, weil ich ihnen immer ähnlicher wurde. Nur nicht dieses eine Mal, denn da ging ich ohne Selbstbeherrschung und Strategie vor. Mein Vorgehen machte meine Eltern, besonders meine Mutter, sehr wütend. Ich war vierzehn Jahre, zwei Monate und einen Tag alt und es war schon mein achter Mord.

Wir waren an diesem Abend die letzte eingetragene Gruppe in der kleinen privaten Schwimmhalle und Timo wollte nach dem Training so wie immer noch mit mir um die Wette schwimmen. Er hatte gegen mich noch nie gewonnen. Diesmal dachte ich, ich lasse ihm einen Vorsprung und ihn gewinnen, da mir seit kurzer Zeit seine Schwester gefiel.

Die anderen Schüler hatten schon keine Lust mehr, uns jedes Mal zuzusehen und Timo anzufeuern. Sie wussten schon, dass ich immer gewinne, und waren bereits in die Umkleide gegangen.
Unser Schwimmlehrer Jörg kam noch zu uns und meinte, wir sollen uns beeilen, da die anderen bereits gegangen waren, er auch noch abschließen musste und irgendwann auch nach Hause gehen wolle und ging duschen.
Zuerst alberten Timo und ich noch im Wasser herum und schwammen anschließend um die Wette. Wie ich es wollte, gewann er gegen mich. Er freute sich über seinen Sieg so sehr, dass er anfing, mich auszulachen, und mir gegenüber auch noch überheblich wurde.
Also sagte ich ihm, dass ich ihn extra habe gewinnen lassen. Er glaubte mir nicht und lachte weiter.
Das machte mich so wütend, dass ich ihn urplötzlich am Kopf packte und ihn unters Wasser drückte. Timo schien zunächst zu denken, dass das ein Spiel war und wir unter Jungs blödelten. Er probierte, meinen Kopf auch unter Wasser zu drücken. Das schaffte er aber nicht, denn meine Wut wurde immer größer.
Also nahm ich noch einmal kräftig Schwung, drückte ihn mit meiner Hand und meinem ganzen Körper nach unten. Timo versuchte, nach oben zu kommen, aber ich hatte wieder so eine Kraft in mir gespürt, dass ich ihn unten hielt. Doch er kam irgendwie nach oben und ich packte ihn erneut am Hals. Mit meinen letzten Kräften würgte ich ihn und schaute dabei, dass das Wasser zusätzlich noch in seinen Mund und seine Nase lief.

Er hatte schon einen roten Kopf und versuchte krampfhaft, zu atmen. Ich merkte, wie er in meinen Händen immer leichter und leichter wurde und seine Gesichtsfarbe von Rot auf Weiß wechselte.
Sein Gewicht spürte ich kaum mehr.
Sein dämliches Gelächter war weg. Endlich.
Er war tot. Ich hatte ihn getötet. So schnell ich noch konnte, schwamm ich aus dem Schwimmbecken und setzte mich mit gesenktem Kopf und außer Atem auf den Beckenrand.
Timo hatte mich alle Kraft gekostet, sodass ich mich zuerst erholen musste. Ich war mir nicht sicher, ob mein Trainer gesehen hatte, wie ich Timo getötet hatte, aber völlig entsetzt bemerkte ich, dass er jetzt vor mir stand. Jörg hob mich auf und meinte, ich solle schnell in die Umkleidekabine gehen und mich anziehen. Ich war so abgekämpft, dass ich bis heute nicht genau weiß, was Jörg mir sonst noch gesagt hatte. Es dauerte länger, bis ich mit Anziehen fertig war, denn ich dachte über mich und darüber, warum ich es hier und jetzt getan hatte, nach.
Wo war der halbwegs kontrollierte Junge hin? Ich hatte mich doch langsam im Griff. Was sollte das jetzt?
Zerstreut und fertig mit meiner Kraft lief ich nach draußen in die Vorhalle und sah durch die Glasscheiben, wie Timos Leiche im Schwimmbecken trieb. Plötzlich fielen mir meine Eltern ein.
Wie sage ich ihnen, dass ich dabei erwischt worden bin? Wie bringe ich das in Ordnung? Jetzt wird sicher etwas Schlimmes mit mir passieren!

Ich spürte es und lag auch richtig. Als ich langsam weiter Richtung Ausgang ging, sah ich meinen Vater in der Halle stehen, der aufgewühlt am Telefonieren und gleichzeitig mit Jörg am Reden war. Zudem zeigte er mit dem Finger auf die zwei Kameras, die im Schwimmbad waren.
Von Weitem konnte ich nicht hören, was sie sprachen. Als ich bei ihnen ankam, wurden sie still. „Michael, wir fahren gleich nach Hause, warte im Auto", sagte mein Vater wütend und gab mir die Autoschlüssel in die Hand. Im Auto hatte ich Angst. Ich hatte meinen Vater noch nie so wütend gesehen.
Um meine Angst zu kontrollieren, fing ich wie immer an zu zählen, langsam und leise. Dabei konzentrierte ich mich vollkommen auf meine Stimme. Bei 860 kam mein Vater. Er hatte einen harten Blick, schaute mich nicht einmal an und redete mit mir kein Wort, bis wir zu Hause waren. Wir stiegen aus dem Auto und mein Vater eilte mit mir zum Haus.
Er riss die Haustüre auf und mit zorniger Stimme fuhr er mich an: „Du musst dich besser kontrollieren, Michael. So geht das nicht. Ich weiß, dass du töten willst, aber nicht so. Du musst dich in Gottes Namen endlich besser kontrollieren."
Während er das zu mir sagte, lief er nach oben und würdigte mich keines Blickes. Meine Mutter stand auch da. Ihr Blick war eiskalt.
Wie konnte so eine warmherzige, schöne Frau, meine Mutter, die ich über alles liebte, so einen Blick haben, den ich zuvor noch nie bei ihr gesehen hatte? Sie sah völlig verändert aus.

Gleich kam dann auch Magda aus der Küche und blieb neben meiner Mutter stehen. Obwohl meine Mutter mich so anschaute, wollte ich sie trotzdem umarmen. Während ich aber in ihre Richtung lief, ging meine Mutter einen Schritt zurück. Ich kannte dieses Verhalten nicht von ihr und blieb wie ein Stock stehen. Unsicher ging ich dann Richtung Magda, um sie zu umarmen.
Magda kam auf mich zu und wollte mich im Gegensatz zu meiner Mutter umarmen, jedoch streckte meine Mutter beinhart ihren Arm seitlich aus und stoppte ihr Vorhaben. „Dein Vater hat recht, Michael, du musst dich besser kontrollieren. Was sollte das? Du musst endlich besser werden!“, sagte sie auf eine kalte Art und Weise.
Ich sagte nichts. Ich hatte auch nichts zu sagen, denn sie hatte schließlich recht. Mein Vater kam wieder nach unten und hatte seine schwarzen Handschuhe in der Hand. Ich konnte ahnen, was er vorhatte. Während er die Handschuhe anzog, blieb er direkt vor mir stehen. „Weißt du, wo ich jetzt hingehe, Michael? Zu deinem Trainer Jörg. Ich werde ihn töten“, sagte er mit lauter Stimme und stürmte aus dem Haus. Ich wollte meinem Vater helfen und rannte ihm nach.
„Papa“, schrie ich.
Er blieb stehen, drehte sich blitzschnell um und zeigte wütend mit aufrechtem Zeigefinger auf mich.
Dieses Zeichen hieß Bleib, wo du bist. Starr und unter Tränen blieb ich stehen und schaute ihm nach, bis ich ihn am Eingangstor nicht mehr sah.

„Komm jetzt rein, Michael!“, rief meine Mutter schroff nach mir.
Bedrückt und verzweifelt ging ich ins Haus zurück. Meine Mutter meinte, ich solle ins Zimmer gehen, dort warten und dass Magda mir mein Essen rauf bringen würde. Wenn mein Vater käme, sollte ich wieder herunterkommen. Ich wusste, dass sie mich nicht sehen wollte. Das machte mich traurig. So hatte ich meine Mutter noch nie erlebt.
Es vergingen fast drei Stunden, bis mein Vater kam. Ich konnte meine Augen kaum noch offenhalten. Endlich hörte ich sein Auto. Schnell rannte ich hinunter und sah meinen Vater, der sehr mitgenommen und erschöpft ins Haus hineinkam. Er tat mir sehr leid und ich machte mir große Vorwürfe.
Mein lieber Papa.
Er ging an mir vorbei, streichelte meinen Kopf und sagte: „Ich komme gleich.“
Mit gesenktem Kopf ging ich ins Wohnzimmer und sah, dass meine Mutter vor den großen Glasscheiben stand und nachdenklich in den weitläufigen Garten hinausschaute.
Ich setzte mich hin und fragte sie nach Magda.
„Magda ist schon im Bett“, antwortete sie gereizt, ohne sich umzudrehen.
Sie war immer noch wütend auf mich. Gleich darauf kam mein Vater geduscht und umgezogen und setzte sich vor mich hin. „Michael, wie geht es dir?“
Ich schaute in die Augen meines Vaters, die mich wieder liebevoll anschauten.

„Nicht so gut. Ihr seid von mir enttäuscht. Ich bekomme das noch nicht hin. Ich bin sauer auf mich!“ Mein Vater blickte ins Leere.
„Das solltest du auch, du musst jetzt sauer auf dich sein, denn du tötest unbedacht drauflos. Und du hast recht, wir sind enttäuscht von dir, du hast doch so gute Fortschritte gemacht. Warum handelst du jetzt so, Michael? Du bist doch ein hochintelligenter Junge. Kontrolliere dich doch.“
„Er hat mich sehr sauer gemacht“, antwortete ich wütend.
Mein Vater beugte sich mit ernstem Blick zu mir.
„Ja, und? Glaubst du, dass dein Trainer Jörg mich nicht sauer gemacht hat? Ich wollte ihn auch auf der Stelle töten, als er mich mit dir bedroht hatte. Ich hätte es auch tun können, aber das tat ich nicht. Ich habe mich kontrolliert und einen Plan gemacht. Und soll ich dir sagen, warum ich Jörg nicht gleich, sondern später getötet habe?“
Ich nickte ihm zu und er fuhr fort: „Weil man sonst Fehler macht, Michael. Fatale Fehler, die man dann nicht mehr ausbessern kann. Nicht nur unsere Zukunft ist dann ungewiss, sondern auch die von anderen Menschen. Menschen, die uns kennen, Menschen, die wissen, was oder wer wir sind. Insbesondere die vom Kunstverein. Sie würden sich alle auf uns stürzen. Du kannst dir nicht ausmalen, was dann mit uns passieren würde!“
„Werde ich es je schaffen, mich zu kontrollieren, Papa?“, fragte ich besorgt und verängstigt.

Plötzlich drehte sich meine Mutter um und antwortete mir mit einer ungeahnten Härte. „Ja, musst du! Verdammt noch mal!"
Abrupt blickte mein Vater zum ersten Mal zornig zu meiner Mutter. „Das wird er schon schaffen, Katharina! Das wirst du schaffen, mein Sohn glaube mir."
Meine Mutter drehte sich wieder um und blickte hinaus.
„Wir reden morgen Michael. Geh jetzt schlafen."
Bevor ich ins Zimmer ging, lief ich noch mal zu meiner Mutter, denn ich wollte mich entschuldigen. Ihr Blick war immer noch derselbe, nur hatte sie jetzt Tränen in den Augen. Ich umarmte sie fest, doch sie hielt mich kaum.
„Ich liebe dich, Michael, und ich werde dich immer lieben. Verzeih mir, mein Sohn", sagte sie mit zittriger Stimme und schaute mich dennoch nicht an.
„Ich liebe dich auch, Mama. Du wirst sehen.
Ich bekomme das hin", antwortete ich ihr, ging hoch in mein Zimmer und legte mich ins Bett.
Obwohl ich sehr erschöpft war, überlegte ich, wie ich meine Morde von nun an besser umsetzen könnte. Und zwar so, dass niemand, aber auch wirklich niemand uns je schaden könnte. Nicht einmal ich. Meine Eltern, besonders meine Mutter, durften nicht mehr sauer auf mich sein. Ich wollte sie nie wieder enttäuschen und so erleben, also ging ich wieder und wieder alle möglichen Szenarien des Lebens in meinem Kopf durch und schlief dabei letztlich erschöpft ein.

Irgendwann wachte ich kurz auf und sah im Halbschlaf, wie meine Mutter vor meinem Bett stand. *Meine liebe Mutter.*
Ich lächelte ihr zu, obwohl ich nicht genau wusste, ob sie es im Dunkeln sehen konnte. Kurz darauf ging die Tür auf und durch das Licht, das hereinfiel, erkannte ich mit halb offenen Augen meinen Vater, der an der Türschwelle stand.
„Katharina, lass ihn in Ruhe.“ Meine Mutter beugte sich vor und hob langsam ihre Hand hoch, um meinen Kopf sanft zu streicheln.
Schließlich kam dann auch mein Vater und ich sah, wie mein Vater meine Mutter von hinten umarmte und wie sie mich gemeinsam anschauten und lächelten. Ich fühlte mich geborgen, sicher und schlief gleich wieder ein.
Am nächsten Tag ging ich wie gewohnt in die Schule und kam gegen 15:00 Uhr nach Hause. Ich hatte an diesem Tag mit keinem meiner Freunde etwas abgemacht, denn ich wollte schnell nach Hause, um mit meiner Mutter Zeit zu verbringen. Ich wollte ihr noch einmal sagen, wie leid es mir tat und dass ich in Zukunft ein besserer Mörder sein würde.
Doch als ich zu Hause ankam, war sie nicht da.
Nicht einmal Magda. Das kam mir selten vor. Denn meine Mutter arbeitete seit fast einem Jahr nur noch vormittags in der Praxis und nachmittags zu Hause weiter, um auch die Buchhaltung für den Kunstverein zu machen. Ich rief meinen Vater an und es läutete ewig, bis er endlich abnahm.

Ich fragte ihn, ob meine Mutter bei ihm sei.
„Michael, ich bin auf dem Weg nach Hause. Hör mir jetzt gut zu, deine Mutter hatte einen Autounfall."
„Lebt Sie?", fragte ich instinktiv als Erstes, aber er sagte nichts. Es schien, als ob ich ewig auf eine Antwort wartete. Ungeduldig schrie ich schließlich sehr laut: „Papa, lebt sie?"
Mit leiser und gebrochener Stimme antwortete er: „Sie ist tot, Michael."
„Mama", schrie ich, so laut ich konnte, und bemerkte zudem, wie meine Welt innerhalb von einer Sekunde farblos wurde. Ich bekam kaum Luft, denn das Haus erdrückte mich. Plötzlich spürte ich auch einen qualvollen Schmerz, der mein Herz in tausend kleine Stücke riss. Auf meine Schultern fiel irgendetwas Schweres, das ich kaum tragen konnte.
„Mama, Mama", schrie ich aus meiner Seele heraus. Ich war sehr wütend und außer mir.
Ich weiß nicht, was in den nächsten Minuten passiert ist. Ich weiß nur, dass mein Vater und Magda auf einmal vor mir standen. Ihre Augen waren voller Tränen.
Mein Vater hielt mich an den Oberarmen, schüttelte mich fest. „Michael, bitte komm zu dir, Michael."
Ich kam zu mir und blickte verwirrt um mich.
Das Wohnzimmer war komplett verwüstet.
Fassungslos bemerkte ich, dass mein T-Shirt zerrissen war und meine Hände mit Blut verschmiert waren.
Ich hatte alles inklusive mir selbst demoliert. Es war schrecklich.

Kraftlos fiel ich auf meine Knie und sackte vor meinem Vater am Boden zusammen. Mein Vater fiel ebenfalls heulend auf die Knie. Er umarmte mich und ich fragte ihn unter Tränen, die nicht aufhören wollten zu fließen: „Wieso, wieso, wieso …?“
Mein Vater versuchte, mich zu beruhigen und streichelte immer wieder meinen Kopf.
„Alles wird gut, mein Sohn, alles wird gut. Ich bin bei dir. Vertraue mir.“
Wir saßen Minuten, wenn nicht stundenlang gemeinsam auf dem Boden und weinten, bis ich erschöpft in den Armen meines Vaters einschlief.

Ab diesem Tag konnte ich nicht mehr in Aufzüge einsteigen und hasste den 1. Oktober!

KAPITEL 6

RATESPIEL

Nach dem Tod meiner Mutter entfernte mein Vater sämtliche Erinnerungen aus dem Haus, darunter alle Fotos, und verschenkte ihre Kleidung. Gemeinsam richteten wir das Haus komplett neu ein.
Fast täglich redete ich mit ihm nicht nur über meine Mutter, sondern auch über unsere Morde.
Um mich aus einer Situation herauszuholen, in der ich mich unwohl, unsicher oder gar wütend fühlte, vereinbarten wir ein Geheimzeichen. Ich musste nur meinen kleinen Finger knacken und mein Vater würde mich sofort verstehen. Heute mach' ich das auch noch, wenn ich meinem Vater einen Hinweis geben oder ihn warnen möchte. Mein Vater gab mir zusätzlich ein Kryptohandy, in das bereits die Nummern gespeichert waren, die ich nach einem Mord anrufen sollte.
Dadurch wurde die Bindung mit meinem Vater enger denn je. Denn er wurde nicht nur mein bester Freund, sondern auch der kostbarste, wichtigste und einzige Mensch, der mir noch blieb. Manchmal begleitete ich ihn auch in den Kunstverein und traf dort auf die Unterstützer. Inzwischen wurden aber zwei von ihnen ausgetauscht, die ich später, als ich den Kunstverein übernahm, kennenlernte.

Ich traf auch immer wieder auf Evelyn, die Empfangsdame vom Kunstverein, die nicht nur mit meinem Vater die Buchführung für den Kunstverein machte, sondern nach dem Tod meiner Mutter auch seine Geliebte wurde. Mit den Jahren bereitete mich mein Vater auch ausgezeichnet auf die bevorstehende Zeit an der Universität vor. Ich wurde nach und nach ein hervorragender Beobachter und ein vollendeter, perfekter und beherrschter Mörder.

Während meiner Studienzeit lebte ich mich am Campus ein, besuchte meine ausgewählten Kurse und ging wie all die anderen Studenten am Wochenende aus und hatte viel Spaß. Nicht nur die Studentinnen, sondern auch meine Professorinnen standen Schlange, um mit mir Sex zu haben. Die ersten fünf Monate lebte ich allein in meinem kleinen Appartement, denn ich suchte noch immer nach einem passenden Mitbewohner. Die hübschen Studentinnen wollte ich auf keinen Fall, da sie mich zu sehr ablenken würden. Und die anderen zwei Interessenten, die ich unbedingt wollte, hatten den Campus plötzlich verlassen und reagierten auch nicht mehr auf meine Anrufe. Am Campus traf ich schließlich auf Mark, der mich zufällig angesprochen hatte, ob ich noch jemanden suchen würde. Ein paar Tage später wurde Mark mein Mitbewohner. Nachdem er bei mir eingezogen war, beobachtete ich ihn über mehrere Wochen, so gut es ging, um es genau zu sagen 25 Tage und davon 19 Nächte.

Wie er sich selbst auch beschrieben hatte, war er tatsächlich ein ruhiger, aber auch ein langweiliger Mitbewohner. Er lebte in sich gekehrt, war ein sehr ordentlicher Kerl und redete kaum. Er hatte auch keine Freunde oder Verwandte, die ihn besuchten oder anriefen. Nicht einmal eine Freundin hatte er, obwohl er intelligent, gut aussehend und sportlich war. Sein Interesse galt nur den Büchern. Er las und schrieb stundenlang an seinem Schreibtisch. Zwischen 23:00 Uhr und 02:00 Uhr nachts ging er jeden Tag spazieren. Ich habe die ganzen Semesterjahre mit Mark kaum geredet. Und falls doch, hatte er mir außer Nicken oder Kopfschütteln selten eine andere Antwort gegeben. Sie glauben jetzt sicher, dass mit Mark etwas nicht stimmt oder er sogar psychisch gestört ist. Nein, nein, das ist er ganz und gar nicht. Mark ist schlau. Sehr schlau!

Obwohl ich wusste, dass Mark nicht mitgehen würde, fragte ich ihn an diesem Wochenende erneut, ob er Lust hatte, mit mir rauszugehen. Er tat mir auf irgendeine Art und Weise leid. Seine Interaktionen waren immer dieselben. Er schüttelte einfach seinen Kopf, setzte seine dicken Kopfhörer auf, setzte sich wieder an seinen Schreibtisch und las oder schrieb an irgendetwas. Also ging ich an dem Abend wie immer allein raus. Gezielt suchte ich nach einem Opfer. Meine Kriterien waren wie immer dieselben, das Killer-Gen machen lassen und dabei so leise und kontrolliert wie möglich sein.

Ich erkannte die hübsche, attraktive Studentin im Campuslokal. Wir redeten über dies und jenes und irgendwann meinte sie, dass sie meine kleine Wohnung neben dem Campus gerne sehen würde. Obwohl ich sie im Freien töten wollte, änderte ich meinen Plan und nahm sie mit. Es war für mich klar, dass sie, nachdem ich sie benutzt hatte, in meinem Bett ihren Tod finden würde. Es war bereits halb eins. Ich hatte also fast eineinhalb Stunden Zeit, bis Mark wieder da war. In dieser Zeit musste ich sie heftig flachlegen, töten und ihre Leiche entsorgen.
Für mich? Kein Problem.
Zu Hause angekommen, vergewisserte ich mich, dass Mark nicht da war. Sie schaute sich auch um und lobte uns, wie ordentlich es war. Ich ging gleich im Wohnzimmer zur Sache, machte den ersten Schritt, in dem ich sie an den Haaren packte und wild küsste.
„Ich mag es heftig und dreckig“, sagte ich bestimmend.
„Nur zu“, erwiderte sie.
Ich riss energisch meinen Gürtel aus der Hose und wickelte ihn um ihren Hals. Nach jedem Stoß zog ich den Gürtel fester und fester. Ihr Kopf wurde immer roter und die Lippen färbten sich blau. Sie versuchte, auf meine Hände einzuschlagen; ihr ganzer Körper wehrte sich unter mir. Doch sie konnte sich nicht von mir losreißen. Ich hatte sie fest im Griff. Es gefiel mir so sehr, dass ich sie noch ein wenig leiden ließ, indem ich den Gürtel immer wieder etwas lockerte und dann wieder zuzog.

Als ihre Atmung schwächer wurde, kam mein Höhepunkt. Der Höhepunkt des Tötens.
Ich riss ihre Seele langsam aus ihr heraus und schaute ihr dabei tief in die Augen. Dieser kleine Augenblick zwischen meinen Opfern und mir ist für mich bis heute ein magischer Moment.
Rasch schaute ich auf meine Uhr. Es war 01:26 Uhr. Ich hatte nicht mehr viel Zeit und musste mich beeilen. Ich sprang von der Leiche herunter und wollte mein Handy holen. Und plötzlich war er da. Mark!
Verdammt!
Er stand direkt vor mir und schaute die Leiche und mich ausdruckslos mit seinen großen blauen Augen an. Wir standen uns für einige Sekunden wie Statuen gegenüber. Ich musste schnell handeln. Mein erster Gedanke war, ihm an die Kehle zu gehen. Als ich mich langsam näherte, drehte sich Mark plötzlich um, ging zurück in den Vorraum, zog seine Jacke und Schuhe aus und hängte sie auf die Garderobe. Anschließend warf er mir einen flüchtigen Blick zu und ging ins Bad. Verdutzt und nackt stand ich da.
Was geschieht jetzt?
Nach wenigen Minuten kam er in seinem maßgeschneiderten Pyjama raus, ging ins Schlafzimmer, ließ aber die Tür offen und legte sich in sein Bett. Das war für mich eine der größten Herausforderungen meines Lebens.
Was sollte das?
Ich zog meine Hose an und setzte mich neben die Leiche auf die Couch. Der Raum war dunkel und leise, aber trotzdem konnte ich Mark durch die offene Tür sehen.

Seine Decke war bis zum Hals hochgezogen, jedoch konnte ich nicht erkennen, ob er mich ansah oder nicht. Auch wusste ich nicht, was er dachte oder vorhatte.

Das machte mich innerlich unruhig, aber auch sehr aggressiv. Für 720 Sekunden schaute ich ihn an. Dann sagte ich mir selbst: *Wenn Mark etwas vorhätte, hätte er es schon längst getan, sei es zu flüchten, die Polizei anzurufen oder gar zu versuchen, mich umzubringen.*

Ganz vertrauen konnte ich dieser Sache aber dennoch nicht. Ich musste ihn töten. Also ging ich zuerst einmal wie gewohnt vor. Ich rief die Männer an, die für meinen Vater und mich die Leichen abholten.

Kurz und knapp sagte ich: „Bin in meiner Wohnung. Frau, circa 160 cm groß, 50 Kilo."

Sie kamen innerhalb von 26 Minuten. In dieser Zeit behielt ich Mark im Blick und überlegte, wie ich ihn still und leise umbringen könnte. Als es dann an der Tür klopfte, hob Mark plötzlich seinen Kopf hoch, drehte ihn Richtung Tür, blieb aber trotzdem unverändert liegen. Prüfend ging ich näher zur Schlafzimmertür, doch Mark reagierte wieder nicht auf mich. Er legte seinen Kopf wieder auf das Kissen und ich öffnete die Haustür. Die Männer kamen herein und hatten zwei mittelgroße Koffer dabei. Der eine Mann ging direkt zur Leiche. Der andere schaute etwas unsicher ins Schlafzimmer in Richtung Mark und danach zu mir. Ich nickte und deutete ihm, dass er weitermachen dürfe. Währenddessen drehte sich Mark bewusst zur Wand um und zog die Decke diesmal über seine Ohren.

Die Männer quetschten die Leiche und all die anderen Beweismittel in die Koffer und gingen. Mein Gefühl sagte mir jetzt, dass ich nichts gegen Mark unternehmen sollte.
Noch nicht.
Also duschte ich zuerst, blieb dabei aber achtsam, legte mich in mein Bett, das gegenüber Marks Bett stand, drehte mich in seine Richtung und schlief in dieser Nacht mit einem offenen Auge. Am nächsten Tag und auch die folgenden Tage darauf benahm sich Mark wie immer. Das machte mich zwar fast verrückt, aber ich tat auch so wie immer. Zumindest gab ich Mark das Gefühl. Ich legte mich auf die Lauer und war auf alles vorbereitet, was Mark mit mir machen könnte.
Er sagte nichts, er fragte nichts!
Also, was führte er im Schilde?
Um das endlich herauszubekommen, entwickelte ich den perfekten Plan und ging wieder auf die Jagd.

Neben unserer kleinen Wohnung im Wohnhaus lebte eine zurückgezogene junge Frau mit ihren drei Katzen. Punkt 22:00 Uhr abends klopfte ich an ihrer Tür. Ich wusste, dass sie zu Hause war. Sie öffnete halb und sah über die Sicherungskette zur Tür hinaus.
Ich entschuldigte mich für die späte Uhrzeit und fragte sie auf meine charmante Art, ob sie für meinen Mitbewohner und mich ein wenig Kaffee hätte.
Sie sagte, dass sie sich etwas überziehen muss und ich warten solle. Da ich sie in meiner Wohnung umbringen wollte, sagte ich ihr, dass sie sich nicht beeilen muss und ich wieder zurück in meine Wohnung gehe.

Sie könne einfach bei mir klopfen. Zum Glück ging sie auf dieses Angebot ein. Nach vier Minuten klopfte es schon. Mark saß auf der Couch und war am Lesen. Ich öffnete ihr mit dem Messer in der Hose die Tür und bat sie herein. Zuerst zögerte sie kurz, kam dann aber doch in die Wohnung.

„Hier ist der Kaffee", sagte sie und ging noch ein paar Schritte ins Wohnzimmer hinein. Rasch machte ich die Tür zu und folgte ihr. Bevor sie sich umdrehen konnte, stach ich ihr schon mit meinem Messer seitlich in ihre Nieren und hielt ihren Mund so fest zu, dass niemand sie schreien hören konnte. Der Kaffee fiel ihr aus der Hand und verteilte sich auf dem Teppich. Gleichzeitig schaute ich zu Mark hinüber, der mich kurz anschaute und wieder keine Reaktion zeigte. Er las einfach weiter in seinem Buch. Weil er nichts tat, war ich so außer mir, dass ich in meiner Wut, wie von Sinnen, mein Messer immer wieder mit aller Kraft in die Frau hineinstach.

„Was willst du?", schrie ich Mark an und ließ die Leiche auf den Boden fallen. „Hörst du mich nicht? Was willst du? Gib mir eine Antwort", schrie ich noch lauter.

Mark hob seinen Kopf von seinem Buch und schaute mich erneut ausdruckslos an. Ich kochte vor Wut und rannte zu ihm, blickte ihn direkt an.

„Was willst du, sag endlich etwas?", schrie ich noch einmal. Obwohl ich ihn auf der Stelle hätte töten können, war Mark weder erschrocken noch hatte er Angst vor mir.

Er blieb ruhig, blätterte auf die nächste Seite und las weiter. Ratlos setzte ich mich neben ihm hin und starrte ihn an.
Was denkst du, Mark?
Kurz darauf stand er auf, klappte sein Buch zu und schaute mich an „Es ist fast 23:00 Uhr, ich gehe jetzt spazieren." Er beugte sich kurz über die Leiche, inspizierte sie, warf mir einen Blick zu und schüttelte dabei seinen Kopf. Dann ging er zur Garderobe, zog seine Jacke und Schuhe an.
„Bis später."
„Mark", rief ich ihm nach.
Er blieb stehen, drehte sich aber nicht um.
„Ja."
Ich erkannte, dass er auf meine Frage, die ich ihm schon dreimal gestellt hatte, wieder keine Antwort geben würde, also beließ ich es dabei und Mark verließ die Wohnung. Somit war Mark ein großes Problem für mich. Dennoch wollte ich ihn nicht töten, denn er faszinierte mich so sehr, dass ich nach zehn Tagen noch einen dritten Versuch startete, um herauszufinden, was und wer Mark war.

Bei den zwei Frauen, die ich getötet hatte, hatte Mark keinerlei Reaktionen gezeigt. Also dachte ich mir, dass er vielleicht bei einem Mann irgendeine Reaktion zeigen würde. Ich lud den Besitzer des Kiosks, der um die Ecke unserer Wohnung war und mit dem ich schon ein freundschaftliches Verhältnis hatte, am Wochenende zu uns auf einen Drink ein.

Neugierig wie er war, kam er dann auch.
Wir ließen den Fernseher laufen und unterhielten uns. Mark saß wie immer an seinem Schreibtisch im Wohnzimmer und machte sein Ding. Irgendwann musste der Kioskbesitzer ins Bad. Ich stand mit ihm auf und zeigte mit dem Finger auf die Badezimmertür neben Marks Schreibtisch.
Fast drei Minuten blieb er im Bad. Dann kam er heraus, blieb neben Mark stehen und grinste ihn an „Ich mag Menschen, die nicht reden. Die haben etwas Geheimnisvolles."
Mark schaute zu ihm hoch und neigte gleichzeitig nachdenklich den Kopf.
Ich bin mir 100 % sicher, dass Mark genau wusste, dass der Kioskbesitzer gleich sterben würde.
So war es dann auch, denn während er sich wieder hinsetzen wollte, packte ich ihn an seinem Hals, schleifte ihn zu Mark und begann ihn zu würgen.
„Schau mich an", schrie ich Mark an und drückte immer fester den Hals des Kioskbesitzers.
Mark schob seinen Stuhl mit den Rollen nach hinten, sodass er mich gut sehen konnte, blieb weiterhin sitzen und sah mich durchgehend an, während ich den Kioskbesitzer erwürgte.
Er unternahm auch dieses Mal nichts. Bis ich mit ihm fertig war, sahen wir uns in die Augen.
Ich ließ ihn los.
„Sag was, egal was."

Mark schaute auch jetzt wieder ausdruckslos auf den Boden zur Leiche, danach zu mir, rollte seinen Stuhl wieder nach vorn.
„Michael, ich habe morgen eine Prüfung.
Ich muss weiterlernen."
Und da stand ich wieder. Immer noch ratlos, was Mark betraf.

Die nächsten Monate und Jahre mordete ich sowohl draußen als auch in der Wohnung. Entweder war Mark in der Wohnung oder er kam, während ich jemanden tötete. Mit der Zeit wurde das zwischen uns zur Normalität. Allerdings wusste ich damals noch nicht, was Mark sich dabei genau gedacht hatte.
Er veränderte sich die ganzen Jahre nicht. Auch der Abschied nach dem Studium war sachlich und distanziert. Obwohl ich wusste, dass Mark nichts gegen mich unternehmen würde, wollte ich ihn trotzdem gleich nach dem Auszug aus der Wohnung töten. Aber aufgrund des Rates meines Vaters ließ ich ihn dann doch am Leben. Bis sich unsere Wege eines Tages auf schockierende Weise wieder kreuzten.

KAPITEL 7

DER HÜTER

Direkt nach meinem Studium arbeitete ich als Assistenzarzt in einem sehr großen Krankenhaus in der Nachbarstadt. Es gefiel mir auf meiner neuen Arbeitsstelle unglaublich gut, denn die Oberärzte und auch die Krankenhausverwaltung hatten gleich erkannt, dass ich meine Aufgaben gewissenhaft ausführe, und ließen mich - auch aufgrund des Personalmangels - fast täglich alleine arbeiten. Für meine Zukunft als Arzt war es ein Segen, jedoch konnte ich deshalb nicht mehr so oft töten, wie und wann ich wollte. Ich arbeitete und lernte nur noch. Klar brachte ich beides unter einen Hut und das mit Leichtigkeit. 12 Patienten hatte ich schon auf unterschiedlichste Art und Weise im Krankenhaus getötet, mal mit einer Spritze oder durch Manipulation an Geräten und Schläuchen. Aber weder erfüllte es mich, noch war es eine Herausforderung für mein Killer-Gen. Mir fehlten meine perfekten Vorbereitungen auf die Morde, die ich in aller Ruhe planen wollte. Es musste etwas geschehen.
Sofort!

Wir waren eine kleine Gruppe von vier Assistenzärzten, die seit zwei Jahren gemeinsam arbeiteten, lernten und auch ausgingen. Wir verstanden uns alle sehr gut und hatten großen Respekt voreinander. Eines Tages sagte der Oberarzt, dass wir nächste Woche eine neue Assistenzärztin in unsere Gruppe bekommen würden.
Ich Glückspilz. Das war meine Rettung. Weniger arbeiten und mehr Freizeit. Nur noch ein paar Tage, um wieder meisterlich töten zu können.
Ich zählte die Tage, die so langsam vergingen, wie ein kleines Kind. Am Montagmorgen war es dann so weit. Wir warteten alle im Aufenthaltsraum. Bewusst setzte ich mich mit dem Rücken zur Tür, um mich selbst damit, wie meine neue Kollegin aussah, zu überraschen und ihr einen Wow-Effekt von mir zu geben.
Endlich hörte ich, wie die Tür aufging. „Verehrte Kollegen", sagte der Oberarzt und kam in den Raum. Wir standen alle auf und während ich mich noch umdrehte, redete der Oberarzt weiter. „Darf ich ihnen vorstellen, ihr neuer Kollege Mark." Ich traute meinen Augen und Ohren nicht. *Mark!* Da stand er nach zwei Jahren wieder direkt vor mir – Mark – und schaute mich grinsend an. Er hatte wie immer dasselbe Maskengesicht, dieselbe aufrechte Körperhaltung und den perfekt gebügelten, maßgeschneiderten Arztkittel. „Ich weiß, dass ihr jetzt eine Assistenzärztin erwartet habt, aber die Dame ist leider ausgefallen und Mark hat ihre Stelle bekommen", fuhr der Oberarzt fort.

Mark begrüßte uns und stellte sich bei jedem einzeln vor.
„Ah, Michael, wir kennen uns ja bereits", sagte er, als er bei mir ankam, und lachte mir aufgesetzt ins Gesicht. Ich zwang mich zu einem Lächeln. „Ach so, und von wo?", fragten die anderen neugierig. Und der stumme Mark war auf einmal zum Redseligen geworden. Er erzählte fast drei Minuten lang, dass wir gemeinsam eine Wohnung geteilt hatten, wir uns trotz der Unterschiede sehr gut verstanden hatten und jeder sein Ding gemacht und den anderen in Ruhe gelassen hatte. Was auch stimmte. Während ich lächelnd zuhörte, dachte ich mir nur:
Sag jetzt ja nichts über meine Morde.
Und falls doch, überlegte ich in Sekundenbruchteilen, würde ich ihm zustimmen und lachen, als wäre es ein guter Witz von ihm gewesen. Dann meinte der Oberarzt, dass es Zeit wäre, dass wir an die Arbeit gehen. Da ich in letzter Zeit immer alleine gearbeitet hatte, schlug er vor, dass ich heute den ganzen Vormittag gemeinsam mit Mark arbeiten solle.
Na, großartig, dachte ich und verließ mit zügigen Schritten den Aufenthaltsraum. Mark folgte mir und versuchte, mit mir zu reden. „Schön, dass wir uns wieder begegnen, Michael. Seit wann bist du in diesem Krankenhaus? Wie geht es dir?" Ich konnte seine Stimme nicht ertragen, also lief ich noch schneller. Da ich noch immer keine Aufzüge benutzen konnte, nahm ich wie immer das Treppenhaus, um in den vierten Stock zur Visite zu gelangen. Mark redete beinahe ohne Pausen weiter.

„Ein sehr schönes Krankenhaus hier. Auch der Oberarzt ist mir sympathisch. Und die anderen im Team? Wie sind sie so?“
Jetzt reichte es mir und aus dem Nichts packte ich ihn am Hals, drückte ihn gegen die Wand und sagte leise und aggressiv: „Jetzt hör mir mal zu, du Mistkerl. Was willst du hier? Verfolgst du mich etwa?“
Und zum ersten Mal überraschte mich Mark mit seiner Reaktion. Er hielt mein Handgelenk fest, drückte es von seinem Hals weg, schaute mich ernst an und antwortete mit einer ungekannten Selbstsicherheit: „Fass mich nie wieder an!“
Dann näherte er sich mir mit einer aufrechten Körperhaltung, sodass unsere Nasenspitzen sich fast berührten.
„Was ist dein Problem? Du müsstest doch schon lange wissen, dass du mich nicht interessierst.“
Anschließend starrte er mich kurz an, richtete lässig seinen Kittel und fragte: „Wohin?“
Ich merkte, dass meine Adern im Gesicht vor lauter Wut schon fast platzten. Zusätzlich biss ich meine Zähne zusammen und probierte langsam und ruhig zu atmen, verzog dabei keine Miene und deutete mit dem Kopf seitlich in Richtung Tür. Mark ging gelassen noch die restlichen 12 Stufen hinunter. Erst als ich hörte, dass die Tür ins Schloss gefallen war, schlug ich, so fest ich konnte, dreimal mit meiner Handfläche an die Wand, holte danach tief Luft, atmete ruhig aus.
Mistkerl!
Ich kochte vor Wut und zudem glaubte ich ihm kein einziges Wort.

Den ganzen Vormittag verbrachten wir, indem wir uns ignorierten und unsere Arbeit machten. Auch die nächsten Tage und Wochen verliefen genau gleich. Wir redeten nur über Fachliches und tauschten uns über das Notwendigste aus.
Bis er wieder am falschen Ort auftauchte.

Sonntag Abend hatten Mark und ich Nachtdienst und saßen im Aufenthaltsraum. Mark machte sich einen Kaffee und verließ anschließend wortlos den Raum. Ich blätterte noch ein paar Patientenakten durch und ging dann ebenfalls.
Gedankenlos schlenderte ich zum Treppenhaus und lief die Stufen zwischen Erdgeschoss und achtem Stock auf und ab, zählte dabei immer wieder die Treppen. Irgendwann wurde mir langweilig und meine Hände wollten wieder töten. Also nahm ich den Ausgang in den dritten Stock, da ich wusste, dass in dieser Nacht nur eine Krankenschwester auf der Intensivstation eingeteilt war. Die Ärzte blieben immer in ihren Arbeitszimmern, bis man sie brauchte.
Die Krankenschwester kam mir im Gang entgegen. Wir begrüßten uns kurz und liefen aneinander vorbei. Ich ging weiter zum Ende des Ganges, wo mein Patient lag, der heute mein Opfer werden sollte. *Aber Moment mal.* Fast bei ihm angekommen, entschied ich mich für eine andere Patientin, die im Zimmer schräg gegenüber lag. Schnell blickte ich kurz über meine Schulter und konnte gerade noch die Krankenschwester sehen, die sich an die Stationsrezeption setzte.

Flink wechselte ich die Richtung und betrat das Zimmer, wobei mir auffiel, dass auch noch ein Junge im Alter von etwa 13 Jahren im zweiten Intensivbett lag. Doch ich wollte unbedingt die Frau töten.
Um sicherzugehen, dass die Krankenschwester mich nicht überraschen konnte, blickte ich noch einmal vorsichtig zur Tür hinaus und sah, dass sie noch immer ganz vorn an ihrem Platz saß. Mit drei schnellen Schritten stand ich wieder neben der Frau, manipulierte den Alarm am Überwachungsmonitor, holte aus meinem Kittel das Fläschchen mit dem Morphium und zog die Spritze auf. Aus dem Nichts hörte ich „Immer noch derselbe Michael!"
Ich zuckte für einen Augenblick zusammen und drehte mich um.
Nein! Das konnte nicht wahr sein.
Mark stand mit seinem Kaffeebecher in der Hand angelehnt am Türstock und schüttelte den Kopf.
Lässig blickte ich wieder zum Fläschchen und zog die Spritze weiter auf. Innerlich besorgt schaute ich dann zu Mark hinüber, spritzte das Morphium in den Infusionsschlauch, wodurch sie starb, und fragte gelassen: „Und du? Immer noch derselbe Mark?"
Mark schüttelte seinen Kopf. Mit sicheren Schritten ging ich an ihm vorbei und streifte ihn bewusst an seiner Schulter. Schnaufend drehte er sich um und folgte mir. Wortlos liefen wir nebeneinander an der Stationsrezeption vorbei in Richtung Treppenhaus.
Dort angekommen fragte mich Mark: „Warum machst du das?"
Ich schaute mit ernstem Blick zu ihm.

„Warum mache ich was?“, frachte ich und eilte zwei Stufen gleichzeitig hoch.
„Michael, warum die Frau und nicht der Junge? Was geht dir durch den Kopf?“
Ich blieb stehen und schaute ihn erbost an.
„Ich töte keine Kinder! Und das, was mir durch den Kopf geht, glaub mir, das willst du nicht wissen!“
Mark nickte und es war für einen Moment still.
„Jetzt habe ich eine Frage an dich. Warum hast du mich nicht aufgehalten?“
Er überlegte kurz, kam ein Stück näher zu mir, schaute diesmal sehr ernst und tief in meine Augen.
„Hättest du den Jungen töten wollen, glaub mir Michael, dann hätte ich dich aufgehalten! Niemand tötet Kinder in meiner Gegenwart!“
Der Blick von Mark war düster. Dieser Blick und auch das Benehmen von Mark gefielen mir so sehr, dass ich unkontrolliert schmunzeln musste und auch nickte.
Mark schmunzelte ebenfalls und wir gingen weiter die Treppen hoch.
„Ach ja, warum warst du eigentlich auf der Intensivstation?“, fragte ich, kurz bevor wir den Aufenthaltsraum erreichten.
Er lächelte, tippte dabei mit seinem Finger auf sein Namensschild. „Ich arbeite auch hier.“
„Du verfolgst mich also nicht? War das wieder ein Zufall?“ Mark schüttelte den Kopf.
„Michael, ich war bei unserem Patienten. Hättest du zuerst nach rechts in das Zimmer geschaut, dann hättest du mich gesehen“, antwortete er grinsend.

Anschließend machte er eine kurze Pause.
„Gut für dich, Michael, dass ich nichts mache.“
Darauf grinste ich zurück. „Gut für dich, Mark, dass ich dich nicht töte!“, erwiderte ich schlagfertig und wir gingen gemeinsam in den Aufenthaltsraum.

Nach diesem kurzen Gespräch unterhielten wir uns immer öfter. Irgendwann begleitete ich ihn auf seinen Spaziergängen und er mich zum Wasserspringen.
Es entwickelte sich eine tiefe Freundschaft zwischen uns. In dieser Zeit spürte ich auch eine Verbindung zu ihm. Mark erzählte mir von seiner Kindheit, seinem gewalttätigen Stiefvater und seiner Mutter, die er schon im Kindesalter verloren hatte. Er verbrachte drei Jahre im Waisenhaus, die voller Trauer und Kummer waren, bis er von einem älteren, liebevollen, kinderlosen Lehrerpaar adoptiert worden war. Kurz bevor er auf die Universität kam, verlor er altersbedingt zuerst seine Adoptivmutter und kurz danach seinen Adoptivvater. Seitdem lebte Mark wie ich alleine und hatte noch immer keine Freunde, keine feste Freundin, sondern nur flüchtige Bekanntschaften. Wir waren uns in vielen Dingen sehr ähnlich. Jedoch sagte mir mein Gefühl immer noch, dass er etwas im Schilde führte. Ich vertraute ihm 99 %, aber dieses eine Prozent ließ mich einfach nicht los. Immer wieder fragte ich ihn, warum er mit mir, einem Mörder, befreundet sein wollte. Ich erhielt nie eine Antwort, bis er eines Tages nachdenklich zu mir sagte: „Michael, du bist, wer und was du bist!“

KAPITEL 8

KOMM HEREIN

Nach Monaten enger Freundschaft mit Mark wollte mein Vater den Mann, der die Morde seines Sohnes seit Jahren mit angesehen und noch nie gegen ihn etwas unternommen hatte, unbedingt kennenlernen. Also veranstaltete er ein Abendessen und lud dazu auch seine Freunde und Bekannten ein, um ihn bei dieser Gelegenheit in aller Ruhe zu analysieren. Als wir an diesem Wochenende am Haus ankamen, öffnete uns Magda die Tür. Sofort umarmte sie mich und gab mir einen großen Schmatzer auf die Wange.
„Hallo Michael, ich habe dir dein Lieblingsessen gemacht. Lasagne“, sagte sie leise und kichernd.
„Magda, du bist einfach die Beste“, antwortete ich ihr leise und gab ihr ebenfalls einen Kuss auf die Wange.
Sie schaute neugierig zu Mark.
„Wer ist denn dieser junge Mann?“
Ich klopfte auf Marks Schulter.
„Magda, das ist Mark, mein guter Freund und Arbeitskollege.“
Mark lächelte, ich umarmte Magda.
„Und das ist meine allerbeste Freundin, Magda. Später nehme ich sie wieder mit zu mir.“
Magda kicherte wieder, streichelte mein Gesicht.

„Du Lauser. Freut mich, dich kennenzulernen, Mark. Noch so ein gutaussehender Arzt." Mark schmunzelte.
„Lieb von Ihnen, Magda. Freut mich auch, Sie kennenzulernen."
Gemeinsam gingen wir in den großen Wohnbereich, in den auch der ebenfalls große Essbereich integriert war. Mein Vater sah uns schon von Weitem und kam direkt auf uns zu. Währenddessen bemerkte ich, dass Mark einen nervösen Eindruck machte.
„Du musst Mark sein. Ich bin Gerald, Michaels Vater", sagte mein Vater mit selbstbewusster und freundlicher Stimme. Mark war für einen kurzen Moment still.
„Freut mich, Sie kennenzulernen."
„Mark, du kannst mich duzen", meinte mein Vater in seiner lockeren Art.
Mark nickte und überreichte die Whiskyflasche, die er für meinen Vater mitgebracht hatte.
„Michael hat gesagt, dass Sie, wie er gerne Whisky trinken. Hier für Sie, Pardon für dich, Gerald."
„Danke, das ist jetzt unsere Flasche Mark. Die machen wir gemeinsam auf und trinken, immer wenn wir uns sehen." Mark schmunzelte.
„Ich bin eher der Wodka-Typ, aber mit dir trinke ich gerne auch Whisky."
Mein Vater nickte zufrieden.
„Komm mit Mark. Ich stelle dir ein paar meiner Freunde vor!"

Beim Hinüberlaufen bemerkte ich, wie mein Vater und Mark sich leicht am Rücken hielten und sich erfreut immer wieder anlächelten.
Da wusste ich, dass mein Vater und Mark sich auf Anhieb verstanden. Dann sah ich Florian.
Schleimer!
Ich konnte diesen Typen noch immer nicht ausstehen! Er redete lautstark am Tisch und wollte wie immer im Mittelpunkt stehen. Zudem war er immer noch ein Klugscheißer und zugleich ein Schleimbeutel.
Ich begrüßte ihn mit einem einfachen Kopfnicken. Er nickte ebenfalls und schaute mich mit neidischen Blicken an. Innerlich dachte ich mir, dass seine Zeit auch ganz bestimmt bald ablaufen würde! Danach kamen noch die anderen Gäste vom Garten und setzten sich ebenfalls an den Esstisch. Ich wusste, dass ich heute auf Leo und Belinda treffen würde.
Wie mein Vater mir schon damals gesagt hatte, mussten Leo und Belinda in unserer Nähe bleiben! Ich hatte die beiden seit Simons Tod exakt viermal gesehen. Bei jedem Mal wirkte Leo eingefallener, denn mein Vater verschrieb ihm schwere Psychopharmaka, obwohl er sie nicht brauchte! Belinda sah im Gegensatz zu Leo immer noch fantastisch aus.
Mit 11 Jahren, als sie noch öfter zu uns nach Hause gekommen waren, dachte ich mir noch nichts dabei, als Belinda mir sexuelle Andeutungen machte, aber als ich sie heute sah, wollte ich sie unbedingt benutzen! Sie kam zu mir, begrüßte mich mit einem Kuss auf die Wange und drückte dabei lange ihren Körper an mich.

Sie rieb auch kurz ihre Brüste an mir.
Das war das erste Signal von ihr, dass sie immer noch Interesse an mir hatte. Danach setzten wir uns auch an den Tisch.
Meine Blicke ruhten auf Belinda, aber flüchtig auch auf Florian, dem Schleimbeutel, der mich das ganze Essen hinweg immer wieder anstarrte, bis ich ihn mit einem scharfen Blick ansah und er sich sofort wieder abwendete.
Schleimbeutel!
Nach dem Essen verteilten wir uns alle im Garten. Mark fühlte sich in der Gruppe sehr wohl, insbesondere mit meinem Vater. Auch mir ging es hervorragend, denn Belindas laszive Blicke in meine Richtung machten mich gierig auf sie. Nach einer Weile ging ich ins Badezimmer, um mein Gesicht und Hände zu waschen. Als ich rauskam, stand Belinda vor mir. Und na ja, was soll ich sagen? Ich packte sie an der Taille, zog sie hinein und fiel rücksichtslos und heftig über sie her. Als ich mit ihr fertig war, blutete Belinda zwischen ihren Beinen, was mir völlig egal war. Gelassen verließ ich das Badezimmer und ging in den Garten hinunter. Nach geschätzten 20 Minuten kam Belinda mit langsamen Schritten ebenfalls in den Garten. Sie war etwas wacklig auf den Beinen und sah auch blass aus, denn ich wusste, dass sie Schmerzen im Unterleib haben musste. Kein Wunder, schließlich hatte sie meine ganze Faust in sich gehabt. Sie nahm sich einen Prosecco vom Tisch und gesellte sich zu mir, Leo und zwei anderen Gästen.

Wir unterhielten uns, als wäre nichts gewesen. Bevor Belinda und Leo gehen wollten, steckte sie mir unauffällig einen Zettel in die Hose, auf dem ihre Handynummer stand.
Ehrlich gesagt, hatte ich nicht damit gerechnet, dass Belinda noch einmal von mir auf diese Art und Weise benutzt werden wollte. Für mich war das die beste Gelegenheit, sie zu meinem Spielzeug zu machen! Also benutzte ich Belinda die nächsten Jahre, wann und wie ich es wollte! Nachdem Leo und Belinda gegangen waren, meinte Mark grinsend: „Du warst vorhin verschwunden und Belinda auch. Gut, dass ihr Mann eine Schlaftablette ist." Ich wusste schon, seit ich Mark kannte, dass er ein ausgezeichneter Beobachter war, ging aber auf nicht darauf ein. Stattdessen stellte eine Gegenfrage. „Ich habe gemerkt, dass du dich mit meinem Vater sehr gut verstehst. Ihr seid nicht voneinander gewichen. Richtig?" „Ja, richtig, dein Vater ist ein fabelhafter Mann." Ich blickte zu meinem Vater, der wie immer mit seiner selbstbewussten Art und geraden Körperhaltung dastand und die Runde dominierte. Zudem stach er nicht nur mit seiner autoritären Ausstrahlung, sondern auch mit seinen 1,90 Metern, dem noch immer sportlichen Körper und den großen braunen Augen heraus. Ich war sehr stolz, dass ich sein Sohn war und nicht nur seine Eigenschaften hatte, sondern ihm auch äußerlich sehr ähnelte. Ich stimmte Mark mit einem Kopfnicken zu. „Ja, das ist er. Sehr sogar." Mark schaute weiterhin meinen Vater an. „Ist er auch wie du? Ein Mörder?", fragte er neugierig.

Ich drehte meinen Kopf wieder zu Mark, blickte ihn ausdruckslos an und klopfte einige Male auf seine Schulter. Ohne ihm eine Antwort zu geben, ging ich dann zu meinem Vater hinüber. Mark trank seinen Wodka und beobachtete uns von Weitem. Ich erkannte für einen kurzen Moment ein wenig Missgunst und Eifersucht, aber auch Wut in seinen Augen, nur um sich gleich darauf wieder in den Mark zu verwandeln, den ich kannte und mochte. Nach und nach gingen die Freunde meines Vaters, nur Mark war noch geblieben. Da es für meinen Vater schon etwas kühl geworden war, gingen wir ins Haus hinein und setzten uns auf die Couch. Mein Vater öffnete die Whiskyflasche und trank ein Glas mit Mark und mir. Magda räumte noch auf und kam dann später auch zu uns. Nach dem abschließenden freundschaftlichen Gespräch bot mein Vater beim Verabschieden noch an, dass Mark ihn jederzeit besuchen dürfe, was Mark dann auch ein paar Mal tat. Später wollte ich Mark nach Hause fahren, doch er wollte den weiten Weg lieber laufen. Also stieg ich mit Magda ins Auto und fuhr los. Im Rückspiegel sah ich, dass Mark uns noch nachschaute. *Doch warum?* Irgendwie hatte ich ein unruhiges Gefühl, wendete bei der nächsten Möglichkeit und fuhr die Straße zurück. „Was ist los, Michael?“, fragte mich Magda überrascht. „Nichts.“ Wieder vor dem Haus meines Vaters angekommen, konnte ich gerade noch sehen, dass Mark bereits weiter unten die Straße entlanglief und in der Dunkelheit verschwand.

Wieder auf dem Heimweg grübelte ich noch weiter über Mark nach und warum ich immer noch dieses Gefühl in mir hatte. Am nächsten Tag traf ich meinen Vater zum Mittagessen in der Stadt und wir redeten über Mark. Mein Vater bestätigte mir, dass er, wie ich empfand und ihm auch gewisse Dinge an Mark aufgefallen waren, zum Beispiel, dass er gerne die Menschen beobachte – ja sogar studiere, er nicht gerne über sich rede und sich wie ein Chamäleon überall anpassen könne. Dennoch empfahl mein Vater mir, geduldig abzuwarten. Irgendwann würde Mark einen Fehler machen. Ich befolgte den Rat meines Vaters. Und tatsächlich machte Mark einen fatalen Fehler und entlarvte dabei sein Gesicht.

KAPITEL 9

UND WEG BIST DU

Endlich war es dann so weit. Ich eröffnete meine eigene Arztpraxis. Die Sprechstunden hielt ich Montag bis Donnerstag jeweils von 08:00 bis 16:00 Uhr ab, denn ich ging oft danach zum Wasserspringen und am Wochenende wollte ich mich nicht nur entspannen, sondern auch bequem töten.
Mark blieb im Krankenhaus und arbeitete dort weiter als Arzt, wo er mittlerweile zum Leiter der intensivmedizinischen Abteilung geworden war.
Nach drei Monaten machte ich an einem Freitagnachmittag eine kleine Eröffnungsfeier in meiner neuen großen, modernen und hellen Arztpraxis. Ich lud ein paar enge Bekannte von mir, meine zwei damaligen Lieblingsprofessoren, ehemalige Kollegen vom Krankenhaus und auch Mark ein.
Obwohl ich Florian nicht eingeladen hatte, kam er unverschämterweise trotzdem vorbei, denn er war sehr neugierig auf meine neue, komplett anders als bei anderen Ärzten designte und eingerichtete Praxis.
Mittlerweile hatte er mir gegenüber auch schon ein Konkurrenzdenken entwickelt.
Im offenen und verglasten Wartebereich direkt hinter dem Empfang stellte ich statt Stühlen drei kleine weiße

Sofas und einen langen weißen rechteckigen Tisch, auf dem ich eine kleine antike Skulptur von einem verschnörkelten Löwen und moderne Zeitschriften platzierte, auf. Ute, meine medizinische Assistentin, und Magda bedienten die Leute mit Kaffee und Kuchen und verstanden sich prächtig miteinander. Kein Wunder, denn sie waren fast im selben Alter. An diesem Tag hörte ich von jedem, der da war, wie liebenswert und auch hübsch Ute für ihr Alter war. Das war sie auch. Sie war nicht nur hübsch und liebenswert, sondern auch eine sehr tüchtige Dame. Schließlich habe ich sie bewusst aus all den Bewerberinnen ausgesucht. Sie hatte einen einwandfreien Leumund, mehrere Jahre Berufserfahrung, eine höfliche Art und das Wichtigste von allem: Sie entsprach absolut nicht meinem Typ, denn sie hatte eine fürsorgliche, ja fast schon mütterliche Art mir gegenüber. Sie kam immer mindestens eine Stunde vor mir in die Praxis, lüftete die Räume und stellte jedes Mal meine Tasse zur Kaffeemaschine, sodass ich nur noch auf den Knopf drücken musste. Einmal in der Woche brachte sie mir auch einen selbst gemachten Zitronenkuchen mit. Wenn in der Praxis viel los war, oder ich vertieft mit Unterlagen dasaß, kam sie immer zu mir ins Zimmer und schaute, dass ich eine Pause einlegte oder schickte mich sogar nach Hause. Ute war einfach bezaubernd. Auf jeden Fall jeder lobte meinen hervorragenden Stil und mich und wünschte mir nur das Allerbeste. Außer Florian.

Er stand wie ein Untergebener neben meinem Vater und beobachtete meine wunderschöne Praxis und mich den ganzen Nachmittag mit neiderfüllten Augen.

Als gegen 18:00 Uhr schon fast alle gegangen waren, blieben noch mein Vater, Mark, Ute, Magda und der Schleimbeutel Florian. Ute und Magda räumten gemeinsam die Praxis auf und gingen anschließend auch nach Hause. Mein Vater, Mark, Florian und ich standen im ersten Behandlungszimmer. Florian meinte dann ungefragt und altklug: „Deine Aufgaben hier als Arzt sind ab jetzt viel spezieller. Das ist etwas völlig anderes als im Krankenhaus, in dem du immer jemanden hattest, der dir hilft. Ich bin gespannt, wie gut sich deine Praxis noch entwickeln wird, da du ja hier von vorn anfängst. Wie du weißt, kannst du immer zu mir kommen. Ich zeige dir gerne, wie es geht. Auch wenn ich dich mal verarzten soll." Dabei zwinkerte er mir wie ein Schleimbeutel zu und starrte mir provokant in die Augen. *Dreckskerl!* Sofort wusste ich, dass er auf mich als Mörder anspielte. Mit durchbohrendem Blick starrte ich ihm selbstsicher entgegen. „Ich glaube, ich muss dich einmal verarzten!" Florian wich gleich meinem Blick aus und versuchte, seine Unsicherheit mit einem Lachen zu überspielen. Ich neigte meinen Kopf seitlich zu meinem Vater, der neben Florian stand, blickte ihn kurz an und machte unser Geheimzeichen. Er wusste sofort, was ich in diesem Moment mit Florian machen wollte.

Qualvoll töten! Doch davor hätte ich ihm am liebsten seine Zunge rausgerissen! Wie immer entspannte mein Vater souverän die Situation, indem er Florian auf die Schulter klopfte. „Tja, das sind meine zwei Ärzte!" Geschickt lud er anschließend Florian und mich noch für den nächsten Abend auf einen Drink zu sich nach Hause ein, was der Schleimbeutel auch gleich annahm. Da wusste ich, dass Florians Tage bei uns endlich gezählt waren. Kurz darauf verließ mein Vater die Praxis und wie von ihm erwartet, eilte ihm der Schleimbeutel gleich wie ein Schoßhund hinterher. Mark und ich waren dann die Letzten. Er hielt meine Schulter und lächelte mich stolz an. „Michael. Gratuliere noch einmal. Ich bin sehr stolz auf dich und ich wünsche dir das Allerbeste!" „Danke Mark." Für einen kurzen Moment fühlte ich erneut eine tiefe Verbundenheit zu ihm. Ich war mir absolut sicher, dass Mark immer von ganzem Herzen die Wahrheit sagte. Solche Momente zwischen Mark und mir waren immer sehr speziell für mich. Doch der kleine Wurm ihm gegenüber hörte dennoch nicht auf, sich zu schlängeln!

Am nächsten Abend saßen wir schon im Wohnzimmer und tranken unseren Whisky. Florian redete hauptsächlich mit meinem Vater. Anfangs verfolgte ich noch das belanglose Gespräch, doch später konnte ich diesen Schleimbeutel nicht länger ertragen.

Im passenden Moment ergriff ich die Gelegenheit und sagte in deutlichem und energischem Ton: „Florian, du musst für mich nicht mehr einspringen, wenn mein Vater sich beim Töten verletzt. Ich kann mir das jetzt einteilen, um ihn zu verarzten, und mache das von nun an allein."
Lächelnd bemusterte mich Florian und antwortete nach einer Weile. „Du bist erst seit Kurzem Arzt, Michael, ich dagegen schon seit fast dreißig Jahren! Und außerdem hat das dein Vater zu entscheiden, nicht du!" Mein Vater saß mit übereinandergeschlagenen Beinen gelassen da, schaute mich an und trank seinen Whisky weiter.
Demonstrativ stellte ich mich neben meinen Vater. „Dann soll es mein Vater entscheiden. Frag ihn!", sagte ich selbstsicher und absolut überzeugt. Dabei legte ich meine Hand auf die Schulter meines Vaters. Florian war sich seiner auch sicher, denn sein dämliches Dauergrinsen hörte nicht auf. Er lehnte sich nach hinten, rutschte unverschämt ein wenig nach unten. „Gerald, wer soll dich in Zukunft weiter verarzten? Wir gemeinsam oder nur Michael?" Ohne zu überlegen, antwortete mein Vater „Das, was Michael gesagt hat. Er allein." Fassungslos richtete sich Florian auf und lehnte sich zu meinem Vater vor. „Das ist nicht dein Ernst, Gerald. Das kannst du nicht machen. Nicht nur wegen meiner Erfahrung als Arzt, sondern auch, weil ich euch schon seit über 20 Jahren verarzte. Sogar deinen Vater habe ich in meiner Studienzeit still und heimlich verarztet!

Zudem habe ich immer meinen Mund gehalten." Mein Vater lehnte sich ebenfalls vor. „Doch kann ich! Komm schon, hast du etwa geglaubt, wenn mein Sohn Arzt ist, dass ich mich dann trotzdem weiter von dir verarzten lasse? Du bist draußen, Florian. Punkt aus." Schmunzelnd ging ich zu Florian. „Tja, du hast es gehört. Du bist draußen!"
Florian wurde so wütend, dass er mich anstarrte und danach auf meinen Vater zuging. „Gerald, das kannst du nicht machen! Wie soll ich meinen Lebensstandard, den ich mittlerweile dadurch habe, weiterführen? Ich habe alles für euch getan!"
Mein Vater lehnte sich wieder zurück und verzog keine Miene. Erhaben antwortete ich ihm „Doch kann er." Ruckartig schaute mich Florian aggressiv an und drohte meinem Vater. „Gerald, was glaubst du, was passieren würde, wenn ich euch Prooks von eurem Thron herunterhole, denn ich weiß alles über dich und über deinen Sohn! Ich vernichte euch!" Mein Vater wollte gerade einen Schluck aus seinem Whiskyglas nehmen, blieb für ein paar Sekunden regungslos und ich erkannte deutlich, wie das Killer-Gen in seinen Augen durchbrach und die Adern an seinen Schläfen hervortraten. Kontrolliert schaute er mich kurz an und wieder zu Florian. Dieser Blick bedeutete: Töte ihn! Überglücklich packte ich Florian ruckartig von hinten, umklammerte mit meiner linken Armbeuge seinen Hals und drückte mit meinem rechten Arm zu. Erschrocken versuchte der Schleimbeutel, sich in Todesfurcht freizukämpfen, doch das gelang ihm nicht.

Mein Vater trank währenddessen seinen letzten Schluck aus und stellte sein Whiskyglas auf den Tisch. Dann stand er auf, kam näher zu Florian, der in meinen Händen am Sterben war und sagte grinsend: „Florian, Florian. Ich wusste seit Tag eins, dass du uns Prooks bei der ersten Gelegenheit hinterlistig verraten oder verkaufen würdest, und war dir deshalb immer im Nacken. Während du geschlafen hast, war ich die ganze Zeit wach. Du hast nichts in der Hand und nur dein Wissen wird dir nicht helfen, denn all die Beweise, die du über uns gesammelt hast, lasse ich seit Stunden mit deiner Praxis verbrennen. Bewusst ließ ich dich mit Geld ablenken und hielt dich ganz in meiner Nähe. Florian, Florian, du hättest einfach meinem Sohn zustimmen müssen, dann hätte ich dich sowieso noch weiter entlohnt." Er steckte anschließend gelassen seine Hände in die Hosentasche.
„Niemand droht uns! Wir sind die Prooks! Das hast du leider vergessen!" Er gab mir, indem er nur einmal nickte, das Signal, dass ich – und das mit Freude und auch Leichtigkeit – endlich diesen Schleimbeutel töten solle.
Endlich!
Während Florian um seinen letzten Atemzug kämpfte, bemerkte ich, dass mein Vater es genoss, denn er schaute weiterhin grinsend in seine Augen.
Mein lieber Papa!
Ich ließ es meinen Vater etwas länger genießen, indem ich Florian nur sehr langsam würgte, bis er seine Augen schloss, ihm dann ruckartig das Genick brach und seine verdammte Seele aus ihm herausholte!

Wie einen dreckigen Sack ließ ich Florians wertlose Leiche auf den Boden fallen und mein Vater schaute mich mit verschmitztem und zugleich dankendem Blick an. Er wusste, dass ich das für ihn gemacht hatte. Ich lächelte ihn an und wir blickten eine Weile zufrieden auf die Leiche. Sogar tot sah er wie ein Schleimbeutel aus! Anschließend kam mein Vater näher und hielt mit beiden Händen mein Gesicht. „Ich bin sehr stolz auf dich. Ich liebe dich, Michael. Niemand droht uns. Niemand!"
Er umarmte mich. „Siehst du? Wie ich gesagt habe! Wir dürfen niemandem vertrauen, mein Sohn. Hörst du? Niemandem. Nur uns zwei!", flüsterte er noch. Ich umarmte ihn. „Nur du und ich. Ich liebe dich, Papa." Nach dieser langen Umarmung klopfte mein Vater ein paar Mal auf meine Schulter und wir setzten uns wieder hin. Für einige Minuten genossen wir die Stille, indem wir uns zurücklehnten und einfach in die Leere starrten. Anschließend schenkte ich meinem Vater und mir zwei Gläser Whisky ein. Wortlos stießen wir an und mein Vater starrte Florians Leiche an. „Um den Mistkerl kümmere ich mich später", meinte er mit ernstem Gesichtsausdruck. Anschließend blickte er wieder zu mir. „Michael. Ich habe gestern Leo in eine psychiatrische Anstalt einweisen lassen. Er wird sicher die nächsten Jahre dort verbringen. Um ihn müssen wir uns weiterhin keine Sorgen machen. Belinda ist noch immer keine Gefahr für uns, da sie sich für Simons Verschwinden nie interessiert hat." Er nahm einen tiefen Atemzug und überlegte.

Neugierig lehnte ich mich vor und schaute ihn fragend an. „Ich habe bewusst damit gewartet, bis du von einem Jungen zu einem Mann geworden bist. Heute bist du dieser Sohn, Mann, Arzt und Mörder, den ich sehen wollte. Schließlich fließt mein Blut in dir." „Ich habe alles von dir, Papa, nicht nur gelernt, sondern auch geerbt! Ich bin ebenfalls stolz, dass dein Blut in mir fließt!" Mein Vater nickte gerührt, nahm einen Schluck aus seinem Glas und schaute kurz um sich. Hoch konzentriert wartete ich, was er noch sagen wollte.

Danach kippte er seinen ganzen Whisky in seinen Mund und räusperte sich. „Es ist jetzt der richtige Zeitpunkt, um dein Erbe anzutreten, Michael."

Ich wusste sofort, was mein Vater wollte. Er wollte, dass ich den Kunstverein übernehme.

Doch es war doch noch zu früh! Schließlich saß mein Vater direkt vor mir und war nicht tot! Zudem war er erst 55 Jahre alt und noch in bester Form. Physisch und psychisch. Oder etwa nicht?

Verdutzt und auch sehr besorgt fragte ich: „Papa, ist mit dir alles in Ordnung?" Mein Vater lächelte. „Natürlich ist mit mir alles in Ordnung. Mach dir keine Gedanken. Ich bin nur ermüdet. Ich habe dir gesagt, dass du erst nach meinem Tod den Kunstverein übernehmen müsstest. Aber ich werde auch langsam alt und ich möchte mich etwas zurückziehen. Die Praxis, der Kunstverein und auch das Töten kosten mich viel Kraft."

Obwohl ich mir absolut sicher war, dass mein Vater mich niemals anlügen würde, überredete ich ihn, in den nächsten Tagen zu einem Medizincheck bei mir in der Praxis zu kommen. Nach unzähligen Terminen und Tests wusste ich, dass ihm zum Glück wirklich nichts fehlte. Ganz im Gegenteil, er war für sein Alter sogar überdurchschnittlich fit. Verständnisvoll nickte ich. „Bei der nächsten Sitzung würde ich es gerne bekannt geben. Bis dahin möchte ich auch, dass du dich mit allem im Kunstverein vertraut machst. Bist du einverstanden, Michael?" Ich war absolut nicht einverstanden, denn ich wollte unbedingt zuerst meine Praxis weiter aufbauen und mich parallel präzise auf meine Morde konzentrieren, denn ich wollte neue Sachen an meinen Opfern ausprobieren. Dennoch wollte ich meinem Vater gegenüber nicht egoistisch sein. Er hatte eine Auszeit verdient. Schließlich arbeitete er, seit ich klein war, ununterbrochen von morgens bis abends und war stets für mich da. Also stimmte ich dem zu. Heute weiß ich, dass es die richtige Entscheidung meines Vaters und auch von mir gewesen war. Denn mein Kunstverein ist die Festung und Zuflucht meines Lebens! □

KAPITEL 10

DIE WAHREN GESICHTER

Nach einer Woche waren wir schon am frühen Morgen mit zwei Kaffeetassen im abgeschlossenen Büro meines Vaters im Kunstverein. Mein Vater saß an seinem fast zweieinhalb Meter großen braunen Tisch. Er griff in die Innentasche seines Sakkos, holte seinen Schlüsselbund heraus und nahm einen Schlüssel davon ab. Anschließend steckte er ihn auf der rechten Seite in eine unscheinbare Öffnung und öffnete dort ein verstecktes Fach. Überrascht von seinem Geheimfach stand ich von der großen Couch vor seinem Tisch auf, stellte meine Kaffeetasse auf den davorstehenden Tisch und ging zu ihm. Er lehnte sich nach links und steckte denselben Schlüssel auf der linken Seite in eine ebenfalls unscheinbare Öffnung und öffnete auch dort ein verstecktes Fach. „Hier bewahre ich die Listen auf, welche Leichen zu wem gegangen sind oder als Nächstes gehen werden. Auch die gesamte Buchhaltung sowie die Geldtransfers zwischen uns, die ich einmal wöchentlich sorgfältig mit Evelyn oder alleine durchgehe.“ Aufmerksam hörte ich meinem Vater zu, der anschließend aufstand und aus dem rechten Fach die Unterlagen herausnahm.

Er klopfte mir kurz auf die Schulter, ging zur Couch hinüber und deutete mir, dass wir uns setzen sollen. Sorgfältig ordnete er die Unterlagen auf seinem Schoß.
„Hör jetzt gut zu, Michael."
Er schlug wie immer seine Beine übereinander.
„Diese Akten enthalten die wichtigsten Informationen über unsere fünf Unterstützer."
Mit einem verschmitzten Blick meinte er danach: „Ich nenne sie Marionetten."
Dabei musste ich kurz schmunzeln. Er nahm die oberste Akte und gab sie mir mit den Worten:

„Herr Albert Fornalle, 49 Jahre alt."
Ich blätterte flüchtig in der Akte, während mein Vater weiterredete: „Wie du weißt, ist er Metzger. Er ist schon die sechste Generation seiner Linie, die mit uns Prooks zusammenarbeitet. Seine Frau und seine zwei Töchter, siebzehn und elf Jahre wissen nichts von seinen Geschäften mit uns. Die Leichen, die er bekommt, zerkleinert er grob und verarbeitet sie in seinem Fleischseparator für unseren besonders erlesenen und gut zahlenden Bekannten- und Kundenkreis von Kannibalen. Wie du ebenfalls bereits weißt - und fast alle persönlich kennst - sind darunter einige Politiker, Unternehmer, Juristen, Akademiker und ranghohe Beamte. Diese Bestellungen bereitet er selbst penibel und dekorativ vor und liefert sie auch höchst persönlich. Die Reste mischt er dann unter die anderen Fleischsorten, die er schlachtet und isst es auch selbst.

Aufgrund der immer weiter steigenden Nachfrage nach Menschenfleisch erhöhe ich jedes Jahr die Zahlungen an Herrn Fornalle. Seine Leidenschaft ist Kannibalismus. Seine Schwäche ist Achluophobie. Nur Anita Hulste, 41 Jahre alt, ebenfalls Kannibalin, weiß über seine Geschäfte mit uns Bescheid.
Anita ist nicht nur seine Stellvertretung in der Metzgerei, sondern auch die rechte Hand von Albert. Bei unseren Sitzungen, wenn Albert abwesend ist, hat Anita das hundertprozentige Mitspracherecht, als wäre es Alberts Meinung. Albert vertraut Anita blind, denn sie ist seit fast neun Jahren auch noch seine Geliebte und hat mit ihr einen gemeinsamen achtjährigen Sohn, von dem niemand etwas weiß. Anita Hulstes Stärke ist es, ihrem Gegenüber alles perfekt vorzutäuschen, was es sehen oder hören will. Ihre Schwäche ist Albert!"

Ich wusste seit meinem zwölften Lebensjahr, als mein Vater es mir vor der Feuerschale beim Kunstverein erzählt hatte, dass Herr Albert Fornalle die Leichen von uns im Fleischseparator zerkleinerte, jedoch hatte ich nicht geahnt, dass er sie auch isst! Endlich wusste ich, warum wir in seiner Metzgerei, die bei uns gleich um die Ecke lag, niemals Fleisch kauften. Das ist auch der Grund, weshalb Herr Albert Fornalle immer nervös wurde und mir nie etwas verkaufen wollte, wenn ich als Junge heimlich und trotz Verbot meines Vaters in seine Metzgerei gegangen war, um eine kleine Salami zu kaufen.

Auch wenn wir zu Hause Gäste hatten, flüsterte mir mein Vater immer zu, von welchen der angerichteten Teller und Platten ich auf keinen Fall essen solle. Auch achtete er strikt darauf, dass unser Essen immer getrennt zubereitet wurde.

Mein Vater gab mir die nächste Akte.
„Herr Svante. Vorname Olaf. 47 Jahre alt. Auch er ist schon die vierte Generation, die mit uns Prooks arbeitet.
Alle seine Vorgänger waren jedoch in unterschiedlichen Branchen tätig und verwendeten die Leichen nach ihren Bedürfnissen.
Olaf ist der Anwalt im Kunstverein. Er hat damals mit seinem Partner klein angefangen und seinen Lebensstil mit Organhandel und Organversteigerungen für die Mittelschicht aufgebessert, was sein Partner aber nicht wusste. Er hat eine Frau und eine Mätresse, die gerade einmal 20 Jahre alt ist. Insgesamt hat er sechs Kinder.
Vor sechs Monaten bat er mich, seinen Geschäftspartner zu töten, und ersetzte dessen Platz durch seinen Sohn Arlo, 19 Jahre alt. Mehr als 200.000 hat er alleine in diesem Monat für die erhaltenen Leichen an uns gezahlt. Er redet sehr viel und möchte jederzeit im Mittelpunkt stehen beziehungsweise wahrgenommen werden. Olafs Stärke ist sein Mundwerk. Seine Schwäche ist nicht nur Profilneurose, sondern auch sein krankhafter Geiz.

Sein Sohn Arlo ist im Gegensatz zu Olaf ein ausgezeichneter Zuhörer und Beobachter. Seine Schwachstelle sind Frauen."

Herrn Olaf Svante kannte ich flüchtig, doch seinen Sohn Arlo kannte ich nicht. Er hatte mein Interesse geweckt!

Bei der nächsten Akte atmete mein Vater kurz auf und blickte mir tief in die Augen. Mir schien es, als würde er mir etwas sagen wollen. Ich drehte minimal meinen Kopf zur Seite und schaute ihn wartend an.
Jedoch schwieg er, schluckte einmal und fuhr fort.

„Herr Eduard Brikanu, 51 Jahre alt, Frau Gloria Brikanu, 44 Jahre alt. Sie sind beide Bestatter, führen ihr eigenes Bestattungsunternehmen mit angeschlossenem Krematorium bereits in der siebten Generation und haben drei Kinder, zwei Söhne, einer ist 23 Jahre alt, studiert im Ausland,
der andere 14 Jahre, und eine neunjährige Tochter. Das macht es für uns viel einfacher, die Leichen zu entsorgen, da dort keiner nach ihnen sucht. Nachdem der erste Michael Prook vor mehr als 200 Jahren den Kunstverein gegründet hatte, entdeckte er zufällig das Geheimnis von Herrn Brikanus Vorfahren. Herr Brikanu bettelte unseren Vorfahren Michael an, niemandem etwas zu sagen.

Was wir Prooks bis heute nicht machen und niemals machen werden, denn die gesamte Blutlinie der Brikanus ist nekrophil, wie auch Eduard ein leidenschaftlicher Nekrophiler ist. Er veranstaltet mit unseren Leichen regelmäßig diese kleinen exklusiven Orgien, auf die unsere gut zahlenden Bekannten und Kunden fast gierig wie Straßenköter warten, damit sie dort ihren Trieb befriedigen können, in seinem Krematorium. Mittlerweile steigt bei den Leichenschändungen - auch aufgrund von Neugierde - die Nachfrage, weshalb ich die Zahlungen an sie ebenfalls erhöht habe.
Eduards Stärke ist Gloria, die keine Nekrophile ist und für ihn vom Haushalt bis zur Geschäftsführung alles macht. Sie ist Eduard völlig verfallen und duldet seine Vorliebe seit fast 20 Jahren.
Seine Schwäche, erste Anzeichen einer beginnenden Demenz. Glorias Stärke, ihr Geschäftssinn, ist bemerkenswert. Sie ist eine knallharte Geschäftsfrau, die nach Eduard nur das Geld vergöttert. Ihre Schwäche: Ihre kleine Tochter, die sie wie ihren Augapfel hütet."
Mein Vater war danach für einen Moment still, schaute kurz in die Leere und es schien, als ob er wieder versuchte, mir etwas zu sagen. Doch er beließ es erneut dabei und redete weiter.
„Michael, uns Prooks verbindet eine lange Treue und Freundschaft mit den Brikanus, weshalb ich dich bitte, dass es auch in Zukunft so bleibt."

Überrascht nickte ich und blätterte ebenfalls flüchtig in dieser Akte, denn bei diesem Paar wusste ich aufgrund ihres Bestattungsunternehmens damals schon, dass sie unsere Leichen im Krematorium verschwinden ließen, jedoch ahnte ich nicht einmal ansatzweise, dass Herr Eduard Brikanu und unser Bekanntenkreis die Leichen schändeten! Dennoch erweckte aber eher Frau Gloria Brikanu mein Interesse! Doch mein Gefühl sagte mir, dass das nicht alles war, was mein Vater mir noch über die Brikanus sagen wollte. Ich schwieg und mein Vater gab mir die vierte Akte.

„Herr Grandam. Vorname Okko. 33 Jahre alt.
Er ist äußerst penibel, legt sehr viel Wert auf sein Aussehen. Er hat ein Reinigungsunternehmen und organisiert die Aufräumarbeiten für uns nach dem Töten. Auch mit Familie Grandam arbeiten wir Prooks schon seit fünf Generationen zusammen.
Sie sind sehr wichtig für uns, denn sie sind wie die Illusionisten. Vor einem Jahr übernahm Okko das Geschäft von seinem Vater. Gerüchten zufolge hat er ihn ermorden lassen oder selbst getötet, um seinen Platz schneller zu übernehmen. Nach jedem deiner Morde rufst du mit deinem Kryptohandy auch einen von Okkos Mitarbeitern an. Die Reiniger nennen wir sie. Sie holen die Leichen ab, vernichten die Beweise und Spuren und die Leichen werden gemäß unserer Liste so schnell wie möglich verteilt. Mit Okko habe ich eine monatliche Vereinbarung, in der alle seine Leistungen für uns Prooks enthalten sind.

Er lebt mit seiner Mutter zusammen, die bis heute nichts von den Geschäften ihres Mannes und auch von Okkos Geschäften mit uns nichts weiß. Sie haben keine Verwandten, keine engen Freunde – nichts. Seine Stärke ist nicht nur seine Ausdruckslosigkeit, sondern auch sein hervorragendes strategisches Denken. Das ist zwar nicht so hervorragend wie das von uns Prooks, aber immerhin."
Ich musste schmunzeln und mein Vater zwinkerte mir zu.
„Seine Schwäche ist seine Eitelkeit und auch seine Mutter, die er über alles liebt."

Okko wollte ich am meisten kennenlernen.
Ich nahm mir vor, seine Akte genauestens zu studieren!

Dann hielt mein Vater die letzte Akte in der Hand, schüttelte sie in der Luft und beugte sich besorgt vor.

„Herr Mex Pasani. 45 Jahre alt. Polizeichef. Unverheiratet. Kinderlos. Hat selten eine Freundin. Korrupt bis zum letzten Tropfen Blut. Bei der nächsten Wahl will er als Abgeordneter kandidieren. Vor zwei Jahren tauchte er plötzlich hier im Kunstverein auf. Ich entdeckte ihn auf den Überwachungskameras, als er stundenlang in seinem Auto vor dem Verein gewartet hatte.
Ich wusste sofort, dass er zu mir wollte.

Als ich gegen Abend bewusst als letzter den Kunstverein verlassen habe, sprach er mich direkt an. Er wusste, wer ich war, und meinte, dass ich die Leiche meines Unterstützers und bisherigen Polizeichefs in seinem Kofferraum verschwinden lassen solle. Unverschämt sagte er noch, dass er ab jetzt der Neue in unserem Kreis sei. Michael, er ist sehr skrupellos und gefährlich. Auch hat er fast die Hälfte der Männer ausgetauscht, die für uns beim damaligen Polizeichef gearbeitet haben. Seine Männer sind ebenfalls alles korrupte, aktive oder ehemalige Polizisten und Soldaten, die von Okko organisiert unsere Leichen abholen.Bis jetzt funktioniert es mit ihm, aber er ist ein Risiko! Um uns Prooks das Gesetz vom Hals zu halten, will der gierige Mistkerl ständig mehr Geld von mir, was ich ihm auch gebe. Doch wir müssen ihn so schnell wie möglich ersetzen."

Dich nehme ich mir zuerst vor. Warte auf mich, Mex!

Mit wütendem und entschlossenem Blick versicherte ich meinem Vater, dass ich Mex Pasani nicht nur aus unserem Kreis rauszerren, sondern auch seine verdammte Seele qualvoll aus ihm herausholen würde!

Anschließend stapelte ich alle Akten auf meinem Schoß und legte sie auf den Tisch.

Mein Vater stand auf.

„Da wäre noch etwas, komm mit."

Gemeinsam gingen wir vor zu seinem großen Tisch. An seinem wuchtigen braunen antiken Holzstuhl blieb er stehen, zog aus seiner Hosentasche noch einen kleineren Schlüssel.

Er hob das eingenähte Sitzkissen hoch und steckte den Schlüssel in ein kaum sichtbares Schloss. Mit todernstem Blick sagte er: „Und hier, mein Sohn, sind die Informationen über die Marionetten, die sie zur Strecke bringen, wenn sie dir irgendwann schaden wollen!“ Mit aufrechter und einladender Körperhaltung, dass ich näher zu ihm kommen solle, schaute mein Vater mich an und holte die zusammengefalteten Unterlagen heraus!
Entsetzt las ich für eine Weile die dunkelsten und abartigsten Geheimnisse von unseren Unterstützern! Danach blickte ich erschüttert zu meinem Vater, der mit seiner stolzen Körperhaltung immer noch vor mir stand. Er nickte und grinste mich gleichzeitig an. Mit einem Kopfschütteln legte ich fassungslos die Unterlagen wieder hinein und mein Vater sperrte die kleine Schublade wieder zu, richtete das Sitzkissen und schob seinen Stuhl wieder zum Tisch. Er wackelte mit dem kleinen Schlüssel in der Luft und mit einem listigen Blick grinste er mich an. Fast singend meinte er: „Und das, das ist deine Absicherung, mein lieber Sohn!“
Dieser kleine Schlüssel, der soeben in der Luft wackelte, war meine Garantie für alles Mögliche, was ich mir nur vorstellen konnte. Er sicherte mich nicht nur ab, sondern war zugleich auch meine größte Waffe.
Todernst blickte ich meinen Vater an und nickte. Er hielt meine Hand, legte den kleinen Schlüssel hinein, nahm zuerst meinen kleinen Finger und beugte ihn in meine Handfläche, dann den Ringfinger, den Mittelfinger, den Zeigefinger und zuletzt den Daumen.

Er klopfte ein paar Mal auf meine geschlossene Hand und hatte dabei den süßesten Blick, den ich zuletzt mit fünf Jahren an ihm gesehen hatte, als er mir, versteckt vor meiner Mutter heimlich ein Schokobonbon zugesteckt hatte.
Ich war nicht nur überrascht, sondern auch fasziniert von meinem bemerkenswerten Vater, was er, obwohl alleinerziehender Vater, Witwer, angesehener Psychologe, Freund und Mörder, über all die Jahre noch zusätzlich erschaffen hatte. Er hatte sich und vor allem mich komplett abgesichert.
Mein lieber Papa!
Er nahm einen siegessicheren langen Atemzug und ließ danach meine Hand los. „Bei der nächsten Sitzung können wir es bekannt geben, dass du der neue Anführer bist. Bereite dich sehr gut vor, mein Sohn!"
„Mach dir keine Sorgen, Papa! Ich werde alles in diesen Akten aufsaugen!" Mein Vater lächelte und ging. Vor der Tür blieb er kurz stehen.
„Sperr hinter mir wieder ab und wenn du gehst, lässt du die Tür komplett offen."
Wir schmunzelten gleichzeitig und schauten uns an wie kleine freche Jungs.
Was für ein brillanter Mann mein Vater doch ist! Alles geschah vor den Augen anderer, jedoch bekam keiner etwas mit. Keiner der Mitarbeiter, mit Ausnahme von Evelyn, wusste, was wir hier eigentlich machten und wer wir waren!
Liebevoll schaute er mich an und zum ersten Mal bemerkte ich, dass er alt geworden war.
Seine Haare waren etwas schütter geworden und auch leicht ergraut.

Die Falten drückten nicht nur auf seine Stirn, sondern auch auf seine Augenwinkel und er sah zudem etwas müde aus. Es war Zeit, dass er sich zurücklehnen konnte, denn meine Ära durfte und musste jetzt beginnen. Einen kurzen Augenblick war ich beschämt, dass ich zunächst an mich selbst gedacht hatte, als mir mein Vater seinen Wunsch offenbarte, den Kunstverein zu übernehmen.
Ich war bereit!
Bereit, nicht nur den Kunstverein zu führen, sondern auch bereit, meinen Vater und mich bis zum Tod zu beschützen. Meine höchste und einzige Priorität war mein lieber Papa. Danach ging er raus und rief noch: „Bis dann mein Sohn. Ich lasse heute noch einen Zentralschlüssel für dich anfertigen."
Ich eilte zur Tür hinüber und schaute meinem Vater noch eine Weile nach, bis ich ihn nicht mehr sehen konnte. Anschließend sperrte ich das Büro ab und las wissensdurstig in den Akten.

Bis zum späten Nachmittag ging ich alles durch und war überrascht und zugleich fasziniert! Überrascht, da mein Vater in seinem Alter mehr Menschen getötet hatte als ich und fasziniert, wie mächtig wir Prooks waren!

KAPITEL 11

MEINE KLEINE PAUSE

Bis zur Übernahme des Kunstvereins dauerte es noch ein paar Wochen. So lange stürzte ich mich nicht nur auf die Unterlagen vom Kunstverein, sondern auch auf meine Arbeit in der Praxis, die seit der Eröffnung jeden Tag voll mit Patienten war. Denn es sprach sich schon in der Stadt herum, dass ein neuer hübscher und junger Arzt gekommen war. Ich konnte mich schon fast nicht mehr vor Patientinnen, aber auch Patienten retten. Manche waren auch nur neugierig, kamen, um mich zu sehen oder gar von mir berührt zu werden. Fast täglich stürmten, ganz nach meinem Geschmack, gut aussehende hübsche Frauen meine Praxis. Anfangs konnte ich mich noch beherrschen, um nicht gleich über einige herzufallen. Aber was soll ich sagen? Letztlich gab ich meinen Trieben nach und führte auf meiner Untersuchungsliege erotische Spiele mit zwei meiner Patientinnen durch. Zum Glück war die eine Patientin unglücklich verheiratet und wollte es unbedingt sowohl vor ihrem Mann als auch vor allen anderen geheim halten. Vor Kurzem mussten wir diese Affäre aber beenden, da sie in eine andere Stadt umzog. Bis heute habe ich nichts mehr von ihr gehört.

Aber mit der anderen Patientin endete es in einem völligen Chaos.
Um es noch genauer zu sagen, sie verliebte sich in mich, kam immer wieder unangemeldet in die Praxis und drohte mir, dass sie an die Öffentlichkeit gehen würde, wenn ich nicht ständig mit ihr schlafen würde. Obwohl ich sie beim Sex nicht nur abschätzig anredete, sondern auch fast jedes Mal grün und blau schlug, ja sogar auf bestialische Art immer wieder benutzte, wollte sie mich dennoch! Jedoch unterließ ich dann zumindest die Schläge, nachdem sie mir zum ersten Mal gedroht hatte, bis ich meinen perfekten Plan, sie zu töten, umsetzen konnte. Als es so weit war, lud ich diese Patientin nach der Sprechstunde in meine Praxis ein. Zuerst benutzte ich sie in meiner Wut und auf sadistische Weise in all ihren Öffnungen und schlug sie dabei blutig. Letztlich packte ich auch ihren Kopf und schlug ihn viermal mit aller Kraft gegen die Wand. Das Blut spritzte nicht nur auf mein Gesicht, sondern auch an die Wand und verteilte sich auf dem Boden. Meine Praxis sah wegen dieses Miststückes schrecklich aus. Wutentbrannt rief ich die Reiniger an, die sich beim Eintreffen wie so oft, mit entsetzten Blicken umsahen, was mir bestätigte, was für ein ausgezeichneter und Furcht einflößender Mörder ich doch war. Lässig und erfüllt verließ ich meine Praxis und am nächsten Tag sah schon alles wieder absolut makellos aus. Dies durfte mir mit Patienten aber nicht mehr passieren, also überlegte ich und handelte schnell.

Eine zusätzliche medizinische Assistentin musste her, nicht nur, um Ute zu entlasten, sondern auch um mein sadistisches sexuelles Verlangen zu befriedigen.
Das aber nur während der Arbeitszeiten in meiner Praxis, denn an meinen freien Tagen waren schließlich Belinda und andere Frauen für mich verfügbar.

Bei den Bewerbungsgesprächen suchte ich präzise nach einer Frau, die nicht nur hübsch, sondern auch zweite Klasse war. Eine, die mit sich alles machen lassen würde. So fand ich Mona.
Mona hatte zum Bewerbungsgespräch ein enges weißes Minikleid mit Stöckelschuhen an.
Ihr Ausschnitt ging bis zu ihrem Bauchnabel und ihre Brüste sprangen schon fast heraus. Ich wusste, dass sie sich für mich so angezogen hatte. Sie wollte nicht nur meine Assistentin, sondern auch mein Spielzeug werden. Ich wusste, dass ich mit ihr ein leichtes Spiel hatte, also hielt ich das Gespräch möglichst kurz, erklärte ihr die Arbeitszeiten, dass sie sofort anfangen könne, und bot ihr auch noch einen hervorragenden Lohn an. Sie willigte natürlich sofort ein. Am vierten Arbeitstag wusste ich schon, dass ich sie in einem meiner Behandlungszimmer benutzen würde.
Mein Terminkalender war voll mit Patienten und ich plante, wo und wann ich loslegen konnte. Ich wusste, dass Herr Albert Fornalle am Abend noch zur Blutabnahme kommen würde. Ein perfekter Zeitpunkt.

Ich bin mir sicher, dass Mona an diesem Tag wusste, dass ich über sie herfallen würde, denn sie kam andauernd mit sinnlosen Fragen in mein Zimmer, beugte sich jedes Mal mit ihrem engen Oberteil zu mir und legte mir irgendwelche Befunde hin, sodass ich auf ihr Spiel einging.
Als Herr Albert Fornalle kam, begleitete ihn Mona in das Behandlungszimmer eins.
Hm, in dem Fall in Behandlungszimmer zwei!
Ich ging ihnen nach, meinte, er solle sich kurz hinsetzen und dass ich gleich zu ihm kommen würde. Ich schloss die Tür zu, packte Mona am Oberarm und ging mit ihr ins Behandlungszimmer zwei.
Ich drückte sie hart mit dem Gesicht zur Tür und hob ihren Rock hoch. Damit die letzten zwei Patienten und Ute uns nicht hören konnten, hielt ich dabei ihren Mund fest zu. Als ich mit ihr fertig war, drehte sich Mona zu mir um und wollte mich küssen.
Was soll das?
Was will diese Frau?
Ich wich zurück, zog meine Hose hoch und verließ, ohne mit ihr zu reden, das Zimmer.
Völlig entspannt ging ich zu Herrn Albert Fornalle und nahm Blut ab. Später, als alle Patienten und auch Ute weg waren, kam Mona ins Zimmer. Sie war sehr verärgert darüber, wie ich nach dem Sex mit ihr umgegangen war. Sie versuchte, ein Gespräch mit mir zu führen, jedoch hatte ich keinerlei Interesse daran. Ich klappte meinen Computer zu, stand auf, lief an ihr vorbei. Sie rannte mir nach.
„Michael, warte!“

Ich blieb kurz stehen und fragte sie, während ich sie abschätzig bemusterte: „Willst du gehen oder bleiben?“
Mir war es egal. Ich wusste, dass ich sie jederzeit ersetzen konnte. Sie sah mich verwundert an und schwieg. Kurz bevor ich aus der Tür hinausging, hörte ich noch: „Bis morgen, Michael.“

Mona blieb einige Monate als meine Gespielin und medizinische Assistentin und von heute auf morgen kam sie plötzlich nicht mehr. Natürlich wusste ich, warum! □

KAPITEL 12

DER ANFÜHRER

Es war so weit! Fasziniert von meiner Blutlinie, die bis ins neunzehnte Jahrhundert zurückreichte, und stolz auf den Aufbau des Kunstvereins und die perfekten Morde meiner Vorfahren, gingen mein Vater und ich an jenem Sonntag in den Kunstverein. Wir saßen gemeinsam mit Herrn Brikanu, Frau Brikanu, Herrn Fornalle, Frau Hulste, Herrn Grandam, Herrn Svante mit seinem Sohn Arlo und Herrn Pasani am großen Versammlungstisch. Ich blickte selbstbewusst und musternd in die Runde. Alle schauten zu mir und in ihren Augen war deutlich zu erkennen, dass sie unruhig waren. Sie ahnten etwas, jedoch wussten sie nicht genau, was jetzt passieren würde!
Obwohl ich heute auf neue Gesichter traf, galt mein Hauptinteresse zuerst Okko Grandam, Arlo Svante und Gloria Brikanu. Diese Drei musterte ich unauffällig, besonders intensiv! Okko Grandam saß – genau wie mein Vater ihn beschrieben hatte – nicht nur mit seiner einwandfreien Frisur und seinem maßgeschneiderten marineblauen Anzug da, sondern auch mit seinen kühlen und affektlosen Blicken. Unauffällig versuchte er immer wieder, mich zu mustern.

Sein Aftershave konnte ich schon von Weitem riechen. Es gefiel mir ganz und gar nicht, dass jeder im Raum Okko mehr riechen konnte als mich.
Ich nahm mir vor, von nun an das Doppelte meines Aftershaves zu benutzen, denn Okko durfte mein Revier nicht mit seinem Duft markieren! Um nicht noch gereizter zu werden, konzentrierte ich mich schnell auf Herrn Olaf Svante und auf Arlo.
Olaf war immer noch arrogant und aufgesetzt, saß halb seitlich nahezu liegend auf dem Stuhl und hatte seinen Oberarm an der Lehne angelehnt. Die einzige Veränderung war, dass er noch mehr graue Haare bekommen hatte als die anderen. Sein Sohn Arlo saß unsicher, mit fest aneinandergedrückten, perfekt gepflegten Fingern neben ihm, wackelte dabei mit einem Bein und beobachtete seinen Vater, wie und was er tat. Mir schien, als würde er nicht nur einen falschen Respekt vor seinem Vater haben, sondern auch Angst.
Aber warum?
An Herrn Eduard Brikanu und Frau Gloria Brikanu bemerkte ich keine Veränderungen. Sie hatten beide immer noch dieselbe Mimik und Gestik, die ich mir damals als Kind schon eingeprägt hatte.
Er saß mit seinen fast zwei Metern Körpergröße steif in seinem schwarzen Anzug auf seinem Stuhl, betrachtete immer wieder seine Nägel und zupfte sie auch dabei. Frau Gloria Brikanu kreiste andauernd mit ihrem Fuß unter dem Tisch und schaute mit schnellen Blicken umher.

Sie inspizierte wieder und wieder bewundernd ihren üppigen Goldschmuck an Armen und Fingern mit den immer noch sehr langen rot lackierten Nägeln und richtete laufend ihren sündteuren Seidenschal.
Auch an Herrn Albert Fornalle hatte sich kaum etwas verändert seit der letzten Blutabnahme.
Aber Moment mal. Doch!
Er hatte in so kurzer Zeit noch ein paar Kilos draufgelegt! Zusammengesackt, aber hoch konzentriert saß er da und streifte mit seiner ganzen Hand immer wieder über seinen fast ergrauten Schnurrbart, dessen Enden er immer zwirbelte. Seine Stellvertreterin, Metzgerin Anita Hulste, probierte immer noch die kleine Locke an ihrem Hinterkopf in den Mund zu nehmen und streifte währenddessen mit der anderen Hand ihren Bauch. Und zuletzt Herr Mex Pasani. Wie der mit seinen völlig glänzenden nach hinten geschleimten Haaren dasaß, als hätte er sie seit mehreren Monaten nicht gewaschen. Seine dünnen Beine trugen seine aufgeschwemmten Muskeln, die er laufend musterte. Er wirkte so lächerlich und ungebildet, was er ja auch war! Zudem roch er schon von Weitem nach einem ehrenlosen, verräterischen Mann. Am liebsten hätte ich ihn auf der Stelle gequält und danach ersetzt, aber durch wen? Na ja, das hatte seine Zeit. Mein Vater stand vom Kopf des Tisches auf. „Meine lieben Unterstützer, bevor wir gleich zur Tagesordnung übergehen, möchte ich euch eine Veränderung bekannt geben.“ Er machte eine kurze Pause, schaute mich an, danach wieder in die Runde.

„In Absprache mit meinem Sohn Doktor Michael Prook übergebe ich ihm vor euren Augen schon heute sein Erbe. Er ist jetzt euer neuer Anführer und wird in Zukunft statt Florian die Totenscheine ausstellen und die Medikamente verordnen."
Herr und Frau Brikanu lächelten, wie auch Herr Fornalle und Frau Hulste. Herrn Pasani war seine Gleichgültigkeit sichtlich anzusehen. Bei Arlo merkte ich, dass er ebenfalls erfreut war. Vielleicht, weil endlich ein jüngerer Anführer kam, wer weiß.
Doch Okko hingegen sah mich mit neiderfüllten Augen an und Herr Svante schaute wütend und fassungslos in die Runde. Selbstbewusst stand ich auf und berührte meinen Vater kurz an seinem Rücken. Er legte seine Hand auf meine Schulter und redete weiter. „Manche kennen ihn seit seiner Kindheit, andere unter euch sehen ihn heute zum ersten Mal. Er wird ab heute alles leiten, denn ich ziehe mich zurück." Stolz setzte er sich wieder hin und schaute zu mir hoch. Selbstsicher stellte ich mich vor.
„Ich bin Michael. Ab sofort werde ich den Kunstverein leiten. Ich habe mich bereits mit allen Unterlagen vertraut gemacht und kann euch sagen, dass es bis Ende des Jahres keinerlei Veränderungen geben wird, weder bei der Verteilung noch bei den Zahlungen von euch für die Leichen an uns oder von uns an euch. Wie schon mein Vater möchte auch ich mit euch allen ein freundschaftliches Verhältnis aufbauen und werde euch alle – jeden einzeln – in seiner Welt besuchen. Evelyn hat meinen Kalender und wird mit euch die Termine vereinbaren."

Herr Svante lehnte sich mit den Ellbogen auf den Tisch und schaute erst mich, dann meinen Vater ernst an. „Er ist aber noch so jung, Gerald. Zudem hat er gerade seine Arztpraxis eröffnet. Hat er denn Zeit für uns? Und außerdem bist du noch nicht tot und dein Sohn deshalb deine Position übernehmen müsste!"
Alle Blicke richteten sich auf meinen Vater.
Mein Vater verzog keine Miene und Herr Svante ergänzte: „Ich meine ja nur."
Mein Vater stand langsam wieder auf, legte seine Hände auf den Tisch und antwortete Olaf nicht nur mit einem belehrenden Blick, sondern auch erhaben.
„Olaf, diesen Kunstverein erschufen wir Prooks vor hunderten Jahren nach unseren eigenen Regeln, die nur ein Prook ändern darf, wann und wie er will, sonst niemand! Während früher deine Sippe noch um Wasser und Brot bettelte, sorgten meine Vorfahren für ein Imperium, das von Generation zu Generation stärker geworden ist. Es ist unsere Festung!
Mein Sohn Michael ist der alleinige Besitzer dieses Imperiums, egal ob ich noch am Leben bin oder nicht! Sag, seit wann bist du oder deine Sippe in diesem Verein?"
Olaf konnte dem Blick meines Vaters nicht standhalten, schloss wütend kurz seine Augen.
„Erst seit 20 Jahren bekommst du, Olaf Svante, dank uns Prooks, deine Gurgel voll!" Olaf blickte immer wieder hin und her und wurde sehr unruhig und nervös. Mein Vater schüttelte langsam seinen Kopf.
„Respekt, Olaf. Das Allerwichtigste ist Respekt!

Wenn du deinem Gegenüber keinen Respekt zeigst, dann bekommst du auch keinen! Du musst immer wissen, wo dein Platz ist!“ Dieser Satz von meinem Vater saß wie die Faust aufs Auge, denn Olaf wurde diesmal unkontrolliert rot und starrte mit leicht gesenktem Kopf auf den Tisch.
Mein Vater deutete auf Herrn Eduard Brikanu. „Dieser Mann, der hier sitzt, ist die siebte Generation. Weder seine Vorfahren noch er selbst widersprachen jemals uns Prooks! Bis heute leben wir in Respekt und freundschaftlichem Miteinander.“ Herr Brikanu, aber auch Frau Brikanu waren sichtlich gerührt von den Worten meines Vaters und hoben stolz nicht nur ihren Kopf, sondern auch ihren Brustkorb. Anschließend deutete mein Vater auf Herrn Albert Fornalle. „Mein Freund Albert, er ist die sechste Generation. Bis heute führen wir auch mit ihm einen respektvollen Umgang. Nicht nur er, sondern auch seine Vorfahren widersprachen uns in unseren Entscheidungen niemals!“ Herr Albert Fornalle hob ebenfalls seinen Kopf stolz nach oben, aber nicht so stolz wie Frau Anita Hulste, denn ihr gefielen die Sätze, die mein Vater über ihren Liebhaber sagte. Danach deutete mein Vater auf Okko „Seit fünf Generationen dient Familie Grandam uns Prooks. Sein Vater war einer meiner engsten Vertrauten. Auch mit seinem Sohn Okko begegnen wir uns mit größtem Respekt!“ Okko bemusterte mich. Ich war mir sicher, dass er meinem Vater nicht zugehört hatte. Danach richtete er sich auf und deutete auf Olaf. „Selbst der letzte Furz von der Flöte hat uns Prooks zu folgen. Nicht mehr und nicht weniger!

Aber wenn dir, Olaf, die Entscheidungen von uns Prooks nicht gefallen, kannst du gerne mit deinem Sohn den Kunstverein verlassen!“ Mein Vater grinste in die Runde. „Sollen doch die anderen noch reicher werden.“
Olaf sagte daraufhin nichts mehr, löste seinen erstarrten Blick vom Tisch und richtete ihn wütend auf seinen Sohn Arlo, denn Olaf hatte erwartet, dass er die gedemütigte Ehre seines Vaters verteidigte. Arlo unternahm jedoch nichts, er blickte nur auf den Boden und hob seinen Kopf nicht hoch. Geschickt gab mir mein Vater wieder das Wort und ich ging strategisch und emotionslos die Tagesordnung durch. Den ganzen Abend lang stimmte mir Olaf zu und verhielt sich uns Prooks gegenüber wie ein Lämmchen!

Aber Okkos Stärke war doch nicht seine Ausdruckslosigkeit, denn er hatte heute ungewollt seine Maske einen Zentimeter heruntergezogen, sodass ich seinem Neid darunter begegnet war!

Die Ansage meines Vaters rüttelte nicht nur Olaf auf, sondern den gesamten Kreis und ließ jeden möglichen Zweifel an den Machtverhältnissen und mir als den neuen Anführer im Keim ersticken!

KAPITEL 13

OLAF SVANTE

Als ich in der Anwaltskanzlei von Olaf Svante ankam, musste ich zunächst beim Empfang warten, da er noch in einer Sitzung war. Nach exakt 20 Minuten stand ich auf, lief durch den Empfang und schaute mir die Bilder an den Wänden an. Ich ging den Gang weiter nach hinten und während ich vertieft in einem der Gemälde, das eine Meerjungfrau zeigte, versunken war, hörte ich aus einem der Büros flüsternde Stimmen und auch ein Kichern. Neugierig ging ich den Stimmen nach. An einer Tür, die nicht ganz geschlossen war, wurde es lauter. Mit einem Auge versuchte ich hineinzuschauen und erkannte Arlo, der halb am Tisch angelehnt saß und kicherte. Vorsichtig und langsam schob ich ein wenig die Tür auf und sah, dass noch ein junger Mann im Raum war. Er kicherte ebenfalls und sie machten den Anschein, als ob sie sich sehr gut verstünden. Zu gut sogar, denn anschließend küssten sie sich plötzlich leidenschaftlich. Arlo stieß den Mann immer wieder von sich weg und sie flüsterten wieder. Ich dachte mir: *Nanu, Arlos Schwachstelle sind doch Frauen! Oder etwa nicht?*

Ich beobachtete sie kurz und gerade, als ich weggehen wollte, traf sich mein Blick mit dem von Arlo.

Arlo stand ruckartig vom Tisch auf und ging von dem Mann weg.
Ich eilte wieder vor zum Empfang und sah, wie Olaf auf mich zukam. Olaf und ich begrüßten uns.
„Michael. Tut mir leid, dass du warten musstest."
„Kein Problem", meinte ich ruhig und gelassen.
Olaf gefiel, dass ich so reagiert hatte. Er nickte und schaute mich zufrieden an. Danach blickte er über meine Schulter. „Arlo, mein Sohn. Schau Michael ist da. Sag Hallo." Ich drehte mich kurz um und sah, wie Arlo unsicher in meine Richtung kam. Der Mann aus dem Büro lief hinter ihm her. Beide blieben bei mir stehen, Arlo streckte seine Hand aus.
„Hallo Michael."
„Hallo Arlo." Olaf deutete mit der Hand auf den jungen Mann.
„Das ist Henri, Arlos neuer Assistent."
Henri schaute mich nur flüchtig an und nickte.
Lachend redete Olaf weiter. „Wir haben uns bewusst für Henri entschieden, denn wenn eine junge Dame seine Assistentin wäre, würde Arlo sich nicht auf die Arbeit, sondern auf die Frau konzentrieren."
Verlegen und immer noch unsicher schaute mich Arlo an und lächelte gezwungen mit seinem Vater mit.
Danach fragte Olaf: „Sollen wir in den Club fahren, Michael?"
Ich nickte zustimmend, verabschiedete mich von Arlo und Henri und wir fuhren mit unseren Autos fast eine Stunde zu einem privaten Club am See, den Olaf vor fünf Monaten übernommen hatte.

An der Einfahrt befand sich eine große Schranke, an welcher auch einer seiner Sicherheitsmitarbeiter stand. Er öffnete uns die Schranke und wir fuhren auf das von einer alten Mauer eingesäumte Gelände. Vor dem Hauptgebäude stiegen wir aus unseren Autos und Olaf zeigte mit seinen Händen in alle Richtungen.
„Das alles, was du hier siehst, gehört jetzt mir, Michael. Das ist mein Reich zum Entspannen und vor allem für die anderen ganz besonderen Interessen meiner Klienten und Freunde. Komm, gehen wir hinein." Wir gingen in das große Hauptgebäude.
Der Empfang war sehr nobel und doch diskret eingerichtet. Auch ein gut designter Wartebereich mit einer kleinen Bar war zu sehen. Wir gingen durch eine Seitentür hinaus ins Freie. Draußen gab es noch ein kleineres Gebäude.
„Deswegen bist du hier, Michael."
So unscheinbar von außen, so beeindruckend von innen. Es gab einen kleinen Empfang, einen großen Lift und auf dem innen liegenden Parkplatz gleich neben der Tür standen zwei neutrale kleine Transporter.
Olaf erklärte sichtlich stolz: „Hier mache ich vor allem durch euch Prooks den größten Teil meines Vermögens. Ich vermittle die Organe der Leichen an Abnehmer der unteren und mittleren Schichten, die bereit sind, ihr Hab und Gut zu verkaufen, um jede Summe für ein paar weitere Lebensjahre zu bezahlen. Sie überlassen mir dafür sogar das Schicksal ihrer Kinder und übergeben auch ihre Tiere."

Einer der Mitarbeiter kam plötzlich mit einem Handy zu Olaf. Er entschuldigte sich für die Unterbrechung, wendete sich ab und ging ein paar Schritte weg von mir. Als er zurückkam, führte er mich durch das Gebäude, dessen Räume einzig und allein für die verschiedensten Sexpartys auf das Nobelste eingerichtet waren. An der Treppe führte er mich hinunter ins Tiefgeschoss. Ich merkte, dass es deutlich kühler wurde und obwohl bestens gelüftet und klimatisiert schien sich der Geruch ein wenig zu verändern.

Unten angekommen, öffnete Olaf eine große Schiebetür.

„Das hier ist mein besonderes Lager für die ganz ausgefallenen Wünsche."

Es war ein Stall mit zwei Eseln und einem Pony.

Olaf nahm lachend die Hand vor sein Gesicht. „Sogar diese Viecher werden heute von Männern und Frauen rangenommen!"

Ich schaute ihn nur ausdruckslos an und wir gingen wieder hinauf. Mit gemütlichen Schritten begleitete mich Olaf zu meinem Auto. Wir redeten noch über die kommende Versammlung, als plötzlich ein Mitarbeiter von Olaf zu ihm kam und meinte, dass das Mädchen von dem Kunden weg sei, der sie am Vormittag als Gegenleistung für den besseren Platz auf der Warteliste für eine Niere gebracht hatte. Nervös schaute Olaf sich um und ich streckte meine Hand aus.

„Bis zur nächsten Versammlung, Olaf."

„Bis zur nächsten Versammlung, Michael."

Mit schnellen Schritten ging er zurück zum Gebäude. Im Schritttempo fuhr ich weg und als ich schon fast an der Schranke der Anlage war, entdeckte ich im Rückspiegel, dass sich das junge Mädchen, etwa sieben Jahre alt, in meinem Auto hinter dem Beifahrersitz zusammengerollt hatte und mich verängstigt anschaute. In Sekundenschnelle entschied ich mich, sie mitzunehmen. An der Schranke angekommen, lächelte mir ein Sicherheitsmitarbeiter zu und drückte auf den Öffner der Schranke. Mir kam es vor, als würde die Schranke Stunden brauchen, bis sie oben war, doch plötzlich stoppte der Mitarbeiter die Schranke.
Ich schaute mich überrascht um, doch es standen schon Olaf Svante und zwei seiner Männer neben meinem Auto.
Olaf Svante kam zum Autofenster, beugte sich zu mir und sagte ernst: „Michael, wir müssen noch dein Auto durchsuchen!"
Mir war klar, dass ich dies zulassen musste, also stellte ich den Motor ab und stieg aus dem Auto aus. Ausdruckslos ging ich einige Schritte weg vom Auto und Olaf stellte sich neben mich. Die beiden Männer entdeckten gleich das kleine Mädchen und zerrten sie an ihren Haaren heraus. Sie schrie wie am Spieß und ich setzte ein überraschtes Gesicht auf. Aus Angst machte sie sich noch in die Hose und der Mann schleuderte sie angewidert auf den Boden. Falsch grinsend sagte Olaf: „Was für ein Zufall, dass sich das Mädchen gerade in deinem Auto versteckt hatte. Zudem war dein Auto doch abgesperrt, Michael. Na so was. Hast du Hokuspokus gespielt?"

Erbost blickte ich ihn an. Mag sein, dass Olaf recht hatte, dass mein Auto abgesperrt war, jedoch waren die Fenster bei fast fünfunddreißig Grad offen gewesen! Ich wollte mich auf keinen Fall rechtfertigen. Ich antwortete ihm also geschickt, wobei ich ihn belächelte.
„Der Hellste bist du auch nicht, Olaf", sagte ich, schaute in den Himmel hinauf und danach zu meinem Auto, bei dem die Fenster immer noch unten waren. Die beiden Männer, die um uns standen, fingen untereinander an zu flüstern.
Olaf schrie: „Was gibts zu flüstern?"
Sie wurden still und einer antwortete, während er den Boden anstarrte. „Herr Svante, als Herr Prook hier ankam, hatte er tatsächlich seine Autofenster geöffnet."
Olaf schnaufte und drehte seinen Kopf wieder zu mir. Verschmitzt grinste ich ihn an und sichtlich unsicher, aber dennoch wütend, meinte Olaf: „Trotzdem glaube ich dir nicht! Vielleicht bist du ja auch so ein Kinderficker, Michael?"
Abrupt und zornig ging ich auf Olaf zu, packte ihn am Hals, drückte fest zu und flüsterte ihm mit einem todernsten Gesichtsausdruck sein dreckiges Geheimnis ins Ohr, das mein Vater über ihn herausgefunden hatte. „Ein Kinderficker? Das bist doch du, Olaf! Wie geht es eigentlich deinem Kind, deiner Tochter Enja? Oder soll ich sie lieber deine Geliebte nennen?"
Olaf riss verängstigt die Augen auf und ich ging wieder einen Schritt von ihm weg.

Exakt 37 Sekunden lang stand Olaf schockiert, unruhig und etwas zappelig da, musterte mich nachdenklich von oben bis unten und fing noch mehr zu schwitzen an. Ich hingegen stand lässig, streifte kurz über meine Haare und starrte ihn überlegen an. Ich hätte ihm noch mehr erzählen können, wie etwa, dass seine Tochter äußerst erfreut über diese Beziehung zu ihrem eigenen Vater war, und Olaf mit ihr, als sie selbst noch minderjährig war, auch noch einen Inzestjungen gezeugt hatte. Jedoch behielt ich es für mich!
Noch!
Denn wenn diese Information öffentlich würde, wäre das sowohl für sein gesellschaftliches Ansehen, für seine Anwaltskanzlei als auch für sein lukratives Nebengeschäft das sofortige Ende. Olaf streifte immer wieder grübelnd über seinen Mund und schaute mich mittlerweile unsicher an. „Was willst du für dein Schweigen?“, fragte er leise.
Ich neigte meinen Kopf leicht seitlich und antwortete ebenfalls leise: „Nichts! Noch nicht!“
Danach nickte ich gelassen, stieg in mein Auto und fuhr lässig durch die Schranke. Unauffällig blickte ich kurz in den Rückspiegel und sah, wie Olaf ungläubig dastand und der Mann neben ihm das kleine Mädchen schleifend an den Haaren zerrte und sie immer wieder wie einen Ball fest mit dem Fuß zurück zum Gebäude trat.□

KAPITEL 14

MEX PASANI

Nach ein paar Tagen ging ich zu Mex Pasani ins Polizeihauptquartier. Fast in jedem Stockwerk gab es ein paar Polizeibeamte, die meine Leichen abholten, jedoch liefen wir wortlos aneinander vorbei. Im vierten Stock angekommen, sah ich Mex Pasani am Ende des Flures, der mit drei Männern erhaben in seinem halb verglasten Büro saß. Als ich näherkam, bemerkte mich Mex Pasani und wir begrüßten uns schon von Weitem mit einem Kopfnicken. Kurz bevor ich an der Tür angekommen war, gab er mir mit seiner Hand ein Zeichen, dass ich hereinkommen könne. Ich ging hinein und die drei musterten mich, wobei einer der Männer sehr erfreut war, dass ich sie gestört hatte. Mex Pasani stand auf und klappte schnell ein paar Akten zu, die vor ihm lagen. Aus dem Augenwinkel konnte ich mehrere Frauen und Kinderfotos erkennen. Ich wusste, dass er noch andere korrupte Sachen am Laufen hatte.
„Hallo Michael. Wir sind gerade fertig“, sagte Mex, stand auf und streckte mir seine Hand aus.
„Hallo Mex.“
„Schön, dass du da bist. Bitte setz dich“, sagte er und deutete mit der Hand einladend auf die Stühle, auf denen noch die Männer saßen.

Sofort standen die Männer auf, schauten mich unruhig an und verließen langsam den Raum. Immer wieder blickte mich einer der Männer an, ich hob meinen Kopf weiter nach oben und lächelte ihn kurz an.
Lässig setzte ich mich anschließend auf den mittleren Stuhl und Mex setzte sich ebenfalls, streifte sich immer wieder über die Brust und meinte: „Michael, das waren ein paar meiner besten Männer, die gerade gegangen sind."
Danach grinste Mex listig, deutete mit seinem Zeigefinger zu den Glasscheiben hinaus.
„Diese Männer sind brutal und zwei von ihnen wissen, was Spaß bedeutet!"
Mit einem kurzen, aufgesetzten Lächeln meinte ich:
„Freut mich für dich und für die Männer, wenn ihr so Spaß habt!"
Mex schüttelte den Kopf und hörte mit seinem dämlichen Grinsen auf. „Nicht nur für mich, für dich auch Michael. Für den Kunstverein! Wir haben letzte Woche eine Großrazzia bei illegalen Menschenschleppern gemacht. 51 Zuwanderer waren in dem Lastwagen."
Danach grinste er erneut und diesmal noch listiger, beugte sich zu mir vor und fuhr leise fort.
„18 davon sind Kinder. Das Älteste ist elf Jahre alt und das jüngste gerade mal zwei. Die können mit diesen Mädchen und Burschen alles machen, was sie wollen. Versklaven, heiraten oder von mir aus auch zu Tode quälen oder vergewaltigen. Keiner würde diese Kinder suchen!"

Er lehnte sich hocherfreut im Stuhl zurück, griff kurz rüpelhaft in seinen Schritt und fuhr eingebildet fort.
„Ich habe schon die wichtigsten Kunden kontaktiert. Meine Männer werden heute sieben von den Kindern an Kunden übergeben. Ein paar von ihnen werden es nicht überleben."
Emotionslos hörte ich Mex zu, der sichtlich erfreut von seinem Fang war.
„Wenn du willst, kann ich dir für heute Abend ein schönes Mädchen anbieten. Oder einen Jungen? Geht auf mich."
Ich schüttelte langsam und nachdenklich meinen Kopf und Mex fuhr grinsend fort.
„Dann eben für mich."
Er fing leise an, zu pfeifen.

Ich wusste ja bereits, dass Mex nicht nur ein korrupter und arroganter Mistkerl, sondern auch ein Pädophiler war. Jedoch bemerkte ich an diesem Tag noch ein weiteres Geheimnis an Mex, das er vor mir nicht verstecken konnte!

Desinteressiert schaute ich mich kurz um, ließ mich am Stuhl etwas herunterrutschen, legte meine Ellenbogen auf die Stuhllehne und tippte dabei mit meinen Fingerspitzen aneinander.
„Bezüglich deiner Männer … mein Vater meinte, dass manche gar nicht mehr für uns arbeiten und du die aktuelle Liste noch nicht fertiggestellt hast.
Ich benötige die Liste bis Ende der Woche.

Wie immer mit Namen, Adresse, Alter, Dienstgrad, Hobbys und so weiter."
Mex gefiel es gar nicht, dass ich so über ihn bestimmte, er schüttelte leicht seinen Kopf.
„Bis Ende der Woche? Nein, das geht nicht. Ich habe auch noch andere Sachen zu erledigen.
Hm, bis zur nächsten Vereinssitzung werde ich es aber fertigstellen."
Langsam hörte ich auf, mit meinen Fingerspitzen zu tippen, starrte Mex zornig an und in einem ernsten Ton befahl ich: „Heute Mex! Bis Mitternacht hast du Zeit, mir die Liste zu übergeben!"
Mex schnaufte, kratze sich kurz am Mundwinkel, schaute mir in die Augen und sagte grinsend: „Weißt du, Michael, mit deinem Vater hatte ich keinen guten Start. Ich habe gehofft, dass es mit dir besser sein würde. Doch wie ich sehe, haben wir zwei auch keinen guten Start. Was machen wir jetzt? Wie können wir zusammenarbeiten, wenn du mich nicht respektierst? Nichts für ungut, aber ich habe schon ein paar Jahre mehr auf dem Buckel als du. Ich bin dir einiges voraus, Michael."
Regungslos starrte ich Mex eine Weile an, streifte sanft über meine Haare und lehnte mich ruckartig zu ihm vor, so dass Mex erschrak und mich wütend anschaute. Ich grinste kurz, kam noch näher mit meinem Körper, sodass ich fast nicht mehr auf dem Stuhl saß, und erzählte gelassen: „Mein verstorbener Großvater erzählte mir mit sechs Jahren die Geschichte von einem dummen Esel und dem starken Löwen."

Bewusst war ich eine Weile still, was Mex noch rasender machte und fragte, indem ich kurz mit dem Zeigefinger deutete, „Kennst du die Geschichte? Ich glaube nicht! Ich erzähle sie dir."
Mexs Kopf wurde vor lauter Zorn rot und er starrte mich an.
Lässig lehnte ich mich wieder zurück, rutschte etwas weiter nach unten, schob meine Beine dominant auseinander, verhakte meine Finger ineinander und erzählte belehrend: „Ein Esel und ein Löwe lebten friedlich nebeneinander. Obwohl der Esel wusste, dass ihn der Löwe jederzeit zerfleischen konnte, wich er dennoch nicht von seiner Seite, denn schließlich gefiel es dem Esel, mit dem Herrscher der Tiere befreundet zu sein. Der Esel war so fasziniert von dem Löwen, dass er angefangen hatte, wie er zu laufen, zu schlafen, zu fressen und probierte sogar wie ein Löwe zu jagen. Doch irgendwann meinte der dumme Esel, egal ob er auf der Wiese war oder in seinem verdreckten Stall, dass er tatsächlich auch ein Herrscher war, und das Sagen über die anderen Esel hätte. Die anderen Esel nahmen den dummen Esel nicht ernst und lachten ihn sogar aus. Das machte den dummen Esel so wütend, dass er vergaß, dass er tatsächlich nur ein dummer Esel war, und legte sich, um es den anderen Eseln zu beweisen, mit dem starken Löwen an. Beim ersten Versuch hörte der starke Löwe dem dummen Esel nur zu. Der dumme Esel erschrak selbst, denn er dachte sich, dass der starke Löwe vor ihm Angst hätte, und lebte noch mehr in seiner Illusion.

Irgendwann machte der dumme Esel einen zweiten Versuch und erschrak erneut, denn auch diesmal hörte ihm der Löwe nur zu und tat nichts. Absolut von sich überzeugt und dass er den starken Löwen kleinbekommen hatte, fing der dumme Esel tatsächlich an zu brüllen. Ich bin der Herrscher. Ich bin ein Löwe, ich bin ein Löwe, bewundert mich, schaut mich an. Mit diesen Sätzen lief der dumme Esel die ganzen Tage brüllend umher. Es sprach sich auch schon bei den anderen Tieren herum, dass es einen dummen Esel gab, der sich mit einem Löwen angelegt hatte und auch noch probierte, wie ein Löwe zu brüllen.
Sie wurden neugierig, wollten diesen dummen Esel sehen. Als sie dann bei dem dummen Esel ankamen, trauten sie ihren Augen nicht. Der dumme Esel brüllte und tanzte überheblich vor dem starken Löwen herum, der ausdruckslos auf seinem Thron saß und den dummen Esel anschaute. Die Tiere erschraken, bekamen sehr große Angst vor dem Löwen und bemitleideten den dummen Esel. Der dumme Esel sah, dass alle Tiere gekommen waren, und meinte überglücklich, dass sie seinetwegen ihrem neuen Herrscher da waren, um ihn zu sehen und zu bejubeln. Also dachte sich der dumme Esel, dass er auch den anderen Tieren zeigen müsse, wie er sich mit dem Löwen anlegt.
Der dumme Esel richtete sein Körper auf, streckte seinen Kopf noch höher in die Luft und fing an, posierend hin und her zu laufen. Gerade als der dumme Esel wie ein Löwe brüllen wollte, sprang der Löwe von seinem Thron auf den dummen Esel und biss in seinen Hals.

Der dumme Esel schrie so laut, aber nicht so laut wie der starke Löwe, der laut und stark brüllte, so dass sich all die anderen demütigen und verängstigten Tiere nicht trauten, den Löwen anzuschauen, während er den dummen Esel zerfleischte. In Sekunden war der dumme Esel tot.
Der Löwe hatte in dem Fall mit Geduld auf den richtigen Moment gewartet. Er ging wieder zu seinem Thron zurück, setzte sich hin und blickte wie immer ausdruckslos in die Ferne."
Schmunzelnd sah ich kurz auf den Boden, danach zu Mex und erzählte weiter. „Schon mit sechs Jahren wusste ich sofort, was mein Großvater mir mit dieser Geschichte sagen wollte: Michael, wenn du von den Menschen Respekt erwartest, musst du immer und überall wissen, wo dein Platz ist. Zum Glück weiß ich immer, wo mein Platz ist und sein wird! Im Gegensatz zu dir, Mex!"
Ich setzte mich wieder aufrechter hin, beugte meinen Oberkörper vor und ergänzte: „Du bist wie der dumme Esel, Mex!" Mex starrte mich an, zappelte auf seinem Stuhl und ich drohte, indem ich auf meinen kleinen Finger tippte. „Du hast zuerst meinen Vater belehrt. Er war still."
Anschließend tippte ich einmal auf meinen Ringfinger und fuhr fort. „Heute versuchst du, mich zu belehren!"
Ich stand auf, starrte Mex an und sagte, indem ich näher zu seinem Tisch ging: „Das war schon zweimal ein und derselbe Fehler, den du gemacht hast.

Beim dritten Mal werde ich dir höchstpersönlich deine Körperteile und deine Organe bei lebendigem Leibe aus dir herausreißen und den Unterstützern als Geschenk übergeben. Immer wieder werde ich dich zusammenflicken, bis du unter qualvollen Schmerzen vor meinen Augen krepierst!“

Mex stand schnell, zornig und mit extrem rotem Kopf auf, und gerade, als er mir etwas sagen wollte, drohte ich: „Du weißt, dass ich das mache, denn ich bin Michael Prook!“

Mex schluckte bitterlich und ich bemerkte, wie er mit seinen Händen den Tischrand festhielt. Anschließend ging ich Richtung Tür.

„Michael“, schrie Mex mir nach.

Ohne mich umzudrehen, blieb ich stehen und Mex fuhr drohend fort. „Wenn du ein Prook bist, bin ich, Mex Pasani, der Polizeichef. Weißt du, wie viele Polizisten ich habe, die nur für mich arbeiten? Genau 35!“ Langsam drehte ich mich um, schaute Mex fast mit einem Grinsen an, das ich schwer kontrollieren musste, neigte meinen Kopf leicht zur Seite und dachte mir:

Seit dem Tag, an dem mein Vater mir erzählt hatte, dass du ihn bedroht hast, bin ich nicht nur auf Rache aus, sondern auch dein unsichtbarer Sensenmann! Ja, du bist Mex Pasani, der Polizeichef. Ja, ich weiß, wie viele Polizisten für dich arbeiten! Jedoch hast du dich verzählt, lieber Mex, es sind nicht 35, sondern 21. Denn 14 von ihnen arbeiten nur für mich! Einer davon saß vorhin direkt vor deiner Nase und war sehr erfreut, mich zu sehen!

Mex schaute mich erhaben, stolz und als ob er mich zurechtgewiesen hatte, an. Was mich nicht beeindruckte! Ich wusste, dass seine Zeit bald ablaufen würde!
„Vergiss nicht die Liste, und zwar bis heute Abend!“, sagte ich lässig und ergänzte mit einem Grinsen: „Sonst kommt der Löwe!“
Dann brüllte ich Mex wie ein Löwe an, der mich daraufhin verwirrt und unsicher anschaute. Ich lachte kurz, schüttelte meinen Kopf und ging aus dem Raum. Natürlich brachte mir dann Mex noch vor Mitternacht persönlich die Unterlagen und ging wortlos.
Weiterhin gelassen und selbstbewusst lief ich an den Polizisten vorbei und bemerkte in der Nähe des Ausgangs eine äußerst attraktive Polizistin, die mich mit ihren Blicken aufforderte, sie anzureden. Obwohl sie mir sehr gut gefiel, zwinkerte ich ihr lediglich zu, ging einfach an ihr vorbei und dachte mir nur: *Schätzle, auch wenn ich dich gerne als mein Spielzeug benutzen würde, stehe ich nicht auf Frauen, die die Gesetze hüten, zumindest nicht auf solche, die nicht meine Gesetze hüten!*□

KAPITEL 15

ALBERT FORNALLE

Ich besuchte Herrn Albert Fornalle in seiner Metzgerei, die direkt neben seinem Wohnhaus lag. Anita Hulste und seine Frau Erika standen an der Fleischtheke und bedienten die Kunden. Freundlich begrüßte ich die beiden Damen. Von hinten kam dann auch gleich Herr Fornalle heraus und hatte seine blutige Fleischerschürze an. Als er mich sah, sagte er freudig: „Michael, komm rein zu mir.“ Ich lächelte die Damen an und ging in seine Richtung. Bei Herrn Fornalle angekommen, hielt er mir den durchsichtigen Vorhang auf und blickte zu Anita Hulste. Anita schaute ihn an und Herr Fornalle deutete mit dem Kopf unauffällig auf seine Frau. Anita nickte und fing mit Herrn Fornalles Frau Erika gleich mal ein Gespräch an. Mit einer sinnlosen Konversation liefen wir gemeinsam nach hinten zu den Kühlräumen. Herr Fornalle blieb hinten am letzten Kühlraum stehen und sperrte ihn auf. „Geh rein, Michael. Hier lagere ich das beste Fleisch überhaupt, das auch noch am besten schmeckt“, sagte er stolz. Mit einem Lächeln nickte ich, ging in den kalten Kühlraum hinein und sah überall an der Decke tote Schweine an Metallhaken hängen.

Herr Fornalle sperrte den Kühlraum von innen ab.
„Folge mir, Michael."
Überrascht schaute ich um mich.
Wohin soll ich dir noch folgen?
Er schob die toten Schweine weg und steckte seinen Schlüssel, den er aus seiner Hosentasche herausnahm, in eine der Wände. „Der schönste Ort. Komm, Michael", sagte er wie in Trance, schob die Wand nach hinten und ging hinein. Ich beobachtete erneut den Kühlraum, wartete kurz und ging hinterher. Als ich in diesem großen Kühlraum stand, hatte ich noch nie zuvor in meinem Leben so etwas Faszinierendes, aber auch Entsetzliches gesehen. Mitten in diesem Kühlraum waren zwei große Fleischseparatoren, die komplett mit Blut bespritzt waren. Eine davon war mit zerstückelten Körperteilen von Erwachsenen gefüllt. Daneben war ein mittelgroßer Fleischwolf, der ebenfalls mit Blut bespritzt war. Als ich weiterging, sah ich Leichen von Kindern, darunter vier Mädchen und zwei Jungen an der Wand, die wie die toten Schweine an ihren Schulterblättern an Metallhaken hingen! Alle von ihnen hatten Folter und Vergewaltigungsspuren! Jedes dieser toten Kinder schaute ich mir genauestens an und erkannte auch das Mädchen, das sich bei mir im Auto versteckt hatte, als ich bei Olaf Svante gewesen war. Der Rest war Mex Pasanis Werk! Für einen kurzen Moment schloss ich meine Augen und holte tief Luft. „Michael, Michael, hörst du mir überhaupt zu?", hörte ich Herr Fornalle nach mir rufen.

Ich drehte mich von den Kinderleichen weg, schaute ihn an, der mittlerweile vor dem Fleischseparator stand, und ging zu ihm.
„Damals, als dein Vater auch hier war, hatte er genau denselben Blick, wie du gerade hast.“ Fragend schaute ich ihn an und er fuhr fort. „Eines Tages holte mich mein Vater aus dem Kindergarten ab und sagte zu mir, dass er mir sein Geheimnis verraten wolle. Er brachte mich an diesen Ort und zeigte mir all die Leichen, die von deinen Großeltern, aber auch von deinen Eltern hergebracht worden waren. Und genau, wo du gerade stehst, Michael, stand ich damals und habe durch meinen Vater deinen Vater kennenlernen dürfen!“
Er lachte und schüttelte seinen Kopf. „Fasziniert schaute ich meinem Vater dabei zu, wie er die Leichen hier in dieser Maschine zerkleinerte, sie zu Wurst verarbeitete und anschließend versteckt vor meiner Mutter mit mir aß. Es schmeckte mir viel besser als alle Tierfleischsorten, die ich jemals gegessen hatte. Meine Mutter wusste bis zu ihrem letzten Atemzug nicht, dass mein Vater und ich Kannibalen waren. Und auch nicht, dass mein Vater ihr Menschenfleisch unterjubelte. Jedes Mal, wenn er das tat, zwinkerte er mir zu und wir lachten.“
Aus dem Nichts hörte Herr Fornalle auf zu lachen und zu erzählen. Er wurde still und fuhr nach einer Weile nachdenklich fort.
„Doch später erkrankte mein Vater an Krebs und in dem Jahr, als er starb, übernahm ich das Geschäft.“

Mit traurigem leerem Blick und Tränen in den Augen fuhr er fort: „Ich habe meinen Vater so sehr geliebt, Michael. An jenem Tag, als mein Vater die qualvollen Schmerzen nicht mehr ertragen konnte, flehte er mich an, ihn zu erlösen, jedoch konnte ich es nicht.
Ich konnte den Menschen, den ich liebte, nicht töten, also holte ich deinen Vater und bat ihn, meinen Vater zu erlösen! Ich erzählte Gerald, wie und was ich vorhätte. Ohne eine Anmerkung oder eine Äußerung half er mir und gab mir zwei Tabletten, die ich meiner Mutter unauffällig gegeben habe, sodass sie in jener Nacht tief und fest schlief. Bis zu ihrem Tod habe ich sie glauben lassen, dass ihr Ehemann, mein Vater, uns verlassen hatte, um keine Last mehr für uns zu sein."
Herr Fornalle wurde erneut still, versuchte, sich zu fangen. „Nachdem Gerald meinen Vater erlöst und wortlos unser Haus verlassen hatte, brachte ich meinen Vater runter in die Metzgerei, zerkleinerte ihn, warf ihn in den Fleischseparator und aß sein Fleisch. Ich wollte meinen Vater auch nach seinem Tod noch bei mir haben. Bis heute bewahre ich die Reste von meinem Vater im Kühlschrank und werde es von Generation zu Generation weiterreichen."
Anschließend streichelte Herr Fornalle immer wieder schnell mit beiden Händen sein Gesicht, seinen Bauch, seine Hände und Arme.
„Überall ist mein Vater. Er ist immer bei mir und dies verdanke ich deinem Vater, Gerald, meinem Gott!", sagte er überglücklich.

Fasziniert und übermäßig stolz auf meinen Vater, hob ich meinen Kopf hoch und lächelte ihn an. Herr Fornalle lächelte mich ebenfalls an.
„Komm näher zu mir, Michael."
Ich ging noch näher zu ihm und er fing an, etwas in den Fleischseparator hineinzudrücken. Vorsichtig beugte ich mich etwas vor und konnte erkennen, dass die Hälfte eines Babykörpers darin war. Herr Fornalle nahm das zerstückelte Fleisch heraus, legte es in den Fleischwolf, drückte auf den Knopf und zog das Fleisch langsam durch. Er wartete gierig, bis es aus dem Fleischwolf rauskam. Schnell und unkontrolliert nahm er mit seinen Fingerspitzen etwas davon ab, gab es in seinen Mund und lutschte seine Finger ab.
„Zartes hundertprozentiges zweijähriges Babyfleisch von Mex Pasani, vor vier Stunden eingetroffen!"
Er schmatzte.
„Den Rest mische ich vorn zum Schweinefleisch."
„Deine Frau Erika? Deine Töchter? Essen sie auch Menschenfleisch?", fragte ich neugierig.
Herr Fornalle tauchte erneut seine Finger in das Fleisch hinein.
„Sie bekommen von mir das allerbeste Fleisch. Doch sie wissen es nicht!", sagte er ernst. Danach machte er acht mittelgroße Röllchen aus dem Babyfleisch, legte sie auf einen Plastikteller.

Eigentlich schaut es sehr appetitlich aus!

Wir gingen anschließend gemeinsam aus dem Kühlraum und wieder vor in den Verkaufsraum.
Als ich mich verabschieden wollte, rannte schon Annabelle, Herr Fornalles kleinere Tochter, die gerade aus der Schule kam, fröhlich zu ihm und umarmte ihn. Mit Euphorie und in schnellen Sätzen fing sie an, von der Schule zu erzählen.
Herr Fornalle lächelte ihr sanft zu, beugte sich zu Annabelle hinunter und sagte: „Mund auf."
Annabelle öffnete ihren Mund und Herr Fornalle legte ihr das Röllchen aus Babyfleisch in den Mund.

KAPITEL 16

EDUARD & GLORIA BRIKANU

Ich kam fast 15 Minuten zu früh vor dem einstöckigen Bestattungsunternehmen der Brikanus an. Vor der Tür waren fünf Autoparkplätze, die alle besetzt waren, also parkte ich direkt gegenüber, wo die Brikanus ihr Wohnhaus hatten. Ihre kleine neunjährige Tochter Lucinda saß am Boden und spielte mit einem Denkaufgabenspiel. Nach 55 Schritten erreichte ich den Eingang des Bestattungsunternehmens, eine große Doppeltür mit zwei Kugelgriffen aus Metall. Beim Betreten stand ich direkt in einem großen offenen Raum, der in der Mitte mit Stahlschiebetüren getrennt werden konnte. Der Boden bestand aus sehr edlem Beton. Auf der linken Seite gab es eine Treppe, welche mit einem dicken roten Seil abgesperrt war, denn dort ging es runter in das Krematorium. Mitten im Raum war ein großer, ebenfalls aus Beton gebauter viereckiger Tisch, auf welchem verschiedene Urnen und Kränze ausgestellt waren. In zwei Ecken standen jeweils drei edle, hochwertige und sehr unterschiedliche Särge.

In den anderen Ecken standen mittelgroße Stahlklötze, auf welchen Kerzen und Dekorationsfiguren von Engeln, aber auch angedeutete Teufelsfiguren drapiert waren.An der Decke war ein mindestens dreimal drei Meter großes, altes Gemälde, das einen miteinander umschlungenen Engel und Teufel zeigte.
Es war für einen Bestattungsraum eher ungewöhnlich eingerichtet, doch mir gefiel es. Frau Gloria Brikanu beriet gerade vor einem Sarg eine kleine Familie, bemerkte mich von Weitem, nickte mir zu und gab zu verstehen, dass sie gleich komme. „Michael, willkommen“, sagte sie und gab mir einen sanften Kuss auf die Wange. „Ich brauche heute länger und kann nicht dabei sein, aber Eduard ist schon unten und bereitet eine Einäscherung vor. Wenn du willst, kannst du kurz hier warten oder zu ihm hinuntergehen.“ Ich entschied mich, runterzugehen. Nach 14 Treppen war ich unten und stand in einem schönen Altarraum. Links und rechts standen große beige Sitzsofas und direkt davor war die Feuerbestattung. Die dezent platzierten weißen Rosen, die in der Ecke auf einem kleinen runden Metalltisch standen, wirkten irgendwie beruhigend. Auf der linken Seite war eine Tür aus Stahl. Man konnte auch auf dieser Seite von draußen ins Krematorium hineingehen.

In der oberen Hälfte dieser Wand war dazu ein langes Fenster, durch das man den Boden draußen sehen konnte. Insgesamt wirkte der Raum sehr ruhig und friedlich auf mich. Rechts war ebenfalls eine Tür aus Stahl. Neugierig öffnete ich sie, schaltete das Licht ein und sah weiter vorn noch eine Tür aus Stahl, die nicht ganz geschlossen war. Ich ging in den schmalen Gang und hörte Geräusche. Als ich näherkam, wurden diese lauter und es klang, als ob jemand in schnellem Takt klatschen würde. Nach neun Schritten kam ich an der Tür an, schob sie langsam auf und sah, wie Herr Brikanu nackt von irgendwo heruntersprang, kurz in die Leere grinste und sich wegdrehte. Er bemerkte mich anfangs gar nicht. Ich schob die Tür noch weiter auf und sah, wie Herr Brikanu seinen Unterkörper mit einem Handtuch umwickelte. Plötzlich erschrak er, als er mich an der Tür stehen sah und ich ihn anstarrte. Eine Weile blickten wir einander an, ich ging in den Raum hinein und konnte jetzt deutlich sehen, dass auf einem viereckigen großen Betonstein eine junge Frauenleiche lag. Herr Brikanu starrte mich immer noch erschrocken an und stand regungslos vor mir. Als ich noch näher ging, erkannte ich neben der jungen Frauenleiche auch noch den toten Körper eines Schäferhundes. Es war deutlich zu sehen, dass nicht nur die Frauenleiche, sondern auch der tote Hund soeben von Herrn Brikanu geschändet worden war.

Doch warum sah mich Herr Brikanu schockiert und von mir ertappt an? Schließlich wissen neben mir auch die anderen Unterstützer, dass er ein Leichenschänder ist!
„Ich warte draußen auf dich!“, sagte ich emotionslos, drehte mich um und stellte mit Entsetzen fest, dass sein vierzehnjähriger Sohn nur mit einem Handtuch um die Hüfte still und ruhig dasaß und mich anstarrte. Jetzt wusste ich, dass Herr Brikanu vorhin seinen Sohn angegrinst hatte! Ich neigte meinen Kopf leicht zu Seite und gerade, als ich überlegen wollte, was ich dazu sage, stand der Junge ruckartig auf, kam mit stampfenden Schritten eilig zu mir, stellte sich zornig vor mir hin und schaute zu mir hoch. Irritiert blickte ich zu ihm hinunter. Er verschränkte bockig seine Arme, verzog seine Augenbrauen und schrie: „Ich bin der nächste!“ *Perfekter Nachfolger!* Wortlos lief ich an ihm vorbei, verließ das Krematorium und wartete vor meinem Auto auf Herrn Brikanu. Während ich dies tat, beobachtete ich seine kleine Tochter Lucinda, die ein paar Schritte weiter weg von mir weiterhin vertieft in ihr Denkaufgabenspiel spielte. Neugierig ging ich zu ihr und kniete mich hinunter auf ihre Höhe. „Hallo.“ Ohne mich anzuschauen, sagte Lucinda: „Hallo.“ „Ich bin Michael.“ Lucinda hob ihren Kopf hoch, schaute mich mit ihren wunderschönen blauen Augen an und streckte mir ihre kleine Hand entgegen. „Ich bin Lucinda. Aber sag Luci. Ich mag Lucinda nicht.“

Ich hielt sanft ihre kleine Hand. „Freut mich, Luci", antwortete ich, wobei ich an ihrem zarten Handgelenk einen blauen Fleck bemerkte. Unschuldig und süß lächelte sie mich an, griff in ihre kleine, bunte Metallbox, die neben ihr stand, wühlte zwischen den bunten Bonbons, nahm ein blaues Bonbon heraus und gab ihn mir. „Warum der Blaue?", fragte ich sie und spielte mit dem Bonbon. „Na, wegen deines Shirts. Das ist auch blau", antwortete sie, machte dabei die kleine Metallbox wieder zu und lächelte mich an. Ich lächelte ebenfalls, schaute zu dem Spiel und dann zu ihr. „Dieses Denkaufgabenspiel habe ich auch gespielt, als ich noch ein Kind war. Und noch viele andere Spiele." Luci kicherte. „Dieses Spiel spielen nur hochbegabte und sehr brave Kinder. Das bedeutet, dass du nicht nur klug, sondern auch sehr brav bist. Bist du denn auch brav?", fragte ich sie und zwinkerte ihr zu. Luci hörte plötzlich auf, mich anzulachen, ging etwas weiter mit ihrem Oberkörper weg von mir, senkte ihren Kopf. „Ich muss immer brav sein", antwortete sie betrübt. Ich neigte meinen Kopf zur Seite und musterte Luci eine Weile. „Was passiert, wenn du nicht brav bist?" Luci erstarrte, zuckte ein paar Mal mit ihren Schultern und gab mir keine Antwort. Ich streichelte kurz ihre lange blonde Haarsträhne, legte sie hinter ihr Ohr und bemerkte an ihrem Nacken, dass sie dort ebenfalls einen blauen Fleck und zusätzlich eine Bissspur hatte.

„Was hältst du davon, wenn wir beide ein Spiel spielen? Falls ich verliere, sage ich dir, wie man mich als Kind bestraft hat, wenn ich nicht brav war. Aber wenn du verlierst, sagst du mir, was passiert, wenn du nicht brav bist? Einverstanden?“ Neugierig hob Luci wieder ihren Kopf hoch und nickte. Also spielte ich mit ihr ein Denkaufgabespiel und schummelte dabei, sodass ich gewann. Luci wurde traurig, stand danach auf und stellte sich wartend seitlich neben mir hin. Ich neigte mich zu ihr, Luci hielt ihre beiden Hände vor den Mund, kam an mein Ohr. „Sonst schickt man mich runter zu Daddy in den Leichenkeller“, flüsterte sie. Verwundert wich ich zurück und blickte ihr tief in die Augen. „Willst du noch ein Bonbon?“ Ich schüttelte kurz meinen Kopf, sie setzte sich wieder auf den Boden und spielte einfach an ihrem Spiel weiter. Langsam und nachdenklich stand ich auf, ging von ihr weg zu meinem Auto und wartete auf Herrn Brikanu, der in diesem Moment aufgewühlt auf mich zukam. „Michael. Bitte sag Gloria nicht, dass unser Kleiner da unten war“, flehte er mich leise an. Wortlos blickte ich zum Bestattungsunternehmen hinüber und sah, dass der kleine Junge angezogen, weiterhin bockig und mit gesenktem Kopf in unsere Richtung lief. Kurz bevor er an meinem Auto ankam, hob er seinen Kopf ruckartig hoch, starrte mich zornig an und ging an mir vorbei ins Haus hinein.

„Ich habe ihm gesagt, dass er nach dem Abendessen die Leiche und den Schäferhund schänden darf.“ Danach erzählte mir Herr Brikanu von den Abläufen der Leichenschändungen bei den Partys und den beteiligten Gästen. Jedoch konnte ich mich nicht auf ihn und das, was er mir erzählte, konzentrieren. Ich beschloss innerlich, mich erneut mit Herrn Brikanu zu treffen. Denn mein einziger Gedanke war *Luci!*

KAPITEL 17

OKKO GRANDAM

Als Letztes besuchte ich Okko Grandam. An diesem Tag stand ich bewusst noch früher auf, ging exakt eine Stunde joggen, trainierte meinen Körper, frühstückte etwas Leichtes, ließ meine Haarspitzen nachschneiden und richtete mich anschließend sehr penibel her. Mit meiner schwarzen Hose, dem etwas locker geschnittenen und ebenfalls schwarzen Shirt, das aber dennoch meinen perfekt durchtrainierten Oberkörper betonte, meinen hellen, steingrauen und teuren Sportschuhen und mit meiner großen, ebenfalls teuren schwarzen Armbanduhr sah ich aus, als wäre ich gerade einem Modekatalog entsprungen.

Nur sah ich noch besser aus als diese Männermodels! Da Okko heute auf keinen Fall wieder mehr nach Aftershave riechen durfte als ich, sprühte ich mein Aftershave fast überall auf meinen perfekten Körper, ja sogar auf mein perfektes Gesicht. Mit meinem komplett gereinigten, sauberen Auto fuhr ich zu Okko in seine Reinigungsfirma. Bewusst parkte ich um Punkt 10:00 Uhr morgens direkt vor dem alten Reinigungsgebäude. Okko kam gerade mit zwei Männern und einer Frau aus dem kleinen einstöckigen Gebäude heraus. Selbstbewusst und mit meiner übermäßigen großen Schönheit stieg ich aus dem Auto und ging in Okkos Richtung, der sich jetzt von der Frau und den Männern verabschiedete und begrüßte ihn mit einem Kopfnicken. Er stand etwas breitbeinig, emotionslos und mit locker gelassenen Armen, wobei seine Finger ineinander verhakt waren vor dem Gebäude. Mit seiner dunkelgrauen Hose mit dem braunen Gürtel, seinem marineblauen, sehr engen Hemd, den weißen Sportschuhen und mit der silbrigen Armbanduhr sah ich immer noch viel besser aus als Okko! „Hallo Michael“, begrüßte mich Okko, als ich bei ihm ankam, und streckte mir seine Hand mit den perfekt manikürten Fingernägeln entgegen. Ich gab ihm meine Hand, die ebenfalls und wie immer perfekt manikürt war, und begrüßte ihn wortlos mit einem kurzen Lächeln.

Dabei bemerkte ich, dass ich nur mein Aftershave roch. Ich hatte Okkos Revier mit meinem Duft markiert. Das gefiel mir sehr! „Wollen wir reingehen?“, fragte mich Okko und deutete mit seiner Hand zum Eingang, wo sich die automatische Glastür öffnete. „Effizientes Aftershave, das du da hast. Wie heißt es?“, meinte Okko, als wir hineingingen. „Michael Prook!“, antwortete ich schmunzelnd. Okko lächelte kurz ein aufgesetztes Lächeln. *Ganz bestimmt werde ich dir mein Aftershave nicht verraten, damit du es nachkaufen kannst, und riechst wie ich!* Nach fünf Schritten stand ich dann mitten im Gebäude, das innen altmodisch und im Vintage-Stil eingerichtet war. Auf dem Boden lag ein großer weinroter Teppich mit kleinen viereckigen und braunen Mustern. Links war ein kleiner Empfangsbereich, wo eine ältere Dame an einem alten, hellbraunen Tisch saß und auf dem Computer herumtippte. Rechts war lediglich ein runder alter Tisch, ebenfalls in Hellbraun, mit zwei hellbraunen alten Stühlen, an welchen man deutlich die Gebrauchsspuren an den Rückenlehnen und an den Armstützen erkannte. Direkt daneben standen ein Wassertank und ein Kaffeeautomat. Hinter dem Kaffeeautomaten war eine Treppe, die wir später hochgingen. Während ich innerlich schon die acht Treppen zählte, bemerkte ich, dass Okko mich von oben bis unten musterte.

Das gefiel mir so sehr, dass ich ein wenig vor ihm – bewusst und ohne ihn dabei anzuschauen – poste. Dann deutete Okko mit der Hand, dass ich vorlaufen solle. Nachdem wir die acht Treppen hochgegangen waren, standen wir in einem offenen Raum, der mit drei großen Glasscheiben unterteilt war.
„Wie du siehst, das sind das Büro und meine tüchtigen Mitarbeiter, Michael", sagte er und musterte mich weiterhin. Okko dachte wirklich, dass ich es nicht bemerkt hatte, wie neidvoll er mich bewunderte. *Na ja, was solls.* Mir gefiel es immer noch! Auf jeden Fall standen in diesem Büroraum vier große alte hellbraune, zu den Fenstern ausgerichtete Schreibtische, an denen je zwei Mitarbeiter arbeiten konnten. An den Wänden waren Holzregale befestigt, die mit Druckern, Mappen, Blättern, Stiften und sogar mit Bildern von irgendwelchen Menschen gefüllt waren. Manche seiner Mitarbeiter telefonierten, standen an den Regalen, lasen in den Mappen oder saßen am Schreibtisch. Ich beobachtete alles und jeden im Raum ganz genau. Ich zählte vier Frauen und drei Männer. *Aber Moment mal, da fehlt jemand,* dachte ich mir. „Einer fehlt!", sagte ich zu Okko. Okko lächelte mich wieder kurz aufgesetzt an. „Gut beobachtet Michael, einer meiner Mitarbeiter fehlt. Er ist krank."
Ich nickte nur und Okko deutete erneut, diesmal aber mit seinem Kopf nach links.

„Dort ist der Besprechungsraum.“ Danach deutete er nach rechts zu einem geschlossenen Zimmer. „Und dort ist mein Büro.“ Mir fiel auf, dass Okko gerne deutete, egal, ob mit der Hand oder mit dem Kopf, denn er tat dies zum vierten Mal in so kurzer Zeit. „Ich habe es mir hier anders vorgestellt“, sagte ich zu Okko. „Wie anders?“ „Moderner.“ Weiterhin mit seinem aufgesetzten Lächeln meinte Okko: „Du meinst nicht so veraltet, sondern zeitgemäßer? Ich habe es so gelassen, wie es mein Vater vor Jahren schon eingerichtet hat.“ Danach machte Okko eine kleine Pause. „Obwohl ich meinen Vater abgrundtief gehasst habe, gefiel mir aber immer sein Geschmack.“
Wie bitte? Okko hatte mir gerade, dass er seinen Vater abgrundtief gehasst hatte? Wieso das denn? Laut seiner Akte ist er doch zu jedem ausdruckslos, redet nicht gerne über sich und schon gar nicht mit Fremden! Warum sollte ich das wissen? Was würde es mir bringen? Noch überraschter bin ich allerdings von dem hässlichen Geschmack von euch, Grandams!
Okko fuhr fort. „Der Apfel fällt nicht weit vom Stamm, oder Michael?“ Schmunzelnd nickte ich nur. Anschließend deutete Okko mit seiner Hand, was mich mittlerweile nervte, wieder zur Treppe, ich ging vor und Okko mir nach. Unten angekommen deutete er erneut mit seiner Hand zum Ausgang und ging jetzt vor. Am liebsten wollte ich Okko zuerst den rechten Arm, mit dem er immer deutete, herausreißen,

danach seinen Kopf abreißen und das alles bei lebendigem Leibe. Das ging jedoch nicht. Schließlich war er derjenige, der hinter meinem Vater und mir aufräumte! *Schade!* Doch während wir in das große Nebengebäude gingen, stellte ich es mir bildlich vor, wie ich es tat und es waren die schönsten 26 Sekunden, seit ich bei Okko war! Im großen Nebengebäude, das nur aus einem Erdgeschoss bestand, war das Lager. Alle Putzutensilien, Tücher, Handschuhe und Eimer waren sehr ordentlich in große offene Regale eingeräumt. Die mittelgroßen und großen Maschinen wie Staubsauger oder Wischmaschinen standen ebenfalls ordentlich geparkt in einer Ecke. Wir liefen 30 Meter nach hinten und beim großen Rolltor nach draußen. Auf dem Kiesplatz standen fünf Firmenautos mit dem Logo „OOG Reinigung". „Vier Firmenautos sind gerade unterwegs", sagte Okko, ging gleich nach rechts und deutete mit dem Kopf seitlich zur Wand, wo eine Tür mit einem Vorhängeschloss war. Mit einem Schlüssel öffnete Okko das Schloss und die Tür zu einem kleinen Abstellraum, in dem drei Tonnen in verschiedenen Größen standen, und ließ mich kurz hineinschauen. Nachdem er das Schloss wieder angebracht hatte, holte Okko noch einen Schlüssel aus seiner Hosentasche, öffnete die andere Tür und ging in den Raum hinein, in dem schon das Licht brannte.

Bevor ich Okko folgte, schaute ich mich um und entdeckte etwas weiter weg vom Kiesplatz eine fast zwanzig Quadratmeter große Wiese, die nicht zum Rest passte. *Warum war hier eine Wiese, die nicht zum Rest des Gebäudes passte? Warum zum Teufel ist hier diese Wiese? Was will Okko mit dieser Wiese bezwecken? Was hat er mit dieser Wiese vor? Hm, hatte Okko wirklich seinen Vater getötet und ihn vielleicht hier vergraben? Wenn ja, dann würde er ihn doch nicht hier unter dieser Wiese vergraben? So naiv schätzte ich Okko schließlich nicht ein. Auf keinen Fall! Oder doch? Nein! Doch? Nein!* Aus dem Nichts hörte ich Okko, der jetzt neben mir stand. „Mit dieser Wiese habe ich ganz etwas Besonderes vor Michael." Immer noch nachdenklich über die Wiese ging ich dann in den fast siebenmal sieben Meter großen Raum, der keine Fenster hatte, aber dennoch klimatisiert und sehr hell beleuchtet war. Sofort bemerkte ich, wie überaus ordentlich und perfekt organisiert Okko war. Ich ging fast in die Mitte des Raums, blieb stehen und schaute mich hoch konzentriert um. Direkt neben der Tür war ein kleiner alter Kühlschrank mit alkoholischen Getränken. Auf ihm standen vier Gläser und eine Kaffeemaschine. Abgesehen von den zwei altmodischen Stühlen, dem altmodischen kleinen, viereckigen Tisch und dem großen, ebenfalls altmodischen Schrank, hing an der Wand die gesamte Arbeitseinteilung für die Leichen.

Wer die Leichen abholt, was gereinigt werden muss und wohin die Leichen laut Liste transportiert werden. Welches Auto welcher Mitarbeiter fährt und sogar deren freie Tage und Urlaube standen darauf. Bis ins kleinste Detail war alles penibel geplant. Diese Seite von Okko faszinierte mich sehr. Wissenshungrig las ich alles, was ich an der Wand sah, und in weniger als einer Minute prägte ich mir alles ein! „Bitte, nimm Platz, Michael“, sagte Okko und machte die Tür zu. „Bier? Wodka? Whisky? Saft? Was kann ich dir anbieten?“ „Kaffee. Schwarz“, antwortete ich und gerade, als ich mich auf einen der alten Stühle hinsetzen wollte, sagte Okko: „Nimm den dunkleren Stuhl, denn ich setze mich, genau wie mein Vater, immer nur auf den helleren Stuhl.“ Ich setzte mich auf den dunkleren Stuhl, blickte kurz zur Decke und zählte die frei hängenden drei Glühbirnen, von denen man zwei erst vor Kurzem angebracht hatte. In so einem kleinen Raum gleich drei Glühbirnen? *Warum? Ist Okko vielleicht ein Brillenträger und will etwas geheim halten? Kein Wunder! Dass er Komplexe hat, ist mir schon bei unserer ersten Begegnung aufgefallen!* Okko richtete währenddessen für uns beide unseren Kaffee und setzte sich anschließend mit den hässlichen braunen Kaffeetassen vor mir hin. Er öffnete die kleine Milchkapsel und auch den kleinen Zucker und gab sie gleichzeitig in seine Kaffeetasse hinein.

Anschließend rührte er alles langsam mit seinem Löffel um und schaute mich ernst an. „Schwarz. Keine Farbe. Ausdruckslos. Nichts. Die Farbe Schwarz ist so leblos und geschmacklos“, sagte er und nahm anschließend genüsslich einen kleinen Schluck aus seiner Kaffeetasse. „Wie kannst du deinen Kaffee nur schwarz trinken, Michael?“ Langsam neigte ich meinen Kopf leicht zur Seite. „Schwarz ist die mächtigste Farbe aller Farben. Alle Mächte versteckt in ihrer Ausdruckslosigkeit. So lebendig und geschmackvoll bis zum Ende!“, sagte ich selbstbewusst und nahm meine Kaffeetasse in die Hand. Okko wurde von meinem Gegenwind, den er verursacht hatte, unruhig und ich fuhr lässig und bewusst belehrend fort. „Würde ich dir als Arzt auch empfehlen, Okko, denn Milch und Zucker bringen einen viel früher um“, nahm einen Schluck aus meiner Kaffeetasse und ergänzte, wobei ich auf seinen Oberkörper deutete, „vor allem Zucker, der setzt am Bauch an.“ Obwohl ich Okko nur belehren wollte und auf keinen Fall seinen Bauch meinte, zog er in Sekundenschnelle unsicher seinen Unterbauch ein, der kaum zu sehen war, räusperte sich und lächelte kurz aufgesetzt. „So oder so werde ich irgendwann sterben. Also jetzt oder nie.“ Er nahm erneut einen Schluck aus seiner Kaffeetasse. Ich nickte kurz. *Bestätigt! Komplexhaufen!*

Erneut schaute ich in dem kleinen Raum hin und her. „Mir gefällt es hier, Okko. Besser als im anderen Gebäude. Man fühlt sich, als wäre man bei sich zu Hause. Zudem bist du auch noch sehr ordentlich. Organisierst du alles hier in diesem kleinen Raum allein? Oder mit deinen Mitarbeitern gemeinsam? Erzähle mir, wie es hier genau abläuft." Okko schaute mich kurz verwundert an. Kein Wunder, denn er glaubte wirklich, ich wüsste nicht, wie es bei ihm abläuft. Zudem ahnte er nicht einmal ansatzweise, was mir bei all diesen Fragen durch den Kopf ging! Denn mich interessierte einzig und allein die Antwort auf eine Frage! Er beugte sich etwas vor zu mir. „Ich organisiere alles allein von diesem Raum aus. Meine Mitarbeiter waren niemals hier drinnen und wissen, dass sie das auch nicht dürfen. Das ist mein Reich! Wenn meine Mitarbeiter Fragen haben oder etwas brauchen, klopfen sie an der Tür, wenn ich da bin, oder rufen mich auf meinem Handy an." Er lehnte sich wieder zurück und erzählte erhaben weiter. „Insgesamt habe ich 30 Mitarbeiter, die nur für dich und deinen Vater zuständig sind. Zehn Frauen. Zwanzig Männer. Sie arbeiten in Schichten und auf Abruf. Diese Frauen und Männer, die aus sehr armen Familienverhältnissen kommen, schleppte mein Vater damals mit dem ehemaligen Unterstützer, dem Vorgänger von Mex Pasani, illegal aus unserem Land hierher.

Falls ich einen von ihnen austauschen muss, hilft mir Mex. Das kam bis jetzt aber nur einmal vor. Von Mex Pasani teile ich insgesamt 16 Polizisten zusammen mit meinen Mitarbeitern in verschiedene Arbeitsschichten ein. Sie bringen die Leichen laut Liste zu den Unterstützern und der Tatort wird penibel gesäubert. All die Beweise von euch Prooks werfen wir in die Tonnen, die du vorhin gesehen hast, und lösen sie in Säure auf. Und das, wie du weißt, ohne einen Millimeter zu vergessen." Danach hob er seinen Kopf etwas höher, nickte stolz und schaute mich mit seinem aufgesetzten Lächeln an. Mit einem sehr kurzen Lächeln nahm ich meinen letzten Schluck Kaffee und stellte meine Kaffeetasse auf den Tisch. *Mein Vater nennt euch Grandams, die Illusionisten, doch für mich bist du es nicht! Denn deine Überheblichkeit hat dich verraten!* Anschließend lehnte ich mich zurück, setzte mein emotionsloses Gesicht auf, schaute Okko, der immer noch überheblich vor mir saß, von oben bis unten kurz an. *Mag sein, dass wir beide penibel auf unser Äußeres achten und immer gerichtet sind, doch mit meiner Intelligenz kannst du nicht einmal ansatzweise mithalten! Wenn doch, dann sag mir Okko, warum war der Stuhl, als ich mich hinsetzte, noch warm? Wenn nur du den Schlüssel hast und nur du allein immer in diesem Raum bist? Wer wusste noch, dass ich heute zu dir komme, und hat davor schnell diesen Raum verlassen?*

Und das Allerwichtigste: Weißt du überhaupt, dass du mir heute das Wichtigste verraten hast, ohne es auszusprechen? Selbstbewusst und ruckartig stand ich auf, was Okko mir perplex gleichtat. „Du willst schon gehen? Ich wollte dir noch mehr über meine Arbeit erzählen", sagte Okko etwas enttäuscht. Ich schmunzelte nur und war schon draußen. *Aber Moment mal!* Wütend musste ich stehen bleiben, denn vor der Tür stand jetzt ein weiteres Reinigungsauto und ich konnte deutlich in der Seitenscheibe erkennen, dass meine Haarsträhne etwas weiter vor in meine Stirn hineingefallen war.
Das darf nicht wahr sein! Schnell drehte ich mich zu Okko um, der den Raum abschloss, sich zu mir drehte und mit Entsetzen stellte ich fest, dass seine kurzen Haare noch immer perfekt gerichtet waren! Voller Zorn und dennoch kontrolliert ging ich gemeinsam mit Okko wieder denselben Weg zurück zum Haupteingang. Ich verabschiedete mich von Okko, stieg ins Auto und fuhr gleich los. Nach mehreren Metern parkte ich irgendwo seitlich am Straßenrand und dachte wutentbrannt nur an eines. *Na warte! Für das, was du mir angetan hast, werde ich deine verdammte Seele aus dir herausreißen! Ich werde dich töten, aber nicht heute, denn sonst würde Okko vielleicht draufkommen, dass ich dich seinetwegen getötet habe! Aber ich werde dich töten!*

Ich atmete tief ein und aus, fing leise an zu zählen, machte den perfekten Plan im Kopf und bei meinem neunten langen Atemzug war ich wieder ruhig und konnte es vor lauter Vorfreude kaum erwarten, meinen dritten Friseurmeister zu töten!

KAPITEL 18

WAS PASSIERT HIER

Nach der Arbeit ging ich zu Mark. Wir saßen gemütlich in seinem Garten und tranken unsere Drinks. Am liebsten wollte ich ihm, meinem einzigen Freund, von meiner einzigartigen Stammlinie, den Unterstützern, die ich vor Kurzem alle besucht hatte, deren Neigungen und auch der gesamten Organisation der Leichen erzählen. Jedoch durfte es weder Mark noch sonst jemand je erfahren. Mit jedem Schluck Whisky trank ich auch die Worte mit hinunter. Nach einer Weile hörten wir eine sanfte Frauenstimme, die nach Mark rief. Überrascht, aber auch ermüdet von den letzten Tagen, fragte ich: „Erwartest du jemanden?“ Mark schaute nach hinten zur Gartentür. „Nein, nicht, dass ich wüsste.“

Er stand auf, ging zwei Schritte vor und wartete neugierig. Wir hörten noch einmal dieselbe sanfte Frauenstimme. „Hey Mark. Bist du da? Ich bringe dir deine Kleidung." „Ah, das ist Lea. Hier hinten, Lea", meinte Mark, ging noch ein paar Schritte weiter vor und blieb fast in der Mitte des Gartens stehen. Ich wendete meinen Blick von Mark ab und schenkte mir gleich wieder einen Whisky nach. Während ich das tat, hörte ich den Dialog zwischen Mark und der sanften Frauenstimme. „Warum machst du dir die Mühe, Lea? Ich hätte es morgen abgeholt." „Ach, das macht mir nichts aus. Ich war auf dem Weg zum Club und dachte mir, ich bringe es dir gleich vorbei." „Danke, das ist sehr lieb von dir." „Ich hoffe, dass ich dich nicht gestört habe und es in Ordnung ist, dass ich einfach hereinkomme. Die Gartentür war nämlich offen und dein Auto stand vor der Tür." „Du störst mich nie, Lea, und außerdem, wie du weißt, kannst du jederzeit kommen." Beide fingen an zu kichern und ich musste innerlich darüber schmunzeln, wie Mark mit ihr flirtete. Lächelnd nahm ich einen Schluck von meinem Whisky und schaute zu ihnen hinüber. Was danach passierte, war für mich unerklärlich, denn ich war zum allerersten Mal überwältigt vom Anblick einer Frau. Mark, der neben Lea lief, sah ich kaum bis verschwommen.

Obwohl man deutlich hören konnte, dass sie miteinander redeten, hörte ich nur Stille, denn ich sah eine makellose, zierliche, schlanke junge Frau, die in meine Richtung kam. Ihre langen, leicht gewellten braunen Haare bedeckten ihre sonnengebräunte Haut. Zudem war ihr Lächeln nicht nur wunderschön, sondern weder zu laut noch zu leise. Ihr außergewöhnliches leichtes Sommerkleid in der Farbe salbeigrün flatterte hin und her. In ihrer zarten Hand hielt sie die in durchsichtige Schutzfolie gepackte Kleidung von Mark, der ihr diese gerade aus den Händen nahm. Fast am Tisch angekommen, deutete Mark mit der Hand auf mich und hielt mit der anderen Hand leicht die Taille von Lea. „Lea, das ist Michael. Mein sehr guter Freund.“ „Michael, und das ist Lea, eine Freundin von mir.“ Mit meiner bemerkenswerten Körperhaltung und meinem Selbstbewusstsein nahm ich meine Sonnenbrille ab, stand auf, gab Lea die Hand und musterte sie dabei noch einmal flüchtig von oben bis unten. Lea nahm ebenfalls ihre Sonnenbrille herunter, was mir sehr gut gefiel und nickte. Doch als ich in ihre Augen sah, passierte das nächste Unerklärliche, was mich für einen kurzen Moment nicht nur erstarren, sondern auch erschrecken ließ. Lea hatte nämlich neben ihren großen hellbraunen Augen noch irgendetwas Unheimliches an sich, was ich zuvor bei noch keiner anderen Frau, ja sogar bei keinem anderen Menschen gesehen hatte.

Es war kalt, schwarz und düster! Obwohl ich mich auf spektakuläre Weise zu ihr hingezogen fühlte und sie meine Neugier weckte, wagte ich es dennoch nicht, sie noch einmal anzuschauen. Lässig setzte ich mich wieder hin und trank an meinem Whisky weiter. Dabei schaute ich wieder zu Mark, konnte aber meine flüchtigen Blicke, die immer wieder zu Lea rutschten, nicht kontrollieren. Solch ein Gefühlschaos hatte ich noch nie erlebt! *Was war das?* „Setz dich, Lea, willst du etwas mit uns trinken?", meinte Mark. Lea lächelte verlegen. „Störe ich euch nicht?" Sie setzte sich mit eleganter und perfekter Körperhaltung direkt vor mir hin und schlug ihre Beine übereinander. Mark lächelte. „Auf keinen Fall." Anschließend schaute Lea mich an und ich bestätigte Mark mit einem Kopfschütteln. „Ich bring' schnell die Kleidung rein und hole dir ein Glas", gab Mark zum Besten und rannte schon ins Haus hinein. Lea schaute Mark hinterher und drehte ihren Kopf wieder zu mir. Ich konnte deutlich erkennen, dass Lea sich in meiner Gegenwart nicht wohlfühlte. Ehrlich gesagt fühlte ich mich auch nicht wohl mit ihr, jedoch ließ ich es mir im Gegensatz zu Lea nicht anmerken. „Habe ich euch wirklich nicht gestört?", fragte sie erneut etwas unsicher und schüchtern, neigte dabei ihren Kopf leicht zur Seite und eine kleine Haarsträhne fiel ihr über ihre Wange.

Gelassen und mit einem Kopfschütteln antwortete ich ihr kurz und knapp. „Nein." Weiterhin im Gefühlschaos gefangen, schaute ich Lea immer wieder flüchtig an. Für einen Augenblick trafen sich unsere Blicke. Ich konnte wieder in ihre Augen blicken, die jetzt eiskalt, pechschwarz und düster, ja sogar finster waren! Zum zweiten Mal erschrak ich, denn mit diesem Blick stupste Lea gerade das Killer-Gen in mir an. Mein Herz raste wie verrückt. Ich konnte auch ihren Herzschlag hören, aber meinen von ihrem nicht unterscheiden. Ich wollte sie auf der Stelle töten. Also wendete ich meinen Blick von ihr ab, streifte schnell über meine Haare und im Bruchteil einer Sekunde hatte ich den perfekten Plan. Auf der Stuhllehne von Mark lag ein mittelgroßes Handtuch. Ich müsste es nur schnell um Leas Kopf wickeln und es fest zuhalten, so könnte niemand ihre Schreie hören, ihr zu Hilfe kommen und das Wichtigste – mich beim Töten stören! Und um Mark, na ja, müsste ich mir sowieso keine Sorgen machen. Ich nahm einen tiefen Atemzug und lehnte mich mit dem Oberkörper etwas seitlich zum Stuhl, schnappte mir das Handtuch und gerade, als ich aufstehen wollte, kam Mark mit schnellen Schritten und einem leeren Glas zu uns herüber. Lea sah, dass Mark zu uns kam, und stand abrupt auf. Unruhig und mit nervöser Stimme sagte sie: „Mir ist eben eingefallen, dass ich noch etwas zu erledigen habe, Mark.

Ich kann leider nicht bleiben." Verdutzt schaute Mark mich und danach Lea an. „Aber warum denn Lea?" Lea gab Mark einen Kuss auf die Wange und lief schon los in Richtung Gartentür. Mark eilte zu ihr und hielt wieder ihre Taille. Sie blieben beide stehen, und Mark fragte wieder: „Aber bleib doch, Lea. Was ist?" „Ich habe noch viel zu erledigen, Mark. Ein anderes Mal gerne." „Also gut, ein anderes Mal, Lea." Danach drehte sich Lea kurz zu mir um und rief ohne ein Lächeln: „Bis dann, Michael. Hat mich gefreut." Zornig spielte ich mit dem Handtuch in meiner Hand, indem ich es einrollte, und rief ihr ausdruckslos zu: „Bis dann, Lea." Hoch konzentriert beobachtete ich die beiden weiter. Mark begleitete Lea noch bis zur Hälfte des Weges und Lea ging dann allein weiter. Mark schrie ihr noch nach: „Richte Finn einen schönen Gruß von mir aus und nochmals Danke für die Kleidung." „Mach' ich."

Wer war diese Lea und jetzt Finn?

Es machte mich stutzig, denn ich kannte Marks kleinen Bekanntenkreis, der nur aus wenigen Ärzten im Krankenhaus bestand.

Aber Lea? Finn? Von ihnen hatte er mir nie etwas erzählt. Was führte Mark im Schilde?

Beide winkten einander und Lea verließ den Garten. Mark eilte wieder zu mir und hatte einen ernsten Gesichtsausdruck.

Als er sich wieder zu mir setzte, schüttelte er gleich seinen Kopf und fragte mich grinsend, aber dennoch ernst: „Michael, was hast du Lea gesagt, dass sie so schnell gehen wollte?“ Ich spielte weiterhin mit dem Handtuch, schaute umher und gab Mark für eine Weile keine Antwort. Mark beugte sich vor und blickte mich wartend auf eine Antwort an. Ich hörte damit auf, das Handtuch in meinen Händen zu drehen, und blickte Mark ebenfalls ernsthaft an. „Nichts. Was soll ich ihr denn gesagt haben?“ „Lea bleibt immer für einen Drink hier, aber heute wollte sie nicht.“
„Ich wiederhole mich, Mark. Ich habe Lea nichts gesagt!“ Mark nickte ununterbrochen. „Vielleicht wird dir diese Frage nicht gefallen, aber ich kenne dich seit Jahren. Ich will es wissen. Wolltest du Lea etwas antun, Michael?“ Schnell beugte ich mich zu Mark und starrte ihn diesmal noch länger und noch härter an. „Ja! Ich wollte sie töten, Mark, aber du hast mich gestört!“
Mark ließ die verhakten Finger wieder los, ging zurück und fasste mit seinen Händen über sein Gesicht. Er lachte und schaute dabei in den Himmel. „Michael. Michael. Deine Ehrlichkeit ist bewundernswert.“
Anschließend wurde er still und mit ernstem Blick ergänzte er: „Nein, nein. Lea tötest du nicht!“ Ich fing an, ihn auszulachen. Mit entschlossenem Blick sagte ich: „Stimmt, du kennst mich seit Jahren.

Dann musst du auch wissen, dass niemand, aber überhaupt niemand mich aufhalten kann, wen und wann ich töte! Sag, stehst du auf sie?“ Mark schaute mich wütend, aber auch enttäuscht an. Doch in Sekundenschnelle änderte er seinen Gesichtsausdruck, indem er locker und lässig antwortete: „Nein, ich stehe nicht auf Lea, aber sie ist die beste Schneiderin, die ich je hatte. Und deswegen darfst du sie nicht töten, Michael.“ *Von wegen,* dachte ich mir! Aber um die Situation nicht ausarten zu lassen, überlegte ich schnell, kontrollierte meine Wut und handelte nicht nur klug, sondern auch ohne Emotionen. Denn schließlich wollte ich unbedingt wissen, warum Mark mir nichts von Lea erzählt hatte. Also ließ ich meine Wut fallen und setzte meinen Verstand und mein Lächeln ein. Ich klopfte Mark ein Mal auf seinen Oberschenkel und fragte direkt. „Ich kenne all deine Bekannten, aber von Lea und Finn hast du mir nie etwas erzählt. Wer sind die beiden?“ Mit seiner immer noch lässigen Art antwortete er: „Ich habe erst vor ein paar Monaten die kleine Schneiderei bei mir in der Nähe entdeckt, als ich auf dem Heimweg gedankenlos zu spät abgebogen bin. Wie du weißt, Michael, wohne ich erst seit fünf Monaten hier in diesem großen Haus, das ich für einen Spottpreis gekauft habe. Jedenfalls gehört diese Schneiderei Leas Oma.

Lea arbeitet bei ihr und wie vorhin gesagt ist sie die beste Schneiderin, die ich je hatte! Manchmal trinken wir entweder etwas bei ihr in der Schneiderei, wenn ich meine Kleidung abhole oder hier, wenn sie mir die Kleidung bringt." Neugierig fragte ich weiter. „Finn?" Mark grinste. „Hier in meiner Nähe hat vor Kurzem ein neuer Club namens Dafina eröffnet, wo ich mit dir immer hingehen wollte. Dieser Club gehört Finn – Leas Bruder. Ich gehe nach Dienstschluss oft mit den Kollegen vom Krankenhaus, aber auch allein dorthin, um etwas zu trinken. Ab und zu treffe ich auch auf Lea." Danach biss Mark in seine Erdbeere, nahm einen Schluck von seinem Wodka und fuhr fort. „Was für ein Glückspilz ich bin, Michael. Alles, was ich brauche, ist in meiner Gegend. Meine Schneiderei. Mein Club. Ja, weiter vorn gibt es sogar noch eine kleine Bäckerei, wo ich fast täglich meine Brötchen kaufe und von Zeit zu Zeit einen Kaffee trinke. Nur zu dir und zu deinem Vater brauche ich das Auto. Und ins Krankenhaus." Ich überlegte, was Mark mir gerade erzählte. Stimmt, seit fünf Monaten lebt Mark hier in dieser Gegend. Tatsächlich benutzte auch ich dieselbe Straße, wenn ich zu Mark fuhr, und von der anderen Straßenseite bin ich auch noch nie zu ihm gefahren. Er hatte auch gewollt, dass ich mit ihm in den neuen Club Dafina gehe, doch ich hatte es immer aufgeschoben, denn ich gehe sehr selten bis nie in Bars oder Diskotheken.

Zeit, ins Dafinas zu gehen, den Fahrplan Richtung Marks Haus zu ändern und nachzuforschen, ob er absolut die Wahrheit über Lea sagte, die angeblich die beste Schneiderin ist. Während ich dies in Gedanken überlegte, bemerkte ich, wie Mark das Handtuch nachdenklich anschaute, das ich noch immer in der Hand hielt. „Wolltest du Lea mit diesem Handtuch töten?", fragte er mit ernstem Gesichtsausdruck erneut. Ich rollte das Handtuch wieder auf, faltete es ordentlich und legte es auf den Tisch. Statt zu antworten, stellte ich ihm eine Gegenfrage. „Mark, stehst du auf Lea?" Er schwieg für einen Moment. „Nein." Mark hielt meine Schulter. „Du?" Ich wartete kurz und schüttelte dann deutlich und langsam meinen Kopf. Wir schwiegen uns eine Weile an und beendeten das Gespräch über Lea. Kurz darauf verabschiedete ich mich von Mark und fuhr fast zwei Stunden durch die Gegend, bis ich zu Hause ankam, wobei ich noch einmal über die Sätze, die er zuvor gesagt hatte und seine Körpersprache nachdachte. Ermüdet parkte ich mein Auto vor der Haustür, holte meinen Arztkoffer raus und wollte eigentlich ins Haus. Lea pirschte jedoch urplötzlich durch meinen Kopf, sodass ich wieder hellwach und völlig klar im Kopf wurde. Mit neuen, ungelösten Gedanken konnte ich mich nicht ins Bett legen. Ich entschied mich für einen Spaziergang in meinem Wohnviertel.

Die gehobene Wohngegend am Stadtrand, in der ich lebte, liegt etwas entfernt von meinem Vater. Doch ich hatte mich bewusst für diese Gegend entschieden, da es sehr ruhig und die Anwohner hier zum großen Teil Rentner waren. Am Abend ist es besonders schön, wenn ich beim Laufen die wenigen Häuser ohne Licht und die vielen großen Bäume und Pflanzen sehe, die in den Gärten, aber auch entlang des Bürgersteigs gepflanzt sind. Diese Wohngegend entspannte mich immer. Also lief ich in Gedanken an Lea, die mir keine Ruhe ließ, die kurvige lange Straße entlang. Die Finsternis in ihren Augen wollte nicht aus meinem Kopf verschwinden und hinzukam auch noch ihre Schönheit. *Sollte ich sie sofort töten oder zuerst ihre finstere Seite an ihr aufdecken, die mich wissenshungrig machte und danach töten? Und was soll ich mit Mark machen? Er will nicht, dass ich Lea töte, aber ich sehne mich nach ihrem Tod! Doch warum will er das nicht?* So oder so war ich absolut überzeugt, dass ich Lea früher oder später töten würde! Mit diesen wunderbaren, aber auch unentschlossenen Fantasien schlenderte ich wieder zurück zu meinem Haus. Etwa zwanzig Meter davor hörte ich jemanden direkt hinter mir. „Guten Abend, Michael.“ Erbost, dass mein alter Nachbar mich beim Nachdenken gestört hatte, drehte ich mich blitzschnell um und schlug mit voller Wucht aus dem Nichts mit meiner Faust auf ihn ein.

Es war das zweite unkontrollierte Verhalten von mir, seit ich 14 Jahre alt geworden war. Dieses Verhalten kann ich mir bis heute nicht erklären. Will ich auch nicht! Er fiel seitlich zu Boden und ich schaute schnell um mich. Niemand außer ihm und mir war auf dieser Straße. Ich beugte mich über ihn und schlug immer weiter und fester in sein Gesicht und bemerkte nicht einmal, dass er nach dem ersten Schlag von mir schon tot war, da er mit dem Kopf an der Bordsteinkante aufgeschlagen war. Es fiel mir erst später auf, weil er sich nicht gegen meine Schläge wehrte. Rasch richtete ich mich völlig entspannt auf und schaute noch einmal um mich. Noch immer war weit und breit niemand zu sehen. Schnell zog ich ihn zum naheliegendsten Baum am Straßenrand hinüber. Anschließend kniete ich mich vor ihm hin, zückte mein Kryptohandy aus der Hosentasche und tat so, als würde ich Hilfe anfordern. Während ich mit den Reinigern telefonierte, holte ich noch meinen Arztkoffer, den ich, als ich auf ihn einschlug, auf den Boden hatte fallen lassen. Ich eilte wieder zurück zur Leiche, kniete mich erneut hin und beobachtete die Umgebung, bis die Reiniger kamen. Mein Glück war, dass um diese späte Uhrzeit fast alle meine Nachbarn entweder laut fernsahen oder schon schliefen. Während ich wartete, sah ich, wie die Haushälterin meiner Nachbarin schräg gegenüber den Dackel in den Garten ließ.

Als sie auf den Kleinen wartete, der sein Geschäft erledigte, entdeckte sie mich am Straßenrand, streckte neugierig ihren Kopf vor, machte die Tür hinter sich zu und eilte mit schnellen Schritten in meine Richtung. Das war ihr Fehler! *Das konnte nicht wahr sein. Dieses neugierige Miststück!* Bei mir angekommen, schaute sie schockiert die blutüberströmte Leiche und mich an. „Oh mein Gott, was ist hier passiert? Lebt er noch?“ Extrem von ihr genervt, aber gut durchdacht und mit einem kontrollierten Gesichtsausdruck antwortete ich ihr: „Alles ist in Ordnung, Rettung ist schon unterwegs.“ In dem Moment kamen die Reiniger an. „Ah, da sind sie ja“, sagte ich und deutete mit dem Kopf auf das Auto, das hinter ihr parkte. Sie drehte sich um und die beiden Männer stiegen aus dem Auto. Die Frau meinte: „Wer sind sie?“ Verdutzt schaute sie zu mir. „Wer sind diese Männer? Das ist nicht die Rettung? Wo bleibt die Rettung? Was geht hier vor?“ Ich fing langsam und leise an zu kichern. Sie schaute mich verängstigt und mit großen Mondaugen an. Währenddessen umzingelten die Männer die Frau. Lässig stand ich auf, streifte dabei mit meinen blutigen Händen durch meine Haare und starrte die Frau an. Sie fing an zu zittern, schaute nervös umher und wurde ein wenig blass. Ich ging langsam auf sie zu. Sie wollte zurückweichen, doch sie stieß gegen den Brustkorb einer der Männer und blieb erstarrt stehen.

Dicht vor ihr verschränkte ich meine Hände am Rücken und flüsterte grinsend in ihr Gesicht: „Ach, ach, die Neugier ist eine der gefährlichsten Eigenschaften, die der Mensch haben kann." Sie fing plötzlich an zu weinen und zu flehen. „Bitte, bitte. Ich sage niemandem etwas. Bitte. Ich habe nichts gesehen!" Ich neigte meinen Kopf zur Seite, wartete kurz und packte dann die kleine Frau am Hals. „Wenn du schon neugierig bist, dann musst du auch mit dem Tod bezahlen!" Ich hob die fast fünfzig Kilogramm schwere Frau mit beiden Händen hoch und würgte sie in der Luft. So fest sie konnte, hielt sie währenddessen meine Arme, zappelte mit ihrem gesamten Körper auf den Zehenspitzen und rang nach Luft. Machtvoll starrte ich durchgehend in ihre Augen, die sie ab und zu öffnete. Dies mitansehen zu können, war für mich pure Leidenschaft und zugleich Entspannung, für die beiden Männer jedoch nicht. Obwohl sie selbst harte Jungs waren und einiges erlebt hatten, hatten sie Angst vor mir. Das konnte ich wieder an ihrer gebückten Körperhaltung und vor allem in ihren leeren, starren Augen erkennen. Letztlich merkte ich an meinen Fingern, wie der Puls der Frau immer schwächer wurde. Ich bemerkte auch mehr Gewicht in meinen Händen und Ruhe in ihrem Körper. Ich konzentrierte mich vollkommen auf sie und wusste, dass ich beim nächsten Blick ihre neugierige und verdammte Seele aus ihr herausreißen würde. Als es dann endlich so weit war und sie ihre Augen noch einmal aufriss, erwürgte ich sie mit allen meinen Killer-Gen-Kräften, wobei ich spürte, wie ihr Kehlkopf brach. Erst dann, als ich sah, dass sie aus dieser – aus meiner Welt – verschwunden war, ließ ich sie fallen. Sie fiel schräg auf die Leiche meines Nachbarn. Erfüllt blickte ich die beiden toten Menschen an, die ich mit meinen bloßen Händen getötet hatte, nahm einen tiefen Atemzug und schaute dabei hoch in den pechschwarzen Himmel mit seinen glasklaren hellen Sternen. Die Ruhe, die ich verspürte, sagte mir, dass ich wieder angekommen war, angekommen bei mir selbst. Zufrieden wischte ich anschließend meine blutigen Hände an meinem blutverschmierten weißen T-Shirt ab, zog es aus und warf es über die Leichen. Die beiden Männer standen vor mir und versuchten, weder mich noch die Leichen anzuschauen. Ihre Angst war immer noch nicht zu übersehen. Sie überspielten es, indem sie schnell ihre Arbeit machten. Ich nahm meinen Arztkoffer in meine Hand und lief ohne T-Shirt, nur mit meiner blutigen Jeans und meinen Schuhen erholt und gedankenlos weiter nach Hause. Nach fünf Metern drehte ich mich um und sah, dass die Männer die beiden Leichen schon ins Auto gestopft hatten.

Danach fuhren sie langsam an mir vorbei. Sie verabschiedeten sich von mir, indem sie kurz nickten. Ich nickte ebenfalls, hob leicht meine Hand und sie fuhren leise aus der dunklen Straße hinaus.

KAPITEL 19

WARUM

Die Zeit war gekommen. Ich ging an jenem Abend bewusst mit der Hoffnung, auf Lea zu treffen, allein ins Dafina. Der Club sah von außen eher unscheinbar und nach nichts Besonderem aus. Doch innen war er sehr schlicht und modern eingerichtet. Die Musik spielte nicht laut, sodass man sich gut unterhalten konnte. Ich setzte mich an die Bar, bestellte mir einen Whisky und schaute mich nach Lea suchend im Club um. Die Frauen, die mich anmachten, wimmelte ich der Reihe nach ab. Mein Interesse galt heute nur Lea, falls ich überhaupt auf sie treffen würde. *Volltreffer, sie war da!* Sie stand inmitten einer Frauenrunde und bewegte sich leicht zur Musik. Ihre lasziven Bewegungen gefielen mir so sehr, dass ich sie mindestens vier weitere Lieder beobachtete.

Dabei fiel mir auf, dass Lea eine Angewohnheit hatte. Sie neigte wie ich immer wieder ihren Kopf leicht zur Seite, wenn sie redete oder zuhörte. Das kannte ich nur von meinem Vater und mir, aber auch Mark machte oft diese Kopfneigung. *Hatte es Lea von Mark abgeschaut, weil sie sich doch näherstehen, als Mark es mir vormachen wollte?* Sie sah in ihrem engen schwarzen Kleid nicht nur umwerfend aus, es passte auch zu ihrem heutigen Tod.Sie hatte den Raum mit ihrem Wesen gefüllt. Nachdem ich meinen Whisky ausgetrunken und Lea fertig beobachtet hatte, lief ich nach einer Weile völlig selbstbewusst und langsam an ihr vorbei. Sie schaute mich unbeeindruckt flüchtig an und wieder weg. Ihre Freundinnen hingegen konnten ihre Blicke nicht von mir lassen. Nachdem ich an ihr vorbeigelaufen war, dachte ich nur: *Was? Warum schaust du weg? Schau mich doch an und mach den nächsten Schritt! Du kennst mich doch! Und auch wenn du mich nicht kennen würdest, mach mich an, ich bin Michael, der hübsche, gut durchtrainierte Doktor mit Manieren, der auch noch was auf dem Kasten hat! Schließlich laufen mir die Frauen nach und nicht ich ihnen!* Ich war sauer! Ich ging wieder zurück an die Bar, bestellte noch einen Whisky, nahm einen großen Schluck und unternahm nach ungefähr 20 Minuten einen zweiten Versuch. In diesen 20 Minuten hatten mich nicht nur weitere fremde Frauen an der Bar angemacht, sondern auch Leas Frauenrunde, die hoffnungsvoll nach mir hechelte.

Doch von Lea sah ich die ganze Zeit nur ihren Rücken! Sie drehte sich nicht mal minimal zu mir um! Das machte mich verrückt, denn sie musste mich heute Abend erkennen, schließlich war ich hier, um in ihre düsteren Augen zu blicken und sie zu töten! Mit langsamen Schritten lief ich wieder an Lea vorbei und streifte diesmal sanft und leicht ihren Rücken. Eine ihrer Freundinnen kam näher zu Lea und flüsterte ihr etwas ins Ohr. Jedoch rührte sich Lea weiterhin nicht vom Fleck! Sie tat so, als habe sie es nicht gespürt. *Was sollte das? Diese arrogante Frau, was bildete sie sich ein?* Das wollte ich nicht auf mir sitzen lassen. Wutentbrannt lief ich raus und wartete angelehnt an meinem Auto, das ich vor der Tür geparkt hatte, auf sie. Während ich 36 Minuten lang auf Lea wartete, kontrollierte ich immer wieder meinen Puls, der absolut unruhig war. *Warum konnte ich mich nicht beruhigen? Warum war mein Puls so hoch? Das hatte ich zuletzt in meiner Jugendzeit, in der ich unerfahren drauflos getötet hatte.* Mein Blut kochte wie verrückt. Ich hatte mich nicht im Griff. Lea hatte nicht nur meinen Stolz weg gestampft, sondern jetzt auch noch meine Einzigartigkeit infrage gestellt! *Lea, das machst du nie wieder mit mir! Na, komm du nur raus. Mir ist es egal, was dieses Düstere ist, denn ich werde dich heute töten!* Endlich kam sie dann mit ihren Freundinnen aus dem Dafina heraus. Flüchtig sah ich, dass Lea für einige Sekunden in meine Richtung schaute. Mein Puls stieg noch höher und durchschlug beinahe meinen Körper. Unauffällig nahm ich mein Handy aus der Hosentasche, tat so, als würde ich etwas tippen und sah verdeckt zu ihr hinüber. Lea verabschiedete sich von ihren Freundinnen, die sich verteilten, und sie nahm den entgegengesetzten Weg. Nach wenigen Schritten blieb sie kurz stehen, sah erneut in meine Richtung und unsere Blicke trafen sich. Insgeheim sagte ich zu mir selbst: *Aber jetzt musst du mich doch erkannt haben, junge Dame!* Sie überquerte die kleine Straße und kam zu mir rüber. „Michael, oder? Du bist doch der Freund von Mark?“, fragte sie und zeigte mit ihrem Finger auf mich. *Na endlich* dachte ich mir! *Du weißt genau, wer ich bin!* Warum auch immer, lächelte ich sie an. „Ja, und du bist Lea?“ Lea lächelte mich ebenfalls an. „Dachte ich es mir doch. Ja, ich bin Lea.“ Und ohne, dass ich ihr eine Frage gestellt hatte, fing sie an zu erzählen. „Meine Freundin wurde befördert und wir dachten uns, dass wir sie heute überraschen und feiern gehen.“ Sie stand einfach nur da und lächelte mich an. Ich wusste nicht, was ich darauf antworten sollte, denn schließlich war ich noch immer mit mir am Kämpfen. „Ich habe gehört, dass der Club deinem Bruder Finn gehört?“, fragte ich sie ganz etwas anderes. „Ja, er gehört ihm seit fast fünf Monaten. Warst du schon mal drinnen?“, fragte sie neugierig. *Was wollte Lea bezwecken? Hatte sie mich gesehen oder nicht? War das eine Rätselfrage an mich?* „Ja, einmal bis jetzt“, antwortete ich strategisch und probierte in Leas Augen zu schauen. Doch das ging nicht, denn Lea sah mich mit schüchternen und flüchtigen Blicken an. Ihre verdammte Wärme, aber gleichzeitig auch ihre Kälte machten mich verrückt. Diese Frau musste verschwinden. *Sofort!* Kurz darauf schaute Lea um sich. „Alles klar, wir sehen uns. Bis dann“, sagte sie und lief eilig von mir weg zur anderen Straßenseite. Das wollte ich nicht. Ich musste bei ihr sein. „Warte, soll ich dich mitnehmen?“, schrie ich ihr nach und zog meinen fast 100.000 Euro Autoschlüssel aus der Hosentasche, sodass sie ihn gut erkennen konnte. Lea schaute über ihre Schulter flüchtig zu mir und unbeeindruckt von meinem Autoschlüssel lief sie dennoch weiter. „Nein, danke. Ich gehe zu Fuß.“ Diese Handlung von ihr machte mich noch rasender. Ich hatte doch gar nicht angefangen, ihre verdammte Seele langsam aus ihr rauszureißen. *Warum hast du es so eilig, von mir wegzukommen?* „Dann begleite ich dich“, rief ich ihr wieder nach, denn diese Gelegenheit, mit ihr allein durch die dunklen Straßen zu laufen, durfte ich auf keinen Fall auslassen. Sie blieb kurz stehen und ich eilte zu ihr auf die andere Straßenseite. „Nein, das musst du nicht, ich wohne gleich da vorn. Es sind nur 15 Minuten bis zu mir.“ „Egal, es ist spät und dunkel, man weiß nie, was für Gestalten noch um diese Zeit rumlaufen“, sagte ich besorgt, aber auch bestimmt. Sie verdrehte leicht ihre Augen. „Ich habe aber keine Angst“, antwortete sie selbstbewusst und fing schon an zu laufen. *Na, wenn du wüsstest, was ich nachher mit dir machen werde!* „Du bist aber mutig, Lea, vielleicht bin ich ein Mörder und werde dich nachher töten?“ Auf diesen Satz von mir blieb Lea wieder stehen, drehte sich zu mir und lächelte mich an. Ich ging ihr entgegen und blieb vor ihr stehen. Lea schaute mich an. „Das glaube ich nicht.“ Ich schmunzelte und sagte nichts. Gemeinsam gingen wir langsam die Straße entlang. *Warum war sich Lea so sicher, dass ich sie nicht töten werde? Und das Wichtigste – warum vertraute sie mir? Ich bin doch ein fremder Mann?* „Vielleicht bin ich ja doch ein Mörder? Wer weiß?“, fragte ich sie kurze Zeit später. Lea griff ruckartig meinen Oberarm und sagte in einem ernsten Ton: „Bleib mal stehen.“ Verwundert blieb ich stehen und schaute mich kurz um. Lea ließ meinen Oberarm wieder los und kam ein Stück näher zu mir. Ich spürte ihren warmen Atem, der meinen Hals streifte. Für mindestens 15 Sekunden schaute sie mir abwechselnd ins rechte und linke Auge und sagte, in dem sie mich anlächelte, „Hm, nein, nein, du tötest mich nicht.“ Danach drehte sie sich von mir weg und ging wieder weiter. Ich schüttelte und senkte kurz meinen Kopf und lief ihr wieder nach. Zum Glück war Lea für einige Minuten still und lächelte mich auch nicht mehr an. Denn als sie vorhin so tief in meine Augen geschaut hatte, hatte ich bemerkt, dass mein Puls schon lange nicht mehr in meinem Körper war. Er hatte mich verlassen! Zudem fing ich auch noch an zu schwitzen. Ich schluckte, versuchte, meinen Puls wiederzufinden und ihn in meinen Körper zurückzubekommen. Die gesamte Situation überforderte mich und ich musste mich endlich in den Griff bekommen. Also fing ich an, zu zählen. *Aber Moment mal, es funktionierte nicht! Was geschah hier? Warum funktionierte es nicht?* Nervös und unruhig lief ich neben Lea; ich musste schnell handeln. Ich forderte mich selbst heraus, indem ich mir den baldigen Tod von Lea durch den Kopf gehen ließ. Das Geklingel von meinem Autoschlüssel in meiner Hand lenkte mich nicht nur ab, sondern half mir auch, den perfekten Mord zu planen! *Nicht mehr lange, dann würde ich mit meinem Autoschlüssel langsam ihre wunderschöne Kehle aufschlitzen und dabei in ihre Augen blicken.* Bildlich stellte ich mir vor, wie sie qualvoll in meinen Händen starb, und siehe da, es funktionierte. Langsam fand ich wieder zu mir und merkte auch, dass mein verschwundener Puls endlich wieder zu mir zurückgekehrt war. Ich war wieder da und bereit! Wir liefen noch einige Meter weiter und bogen dann in eine sehr schmale, dunkle und leere Gasse ein. Ich musste leicht hinter Lea gehen. Ich wusste und spürte schließlich, dass jetzt der perfekte Zeitpunkt da war, um sie aufzuschlitzen. Endlich war mein ausgezeichnetes Killer-Gen hellwach und hoch konzentriert. Vor lauter Vorfreude spielte ich mit meinen Fingern an meinem Autoschlüssel. Danach drehte ich mich kurz um, schaute, ob jemand kam, nahm einen beruhigenden langen Atemzug, drehte den Schlüssel mit der spitzen Kante nach vorn und machte eine Faust. Lea erzählte mir etwas, jedoch hörte ich keinen Ton von dem, was sie sagte. Schließlich ging ich noch näher an sie ran. Sie roch nach irgendwas, dass ich kannte, konnte aber nicht einordnen, was es war. Das ließ meinen Puls wieder schneller schlagen. Es musste jetzt schnell gehen, denn noch länger würde ich es nicht ertragen und mich kontrollieren können! Den Schlüssel fest in meiner Faust nahm ich noch einmal einen Atemzug, und als ich meinen rechten Arm hob, drehte sich Lea aus dem Nichts zu mir um. Dabei spürte ich ihre langen braunen Haare in meinem Gesicht und ich wusste jetzt, dass der Geruch Lavendel war. „Michael, der schönste Name überhaupt, ich liebe diesen Namen“, sagte sie mit einem schüchternen Blick zu mir und lief einfach wieder weiter. Total geschockt von mir selbst, besonders davon, dass ich nicht zugeschlagen hatte, blieb ich. „Was?“ Lea drehte sich noch mal um. „Michael, dein Name, er ist so schön“, sagte sie etwas lauter. Dabei war sie schon einige Meter weg von mir und stand unter der Laterne am Ende der dunklen Gasse, kurz vor der Kreuzung zum Gehweg. *Verdammt noch mal. Ich verpasste den perfekten Moment! Wer bist du?* Nach wenigen Metern war ich wieder bei ihr, ließ mir nichts anmerken und wir gingen nebeneinander weiter.

Nachdem ich mich wieder gefangen hatte, meinte ich: „Es ist ein einfacher, normaler Name. Michael. Wie jeder andere Name auch." Lea schüttelte den Kopf, schmunzelte und antwortete belehrend und mit Euphorie: „Nein, ist es nicht. Michael ist ein Engelsname. Nicht jeder kann den tragen. Er darf nur nicht schlafen, denn wenn er schläft, kommt der Teufel heraus." Fassungslos von diesen Sätzen hielt ich Lea kurz am Arm und blieb mit ihr stehen. Mit ernstem Blick fragte ich sie: „Wie meinst du das?" Lea zuckte mit den Schultern und blickte mir lange und tief in die Augen. „So, wie ich es gesagt habe", antwortete sie. Ich ließ sie rasch wieder los, denn ich sah wieder das Düstere in ihren Augen. *Was probierte Lea mir zu sagen? Sieht sie mich wirklich? Wenn ja, als was sieht sie mich? Als den ausgezeichneten hübschen, klugen Mörder mit dem einzigartigen Blut in mir oder sieht sie mich als den hässlichen, abscheulichen Teufel?* Zudem spielte sie ein Spiel mit mir, das ich nicht kannte, aber unbedingt lernen und letztlich gewinnen wollte. Ich nickte. „Ich verstehe!" Lea zuckte wieder mit ihren Schultern und wir liefen gemeinsam weiter. Nach ein paar Metern überquerten wir eine kleine Gasse und kamen wieder an einen großen Gehweg. Je weiter wir liefen, desto mehr stellte ich fest, dass es die andere Straßenseite von Marks Haus war. *Wo wohnt Lea?* Ich schaute umher und irgendwann blieb Lea stehen. „So, da wären wir. Hier wohne ich." Wir standen direkt vor einer älteren

Schneiderei namens „Maries“. Wenn ich nach links schaute, konnte ich jetzt Marks Haus gut erkennen. Aber ich war irritiert. Ich wusste, dass Lea hier arbeitete, aber auch wohnte? „Du wohnst in einer Schneiderei?“, fragte ich neugierig und schaute dabei das alte, kleine zweistöckige Gebäude an. Lea lief etwas seitlich zum Haus. „Nein, ich wohne nicht in der Schneiderei, Michael. Über der Schneiderei“, sagte sie und holte währenddessen ihre Haustürschlüssel aus ihrer Handtasche. „Das ist aber ein großes Haus für dich allein“, fragte ich verwundert. Lea stieg die erste kleine Treppe hoch, die man vom Bürgersteig kaum sah. „Es stimmt, es ist ein großes Haus mit einem zusätzlichen kleinen Innenhof. Aber ich wohne nicht allein. Ich wohne mit meiner Oma Marie.“ „Dein Bruder Finn? Wohnt er nicht hier?“ „Nein, er ist vor zwei Jahren ausgezogen und lebt mit seinem Lebensgefährten zusammen.“ Ich nickte und Lea fuhr fort: „Danke fürs Begleiten, Michael. Ich schulde dir was. Komm mal auf einen Kaffee in der Schneiderei vorbei, wenn du in der Nähe bist.“ Dann lief sie die letzten drei kleinen Stufen hoch. Enttäuscht, dass ich weder Lea töten konnte, noch ihr Spiel durchschaute, blieb mir nichts anderes übrig, als zu gehen. „Das mache ich auf jeden Fall“, antwortete ich. Sie ging lächelnd ins Haus und verabschiedete sich von mir. „Gute Nacht, Michael.“ Erst als Lea im Haus war, antwortete ich leise. „Gute Nacht, Lea.“

Mit langsamen Schritten ging ich exakt denselben Weg zurück zum Auto. Ich ließ den kurzen Abend und auch das Gespräch mit Lea immer und immer wieder durch meinen Kopf gehen. Dabei stellte ich mir nur diese eine Frage: *Was weckte meine Neugier auf ihre düstere Seite, dass ich Lea nicht töten konnte?* Ich erkannte auf dem Rückweg einige Gelegenheiten, bei denen ich sie hätte loswerden können. *Warum faszinierte mich ihre düstere Seite so sehr?* Ich entdeckte eine neue Seite an mir, die mir überhaupt nicht gefiel und die ich ganz und gar nicht haben wollte! Am Auto angekommen, vergaß ich, dass ich die Autoschlüssel noch in meiner Hand hatte, und wollte in meine Hosentasche greifen, wobei der Schlüssel auf den Boden fiel. Als ich mich hinkniete und ihn aufheben wollte, sah ich, dass meine rechte Hand blutete. Ich hatte den Schlüssel in meiner Hand durchgehend so sehr festgehalten, dass ich mich selbst dabei an den Fingern verletzt hatte. Ich ärgerte mich über mich selbst, schüttelte den Kopf und stand wieder auf. Erschöpft von Lea, setzte ich mich ins Auto und wusste, was zu tun war. Lea spielte mit meinen Frequenzen, egal, ob ich ihr Spiel kannte oder nicht! Egal, ob sie düster war oder nicht! Sie musste verschwinden! Ohne Musik und nur mit diesem einen Gedanken fuhr ich nach Hause. □

KAPITEL 20

SPIELEN WIR

Die nächsten Tage versuchte ich nicht an Lea zu denken und es funktionierte, denn ich verbrachte meine Zeit wie gewöhnlich mit viel Wasserspringen und Entspannung. Was verstehe ich unter Entspannung? – Sex! Ich rief Belinda an, die gegen Abend zu mir kam. Wortlos lief sie mir ins Wohnzimmer nach und wir setzten uns auf das große Sofa. Sie ging gleich zur Sache und öffnete meine Hose. Und zum ersten Mal nach Jahren langweilte mich Belinda. Ihr Reiz und ihre Ausstrahlung waren verschwunden. *Vielleicht, weil ich schon alles mit ihr gemacht hatte. Ich weiß es nicht.* Meine Augen waren währenddessen geschlossen, ich hatte sie nicht mal eines Blickes gewürdigt oder angefasst. Irgendwann, als sie sich auf mich hinaufsetzen wollte, öffnete ich wieder die Augen, stoppte ihr Vorhaben und meinte, dass wir uns nicht mehr sehen sollten. Sie brach unkontrolliert in Hysterie aus und heulte vor mir wie ein kleines Kind. Sie so zu sehen, machte mich nicht nur zornig, sondern auch aggressiv. „Warum, Michael, was habe ich getan oder nicht getan, sag es mir?“, fragte sie unter Tränen. „Nichts.“ Flehend ging sie vor mir auf die Knie und heulte auf meinen

Oberschenkeln. Sie war so erbärmlich. „Ich liebe dich doch, bitte Michael, ich mache alles, was du willst. Willst du mich schlagen? Komm, schlag mich, Michael, alles, alles würde ich für dich machen“, meinte sie schluchzend. Sie nahm, während sie mir diese Sätze sagte, meine Hände und schlug sie in ihr Gesicht und auch an ihre Brüste. Sie war kurz vor einem Nervenzusammenbruch. Es reichte, ich wollte, dass sie still ist, packte sie an ihren Haaren und zerrte sie doch ins Schlafzimmer. Ihr Weinen hörte auf, dafür schrie sie laut. „Mach mit mir, was du willst, Michael. Ich gehöre dir“, befahl sie mir. Ich warf sie ins Bett und beschimpfte sie. „Schlampe, ich werde dich jetzt hart rannehmen und prügeln, hast du mich verstanden?“ Sie nickte schnell und froh. Ruckartig drehte ich sie auf den Bauch, hielt ihren Kopf, drückte ihn fest ins Bett, sodass sie nicht atmen konnte, und drang heftig überall in sie ein. Sie probierte, nach Luft zu schnappen, aber ich ließ es nicht zu. Im Gegenteil, ich prügelte sie noch zusätzlich mit den Fäusten. Das tat mir gut, denn ich hatte genug von Belindas Jammerei und ihrem Liebesgefasel. Als ich Belinda fertig benutzt hatte, drehte ich sie wieder um und sah, dass sie bewusstlos war. Es war mir egal, ob sie Hilfe brauchte oder nicht. Ich saß nur da und schaute ihren blutigen, benutzten, mit Flecken übersäten Körper und ihr geschwollenes Gesicht an. Mein Werk an ihr war meisterhaft! Nach fast einer halben Stunde kam sie dann zu sich. „Bitte

Michael, beende es nicht mit uns", sagte sie als Erstes. Wortlos stand ich auf, holte meinen Arztkoffer aus dem Schrank und versorgte ihre Wunden. Erneut beobachtete Belinda mich unter Tränen. „Geh jetzt", sagte ich bestimmend. Sie stieg aus dem Bett und gab mir einen Kuss auf die Wange. „Bitte melde dich wieder bei mir, Michael." Mit blassem Gesicht und wackligem Gang verließ Belinda endlich mein Haus. Anschließend wechselte ich die blutige Bettwäsche, ging unter die Dusche und ließ das kalte Wasser über mich laufen. Ich war mehr als kaputt. So viel Wut und Hass hatte Belinda in mir erzeugt. Sie wurde langsam, aber sicher wie Lea zu einer Last. Beide mussten verschwinden, damit ich wieder ich sein konnte! Am nächsten Tag hatte ich schon den perfekten Plan, um Belinda zu töten. Doch es musste noch eine Weile warten, denn am Wochenende darauf würde ich eine kleine Grillfeier in meinem Haus veranstalten. Ich hatte ein paar meiner Rentnernachbarn und Freunde eingeladen. Mark kam auch und fragte mich vorher, ob er Finn auch mitbringen dürfe, und stellte uns später vor. Mein erster Eindruck von Finn war, dass er das komplette Gegenteil von Lea war. Er war lockerer, redseliger und arrogant. Nur sein ordentliches Aussehen gefiel mir. Wir standen in kleinen Gruppen verteilt im Garten. „Tolles Haus, ich hoffe, dass es für dich in Ordnung ist, dass Mark mich mitgebracht hat?", fragte mich Finn. Ich schmunzelte innerlich.

Natürlich ist es in Ordnung, dass du gekommen bist, sogar mehr als in Ordnung. Schließlich werde ich bald deine Schwester töten. Ich kann dich sehr gut gebrauchen. „Na klar“, antwortete ich lässig und nahm einen großen Schluck von meinem Whisky. Finn beobachtete die Umgebung und ich musterte ihn so arrogant und selbstverliebt, wie er dastand. Ich versuchte, Finn in ein Gespräch zu verwickeln. „Ich war vor Kurzem in deinem Club, Dafina. Es hat mir sehr gut gefallen.“ Er bauschte sich aufgrund dieses Kompliments auf. „Ach ja, freut mich. Danke. Ich habe ihn seit Kurzem“, antwortete er. Gefühlte fünf Minuten musste ich Finn zuhören, wie er über seine Band, Angestellten, Türsteher und Gäste und auch über die zweimal wöchentlich stattfindenden Motto-Abende redete. Ehrlich gesagt, hat es mich überhaupt nicht interessiert. Denn Finns Erzählungen waren kindisch, unreif und zudem empfand ich sie weder als unterhaltsam noch brachten sie mich weiter. Bis er plötzlich anfing, über Lea zu sprechen. „Meine Schwester Lea hat uns die Arbeitsbekleidung designt und genäht.“ Das erweckte mein Interesse und meine Öhrchen spitzten sich. „Du hättest sie auch mitbringen können“, sagte ich vorsichtig. Finn stellte sein leeres Glas beim Kellner auf das Tablett, nahm schon das nächste volle Glas und kippte es in einem großen Schluck hinunter. „Ich wollte, dass sie mitkommt, aber unsere Oma ist seit ein paar Tagen oder einer Woche krank, ich weiß es nicht genau. Lea wollte sie nicht allein lassen“, antwortete er aufgesetzt. Das war mein Einstieg. „Was hat sie denn?“ Locker antwortete Finn: „Sie ist erkältet oder so. Seit zwei Tagen geht es ihr aber schon besser.“ „Das ist eine gute Entscheidung von deiner Schwester. Man muss vorsichtig mit alten Menschen sein, ich kann sie gerne auch mal untersuchen, wenn ihr wollt“, antwortete ich raffiniert. Völlig desinteressiert von meinem Angebot schaute Finn durch die Gegend und bewegte seinen Kopf zur Musik. „Danke. Mark hat es auch schon angeboten, aber meine Oma geht nicht gerne zu Ärzten.“ *Was für ein Egoist und ein Idiot*, ging mir durch den Kopf. Ich beließ es dabei und beendete das Gespräch nach wenigen Minuten mit einem aufgesetzten Lächeln. „Viel Spaß noch auf der Grillfeier. Bis später.“ Finn nickte und lief schon mit einem neuen vollen Glas in der Hand zur nächsten kleinen Gruppe. Ich machte es mir neben meinem Pool auf den Loungesesseln gemütlich und unterhielt mich mit zwei Arztkollegen. Immer wieder schaute ich zu Finn rüber, der sich mit allen sehr gut verstand und ein Glas nach dem anderen trank. Mein Gefühl sagte mir, dass da noch etwas kommen wird. Nach ungefähr einer halben Stunde kam Mark zu mir und beobachtete Finn mit mir gemeinsam. „Er ist ein guter Kerl. Glaub mir. Arrogant, aber gut“, meinte Mark aus dem Nichts. Ich seufzte kurz und Mark legte seine Hand auf meine Schulter. „Komm schon, Michael.“ Ich neigte meinen

Kopf seitlich und schaute Mark an, dessen Handy gerade klingelte. Er nahm ab und meinte, dass er einen Notfall im Krankenhaus habe, und verließ eilig die Grillfeier. Da saß ich mit all den netten Gästen und mit Finn, der mir ein mulmiges Gefühl gab. Kurze Zeit später bestätigte mich Finn, da es um die kleine Gruppe immer lauter wurde. Finn war komplett betrunken, alberte wie ein Clown herum und fiel ein paar Mal auf den Boden. Er nahm sein Handy in die Hand und probierte zu wählen und zu reden. Während er das tat, alberte er noch mehr und sein Lachen wurde immer lauter. Er strapazierte mittlerweile so meine Nerven, dass ich nach exakt sechs Minuten zornig von meinem Platz aufstand und diese Schau beenden wollte, da die Gäste sich nicht weiter über Finn lustig machen sollten. Ich lief zügig zu Finn, der schon wieder halb liegend auf dem Boden saß, und half ihm hoch. Seine Arme legte ich um meinen Hals. Meine Gäste wollten mir noch mit Finn helfen, aber ich meinte, dass sie das nicht brauchen. Finn nuschelte mir währenddessen ins Ohr, das ich aus der Nähe noch schöner sei, wie großartig es hier ist, und lachte. Mit langsamen Schritten liefen wir holprig gemeinsam ins Haus hinein. Fast im Haus angekommen, versuchte ich mein Handy aus der Hosentasche herauszuholen, um ein Taxi für Finn anzurufen. Ich wollte ihn bei der Schneiderei absetzen lassen. Plötzlich schrie Finn: „Hey, Lea!“ *Lea? Warum Lea? Was labert er da,* fragte ich mich, und als ich meinen Kopf hob, sah ich, wie Lea ungeschminkt mit einem einfachen Shirt und kurzem Rock vor uns stand. Sie sah viel besser aus als die Frauen, die perfekt geschminkt und gerichtet heute auf meinem Fest waren. Mit schnellen Schritten eilte sie zu uns, legte Finns anderen Arm um ihren Hals und ging mit uns ins Haus. Bis zum Auto konnte ich nichts sagen und schaute Lea immer wieder flüchtig an. Lea war sichtlich peinlich berührt von Finn, der immer noch irgendwas vor sich hin nuschelte. Am Auto angekommen, legten wir Finn auf den Rücksitz. Finn wälzte sich im Auto kurz hin und her und schlief gleich ein. Lea öffnete die Fahrertür. „Ich möchte mich für meinen Bruder entschuldigen, Michael", sagte sie leicht beschämt. „Da gibt es nichts zu entschuldigen, Lea. Das kann mal vorkommen", antwortete ich locker und gelassen, da ich jetzt von Finn nicht mehr genervt war. Sie nickte „Danke, lieb von dir." *Woher wusste Lea, dass ich hier wohne?* „Von wo wusstest du, dass dein Bruder bei mir ist?", fragte ich neugierig. Sie schaute nach hinten zu Finn und wieder zu mir. „Finn war heute Vormittag meine Oma und mich besuchen und meinte, dass er später mit Mark auf ein Grillfest gehen würde und er dort etwas trinken wolle. Er schickte mir schon vor ein paar Stunden deine Adresse. Vor fast einer halben Stunde rief er mich dann an, murmelte irgendetwas ins Handy und da wusste ich, dass es Zeit war, ihn abzuholen. Und nun ja, da bin ich", antwortete sie grinsend. *Sollte ich das, was mir Lea erzählt hatte, glauben oder nicht?* Ich tat mal so, als ob ich es glauben würde, und fragte weiter. „Und sein Lebensgefährte? Wo ist er?" Verblüfft schaute mich Lea an. „Du hast mir letztes Mal noch so spät zugehört und es dir gemerkt, was ich erzählt habe?" Selbstsicher und stolz grinste ich. „Na klar." Das gefiel Lea sehr. „Paul ist übers Wochenende auf einer Schulung. Sonst passt er auf Finn auf." Sie lachte und stieg ins Auto ein, öffnete das Fenster. „Michael. Morgen, Sonntag, arbeite ich in der Schneiderei. Wenn du willst, kannst du gerne am Nachmittag auf einen Kaffee vorbeikommen." Diese erneute günstige Gelegenheit durfte ich auf keinen Fall ablehnen, also beugte ich mich zu Lea und lehnte mich mit einer Hand ans Auto. „Ich komme." Sie sah mir in die Augen und sagte erst nach wenigen Sekunden: „Schön, dann bis morgen." „Bis morgen." Danach ging ich zwei Schritte rückwärts und schaute Lea dabei weiter an. Sie fuhr langsam los, winkte mir dabei und verschwand in die Straße hinein. *Letztes Mal hatte ich in Leas Augen das Schwarze, Kalte und Düstere gesehen. Und heute? Heute sah ich absolute Finsternis! Was versteckte Lea? Und das Merkwürdige war – warum beschäftigte mich Lea so sehr?* Mit diesen wissenshungrigen Gedanken lief ich wieder zurück in den Garten. Meine Gäste waren bester Laune und interessierten sich nicht mehr für den Vorfall mit Finn. Ich setzte mich wieder auf meinen Platz am Pool und schaute mir bewusst alle Frauen einzeln an. Jede von ihnen war mehr als hübsch, gepflegt und hatte auch einen akademischen Titel. Fast alle konnte ich mit Leichtigkeit haben. Jedoch schwirrte nur Lea in meinem Kopf herum. Diese finstere, aber auch irgendwie gleichzeitig helle Frau faszinierte mich langsam auf eine seltsame Art und Weise. *Spielen wir Lea!*

KAPITEL 21

MÜRRISCHE MARIE

Vor der Schneiderei angekommen sah ich durch die großen Glasscheiben, wie Lea hoch konzentriert an der Nähmaschine nähte. Auf ihrer Nase hatte sie eine Brille und sah damit sogar noch gut aus. Während ich sie kurz beobachtete, machte ich im Kopf wieder einen komplett neuen Plan. *Der Plan war so: Ich musste so schnell wie möglich rausbekommen, was Lea bis jetzt als einziger Mensch in mir ein- und ausschaltete. Wie machte sie das? Ich muss doch meine Knöpfe selbst kennen und betätigen, wann und wie ich es will!* Also hieß es, mehr Zeit mit ihr zu verbringen. Und sobald ich draufkommen würde, was es war, müsste ich sie schnell, still und leise töten.

Perfekt! Ich ging hinein und hörte das Glöckchen klingeln. Lea hob ihren Kopf, lächelte und begrüßte mich: „Hallo Michael." Dann stand sie auf, nahm die Brille ab, legte sie auf den Nähtisch, kam zu mir und umarmte mich. Leicht perplex umarmte ich sie auch und erwiderte ihre Begrüßung. „Hallo Lea." Sie nahm meine Hand, ging mit mir an ihren Platz zurück und bot mir den Stuhl vor ihrem Nähtisch als Sitzgelegenheit an. Ich fühlte mich, als würde meine Mutter mich zur Schule bringen. Aber was solls. „Ich bin froh, dass du gekommen bist, Michael. Wie trinkst du deinen Kaffee?", fragte sie mich, ging weiter und schob einen Vorhang zur Seite, der einen kleinen Raum abtrennte. „Schwarz", antwortete ich mit einem Lächeln. „Du auch? Ich auch!" Lea ging in den kleinen Raum hinein. „Schwarzer Kaffee schmeckt am besten und die Farbe Schwarz gefällt mir auch", hörte ich sie sagen. *Alles klar, Lea liebt die Farbe Schwarz. Kein Wunder. So strahlt sie auch am meisten aus.* Doch mit ihrer Lieblingsfarbe konnte ich nichts anfangen. Ich hörte die Kaffeemaschine, das Geräusch der Kaffeetassen, die sie richtete, und schaute mich währenddessen um. Überall lagen Kleidung und verschiedene Stoffe und ich bemerkte, dass Lea eine äußerst unordentliche Frau war. Doch mir gefielen die urige Einrichtung und der große robuste Wandspiegel neben der Eingangstür am meisten. Mein Handy klingelte. Genervt drückte ich Belinda weg und stellte es auf leise. Mit einem Tablett kam Lea wieder zu mir und gab mir die Kaffeetasse in die Hand. „Wirst du gerufen?“, fragte sie neugierig. „Nein, werde ich nicht und wenn, dann rufe ich“, antwortete ich selbstbewusst und von mir überzeugt. Lea gefiel es, was ich geantwortet hatte, denn sie schmunzelte diesmal verlegener. Dann nahm sie einen Schluck Kaffee aus ihrer schwarzen Tasse. „Finn hat mir erzählt, dass er auf eine Grillfeier von einem Arzt gehen würde. Ich dachte nicht, dass er dich meinte. Du bist also Arzt? In welchem Bereich?“, fragte sie weiter. „Ja, ich bin Allgemeinmediziner“, antwortete ich ihr strotzend vor Selbstbewusstsein. „Apropos, wie geht es Finn? Hat er sich ein wenig erholen können?“ Mir war es ehrlich gesagt, egal, ob er sich erholt hatte oder nicht. Aber ich wollte mit Lea ein Gespräch führen und fragte aus Anstand. „Ja, schon viel besser. Er ist oben und kuriert sich aus“, antwortete sie freudig. Listig, aber auf keinen Fall besorgt, fragte ich weiter: „Und wie geht es eurer Oma? Finn hat mir gesagt, dass sie erkältet sei?“ Lea schmunzelte. „Das hat er dir noch in seinem Zustand erzählen können?“ „Nein, nein, das hat er mir erzählt, bevor er in einem anderen Zustand war.“ Wir lachten und schauten uns immer wieder flüchtig in die Augen. Danach hörte ich, dass im hinteren Raum, wo Lea unseren Kaffee gemacht hatte, die Tür aufging. Eine zittrige Frauenstimme rief: „Lea!“ Nach ein paar Sekunden kam schon eine alte kleine zierliche Frau mit sehr langem weißem

Haarzopf und mit langsamen Schritten herein. Lea sprang auf und eilte direkt zu ihr. Sie griff unter ihre Arme und lief mit ihr weiter herein. „Oma, warum kommst du denn runter? Ich habe dir doch gesagt, dass du dich ausruhen sollst“, sagte sie besorgt. Räuspernd, den Blick zu Boden und mit schwacher Stimme antwortete ihre Oma: „Mir ist langweilig. Und Finn hat sich wieder schlafen gelegt. Was soll ich da oben allein liegen!“ Lea lächelte zu mir rüber und ich stand auf, als sie näherkamen. Ich drehte den Stuhl, sodass die Oma von Lea sich hinsetzen konnte. Die Blicke ihrer Oma waren immer noch auf den Boden gerichtet. Sie setzte sich hin und Lea gab ihr gleich ein Glas Wasser zu trinken, das auf ihrem Nähtisch gestanden hatte. Mit leicht zittriger Hand trank sie ein wenig Wasser und gab Lea das Glas wieder zurück. Anschließend holte sie ein kleines Baumwolltaschentuch aus ihrem Kleid heraus und wischte damit ihren Mund ab. „Wer ist denn dieser Herr?“, fragte sie und probierte ihr Taschentuch wieder ins Kleid zu stecken. Ich streckte gleich meine Hand aus. „Grüß Gott, ich bin Michael.“ Perplex von ihren schlechten Manieren, die sie in ihrem hohen Alter hatte, zog ich rasch meine Hand wieder zurück, denn die alte Dame hob ihren Kopf hoch, schaute mir in die Augen und mit einem stark ablehnenden Blick drehte sie wie ein kleines Kind schlagartig ihren Kopf zur Seite und sagte nichts. Lea stellte das Glas wieder zurück, schaute mich flüchtig mit einem entschuldigenden Blick an und fragte ihre Oma: „Oma, was ist denn heute mit dir? Den ganzen Tag benimmst du dich schon seltsam, warum begrüßt du denn Michael nicht? Das ist doch nicht deine Art?“ Die alte Dame zuckte ein paar Mal mit ihren Schultern, drehte langsam wieder ihren Kopf zu mir und starrte mich weiterhin mit verachtenden Blicken für wenige Sekunden an. Mürrisch und mit einem schroffen Ton begrüßte sie mich letztlich und stellte sich bei mir vor. „Grüß Gott, Michael. Ich bin Marie.“ Sie streckte ihre Hand vor, ließ meine Hand aber sofort wieder los. Sie drehte sich zu Lea. „Bist du jetzt zufrieden, Lea? Was macht er hier?“, fragte sie mürrisch. Lea beugte sich tief nach unten zu ihrer Oma und streichelte ihre Oberschenkel. „Das ist aber nicht nett von dir, Oma. Ich habe ihn auf einen Kaffee eingeladen. Er ist ein Freund.“ Schnell ergriff ich die Gelegenheit und ging etwas näher zu den beiden. „Frau Marie, ich sehe, dass sie krank sind. Ich bin Arzt. Darf ich sie untersuchen?“ Die alte Dame würdigte mich weiterhin keines Blickes. Lea neigte ihren Kopf zu ihrer Oma. „Was meinst du, Oma? Soll dich Michael schnell untersuchen?“, fragte sie. Bockig und wie ein Kleinkind saß die alte Dame nur da, zuckte wieder mit ihren Schultern und schaute auch Lea nicht mehr an. Ihre Blicke gingen jetzt beim Fenster hinaus. Ich streichelte kurz Leas Schulter. „Komme gleich.“ Ich ließ mir nichts anmerken und ging genervt zum Auto, holte meinen Arztkoffer, den ich vor lauter Wut sehr fest in der Hand hielt, und ging wieder zurück in die Schneiderei. Anfangs Lea, dann Finn und jetzt kam noch die mürrische Marie. Alle strapazierten meine Nerven. Am liebsten wollte ich sie alle drei zugleich töten, aber das konnte ich leider in dieser Situation nicht. Als ich wieder in der Schneiderei ankam, stand Lea auf und ich kniete mich zur mürrischen Marie hin. Ich öffnete meinen Arztkoffer und holte mein Stethoskop heraus. Die alte mürrische Marie drehte ruckartig ihren Kopf wieder zu mir und schaute mich die ganze Untersuchung über mit einem genervten Blick an. Sie beobachtete, ja kontrollierte sogar alle meine Handgriffe. Ich spürte in diesem Moment gegenseitige Abneigung zwischen uns. Ich musste mich so beherrschen, dass ich ihr nicht die Augen aus ihrem Gesicht rausholte, was ich mit Leichtigkeit hätte machen können, denn es wäre ja schließlich nicht das erste Mal gewesen. „Alles in Ordnung. Nichts Beunruhigendes“, sagte ich nach der Untersuchung und räumte mein Stethoskop wieder in meinen Arztkoffer. „Danke, Michael“, sagte Lea zu mir und streichelte leicht meine Schulter. „Keine Ursache.“ Die alte mürrische Dame drehte ihren Kopf wieder zum Fenster hinaus und bockte weiter. „Wenn sie krank ist, dann ist sie unerträglich. Sie war den ganzen Tag schon so misslaunig. Tut mir leid“, sagte Lea leise und neigte dabei ihren Oberkörper sehr nah zu mir. „Die meisten Menschen sind so – besonders die Alten. Ist schon in Ordnung, Lea“, flüsterte ich zurück und roch dabei wieder an ihren Haaren, die auch diesmal nach Lavendel dufteten. Eigentlich wollte ich noch länger Zeit mit Lea verbringen, aber ihre alte mürrische Oma hatte alles ruiniert. Meine Stimmung war im Keller. „Ich lasse dich jetzt mit deiner Oma allein“, sagte ich zu Lea und ging schon Richtung Tür. „Warum? Du hast deinen Kaffee noch nicht ausgetrunken, Michael, bleib doch noch ein wenig“, sagte Lea enttäuscht. „Ein anderes Mal. Nächstes Mal bist du mein Gast“, antwortete ich ihr und blieb vor der Tür stehen. „Hast du was zum Schreiben, Lea? Ich möchte dir meine Handynummer geben.“ Lea nickte, ging zum Nähtisch, holte einen Zettel und einen Stift und kam wieder zu mir. Währenddessen drehte die mürrische Marie ihren Kopf vom Fenster wieder zu mir und schaute mich bitterböse an. Anstandshalber lächelte ich sie an. Sie aber schaute mich mit ihren mürrischen Blicken weiterhin nur an. „Hier, Michael.“ Ich schrieb Lea meine Handynummer auf. „Du kannst mich jederzeit anrufen. Nicht nur zum Kaffee trinken. Auch wegen deiner Oma, wenn etwas wäre.“ Sie nahm den Zettel und den Stift wieder zurück in die Hand und kritzelte etwas drauf, danach schaute sie mich verlegen an und sagte nichts. Wir blieben für fast eine halbe Minute vor der Tür stehen und blickten uns in die Augen. Und da sah ich es wieder.

Finster bis zum Ende! Ich ließ mir nichts anmerken und verabschiedete mich. Ich machte die Tür wieder zu und sah, dass Lea noch dastand und mich verlegen anschaute. Flüchtig blickte ich auch zur mürrischen alten Dame, die mich schon mit ihren Blicken getötet hatte. Erzürnt im Auto angekommen, schnaufte ich kurz und dachte nur an eines: *Lea, sobald ich herausbekommen habe, welches Geheimnis du versteckst, werde ich zuerst dich und danach deine Familie auslöschen!*

KAPITEL 22

HERZSCHLAG

Ich saß mit Mark im Garten, als mich Lea endlich nach Tagen anrief. Ohne dass Lea sich vorbereiten konnte, lud ich sie mit Geschick zu mir nach Hause ein, denn ich wollte sie ungestört und nicht von der Außenwelt abgelenkt analysieren. Zudem wusste ich auch, dass Mark gleich gehen würde. Tatsächlich nahm sie die Einladung an, was mich freute und auch ein wenig überraschte. „Was? Lea kommt jetzt vorbei?“, fragte mich Mark überrascht. „Ja.“ Mark grinste und fragte verschmitzt, aber auch etwas besorgt: „Sie ist sehr hübsch. Sie gefällt dir? Du tust ihr nichts, oder?“ „Ja, sie gefällt mir." „Michael, sag schon. Du tust ihr nichts, oder?", fragte Mark ungeduldig. Entspannt legte ich meine Hände hinter meinen Kopf und schaute hoch in den Himmel. „Du kennst mich, Mark. Also weißt du auch, dass ich sie töten werde!" Mark schüttelte erbost seinen Kopf. „Lass sie in Ruhe, Michael!", sagte er ernst. Wütend, aber auch überrascht blickte ich Mark tief in die Augen. „Was, wenn ich sie nicht in Ruhe lasse, Mark? Sag schon?", fragte ich erbost. Mark blickte mir ebenfalls drohend in die Augen und wir starrten uns für einige Sekunden bitterernst an. Doch plötzlich fing er an zu grinsen. „Du kannst mir doch nicht die beste Schneiderin umbringen, die ich jemals hatte." Eiskalt starrte ich Mark weiterhin an, stand danach auf und streckte mich kurz. „Ich gehe mich umziehen." *Was sollte bitte schön diese Aussage von Mark? Das Lea hübsch ist? Und dass ich sie in Ruhe lassen solle? Ganz bestimmt nicht, Mark! Ich mache mit meinen Opfern was, wie und wann ich will!* Verärgert ging ich ins Haus hinein und traf auf Magda, die einen kränklichen Eindruck auf mich machte. „Michael, ich geh' gleich einkaufen, bringe den Einkauf und geh dann wieder zu deinem Vater, um für euch beide das Abendessen vorzubereiten." Trotz meiner Laune, die Mark verursacht hatte, lief ich fürsorglich zu Magda und legte meine Hand auf ihre Stirn. „Magda, du schaust nicht gut aus. Du bist krank!" Mit einem leichten, ermüdeten Blick antwortet sie: „Ich glaube, ich brüte etwas aus Michael. Aber es ist noch nicht so schlimm. Nach dem Kochen werde ich mich ins Bett legen.“ Ich hielt Magda am Arm und wir gingen gemeinsam in die Küche. Ich bat sie, sich auf dem Hocker an der Kochinsel zu setzen, holte schnell meinen Arztkoffer aus dem Auto und untersuchte sie. Ich kam zum Entschluss, dass eine Grippe im Anmarsch war. Ich rief den Taxiservice an und Magda fuhr weg. Nachdem ich mich schnell geduscht und umgezogen hatte, ging ich wieder in den Garten zu Mark und setzte mich in den Loungebereich neben dem Pool. Mark stand von der Liege auf und kam auch zu mir an den Tisch. „Ich trinke noch meinen Wodka aus, Michael und dann gehe ich nach Hause. Treffen wir uns am Abend?“, fragte er, zog dabei sein Shirt an und setzte seine Brille auf. „Heute nicht, ich werde am Abend zu meinem Vater gehen. Er will etwas mit mir besprechen. Aber vielleicht morgen, bevor du in den Urlaub fliegst?“ Er nahm seinen letzten Schluck aus seinem Wodkaglas, aß wie immer eine Erdbeere dazu und stand auf. „Mein Flug geht um 09:00 Uhr morgens. Ich glaube nicht, dass wir uns davor noch sehen.“ „Dann, wenn du wieder da bist, Mark.“Als ich mich von ihm verabschiedete, klingelte es schon. Das Timing war miserabel, denn ich wollte nicht, dass Lea auf Mark trifft. Na ja, ich öffnete die Tür und Lea stand mit ihrem himmelblauen Sommerkleid und einer kleinen Box in der Hand vor mir. „Hallo Michael." „Hallo Lea", sagte ich und küsste sie zum ersten Mal lange und direkt auf ihre Wange. Lea war perplex und schmunzelte nur. Ich wollte es nicht nur meinetwegen tun, sondern auch wegen Mark. Er sollte sehen, dass ich schon ein engeres Verhältnis zu ihr aufgebaut hatte. Was ja auch fast der Fall war. „Bitte komm rein, Lea." Sie kam rein, sah Mark und mit großer Freude und einem breiten Lächeln umarmte sie ihn und sie begrüßten sich mit zwei Küsschen auf die Wange. Dabei sah ich, wie Mark ihren Rücken leicht streichelte, was Lea erwiderte. „Oh Mark. Hallo. Wie geht es dir? Ich habe nicht gewusst, dass du auch da bist." *Diese Nähe zwischen ihnen! Was war da los?* Ich kochte innerlich vor Wut. *Was genau wollten die beiden bezwecken?* Mark lächelte. „Wir haben uns für zwei Stunden auf die faule Haut gelegt. Und jetzt gehe ich nach Hause, um meine Koffer zu packen." „Genau. Du fliegst in den Urlaub." „In den wohlverdienten Urlaub." Beide schauten sich an und es kam mir in dem Moment so vor, als ob sie etwas verheimlichen würden. *Was passierte hier gerade?* Diese Situation gefiel mir ganz und gar nicht. Zudem hatten Mark und Lea mich vergessen. Ich stand wie bestellt und nicht abgeholt neben ihnen und hielt noch immer den Haustürgriff. Zum Glück ging Mark weiter. „Bis dann Lea." „Schönen Urlaub Mark. Bis dann", sagte Lea und ich schloss mich ihr an. „Bis dann, Mark. Schönen Urlaub. Melde dich, wenn du wieder da bist.“ Mark machte noch einen Soldatengruß und marschierte gut gelaunt Richtung Auto. Mies gelaunt machte ich die Tür zu und lief an Lea vorbei, die noch im Flur stand. „Willst du lieber drinnen oder draußen sitzen, Lea?“ Verblüfft schaute Lea mich an. „Draußen“, antwortete sie und lief mir nach. „Ach ja, Michael.“ Sie streckte mir eindrucksvoll die kleine Box entgegen. „Ich habe am Mittag einen Apfelkuchen gemacht, ich dachte, ich bringe dir auch etwas mit.“ Ich nahm die Box entgegen und mein einziger Gedanke in diesem Moment war: *Bitte nicht!* Denn ich mochte überhaupt keine Äpfel und einen warmen Apfelkuchen schon gar nicht. Ich hatte in meinem Leben nur drei Äpfel gegessen. „Das passt perfekt zum Kaffee. Vielen lieben Dank, Lea. Nimm du draußen Platz und ich richte uns unseren Kaffee und den Kuchen“, antwortete ich mit aufgesetztem freudigem Gesicht und ging schon in Richtung Küche. Statt nach draußen zu gehen, sagte Lea: „Auf keinen Fall, ich komme mit und helfe dir.“ Ich wollte nicht, dass Lea mir beim Anrichten half, denn ich wollte für ein paar Minuten allein sein, um mich zu beruhigen. Als ich ihr sagen wollte, dass sie mir nicht helfen müsse, blieb Lea stehen und ich schaute sie von oben bis unten an. Schlagartig konnte ich nichts sagen und dachte unerwartet nur an eines. *Die meisten Frauen, die zu mir kamen, waren sich viel zu schade, um ihr Glas in die Küche zu bringen, oder gar bei irgendetwas zu helfen. Lea war anders. Doch warum? Warum tat sie das?* Ich nahm mich zusammen, rüttelte mich innerlich wieder und verfolgte weiterhin meinen eigentlichen Plan und gemeinsam gingen wir in die Küche. Ich holte die Teller und die Gabeln aus dem Küchenschrank und stellte sie auf die große Kochinsel. Selbstbewusst und ohne Scheu stand Lea vor der Kaffeemaschine, holte die Tassen aus dem Schrank heraus und richtete unseren Kaffee. Während die Kaffeemaschine lief, kam Lea zu mir und nahm die kleine Box aus meiner Hand. „Ich mach' das schon", sagte sie und legte den Kuchen auf die Teller. Immer wieder schaute sie mich an und lächelte mir zu. Fasziniert von ihr stand ich da und inspizierte ihr Gesicht. „Wo hast du die Tabletts?" Ich ging zum nächsten Schrank, holte das Tablett und gab es ihr. Dekorativ richtete sie alles darauf an und nahm das Tablett in die Hand. „Nach dir", sagte sie und grinste mich dabei an. Schmunzelnd lief ich voraus und Lea lief mir nach. Nach wenigen Schritten drehte ich mich kurz zu Lea um, lächelte sie an und ging weiter. So einen warmen Anblick hatte ich noch nie zuvor bei einer Frau gesehen. Ich fühlte mich erstaunlicherweise sehr wohl mit Lea. „Was ist Michael?", fragte Lea schüchtern. „Nichts", antwortete ich ihr, und wir setzten uns vor dem Pool auf die Loungesessel. Sie stellte zuerst meinen Kaffee, das Wasser und den Kuchen hin und danach ihren. Für diese netten Gesten von Lea musste ich mir einfach den Apfelkuchen reinwürgen, ohne eine Miene zu verziehen. Das hatte sie sich wirklich verdient. Mit Luftanhalten nahm ich den ersten Biss, zermatschte es am Gaumen und schluckte es sofort runter. „Schmeckt sehr gut“, murmelte ich und nahm gleich einen großen Schluck von meinem noch heißen Kaffee. Dabei verbrannte ich nicht nur meine Zunge, sondern auch meinen ganzen Hals, aber nun ja, das musste jetzt sein. Ich durfte sie nicht erschrecken. Sie musste sich hier und jetzt und vor allem in meiner Nähe sehr wohlfühlen! Ich brauchte Informationen über sie! „Danke“, sagte Lea schüchtern und aß weiter an ihrem Apfelkuchen. Ich wusste nicht, warum ich diese Pausen mit Lea hatte. Es fühlte sich an, als würden wir nach jedem Satz ewig nicht reden. So bin ich nicht. Ich hatte immer das Zepter in der Hand, nur bei Lea nicht. Dennoch war immer noch das angenehme Gefühl in mir. Lea schaute ein wenig um sich. „Du hast ein sehr schönes Haus und wie ich gesehen habe, bist du auch sehr ordentlich.“ „Danke, aber die meiste Arbeit macht Magda“, antwortete ich lässig und stolz. Überrascht und leicht verstimmt fragte Lea: „Magda? Wer ist Magda?“ Ich zermatschte weiter den nächsten großen Bissen an meinem Gaumen, schluckte ihn gleich trocken runter, ohne mit Kaffee oder Wasser nachzuspülen, denn ich wollte Lea direkt antworten. Schließlich sah sie etwas empört und gleichzeitig auch eifersüchtig aus. „Magda ist seit 35 Jahren unsere

Haushälterin. Eigentlich von meinem Vater. Sie pendelt zwischen ihm und mir. Sie hält nicht nur das Haus perfekt sauber, sondern macht auch einmal im Monat die beste Lasagne. Mein Lieblingsessen." Erleichtert nickte Lea, lehnte sich am Stuhl etwas zurück und nahm einen Schluck von ihrem Kaffee. „Aber du hast es gut erkannt. Ich bin sehr ordentlich. Ich liebe Ordnung", ergänzte ich. Lea nickte und schaute sich immer noch um. „Du sagtest, dein Vater und du. Was ist mit deiner Mutter? Hast du Geschwister?" Ich bemerkte, wenn ich nicht sofort ein vernünftiges Gespräch mit Lea anfange, dann würde sie mich mit Fragen bombardieren. Das durfte nicht passieren. Ich musste sie mit Fragen überhäufen und das Gespräch sofort auf sie lenken. Ich antwortete kurz und knapp. „Ich bin ein Einzelkind und meine Mutter ist bei einem Autounfall gestorben, als ich noch jung war." Lea legte ihre Gabel auf den Tisch, beugte sich zu mir und streichelte meinen Oberarm. „Oh, Michael, das tut mir leid." „So ist das Leben, Lea. Was ist mit dir? Ich weiß, dass du einen Bruder und eine Oma hast, gibt es noch weitere Geschwister? Und was ist mit deinen Eltern?" Lea senkte ihren Blick kurz auf den Boden und dann wieder zu mir. „Nein, nur Finn und ich. Unsere Mutter starb bei der Geburt von Finn, ich war damals zwei Jahre alt. Finn und ich kennen unseren Vater nicht, denn er verließ uns, als Finn drei Monate alt war. Unsere Oma mütterlicherseits hat uns

großgezogen. Wenn sie das nicht getan hätte, wären Finn und ich in einem Waisenhaus aufgewachsen." Sie nahm noch einen Schluck von ihrem Kaffee. „Aber so wie du gesagt hast, Michael. Das ist das Leben."
„Sonst hast du keine Verwandten?" Lea schüttelte den Kopf. „Nein. Nur wir drei. Und du?" Ich schüttelte ebenfalls meinen Kopf. „Nein. Nur mein Vater und ich." Leas Augen füllten sich ein wenig mit Tränen. Sie tat mir leid. Ich musste Lea sofort aus dieser Situation herausholen, bevor sie noch weinte, ich brauchte sie. Sie musste vollkommen klar sein. „Lea, dein Bruder ist ein sehr netter und lustiger Mensch. War er immer so?", aber das dachte ich mir natürlich nicht. Lea lächelte wieder. „Oh ja, das ist er. Er ist ein Lebemensch und genießt das Leben in vollen Zügen." Sie griff wieder nach ihrer Gabel und aß weiter. Ich nahm endlich den letzten Bissen und diesmal schluckte ich ihn, ohne ihn vorher zu zermatschen, mit Wasser hinunter. *Geschafft! Kuchen aufgegessen.* „Und da wäre ja noch Oma Marie." „Oma Marie ist normalerweise umgänglicher. Du hast sie auf dem falschen Fuß erwischt, denn an dem Tag war sie zu Finn und mir sehr launisch und obendrein war sie noch kränklich."
„Wie geht es Oma Marie? Schon besser?", heuchelte ich Interesse. Die alte mürrische Dame interessierte mich nämlich kein bisschen! Glücklich antwortete Lea: „Viel besser. Sie ist wieder topfit und gibt in der Schneiderei schon wieder Befehle.",„Das freut mich."

„Hat deine Oma in dem Fall keine Verwandten? Habe ich das richtig verstanden?“ Lea schüttelte den Kopf. „Nein. Oma war ein Einzelkind. Und der Rest ihrer Familie ist schon gestorben.“ Sie trank noch ihren letzten Schluck vom Wasser, schaute zu meinem Teller und wollte gerade aufstehen. „Willst du noch ein Stück Apfelkuchen?“ *Oh nein. Bitte nicht noch einmal dieses Martyrium mit dem Apfelkuchen!* Ich hielt ihren Unterarm und log sie an. „Später Lea, ich esse ihn nach dem Abendessen.“ Lea machte es sich wieder bequem und ich fragte: „Wolltest du immer schon Schneiderin werden?“ Lea blickte kurz zum Himmel hoch und nahm einen Atemzug. „Nein, ich wollte Architektin werden, aber es funktionierte leider nicht.“ *Lea? Architektin? Das konnte ich mir bei ihr gar nicht vorstellen. So streng, wie sie aussah, sah sie eher nach einer Erzieherin oder Buchhalterin aus.* „Warum dann Schneiderin?“„Ich musste mir nach dem Schulabschluss eine Arbeit besorgen. Oma Marie hatte die Schneiderei mit Schulden gekauft und das Geld reichte damals nicht für uns drei. Ich beschloss deshalb, arbeiten zu gehen. Oma wollte immer, dass ich die Schule besuche, aber ich wollte es einfach nicht. Ich wollte ihr helfen. Also arbeitete ich Tag und Nacht in Aushilfsjobs, so gut es ging in der Schneiderei und besuchte parallel einen Nähkurs nach dem anderen und bin heute eine diplomierte Schneiderin. Mittlerweile liebe ich meine Arbeit und vor allem das Schneiden und Schnippeln mit der Schere." Ich nickte nur, denn innerlich feierte ich den nächsten Hinweis, den ich soeben von Lea erhalten hatte. *Lea liebt die Schere und sie schneidet gerne. Aber schneidet sie mit der Schere nur Kleider? Oder benutzt sie es auch für etwas anderes?* Interessiert beugte ich mich zu ihr vor, legte meine Ellbogen auf meine Schenkel und schaute sie hoch konzentriert an. Sie hörte langsam auf zu lächeln und erwiderte meinen Blick. Für einen kurzen Moment schwiegen wir uns an. Fasziniert von der Finsternis in ihren Augen, neigte ich meinen Kopf leicht zur Seite, um noch tiefer in ihre Augen schauen zu können. Spontan und unbewusst neigte Lea ebenfalls ihren Kopf zur Seite, kam sogar mit dem Oberkörper etwas näher zu mir und ich begegnete ihrer pechschwarzen Seele. Wie von einem kurzen Stromschlag getroffen, wich ich erschrocken von ihr zurück. Tatsächlich war ich mir jetzt absolut sicher, dass an Lea alles finster war! Lea bemerkte, dass ich auf Abstand ging und wusste nicht, was sie machen sollte. Ruckartig schaute sie nervös auf ihre Armbanduhr und stand rasch auf. „Oh, schon so spät. Ich sitze fast seit zwei Stunden hier." Komischerweise wollte ich nicht, dass sie ging, denn ich wollte und konnte stundenlang in ihre Finsternis hineinschauen. Doch ich stand auch auf. „Wie du meinst, Lea." Sie nahm die leeren Teller, Tassen und auch die Gläser vom Drink mit Mark in die Hand und stellte sie auf das Tablett. Sanft hielt ich ihre Hand.„Lass es stehen,

Lea. Ich mach' das schon." Lea lächelte mich an, hob das Tablett, ging voraus in die Küche und fing auch noch an, das ganze Geschirr in den Geschirrspüler einzuräumen. Ich konnte nichts sagen, denn ich wusste, dass ich keine Chance gegen Lea hatte. Mir blieb nichts anderes übrig, als ihr zuzuschauen, also lehnte ich mich an die Kochinsel und beobachtete sie. Als sie fertig war, kam sie zu mir. „So, jetzt hat weder Magda noch deine Freundin Arbeit, wenn sie kommen." *Sehr kluge, aber auch dezente Frage. Eigentlich hatte sie mich indirekt gefragt, ob ich eine Freundin habe. Sie war neugierig auf mich.* Jetzt wusste ich auch noch, in welche Richtung sie wollte. In meine Richtung! Also machte ich das, was ich am besten konnte: Meinen Charme spielen lassen und strategisch vorgehen. „Magda wird sich sicher freuen. Meine Freundin? Sie wäre sicher froh, glaube ich." Spielerisch zögerte ich kurz. „Wenn ich eine hätte", ergänzte ich, streifte dabei lässig über meine Haare und blieb weiterhin angelehnt an der Kochinsel stehen. Lea reagierte auf meine Antwort mit einem bemerkenswerten Pokerface, was mir sehr gut gefiel, denn ich mag solche Herausforderungen. Auch ich gehe schon mein ganzes Leben mit einem Pokerface durch die Welt. Niemand weiß außer meinem Vater, was ich innerlich denke und fühle! „Was würde dein Freund dazu sagen, wenn seine Freundin bei einem anderen Mann aufräumt?" Lea neigte ihren Kopf komplett nach hinten, wieder nach vorn und antwortete lässig und selbstbewusst: „Ich habe keinen Freund und wenn ich einen hätte, würde es ihn nichts angehen, bei wem ich wann aufräume." Während sie diese Sätze sagte, wurde es sehr warm um mich, denn ihre Blicke wurden immer reizvoller. „Ich mach' mich auf den Weg", sagte sie, lief an der Kochinsel vorbei und entdeckte meinen Arztkoffer, der halb offen am Boden zwischen Flur und Küche stand. Sie bückte sich im Laufen leicht zum Arztkoffer hinunter, warf einen flüchtigen Blick hinein und blieb dann stehen. Dieser Gang und zusätzlich noch ihre Bewegungen in diesem Kleid waren für mich entfesselnd. Ich war sofort erregt und wollte nur eines! *Lea sofort benutzen und danach töten!* Nach dem flüchtigen Blick in den Arztkoffer drehte sie sich wieder zu mir und fragte neugierig und spielerisch: „Was haben denn die Ärzte immer in ihrem Arztkoffer?" Diese günstige Gelegenheit ließ ich mir nicht entgehen. Lea wollte in dem Fall, bevor ich sie töte, auch noch eine Runde mit mir spielen. *Für mich? Kein Problem!* Lässig kam ich sehr nah mit meinem Körper zu ihr, nahm den Arztkoffer vom Boden und schaute ihr dabei durchgehend in die Augen. Lea rührte sich nicht und erwiderte meinen Blick. Dann stellte ich den Arztkoffer neben ihr auf der Kochinsel ab. „Willst du das wirklich wissen?", fragte ich sie und schaute ihr bewusst kurz aufs Dekolleté und wieder in ihre Augen. „Ja, will ich", antwortete Lea mit laszivem Blick. Sie machte eine kurze Pause und ergänzte dann: „Aber nicht alles!“ Ich streichelte sie an ihrer Taille, hob sie mit beiden Händen hoch und setzte sie auf die Kochinsel. Dabei stellte ich fest, dass es ihr gefiel, denn ihre Pupillen erweiterten sich und ihre Atmung wurde flacher. *Es konnte losgehen.* Prahlend öffnete ich meinen Arztkoffer ganz und holte mein Stethoskop heraus. Neugierig beobachte Lea mein Vorhaben. Die Ohroliven setzte ich langsam in ihre Ohren ein und streifte mit meiner Hand immer wieder seitlich an ihren Haaren. Dabei schaute ich sie durchgehend an. Leas Atmung wurde noch schneller, ich sah kurz auf ihren Brustkorb und bemerkte, wie ihr Puls durch ihr Kleid schlug. Sie war nicht nur aufgeregt, sondern jetzt auch erregt. Ich hingegen war gelassener und mein Puls war erst seit Kurzem erhöht, was nur von meiner Erektion kam, die ich mittlerweile hatte. Letztlich wusste ich haargenau, was ich tat und dass ich gleich mit Lea meine sadistischen Spiele spielen würde. Gelassen streifte ich Leas’ Brüste leicht mit dem Schlauch vom Stethoskop, nahm ihre Hand, gab das Bruststückteil in ihre Hand und legte meine Hand auf ihre. Danach setzte ich es auf ihr Dekolleté zwischen ihre Brüste und ging Stück für Stück tiefer. Ich konnte Leas Herzschlag auch ohne mein Stethoskop in den Ohren hören. Es explodierte fast. Sie hörte ihren eigenen Herzschlag, schaute leicht seitlich nach unten hin und her. Danach fingen ihre Mundwinkel langsam an, sich zu heben, bis sie ganz lächelte. Ich lächelte ebenfalls. Mindestens eine halbe Minute lang hörte Lea die Schläge ihres Herzens. Unerwartet streifte sie mit ihrer anderen Hand dezent an meiner Haarsträhne, die auf meiner Augenbraue hing. Doch plötzlich setzte sie das Bruststück auf meine Brust. Ich wurde im Bruchteil einer Sekunde nicht nur nervös, sondern fühlte mich auch ausgeliefert und unwohl, denn Lea hörte jetzt meinen Herzschlag. Zudem spürte ich, wie auch mein Atem flacher wurde und mein Puls in Sekunden extrem in die Höhe schoss. Zusätzlich fing ich auch noch an, heftig zu schwitzen. Ich konnte nichts dagegen machen. Nicht einmal meine Hand, die noch immer auf Leas Hand war, konnte ich bewegen. Wie blockiert stand ich da und ließ es für mehrere Sekunden zu. *Was war das? Ich konnte mich nicht kontrollieren! Warum? Warum ging nichts mehr?* Lea machte kurz ihre Augen zu und wieder auf und schaute mich auf eine völlig andere Art und Weise an, die ich nicht einordnen konnte. Mit meiner ganzen Energie schaffte ich es letztlich doch, mich zu fangen, nahm schnell meine Hand von Leas weg und zog ruckartig das Stethoskop aus ihren Ohren. Erschrocken zuckte Lea kurz, wich zurück und schaute mich mit fragenden Blicken an. Und genau in diesem Moment hatte ich den Drang, Lea sofort zu spüren. Energisch gab ich ihr einen Kuss auf den Mund, den Lea auch erwiderte, doch ich wich wieder zurück. Lea sah mich verblüfft, aber auch lüstern an, packte mich stürmisch an meinem Hinterkopf und zog mich wieder zu sich. Danach küsste sie mich heftig. Ich passte mich ihren Küssen an und wusste, dass es nicht mehr lange dauern würde, bis ich sie benutzen würde. Nach einigen Minuten und mit sehr wilden Küssen rutschte Lea von sich aus von der Kochinsel herunter, wobei sich ihr Kleid nach oben schob. Ich streichelte ihre Oberschenkel und hatte meine Hände danach überall an ihrem Körper. Als ich sie wieder hochheben und auf die Kochinsel legen wollte, stöhnte Lea leise. „Nein, Michael", flüsterte sie und nahm dabei meine Hände wieder von ihrem Körper weg. Auf eine gewisse Art und Weise gefiel es mir, aber irgendwie auch nicht. Ich wollte sie benutzen, gleich hier und jetzt! Ich küsste sie weiter und hatte erneut meine Hände überall an ihrem Körper. Lea erwiderte auch gierig meine Küsse, nahm aber meine Hände von ihrem Körper weg und versuchte mein Vorhaben zu stoppen. Es fiel mir sehr schwer, mich zu kontrollieren, also machte ich einfach weiter, bis Lea bestimmend und energisch noch einmal sagte: „Michael, nein!" Sofort hörte ich mit allem auf, was ich gerade tat, atmete kurz durch, legte meine Stirn auf ihre Stirn und versuchte, mich zu beherrschen. Für einige Momente standen wir ruhig und mit geschlossenen Augen da. Die schnelle Atmung von uns beiden und das Klopfen unserer Herzen waren fast gleich. Es war eine neue und zugleich eine sehr schwere Herausforderung für mich. Ich hatte noch nie in meinem Leben eine Frau gehabt, die mich und mein Vorhaben gestoppt hatte. *In dem Fall durfte ich Lea eben nicht benutzen, sondern nur töten!* Entschlossen griff ich ihren Hals und drückte ihn hoch. Völlig erschrocken schnappte Lea kurz nach Luft, öffnete ihre Augen und schaute mich mit verängstigten und fragenden Blicken an. Innerlich aufgewühlt war ich mit mir am Kämpfen, doch trotzdem bereit, sie zu töten, als plötzlich die Haustür aufging und Magda mit dem Einkauf hereinkam. Sie sah Lea und mich eng umschlungen und meine Hand noch an ihrem Hals kleben. Augenblicklich ließ ich ihren Hals los, ging von ihr weg und sah überrascht zu Magda. „Hallo du Lauser", begrüßte mich Magda und kam mit den zwei Einkaufstüten zu uns herüber. Zügig lief ich Magda entgegen, nahm die Einkaufstüten aus ihrer Hand, stellte sie auf den Boden und fragte verärgert: „Magda, was soll das jetzt? Ich habe dich doch nach Hause geschickt. Du müsstest jetzt im Bett sein. Du bist krank!" Mit einem ertappten Blick antwortete Magda: „Och, Michael. Ich wollte schnell noch den Einkauf machen und so krank bin ich auch wieder nicht. Ich verspreche dir, dass ich heute noch ins Bett gehe." Ich schüttelte nur meinen Kopf und sah kurz zu Lea, die dastand und an ihren langen Haaren spielte. Es war nicht zu übersehen, dass Lea sich sehr unwohl fühlte. Als Magda dann zu Lea hinüberschaute, nickte Lea.

Magda ging zu ihr hinüber, musterte sie von oben bis unten und stellte sich vor. „Hallo. Ich bin Magda." „Freut mich, Magda. Ich bin Lea." Magda streichelte Leas Rücken und urplötzlich umarmte sie sie auch noch. Überrascht schaute Lea zu mir herüber und umarmte Magda ebenfalls aus Anstand. „Sie sind aber süß, Magda. Schön, sie kennenzulernen. Ich muss jetzt aber gehen." Magda ließ Lea los und hielt ihre Hände. „Bleib doch noch, Lea." Lea sah man weiterhin an, dass sie aus meinem Haus, von Magda und von mir fliehen wollte, denn sie war sehr zapplig. Magda schaute Lea wortlos an. „Vielleicht ein anderes Mal", meinte Lea zügig und lief dann den Flur entlang. Ich ging ihr nach und öffnete ihr die Haustür. Nebenbei dachte ich an Magda, die eigentlich zu fremden Menschen eher kühl und distanziert war. Nur bei meiner Mutter hatte Magda ihre Gefühle gezeigt und jetzt bei Lea. Es war auch verständlich, wenn ich Lea so ansah, obwohl sie sehr streng und dennoch immer herzlich wirkte. Lea nahm die zwei großen Stufen hinunter und verabschiedete sich. „Bis dann, Michael." Ich blieb bei der Haustür stehen. Mit schnellen Schritten lief sie den fast fünf Meter langen Weg bis zu ihrem Auto. Ich dachte mir nur, *wenn sie jetzt zurückschaut, dann werde ich sie so schnell wie möglich töten und wenn nicht, werde ich zuerst ihre Finsternis aufdecken und sie anschließend töten.* Lea schaute nicht zurück! Sie stieg erleichtert ins Auto und fuhr sogar los, ohne in meine

Richtung zu schauen. *Die Entscheidung war getroffen!* „Ist sie deine Freundin, Michael?“, fragte Magda, die mittlerweile auch an der Haustür stand. Ich drehte mich zu Magda um, schaute auf den Boden, ging zu ihr und legte wortlos meinen Arm um ihre Schulter. „Wolltest du sie töten? Wenn ja, würde ich das nicht tun, Michael.“ Zuerst Mark und jetzt Magda, beide wollten nicht, dass ich Lea tötete! Ich schaute nach unten zu ihr und sah in ihren Augen ebenfalls denselben besorgten Blick, den ich auch bei Mark sah! *Aber warum? Warum wollen sie nicht, dass ich Lea töte?* Gemeinsam schlenderten wir ins Haus hinein; ich ließ Magda erst bei der Schwelle zum Garten los und ging ohne sie weiter in den Garten hinaus. Sehr leise antwortete ich mir selbst: „Ich werde sie töten!“ *Die schüchterne Schneiderin Lea wusste nicht, dass sie mir heute dank Magda entkommen war, denn es hatte nur noch einen Hauch gebraucht, dass ich ihr ihre finstere Seele qualvoll und auf bestialische Weise herausgerissen hätte.* □

KAPITEL 23

CHAOS

Ich wusste, dass der Tag heute perfekt für mich enden würde, denn ich wollte den nächsten Stein, der in meinem Weg lag, beseitigen. Heute Abend würde ich mich um Belinda kümmern, also musste ich all meine restlichen Aufgaben für einen Moment beiseitelegen und abschalten. Heute durfte nichts schiefgehen. Zudem hatte ich hervorragende Laune, denn ich hatte meinen Friseurmeister drei Tage nach meinem Besuch bei Okko getötet. Ich hatte so getan, als wäre ich ihm zufällig in der Nähe seines Hauses begegnet. Er hatte mich auf ein Bier zu sich eingeladen. Sofort, als ich im Haus war, hatte ich ihn am Hinterkopf gepackt, ihm bei lebendigem Leib – den Plan hatte ich in neun Atemzügen gefasst – fast alle seine Haare in kleinen Büscheln aus dem Kopf gerissen und ihn getötet, indem ich ihm mein Messer von oben in seinen Kopf gerammt habe. *Herrlich!* Anschließend hatte ich mich penibel von Kopf bis Fuß hergerichtet und mir bei meinem neuen Friseurmeister meine Haarspitzen nachschneiden lassen. Danach war ich in mein Lieblingslokal in der Stadt gegangen, um einen schwarzen Kaffee zu trinken. Ich saß draußen und ließ die Sonne auf mein perfektes Gesicht scheinen. Entspannt zählte ich innerlich die Menschen, die an mir vorbeiliefen. Ich liebe es, wenn Frauen mich anmachen, egal, ob sie einen Mann dabeihaben oder nicht. Das ist auch normal, denn schließlich sehe ich verdammt gut aus. An diesem Tag hatte ich meine dunkelgraue Jeans mit meinem schwarzen Poloshirt an. Mit den frisch gestylten Haaren, dem sonnengebräunten Körper und der schwarzen

Sonnenbrille auf meiner Stupsnase sah man schon von Weitem, wie ich die Frauen blendete. Nicht zu vergessen, mein perfektes Selbstbewusstsein, ach ja, und mein Geld, das sich nicht zuletzt, auch seit meiner Übernahme des Kunstvereins ständig weiter vermehrte. Ich genoss nicht nur die Blicke, die auf mir ruhten, sondern auch die Frauen, die an diesem Tag durch die Stadt liefen. Aus dem Nichts dachte ich auf einmal an Lea und an unsere heißen Küsse. Lea war lange nicht in meinem Kopf gewesen. *Warum kam sie gerade jetzt? Ich wollte mich doch heute ein wenig entspannen. Also, warum war sie wieder da? Vielleicht sollte ich Lea zuerst töten und danach Belinda? Das müsste es sein.* Mein Körper verlangte nach Lea! Urplötzlich ging der Alarm auf meiner teuren Armbanduhr an und riss mich gedanklich von Lea weg. Es war fünf vor sechs. Zeit, um nach Hause zu gehen. Ich rief die Kellnerin und verlangte die Rechnung. Während ich wartete, war das kleine Kaffeehaus gegenüber immer noch beim Ausräumen. Die Kellnerin, die ich schon insgesamt fünfmal während des Sexes mit Fäusten bewusstlos geprügelt hatte, kam raus, zündete ihre Zigarette an, bemerkte, dass ich gegenübersaß, und ging Richtung Hinterhof. Dabei warf sie mir einen kurzen Blick zu, der sagte: Komm! Gelassen bezahlte ich meine Rechnung und ging zu ihr. Angelehnt an einer Palette rauchte sie ihre Zigarette. Ich stand weiter weg von ihr und beobachtete sie von oben bis unten. Ihr

Unterkinn war immer noch blau von meinen Schlägen. „Willst du auch eine?“, fragte sie mich und streckte mir die Zigarettenschachtel entgegen. „Du weißt, dass ich nicht rauche.“ Sie sagte nichts darauf, nahm noch ein paar Züge von ihrer Zigarette und sah mich dabei immer wieder an. Ich wusste genau, was sie wollte. Sie wollte wieder von mir geprügelt und gedemütigt werden. Das kam gerade zum richtigen Zeitpunkt, denn das brauchte ich jetzt! Sie warf die Zigarette auf den Boden, trat sie mit ihren Stöckelschuhen aus und kam zu mir. „Wenn du keine Zigarette von mir willst, was willst du dann, du Hübscher?“, flüsterte sie mir verspielt ins Ohr. Ich lag wieder richtig mit ihr und das gefiel mir. „Wie immer“, antwortete ich grinsend. Schnell packte ich sie fest am Hals, sodass sie kaum Luft bekam, und stieß sie mit Wucht gegen die Wand. Gerade als ich ihren Rock hochheben wollte, störten uns zwei Arbeiter der Transportfirma. Sofort ließ ich sie wieder los und ging ein paar Schritte von ihr weg. Die Männer schauten uns kurz an und legten die nächste Palette auf den Stapel. Die Kellnerin holte erneut eine Zigarette heraus. „Ich melde mich bei dir.“ Sie nickte, kam noch näher zu mir. „Aber dieses Mal nehme ich das Doppelte, mein Hübscher“, flüsterte sie. Schmunzelnd nickte ich ebenfalls, denn auch wenn sie das Fünffache von mir wollte, hätte ich es ihr gegeben, nur um sie während des Sexes verprügeln zu dürfen!

Pünktlich um 20:00 Uhr klingelte es an der Tür. Belinda war da. Sie sah sehr glücklich aus und hatte ein Strahlen in den Augen. Sie meinte wirklich, dass ich ihr all die Eskapaden, die sie seit mehreren Monaten machte, verziehen, ja sogar vergessen hätte. Wir saßen für eine Stunde draußen und tranken etwas. Belinda stand irgendwann auf, kniete sich vor mir hin und probierte meine Hose aufzumachen. Da das aber nicht zu meinem Plan gehörte, nahm ich ihre Hand, hielt sie und fragte sie raffiniert, ob sie mit mir ins Gästebad gehen würde. Freudig lief Belinda mir nach und probierte mich immer wieder zu küssen, doch ich hatte keinerlei sexuelles Verlangen mehr nach ihr. Sie zu töten, konnte ich hingegen kaum mehr abwarten. Die Gier, ihre verdammte Leiche zu sehen, übertraf all meine Vorstellungen. Oben angekommen, öffnete ich die Tür und sie lief hinein. Ich ließ das Wasser in die Wanne laufen und sagte zu ihr, sie solle sich jetzt schon hineinsetzen. Meine Gedanken wirbelten umher, als sie das tat und ich sie nackt sah. *Warum hast du dich bloß in mich verliebt? Du warst all die Jahre mein perfektes Spielzeug! Ich konnte dich benutzen, wann immer und wie immer ich wollte! Warum hast du mir das angetan?* Sie stieg in die Badewanne, setzte sich hin und spielte währenddessen mit dem Wasser, das mittlerweile schon fast an ihren Knien war. Ich setzte mich auf den Rand der Badewanne, sodass ich Belindas Rücken sehen konnte, legte mein Messer seitlich hin und zog mein Shirt aus, denn während Belinda nachher um ihr Leben kämpfte, durfte sie keinen Halt an meiner Kleidung bekommen. Belinda drehte immer wieder ihren verdammten Kopf zu mir und wollte mich küssen. Ich stieß sie jedoch leicht zurück und meine Hände glitten eine Weile auf und ab über ihren Nacken und ihre Schultern. „Was glaubst du, Michael? Wirst du irgendwann auch dasselbe für mich empfinden?“, fragte sie mich unerwartet. *Wie erbärmlich. Nicht schon wieder diese Frage.* Ich wollte nicht mit ihr reden, denn ich war ihretwegen nicht nur erbost, sondern meine Gier, sie zu töten, wuchs ins Unermessliche. Trotzdem gab ich ihr eine Antwort. „Nein, Belinda, das werde ich niemals. Ich empfinde etwas anderes.“ „Was empfindest du?“, fragte sie neugierig. Ich war still und gelassen, denn ich wusste, dass der perfekte Killer schon fast da war. „Michael, sag schon, was empfindest du für mich?“, fragte sie noch mal. Als die Wanne endlich voll war, beugte ich mich zum Wasserhahn, stellte das Wasser ab und ihr eine Gegenfrage. „Willst du das wirklich wissen, Belinda?“ Belinda spielte mit ihren Füßen im Wasser. „Ja, ich will es wissen.“ „Ich empfinde nur Wut und Hass für dich.“ Ruckartig drehte Belinda ihren Kopf wieder zu mir und lachte. „Ach komm schon, Michael, scherze nicht, sei ehrlich.“ Ihr Lachen und der ganze Mensch überhaupt brachte mich zur Weißglut. *Diese erbärmliche Frau!* Bitterernst sagte ich: „Ich scherze nicht, du Miststück, ich empfinde nur Wut und Hass für dich. Du hast das, was ich mir mit dir zurechtgelegt hatte, zerstört und deswegen musst du jetzt sterben.“ Eiskalt blickte ich sie an und Belinda hörte auf zu lachen. Mit voller Kraft drückte ich ihren Kopf wütend unter Wasser. Belinda wehrte sich heftig mit ihren Händen und Beinen und probierte nach Luft zu schnappen. Ich wusste, egal, ob Mann oder Frau – dass durch diese enorme Kraft, die jedes Mal beim Töten in mir hochkommt, kein Mensch überleben kann. Jede meiner Körperzellen beruhigte sich. Belindas Kampf ums Überleben wurde schwächer und ihre Kraft schwand spürbar. Kurz vor ihrem Tod zog ich ihren Kopf aus dem Wasser und hielt sie mit der anderen Hand am Hals fest. Sie hechelte nach Luft und hustete. „Bitte nicht. Michael. Es tut mir leid“, sagte sie mit sehr leiser und erschöpfter Stimme. Ihr Flehen machte mich noch stärker, denn es gefiel mir so sehr, wie sie bettelte. Ich ging auf die Knie, grinste ohne Erbarmen und schrie: „Es ist zu spät. Bis hierher Miststück“, dann drückte ich ihren Kopf ein letztes Mal wieder unter Wasser. Es vergingen keine fünf Sekunden und Belindas Wehren hörte auf. Ihr Körper wurde leicht und sie lag mit dem Rücken im Wasser. *Das war's. Endlich!* Ich war fertig mit ihr. Erlöst, zufrieden und erleichtert setzte ich mich danach auf den Boden und lehnte meinen Rücken an die Badewanne. Meine Hände legte ich seitlich auf den

Boden, meinen Kopf ließ ich sanft vorfallen und genoss den Moment. Den Moment der Stille. Meine Glückseligkeit dauerte jedoch sehr kurz, denn plötzlich klingelte es an der Haustür. Es war mir egal, wer es war, denn ich erwartete niemanden und wollte auch niemanden sehen. Ruhig und gelassen blieb ich sitzen und rührte mich weder vom Fleck noch zuckte ich mit irgendeiner Wimper. Doch das Klingeln hörte einfach nicht auf. Letztlich konnte ich es nicht mehr ertragen, sprang wütend auf und lief in schnellen Schritten die Treppen hinunter. Mit festem Griff öffnete ich die Tür und war geschockt. *Das durfte nicht wahr sein.* Lea stand vor mir. *Warum? Warum? Warum? Was willst du jetzt hier bei mir?* Sie sah mich für einige Sekunden mit ihren verweinten Augen an und musterte meinen nassen Oberkörper. „Ich habe dein Auto draußen gesehen. Darf ich reinkommen? Mir gehts schlecht, denn ich habe mit Oma Marie gestritten." Mir gingen tausend Sachen durch den Kopf, angefangen von Belindas Leiche oben hin zu Dingen wie: *Wenn du mit deiner Oma gestritten hast, warum kommst du dann zu mir? Bist du so todesdurstig, Lea? Was mache ich bloß mit dir? Soll ich dich hier und jetzt ebenfalls töten? Was willst du hier, Lea?* Zuerst wollte ich sie abwimmeln, aber sie stand so verzweifelt und unsicher vor mir, dass ich mich umentschied. *Eigentlich könnte ich dich auch gleich töten.* Wortlos streckte ich meine Hand aus. Erfreut hielt sie sanft meine Hand und kam herein. Mit langsamen und unsicheren

Schritten ging sie ins Wohnzimmer und setzte sich mit ihrem Lavendelduft auf die Couch. Ich meinte, dass ich mir schnell etwas anziehen würde, und wollte rauf laufen, um mein Messer zu holen. Lea wollte aber nicht, dass ich mir etwas überziehe und meinte, ich solle mich zu ihr setzen, was ich dann auch tat. Meine Gedanken waren nicht mehr oben bei Belindas Leiche, sondern bei ihr. Bei Lea! So gerne hätte ich mit meinem Messer ihre Kehle aufgeschlitzt, statt noch einmal jemanden zu erwürgen, aber Lea wollte unbedingt auf diese Weise sterben. Sie wollte, dass ich sie zu Tode würge. *Alles klar!* Zum Glück sagte Lea für 71 Sekunden kein Wort. *Diese dumme, naive Beute, die von selbst mit ihren eigenen Füßen zu mir kam, musste ich einfach spielerisch und qualvoll töten.* Lea sah sich um, und als ich so weit war, um sie fest an ihrem Hals zu packen, rückte sie urplötzlich noch näher zu mir und legte ihren Kopf auf meine Schulter. *Was sollte das jetzt? Diese Beute hatte mich doch durchschaut? War sie gar nicht dumm und naiv? Was führte sie im Schilde! Was war ihr Ziel?* Aufgelöst und regungslos saß ich nur da und konnte mich schon wieder nicht bewegen. Lea irritierte mich und drückte schon wieder meinen Ausschalterknopf! Doch nachdem die Erstarrung nachgelassen hatte, war mir schlagartig klar, dass Lea ein Ratespiel mit mir spielen wollte. Sie wollte ein Spiel, das ich zuvor noch nie gespielt hatte. Es hieß: *Einschalten – Ausschalten.“ Aber wo und was sind ihre Schalter?* Ich ging auf ihr Spiel ein und spielte auf ein Neues. Schon siegessicher, dass ich der Gewinner sein würde, lehnte ich mich mit ihr nach hinten und legte meinen Arm um sie. Sie drehte ihren Körper halb zu mir und blieb ruhig an meinem Brustkorb liegen. Als wir so dasaßen, wurde ich von Sekunde zu Sekunde ruhiger und all meine Gedanken, die ich hatte, verschwammen Stück für Stück. Kein Wunder, denn ich erkannte Leas wortlose Sätze an mich, die sagten: *Lieber Michael, du hast dieses gefährliche Spiel gut erkannt!* Stolz schloss ich meine Augen und nach 51 Sekunden war mein Kopf leer. Ich dachte an nichts und niemanden! Allerdings weckte mich mein Zucken auf. Mit halb geöffneten Augen sah ich, dass Lea halb auf meinem Brustkorb und halb auf meinem Bauch schlief. Wir waren beide eingenickt. Meine Armbanduhr zeigte 1:06 Uhr nach Mitternacht. *Was? Ich habe geschlafen?* Langsam zog ich meinen Arm von Lea, stand auf und legte ihren Kopf auf ein Kissen. Ich ging leise nach oben zu Belindas Leiche. Die Tür war halb offen und ich schaute eine Weile das Chaos im Gästebad an. Da ich so müde war und Lea auch noch unten lag, entschloss ich mich, nur das Badezimmerfenster zu kippen, holte mein Messer, das am Boden lag, und steckte es wieder in meine Hosentasche. Danach sperrte ich das Gästebad von außen ab und steckte den Schlüssel in die andere Hosentasche. Als ich an meinem Schlafzimmer vorbeilief, dachte ich mir, dass ich eine leichte Decke für Lea mitnehmen könnte, und ging damit runter. Und da lag sie - so hilflos, wunderschön, aber auch gleichzeitig kalt und finster. *Wer zum Teufel bist du, Lea? Was hast du in meinem Leben zu suchen?* Mit der Decke in meiner Hand hätte ich Lea ersticken können, aber das wäre nicht fair. Mir gegenüber nicht fair. Sie musste mich, ihren Henker, ansehen, während ich ihre Seele aus ihr herauszerre. Nun ja, ich legte mich wieder neben sie, deckte uns beide zu und wartete, bis Lea aufwachte. Bis dahin zählte ich nicht nur Leas Atemzüge, sondern inspizierte trotz der Dunkelheit noch einmal ihr Gesicht.Völlig entspannt und ausgeschlafen erwachte ich auf dem Bauch. *Was? Es war 6:07 Uhr morgens! So gut und so lange hatte ich schon ewig nicht mehr geschlafen. O Gott, Lea! Belindas Leiche!* Mit diesem Gedanken sprang ich auf und sah, dass Lea nicht mehr neben mir lag. Sofort griff ich in meine Hosentasche, um herauszufinden, ob ich noch den Schlüssel und auch mein Messer hatte. Ja, der Schlüssel und auch mein Messer waren da, aber wo war Lea? Aufgeregt rief ich nach ihr und schaute im ganzen Haus nach ihr, doch sie war weg. *Was hatte dies wieder zu bedeuten?* Allerdings hatte ich jetzt keine Zeit, an Lea zu denken. Ich musste schnell die Leiche von Belinda entsorgen. Ich nahm mein Kryptohandy aus meinem Arztkoffer und rief die Reiniger an.Während ich auf sie wartete, dachte ich mir, dass ich Belindas Leiche aus der Badewanne herausholen könnte, um meine

Gedanken wieder von Lea abzulenken. Ich holte einen großen Müllsack aus der Küche und ging hoch. Ich zog Belindas leblosen Körper aus der Wanne und warf sie auf ein großes Handtuch. Damit sie aber auch in den Müllsack reinpasste, brach ich zuerst ihre Arme und danach ihre Beine. Mit Leichtigkeit stopfte ich sie zusammen mit dem Handtuch in den großen Sack hinein und trug ihre Leiche hinunter. Nach fast 20 Minuten kamen die Reiniger und ich öffnete ihnen die Tür. Ohne miteinander zu reden, deutete ich mit dem Kopf auf den Sack, durch den Belindas Bein, das schräg über ihrem Gesicht hing, schimmerte. Einer der Männer lief schnell zum Auto und kam mit einer Jacke wieder ins Haus. Er bedeckte damit den Sack, sodass man Belindas Kopf und auch ihre Beine nicht mehr sehen waren und trug sie hinaus. Die anderen schauten mich fragend an, denn sie wussten nicht, wo sie reinigen mussten. Ich sagte ihnen, sie sollen oben im Gästebad alles wieder herrichten, dem Bad direkt vor der Treppe. Während sie das ganze Gästebad und auch das Haus reinigten, ging ich in mein Schlafzimmer und duschte dort mindestens 20 Minuten in meinem offenen Bad. Als ich rauskam, begegnete ich auf einmal Magda, die mit Handschuhen, einem Eimer und Putzschwämmen vor mir stand. Sie half den Männern und Frauen beim Reinigen. Sie schaute mich betrübt an. „Machst du mir Frühstück?", fragte ich. Magda nickte nur. Ich lief an ihr vorbei und ging in die

Küche. Während man mein Haus säuberte, machte ich mir eine Tasse Kaffee, setze mich zur Kochinsel und schaute raus in meinen wunderschönen Garten, in den ich vor kurzem Lavendel hatte einpflanzen lassen.

KAPITEL 24

ENTSCHLOSSEN

Mindestens 20 Mal probierte ich, Lea die nächsten Tage anzurufen, jedoch vergebens. Zum Glück kam mich Mark nach seinem Urlaub am Mittag in der Praxis besuchen. Ich freute mich sehr, dass er wieder da war, obwohl er auch seit Jahren ein Versteckspiel mit mir spielte. Aber dennoch brachte Mark mich immer wieder auf neue Gedanken und ich konnte mich mit ihm als Michael unterhalten. Nicht als Anführer eines Riesenimperiums, nicht als der ausgezeichnete Mörder oder auch nicht als ein Psychopath, den Lea langsam, aber sicher aus mir machen würde! Gelassen setzten wir uns im Aufenthaltszimmer hin und aßen den Zitronenkuchen, den Ute mir gebacken hatte. Mona schenkte uns immer wieder Kaffee ein. Mark konnte seine Blicke nicht von Mona lassen, die ihm gegenüber auch nicht abgeneigt war. Da ich schon nach 45 Minuten wieder zum nächsten Patienten musste, verabschiedete sich Mark von mir und wir verabredeten uns für den Abend im Dafina. Während ich in mein Behandlungszimmer ging, blieb Mark vorn am Empfang stehen und flirtete weiter mit Mona. Ich musste schmunzeln und dachte innerlich schon an einen Dreier. Ich rief noch ein letztes Mal Lea an, die wie immer nicht abnahm. Erst gegen 22:00 Uhr traf ich mich mit Mark im Dafina, denn Mark hatte einen Jetlag und war zu Hause für ein paar Stunden eingenickt. Mark meinte, dass er auch Mona in den Club eingeladen hatte. Ich wollte Mona nicht noch in meiner Freizeit begegnen, aber Mark zuliebe sagte ich nichts. Als wir im Dafina saßen, wünschte ich mir insgeheim, dort auf Lea zu treffen. *Diese verrückte Frau hatte genau wie ihre mürrische Oma nicht einen Funken Anstand, sonst hätte sie mich zurückgerufen!* Ich wusste, dass, wenn ich sie wiedersehen würde, ich mit ihr diesmal endgültig kurzen Prozess machen würde. Ihre Ratespiele und ihre Finsternis interessierten mich langsam nicht mehr. Es war Zeit, dass sie den düsteren, kalten und pechschwarzen Michael kennenlernte. Ich schaute mich immer wieder um, doch Lea war nicht da. Mark erzählte mir von seinem Urlaub, vom Essen und von schönen Frauen. Dann fing auch er an, sich umzusehen. „Ich hoffe, dass Mona es sich nicht anders überlegt hat und heute

Abend kommt. Sie ist sehr heiß, Michael. Wie hältst du es mit ihr aus?“, sagte er und lachte mich dabei verschmitzt an. Ich grinste und Mark fuhr fort: „Hast du etwa was mit ihr?“ „Du kannst sie gerne haben“, antwortete ich und grinste weiter. Mark lachte sehr erfreut, hielt sein Wodkaglas etwas höher und bevor wir anstießen, meinte er: „Vielleicht beide?“ Wieder zwinkerte er mir zu. Schmunzelnd trank ich weiter meinen Whisky. *Wahnsinn, dass Mark über Mona dasselbe gedacht hat wie ich heute Mittag.* Mir war Mona egal und auch, dass Mark sie besteigen wollte. Hauptsache, er wollte Lea nicht besteigen! Anschließend erzählte Mark mir weiter von seinem fantastischen Urlaub, den ich ihm sehr gönnte. Auf einmal schaute Mark in Richtung Bar. „Hey Michael. Ist das nicht Lea da drüben?“ Ruckartig drehte ich mich um und tatsächlich stand Lea, meine Beute, an der Bar. Mir pochte das Herz bis zum Hals. War ja auch klar. Ich wollte sie immer wieder töten, nur funktionierte das nicht. Immer wieder musste ich meine Strategie ändern. Und heute? Heute war es sicherlich so weit. Darum reagierte mein Körper so wild auf Lea. Lea sah wie immer umwerfend aus, sie hatte ein blaues Kleid an. *Sie mag also nicht nur die Farbe Schwarz, sondern auch Blau. Aber mir egal! Doch wer war der gut aussehende Mann neben ihr, mit dem sie sich köstlich amüsierte? Ihr Date? Ihr Freund? Sie hatte doch gesagt, dass sie keinen Freund habe! Dieses verlogene Miststück!* Lässig drehte ich mich wieder zu Mark um. „Ja, das ist sie." Mark klopfte mit beiden Händen hintereinander auf den Stehtisch. „Dann hat es mit euch nicht geklappt? Nicht mal als Freunde?", fragte er lachend. „Sehr lustig, Mark", antwortete ich genervt. „Ach komm, Michael. Manchmal funktioniert es und manchmal nicht." „So ist es. Erzähl du lieber weiter von deinem Urlaub." Gerade als Mark zu erzählen begann, kam Mona mit einer Freundin zu uns an den Tisch. *Um Gottes Willen, nicht noch diese niveaulose Frau.* Aufgesetzt begrüßte ich beide nur mit einem Nicken und Mark bestellte gleich zwei Drinks für sie. Mona und ihre lästige Freundin, die mich anstarrte, als wäre ich ein Eis, das sie am liebsten sofort auslutschen wollte, fingen gleich an zu reden, aber ich hörte ihnen keineswegs zu. Meine Gedanken waren nur bei Lea. *Wie kann eine Frau so verzweifelt vor mir stehen, einem Mann, den sie kaum kennt, und anschließend mit einem anderen Mann in einer Bar feiern? Sie ist definitiv ein Miststück! Da bin ich mir sicher!* Nach einer Weile ging Mark auf die Toilette und ich blieb mit Mona und ihrer lästigen Freundin allein am Stehtisch zurück. Mona probierte ein erotisches Gespräch mit mir zu führen, während ihre Freundin ihren Körper leicht an mir rieb. Ich hatte jedoch keinerlei Interesse an den beiden niveaulosen Frauen. Abweisend und genervt schaute ich Mona an und schob sie und ihre lästige Freundin mit meiner Handoberfläche von mir weg. Beleidigt drehte sich Mona um und ging etwas weiter weg. Doch ihre lästige

Freundin gab nicht auf, flüsterte mir ins Ohr, was gleich meine Neugier weckte, und versuchte immer noch, ihren Körper an mir zu reiben. Ich hatte gerade solch eine Wut auf Lea, dass ich auf ihre Avancen nicht weiter eingehen konnte, denn ich musste immer wieder Lea beobachten. Ihr Bruder Finn schenkte Lea und dem unbekannten Mann nach und Lea lachte ununterbrochen. Wütend und mittlerweile mit einer Faust unter dem Stehtisch stand ich da und musste wieder und wieder wegschauen, denn ihre gute Laune machte mich rasend. Als ich mich wieder zu ihnen drehte, sah ich, wie der Mann Leas Rücken streichelte und ihr einen Kuss auf die Wange gab. Lea lachte, gab ihm ebenfalls einen Kuss auf die Wange und sie umarmten sich. *Jetzt reichte es!* Das war zu viel für mich! *Lea ist meine Beute und nicht die von diesem Hampelmann!* Tobsüchtig und in eiligen Schritten ging ich auf Lea zu. Ruckartig packte ich sie am Oberarm und drehte sie zu mir. Völlig erschrocken und überrascht starrte Lea mich an. „Michael." Ich gab ihr einen langen Kuss auf die Wange und begrüßte sie. „Hallo Lea." Dabei ließ ich ihren Arm langsam wieder los, stellte mich aber provokant neben ihr hin, sodass mein Körper sie berührte. Anschließend begrüßte ich Finn mit einem Nicken. Finn nickte ebenfalls und schenkte den Gästen weiter ein. Verunsichert ging der Mann ein wenig weg von Lea, schaute zu Finn, danach zu Lea und als Letztes zu mir. Mit herabwürdigendem Blick starrte ich den unbekannten Hampelmann an. Lea warf mir einen eiskalten, erbosten Blick zu und lächelte aufgesetzt. „Michael, darf ich dir Paul vorstellen?“ Sie machte eine kurze Pause. „Finns Lebensgefährte“, ergänzte sie dann kurzerhand und betonte ihre Worte dabei belehrend. *Das saß heftig!* Ich fiel aus allen Wolken. Mit dem hatte ich nicht gerechnet. Beschämt und flüchtig schaute ich zu Lea, die mich weiterhin anstarrte, und streckte Paul meine Hand aus. „Freut mich. Michael.“ Obwohl ich die eiskalte Energie von Lea mir gegenüber spürte, war ich trotzdem gelassen und erleichtert. Denn, wie zuvor erwähnt, *Lea gehört mir!* Gut, dass ich Mark in dem Moment sah, der von weitem zu uns an die Bar kam. Er begrüßte Lea wieder mit einem Kuss auf die Wange, danach Finn mit einem Kopfnicken und reichte Paul die Hand. *Der nächste Klatscher!* In dem Moment wusste ich, dass, wenn ich vorhin mit Mark mehr über Lea geredet hätte, er mir mit Sicherheit gesagt hätte, dass Paul der Lebensgefährte von Finn ist. *Ich Idiot!* Dieses Gefühlschaos machte mir immer mehr und mehr zu schaffen. 20 Minuten war die Stimmung zwischen Lea und mir eiskalt bis tot. Wir redeten absolut nichts miteinander und Lea würdigte mich nicht einmal eines flüchtigen Blickes. Ich hingegen hatte mich getraut, sie zweimal anzuschauen. Nachdem Lea ihr Getränk ausgetrunken hatte, meinte sie, dass sie nach Hause gehen würde. Ich bot ihr an, sie nach Hause zu fahren.

Obwohl sie laufen wollte, bestand ich aber dennoch drauf. Nach kurzem Hin und Her und wenigen Worten saß Lea bockig und schweigend neben mir im Auto. Ich schaltete das Radio an und ließ die Musik leise laufen. Statt sie gleich nach Hause zu fahren, machte ich einen Umweg. Ich wollte, dass die Fahrt mit Lea noch etwas länger dauert. „Wohin fahren wir?“, fragte sie mich verwundert. „Ich bring’ dich nach Hause.“ Sie zeigte mit ihrem Zeigefinger nach hinten. „Ich wohne aber da hinten.“ Ich schaute sie kurz an und sagte nichts. „Fahr mich nach Hause, Michael“, gab sie mir anweisend zu verstehen und drehte ihren Kopf zum Fenster hinaus, dabei sah sie wie ihre alte mürrische Oma Marie aus. Ich musste innerlich schmunzeln, obwohl ich doch nur Wut verspürte. Ich wusste nicht, was ich sagen oder machen sollte. Ich musste gefühlskalt sein und nur meinen Kopf einschalten, doch ich schaffte es erneut nicht, also fuhr ich, ohne zu reden, einfach weiter. Lea sagte auch nichts mehr und war die ganze Fahrt still. Als ich vor der Schneiderei ankam, stellte ich das Auto ab. Lea löste ihren Gurt. „Danke fürs Fahren.“ Gerade als sie aussteigen wollte, hielt ich ihren Unterarm. „Warum hast du mich nicht zurückgerufen?“, fragte ich erbost. Lea zuckte mit ihren Schultern und gab mir keine Antwort. Langsam ließ ich sie wieder los, nickte und fragte weiter. „Und warum hast du mit deiner Oma Marie gestritten?“ Lea schüttelte ihren Kopf und sah mich dabei ernsthaft an. „Deinetwegen, Michael!" „Meinetwegen? Wieso?" „Sie mag dich nicht. Sie will nicht, dass wir befreundet sind und schon gar nicht, dass es mehr zwischen uns wird", sagte Lea weiterhin kopfschüttelnd. Mit dieser Antwort von Lea hatte ich nicht gerechnet. Erstaunt und auch genervt fragte ich weiter: „Aber warum? Sie kennt mich doch nicht." Verzweifelt nahm Lea einen Atemzug. „Egal, ob sie dich kennt oder nicht. Meine Oma ist so. Sie mochte keinen meiner Freunde, am liebsten will sie, dass ich wie sie alleine bin. Sie vertraut keinem Mann und sagt mir bei jeder Gelegenheit, dass ich auch keinem Mann trauen solle. Ich will nicht, dass sie sich ärgert. Sie ist alt und sie darf sich nicht aufregen. Ich mache mir Sorgen um sie. Ich möchte auch nicht, dass wir uns deinetwegen streiten. Meine Oma ist mir wichtiger als du. Schließlich kennen wir uns auch kaum." *Diese alte, verdammt mürrische Zicke vermasselte mir alles.* Ich fragte erneut, diesmal auch zornig: „Hast du mich deswegen nicht zurückgerufen?" Lea nickte und schaute aus dem Fenster hinaus. „Es ist besser, wenn wir keinen Kontakt mehr zueinander haben, Michael. Das, was du heute Abend getan hast, bringt mich auch zum Nachdenken. Es ist besser so." Schroff und bestimmt antwortete ich ihr: „Meine Reaktion vorhin ist aber deine Schuld, Lea! Heute weinst du in meinen Armen und morgen lachst du schon mit einem anderen! Was soll ich deiner Meinung nach denken oder machen?

Zudem hast du keinen meiner Anrufe entgegengenommen! Ich muss und werde dich kennenlernen, Lea. Ob deine Oma oder du es wollt oder nicht!“ Ruckartig drehte Lea erzürnt ihren Kopf zu mir. „Was? Du musst? Und du wirst mich kennenlernen? Hast du mir nicht zugehört, Michael? Meine Oma ist mir wichtig. Außerdem will ich es auch nicht!“ Jähzornig und unüberlegt antwortete ich in einem lauteren Ton. „Es ist mir egal, was deine alte mürrische Oma will! Oder wie es ihr dabei geht, wenn wir befreundet sind! Du willst es auch, sonst wärst du nicht zu mir gekommen, Lea!“ Lea sah mich bitterböse an, stieg sofort aus dem Auto aus und knallte die Autotür zu. Sie rannte ins Haus hinein und drehte sich nicht einmal um. *Diese Frau machte mich wahnsinnig!* Mir blieb nichts anderes übrig, als mich von der Schneiderei zu entfernen, sonst würde ich die gesamte Schneiderei samt Lea und ihrer mürrischen Oma verbrennen! Hastig startete ich das Auto, wendete sehr schnell und fuhr einige Meter los. Die Wut, die ich in mir hatte, konnte ich nicht so schnell kontrollieren. Ruckartig blieb ich stehen und schlug mit der flachen Hand mindestens viermal gegen das Lenkrad, sodass die Hupe dabei losging. Halbwegs wieder bei Sinnen atmete ich durch, fing leise an zu zählen und fuhr wenigstens etwas entspannter wieder zurück in den Club Dafinas, damit Monas lästige Freundin weiter in mein Ohr flüstern konnte. Doch als ich ankam, konnte ich weder sie, Mona noch Mark finden. Finn musste bemerkt haben, dass ich Mark und auch die Frauen suchte; kam zu mir und sagte, dass Mark kurz nach mir und die zwei Frauen gerade eben gegangen waren. Enttäuscht fuhr ich nach Hause. Dort angekommen, setzte ich mich auf die Couch und trank im Dunkeln mein Glas Whisky und schmiedete einen komplett neuen Plan – diesmal war meine erste Beute die alte mürrische Marie!

KAPITEL 25

DAS WIEDERSEHEN

Am nächsten Morgen war ich schon sehr früh in der Praxis. Mit meinem schwarzen Kaffee saß ich bei offenem Fenster an meinem Arbeitstisch, überlegte und sah konzentriert ins Leere. Gegen 07:00 Uhr morgens kam Ute und war überrascht, als sie auf mich traf. Sie öffnete die restlichen Fenster, schaltete den Computer ein und ging die Termine durch. Kurz vor 08:00 Uhr ging ich vor zum Empfang und bemerkte, dass Mona noch nicht da war. Gegen 10:00 Uhr kam Ute zu mir und meinte, dass Mona auch nicht ans Handy gehe. Ich sagte Ute, dass ich mich darum kümmern würde, und rief unfreiwillig neben Ute stehend Mona an, die, was ich schon wusste, nicht abnahm. Mir war Mona egal, ob sie abnahm oder nicht, denn ich bezahlte sie schließlich nicht für ihre Arbeit, sondern für ihre Dienste an mir! Am späteren Nachmittag schickte mir Mona schließlich eine Nachricht auf mein Handy, dass sie nicht mehr zur Arbeit kommen würde und mich auch nicht mehr sehen wolle. Nach der Arbeit fuhr ich direkt in die Schneiderei, um zuerst die alte, mürrische Marie und danach Lea zu töten! Ich parkte mein Auto versteckt weiter hinten und sah, wie Lea mit einer Frau, ich schätzte, mit ihrer Freundin, aus der Schneiderei rauskam. Gut gelaunt und kichernd liefen sie in die kleine Bäckerei hinein, die fast zwei Gehminuten von der Schneiderei entfernt war und in welcher auch Mark immer seine Brötchen holte. Ich beobachtete Lea für zehn Minuten, aber auch die Schneiderei, und als ich mir sicher war, dass Lea ihren Kaffee bekam und in der Schneiderei kein Kunde, sondern nur die mürrische Marie war, kam mein Einsatz. Schnell nahm ich die leere Kuchenbox von Lea und eilte in die Schneiderei. Selbstbewusst ging ich hinein und das Türglöckchen läutete. Mit langsamen Schritten ging ich durch den Laden und inspizierte den kompletten Raum. Die mürrische Marie war nicht da. Ganz bestimmt war sie in dem kleinen Raum hinter dem zugezogenen Vorhang. 1 Minute und 26 Sekunden lang war ich allein in der Schneiderei. Danach ging ich zum Nähtisch, an dem Lea beim letzten Mal gesessen hatte und der nahe dem Raum mit dem Vorhang stand. „Hallo, ist hier jemand?“, rief ich. Prüfend drehte ich mich wieder zur Eingangstür, um zu schauen, ob jemand kam, denn ich wollte nach hinten zur mürrischen Marie! „Was willst du?“, bekam ich von einer düsteren Stimme zur Antwort. Innerlich schmunzelte ich, denn diese mürrische alte Stimme kannte ich. Langsam drehte ich mich um und sah, wie die mürrische Marie jetzt vor dem zugezogenen Vorhang stand und mich anstarrte. Mit meinem aufgesetzten Lächeln ging ich zu ihr und wollte zur Begrüßung ihre Hand schütteln, um sie sofort danach in meine Richtung zu ziehen und zu erwürgen. Ich streckte mit einem kühlen Blick meine Hand aus und Marie blickte mich verachtungsvoll an, zog rechts und links an ihrem leichten Sommerponcho und verschränkte ihre Arme. Sie war immer noch eine mürrische alte Zicke. Egal, ob sie krank war oder nicht! Abschätzig hob sie ihren Kopf und fragte mich erneut: „Was willst du hier?“ „Ist Lea nicht da? Ich wollte ihre Kuchenbox zurückgeben“, antwortete ich immer noch aufgesetzt lächelnd und listig. Mit ihrem Kopf deutete sie nach rechts. „Leg sie auf den Nähtisch und geh!“ Souverän drehte ich mich um und ging wieder zurück zum Nähtisch; dabei schaute ich raus, um erneut sicherzugehen, dass niemand vorbeilaufen oder die Schneiderei betreten würde. Ich stellte die Kuchenbox hin und ging wieder zu ihr zurück, doch bevor ich sie angreifen wollte, musste ich unbedingt wissen, warum Marie mich so derart hasste. Vor ihr blieb ich stehen und verhakte meine Finger ineinander. „Warum mögen sie mich nicht?“ Marie stand immer noch statuenhaft da und antwortete diesmal mit einem Grinsen. „Weil man dich nicht mögen kann!“ Erbost und kopfschüttelnd schaute ich kurz auf den Boden und wieder zu ihr. „Aber sie mürrische, verdammt alte Dame. Sie kennen mich doch gar nicht“, erwiderte ich, ging dabei noch näher zu ihr und neigte meinen Kopf seitlich. Marie löste ihre erstarrte Körperhaltung auf, indem sie mir auch entgegenkam und stehen blieb. Unsere Körper berührten sich schon fast. Lächelnd, arrogant und abschätzig blickte sie mich langsam von oben bis unten an, verzog dabei ihren Mund und antwortete schroff und langsam redend: „Ja, ich bin alt. Ja, ich bin auch manchmal oder vielleicht immer mürrisch, aber eines bin ich ganz bestimmt nicht. Verdammt, denn der Verdammte bist du, Michael! Glaubst du wirklich, dass ich dich nicht kenne? Oh, ich kenne dich, Michael. Du bist kein Mensch. Du bist verdammt. Genau wie der Teufel!“ Geschockt, sprachlos, überrascht, aber auch wütend von dieser Antwort, setzte ich mein Lächeln ruckartig ab und starrte Marie erst mal mit einem todernsten Blick an. „Du kennst mich nicht! Du weißt nicht, wozu ich fähig bin! Verdammte Marie!“ Marie stellte ihr abschätziges

Lächeln mir gegenüber ab und schaute tief in meine Augen. Ich rührte mich keineswegs und starrte weiterhin bedrohlich von oben zu ihr herab. Marie hob langsam ihren Zeigefinger, setzte ihn auf meinen Brustkorb, klopfte immer wieder und sagte dabei: „Das, genau das ist dein wahres Gesicht, Michael. Das bist du!" Dann nahm sie ihren Zeigefinger weg, machte einen riesengroßen Schritt zurück, fing mich langsam an zu umkreisen und erzählte dabei: „Schon als Kind hattest du diese niederträchtigen Blicke und dieselbe überhebliche Art, genau wie jetzt! Als ob ihr Prooks die Welt erschaffen hättet! Kein Wunder, denn das haben dir deine Mördereltern beigebracht! Und wie du neben deiner Mutter da standest, nachdem du deinen besten Freund getötet hattest. Gefühlskalt, voller Stolz und hässlich wie der Teufel! Wenn ich dir jetzt nach so vielen Jahren wieder in deine Augen schaue, sehe ich den vollendeten, ausgereiften Teufel, der immer noch tötet! Schließlich liegt dir das Töten im Blut!" Bei diesen Worten erschauderte ich bis ins Mark, denn die verdammte mürrische Marie hatte mir völlig überraschend gerade einen tödlichen Stoß versetzt und mich zugleich wieder zurück ins Leben geholt. Anschließend blieb sie vor mir stehen, zupfte die Fusseln von ihrem Sommerponcho, schaute mich mit erhobenem Haupt an und fragte siegessicher: „Und? Glaubst du immer noch, dass ich dich nicht kenne, verdammter Michael?" Mit einem todernsten

Blick beendete sie das Gespräch. „Halte dich von Lea fern. Halte dich von uns fern!“ Nach diesen weiteren Sätzen kam es mir vor, als hätte mich die verdammte mürrische Marie auch noch mit kochendem und gleichzeitig mit eiskaltem Wasser überschüttet! Mit dem hatte ich nicht gerechnet. *Was erzählte Marie soeben?* Langsam schloss ich meine Augen und überlegte und überlegte und überlegte. Und urplötzlich riss ich meine Augen wieder auf, starrte die verdammte Marie an, denn ich hatte einen aufrüttelnden Rückblick. *Die verdammte Marie hatte recht, sie wusste, wer ich bin, und ich wusste jetzt auch, wer sie ist!* Wieder kontrolliert und gefühlskalt sagte ich, indem ich sie ebenfalls todernst zurück anstarrte „Du! Du bist die Schneiderin von damals. Die, die antike Kleider für unseren Kunstverein restauriert hat! Du hast an jenem Tag meiner Mutter die Rechnung gegeben und mich dabei angestarrt!“ Marie nickte ununterbrochen und ich fuhr fort: „Warum jetzt? Warum hast du damals nichts gesagt und hast bis jetzt geschwiegen? Was willst du?“ Ihr Kopfnicken hörte auf und sie fing langsam an zu grinsen, jedoch gab sie mir keine Antwort. Dennoch versuchte ich immer noch, die Fassung zu behalten, und ließ mir nichts anmerken. Wir starrten uns für fast 1 Minute lang nur an: Sie mich mit einem Grinsen und ich sie mit einem todernsten Blick. *Wer war diese alte, verdammte, mürrische Frau, die uns Prooks kannte?* Schnell machte ich einen Schritt auf sie zu, hob meine Hand hoch und wollte sie fest am Hals packen. Jedoch konnte ich es nicht! Denn Marie jetzt zu töten, wäre sehr unklug! Marie erschrak nicht einmal, sie blickte hoch auf meine Hand, die noch oben war, und sagte: „Ich habe keine Angst vor dem Teufel! Töte mich!" Schwerfällig und langsam ließ ich meine Hand wieder sinken. „Glaub mir, du wirst Angst bekommen und auch wird der Tag kommen, an dem ich dich qualvoll töten werde!" Marie stand immer noch furchtlos da und ich ergänzte: „Verdammte Marie!" Anschließend eilte ich zur Tür. „Halte dich fern von uns, verdammter Michael",rief sie noch einmal in einem scharfen Ton. Abrupt, nervös und mit zittrigen Händen blieb ich stehen, holte tief Luft und versuchte mich nicht umzudrehen, denn ich wusste, dass, wenn ich mich jetzt umdrehen würde, ich Marie ihre dreckige Zunge herausreißen und sie mit bloßen Händen in der Luft zerfetzen würde! Mit ruhigen und langsamen Schritten verließ ich die Schneiderei. Als ich draußen stand, wusste ich auch schlagartig, warum Lea in mein Leben gekommen war. *Lea und ihre Oma wollten meinen Vater und mich vernichten!* Da war ich mir absolut sicher! Tobsüchtig und außer mir lief ich in zügigen Schritten in die kleine Bäckerei, um Lea herauszuzerren.Ich öffnete die Tür und sah mich um, doch Lea und ihre Freundin waren nicht mehr da! *Wo war dieses kleine verdammte Miststück? Ich witterte Gefahr. Große Gefahr!* Besorgt rief ich sofort meinen Vater an und fuhr zu ihm in die Praxis. Nach seinem Patienten holte mich mein Vater ins Zimmer, sah mich an und fragte besorgt: „Michael. Was ist denn passiert? Du schaust nicht gut aus. Komm, setz dich.“ Ich setzte mich und mein Vater stand vor mir. Nach einem sehr langen und tiefen Atemzug fing ich an zu reden. „Papa. Es gibt eine alte Frau, die über mich und über uns Bescheid weiß!“Mein Vater runzelte die Stirn, setzte sich auf den Tisch, der vor mir stand, und fragte verwundert: „Was genau meinst du? Was für eine alte Frau? Was weiß sie über uns?“ Ich verhakte meine Finger, sah ihn bitterernst an und erzählte, ohne zu atmen. „Papa, es gibt eine alte Frau, die über uns Bescheid weiß. Sie weiß, dass Mama, du und ich Mörder sind! Sie kennt uns Prooks. Sie weiß auch, dass ich Simon getötet habe, und sie weiß auch, dass ich immer noch töte!“„Das ist unmöglich, Michael“, meinte mein Vater besorgt und schockiert, schüttelte seinen Kopf heftig und lehnte seine Ellenbogen auf die Oberschenkel. „Doch Papa. Sie weiß es. Ich weiß nicht, woher oder von wem, aber sie weiß es. Sie kennt uns Prooks! Sie sagte auch, dass ich das Töten im Blut habe! Das wissen doch nur die Unterstützer? Papa, ich wittere große Gefahr!“ Mein Vater stand rapide auf, lief vor dem Tisch hin und her und fragte: „Wer ist diese alte Frau und was genau hat sie zu dir gesagt? Erzähle mir alles, jedes Wort, das sie gesagt hat, Michael bis ins kleinste Detail!“ Hoch konzentriert schilderte ich meinem Vater das Geschehen und erzählte ihm alles. Angefangen von Marie, Finn, Paul, Lea und auch von Mark, dass er nicht wolle, dass ich Lea töte. Ich ließ nichts aus! Während ich das erzählte, ging mein Vater wieder langsamer hin und her, stellte sich später zum Fenster und schaute nachdenklich hinaus. Er hörte mir sehr aufmerksam zu, das konnte ich an seinen weit geöffneten Augen und an seiner ruhigen und starren Haltung erkennen. Als ich fertig erzählt hatte, sagte mein Vater für mindestens 10 Minuten nichts. Er überlegte immer noch und war hoch konzentriert. Auch seine Empfangsdame, die kurz ins Zimmer kam, um den nächsten Patienten anzumelden, schickte mein Vater wieder raus und meinte, der Patient solle noch warten. Dann fing er an, seine Gedanken laut zu ordnen. „Eine alte Frau, die uns Prooks kennt! Eine alte Frau, die über deinen ersten Mord Bescheid weiß und bis jetzt geschwiegen hat! Eine alte Frau, die weiß, dass du immer noch tötest und weiterhin schweigt! Warum schweigt diese alte Frau? Und das Wichtigste, von wem weiß sie, dass wir Prooks Mörder sind? Wer weiß es noch? Diese alte Frau ist entweder furchtbar naiv oder senil, dass sie dir das so furchtlos erzählt hat! Oder sie hat jemand Mächtigen hinter sich!“Dann war mein Vater wieder still, doch nach einer Weile fuhr er fort. „Da wären noch ihre Enkelkinder, Finn, und wie hat das Mädchen geheißen?“, fragte er mich und schaute mir ernst, aber auch wissend in die Augen. „Lea." Er nickte, schwieg kurz und sagte: „Genau, Lea." Diesen Blick von meinem Vater entnahm ich, dass er mit mir unzufrieden war, denn ich konnte schließlich Lea bis heute nicht töten. Jedoch lag ich mit meiner Einschätzung komplett falsch, wie sich später herausstellte! „Du hast recht! Ich wittere auch Gefahr! Was denkst du, Michael?",fragte mich mein Vater und setzte sich an seinen Schreibtisch. „Wir haben eindeutig einen, der redet, einen, der uns zu Fall bringen will. Einen Verräter und jeder kommt infrage. Damit meine ich alle." Ich zählte alle nacheinander auf und hob dabei meine Finger.„Herr und Frau Brikanu, Albert Fornalle, Anita Hulste, Olaf Svante, Arlo Svante, Okko Grandam, Mex Pasani und Evelyn! Auch Mark, Finn, Paul und ja sogar Magda kommen infrage!" Mein Vater drehte sich mit seinen Stuhlrollen leicht zu mir und meinte wütend: „Lea. Du hast Lea vergessen." *Ich hatte Lea vergessen!* Selbstsicher lief ich noch näher zu meinem Vater und sagte mit entschlossenem Blick:„Und Lea!" Mein Vater nickte. „Papa. Ich gehe noch einmal alles gründlich durch. Von dem Tag, als ich Simon getötet habe, bis jetzt! Alle Personen und Wege werde ich prüfen. Insbesondere die verdammte Marie und ihre Sippe! Falls ich den Verräter nicht finde, versammle ich sofort die Unterstützer und werde es aus ihnen, wenn es sein muss, heraus prügeln. Ich werde einen Namen bekommen!“Mein Vater klopfte die Fingerspitzen aneinander und schwieg für einen Moment. „Still und leise! Niemand soll es mitbekommen! Nur du und ich, Michael! Überprüfe im Kunstverein alles und jeden noch einmal mit Sorgfalt!Vielleicht haben wir etwas übersehen. Was ich nicht glaube. Um die alte Marie und ihre Sippe kümmere ich mich. Versuch, wieder Kontakt mit Lea herzustellen. Ab sofort lasse ich nicht nur die Unterstützer, sondern auch alle anderen überwachen. Wie und wo sie sich aufhalten, bis hin zu dem, was sie zum Fressen in ihre Gurgeln hineinstecken! Bis dahin haben wir den Verräter und wenn nicht, werde ich dir dabei helfen, alle aus dem Kunstverein qualvoll zu töten und danach zu ersetzen, wenn sie nicht reden!“ Ich nickte erfreut und kampflustig, gab meinen Vater einen Kuss auf die Stirn und verließ seine Praxis.

KAPITEL 26

WUT

„Herr Prook, draußen ist eine alte Dame, die unbedingt zu Ihnen möchte. Ich sagte ihr bereits, dass sie warten müsse, doch sie will nicht hören. Ute versucht sie zu beruhigen, doch ich glaube nicht, dass sie es schaffen wird. Sie will sie auf der Stelle sehen. Sie meinte, dass Sie sie kennen und sie auch ohne Termin kommen könne", sagte mir mein neuer junger Assistent Elias. Elias hatte ich ebenfalls, wie damals Mona, bewusst aus all den Bewerbern ausgewählt. Er war 21 Jahre alt und absolut nicht für diesen Beruf geeignet. Er war nicht nur tollpatschig, unbeholfen und sensibel, sondern brauchte obendrein sehr lange, bis er verstand, was man ihm erklärte. Doch im Großen und Ganzen war er nicht nur ein sehr liebenswerter Junge, sondern hatte auch einen Blick, mit dem er mir jedes Mal vertraut vorkam. Doch hatte ich ihn nicht deswegen eingestellt, sondern wegen seiner Mutter, die die nächste Polizeichefin werden würde, wenn Mex Pasani sein Amt verlassen oder besser gesagt, wenn ich ihn töten würde! Ich legte meinen Stift hin. „Wie heißt sie?" „Marie", antwortete Elias. *Was will diese verdammte alte mürrische Frau! Was sagt sie mir diesmal?* „Sie soll kommen." Elias ging hinaus und kam nach kurzer Zeit mit der verdammten Marie vor bis zum Behandlungszimmer. „Bitte schön", sagte Elias und deutete mit der Hand an, dass sie hereinkommen dürfe. Die verdammte Marie kam grinsend herein, blieb stehen, nachdem Elias die Tür zugemacht hatte, und beobachtete eine Weile den Raum. Lässig lehnte ich mich währenddessen im Stuhl zurück und musterte sie. „Kann das sein, dass du dich verlaufen hast, verdammte Marie? Wie du siehst, ist das hier nicht die Schneiderei", ergänzte ich erhaben.

Sie stellte ihr Grinsen ab, schaute mich ernst an, kam mit langsamen Schritten in meine Richtung und setzte sich direkt vor mir hin. Ihre kleine, eckige, alte Handtasche legte sie auf ihren Schoß. „Ich verlaufe mich niemals verdammter Michael! Wenn, dann verläufst du dich, und dass immer und immer wieder." Unbeeindruckt verhakte ich meine Finger ineinander, schaukelte leicht mit meinem Stuhl hin und her „Dann musst du mich im Traum gesehen und mich vermisst haben?", fragte ich mit ernstem Blick. Sie schüttelte ihren Kopf. „Ach so, jetzt weiß ich, warum du da bist. Du willst, dass ich dich sofort töte?" Ruckartig fuhr ich mit meinem Oberkörper in ihre Richtung, wobei sie erschrak, sich ihre Augen weiteten und sie zuckend ihren Oberkörper nach hinten nahm. Sehr beeindruckt von mir selbst, lachte ich lautstark und die verdammte Marie erzählte, während sie sich wieder aufrecht hinsetzte. „Ich kannte mal einen Jungen, der war so verliebt in seine Freundin, dennoch betrog er sie immer wieder mit ein und demselben Mädchen. In sehr kurzer Zeit verliebte sich der Junge auch in das andere Mädchen, denn sie verbrachten heimlich sehr viel Zeit miteinander und erzählten einander auch die tiefsten und dunkelsten Geheimnisse. Dies erzählte der Junge auch seiner Mutter. Was aber der Junge nicht wusste, war, dass seine Geliebte mit einem skrupellosen Mädchen befreundet war, das mit ihrem kleinen Bruder zusammen war. Die Mutter behielt die

Geheimnisse für sich und schmiedete einen Plan gegen das skrupellose Mädchen, in dem sie auch ihren Sohn bat, sich von ihr zu trennen, doch der Junge trennte sich nicht von ihr. Im Gegenteil. Er verliebte sich so sehr in sie, dass er es sogar in Kauf nahm, irgendwann von ihr vielleicht getötet zu werden. Voller Sorge, und damit ihr Junge nicht leidet, wenn dem skrupellosen Mädchen was passieren würde, beließ es die Mutter und half letztlich dem Mädchen, ohne dass sie es wusste!" Mit genervten und kneifenden Blicken klatschte ich. „Sehr schön, doch schaue ich so aus, als wollte ich gerade eine Märchenstunde von dir? Du alte senile Frau!" Die verdammte Marie wurde wütend. „Was glaubst du, wer du bist, Michael?" „Du weißt doch, wer ich bin! Ich bin ein Mörder. Ich bin der Teufel!" Ich lehnte mich mit meinem Oberkörper vor. „Verdammte Marie!" Sekunden starrten wir einander an, bis die verdammte Marie anfing zu lächeln, schüttelte kurz ungläubig ihren Kopf und kam ebenfalls mit ihrem Oberkörper vor. Sie blickte mich mit ihren verdammten Augen an und flüsterte: „Das weiß ich, dass du der Teufel bist! Meine Frage ist: Wer bist du?" Sie lehnte sich fast siegessicher wieder zurück. Erbost schlug ich fest auf den Tisch, sodass sie erschrak, und fragte etwas lauter: „Was willst du hier? Sag schon!" Die verdammte Marie stand auf und starrte mich eine Weile abschätzig an. „Ich bin gekommen, um dir Folgendes zu sagen: Hör auf Lea anzurufen! Sie will dich nicht, sonst würde sie deine Anrufe entgegennehmen. Lass sie in Ruhe!“ Danach drehte sie sich eingebildet von mir weg und ging zur Tür. Gerade als sie diese öffnen wollte, befahl ich: „Moment!“ Die verdammte Marie blieb stehen und legte ihre Hand auf den Türgriff. Um sie zu nerven, sagte ich eine Weile nichts. Sie wartete immer noch wie angewurzelt und anschließend drohte ich ihr weiter im Befehlston. „Komm nie wieder zu mir! Nie wieder! Hörst du? Und falls doch, und du stehst irgendwann wieder vor mir, werde ich langsam und qualvoll deine verdammte Seele aus deinem verdammten alten Körper herausreißen!“ Die verdammte Marie riss den Türgriff fest auf. „Lass die Tür offen, verdammte Marie!“ Sie öffnete diese bis zum Anschlag und knallte sie danach so fest zu, dass ich vor lauter Wut die Zettel vor mir vom Tisch wischte.

KAPITEL 27

WÜRDEVOLLES BLUT

Die nächsten Tage ging ich erneut alle Akten der Unterstützer durch. Jedes kleinste Detail durchforstete ich, fand aber nichts! Ich versuchte auch immer wieder, wie mein Vater mir geraten hatte, Lea anzurufen, um mich listig bei ihr zu entschuldigen, jedoch nahm sie keinen meiner Anrufe entgegen! Also beschloss ich zuerst einmal, alle Unterstützer unter einem Vorwand zu einer Versammlung in den Kunstverein einzuladen. Den großen viereckigen Tisch ersetzte ich durch einen großen runden mit einer Oberfläche aus Glas. Ich wollte damit erneut die Interaktionen der Unterstützer analysieren. Damit keiner mein Vorhaben bemerken würde, ließ ich den Raum auch dezent von Evelyn in weißen und schwarzen Farben umdekorieren. Mein Vater und ich warteten bereits auf die Unterstützer. Mein Vater meinte, dass er an diesem Abend noch den Rest der Akte von der mürrischen Marie erhalten würde, aber dass er bis jetzt auch nichts Konkretes über sie hatte! Ich sollte am folgenden Abend zu ihm kommen, um erneut alles durchzugehen. Pünktlich kamen dann alle Unterstützer. Sie schauten sich um und schienen sichtlich begeistert von dem neu gestalteten Raum. Nach einem sehr kurzen und oberflächlichen Gespräch setzten wir uns alle um den Tisch. Evelyn sperrte die Tür ab und stellte sich zwischen meinem Vater und mich. Wie mein Vater mir vor Beginn noch mitgeteilt hatte, hielt ich die Versammlung kurz, denn er habe kürzlich festgestellt, dass er von Evelyn bestohlen worden sei. Auf meine entsetzte Nachfrage antwortete er nur, dass es etwas war, das niemals sein Haus hätte verlassen dürfen. Während alle noch beim

Reden waren, beobachtete ich unauffällig jeden einzelnen am Tisch. Nichts, absolut nichts konnte ich erkennen. Mein Herz pochte wie verrückt, ich konnte schon fast nicht mehr ruhig dasitzen. Sekunde für Sekunde wurde ich innerlich aggressiver. In meinem Kopf waren nicht nur der unbekannte Verräter, sondern auch Lea und ihre verdammte Oma! Nachdem die Versammlung zu Ende gegangen war, gingen die Unterstützer nacheinander und als Evelyn auch den Raum verlassen wollte, stand mein Vater urplötzlich auf. „Evelyn!" Evelyn erschrak. „Du bleibst hier. Mach die Tür zu!", forderte er sie auf. Er ging langsam vor zu Evelyn und befahl: „Komm näher." Sie ging ängstlich auf meinen Vater zu. Er streichelte ihr übers Gesicht, grinste sie an und packte sie plötzlich fest an ihren Haaren. Evelyn schrie für einen kurzen Moment und hielt die Hand meines Vaters. Anschließend hob er Evelyn mit der anderen Hand am Kinn auf und warf sie auf den Glastisch, sodass er einen Sprung bekam. Gelassen stand ich auf und sah meinem Vater zu. „Von der Diebin zu einer Verräterin. Bist du die Verräterin, Evelyn?", schrie er. Evelyn flossen schon die Tränen und sie versuchte nach Luft zu schnappen, denn mein Vater ließ ihr Kinn los und drückte ihren Mund und die Nase zu. Sie schüttelte ihren Kopf und versuchte, etwas zu sagen, doch mein Vater ließ nicht locker und drückte noch fester. Erst als ihr die Luft fast ausging, ließ mein Vater von ihr ab und fragte noch einmal lautstark: „Evelyn, ich habe dich etwas gefragt, bist du die Verräterin in meinem Bett?“ Evelyns kraftloser Körper rutschte vom Tisch hinunter und sie kämpfte um einen Atemzug nach dem anderen. Weiterhin unter Tränen schüttelte sie immer noch ihren Kopf. „Gerald, wovon sprichst du? Ich bin keine Verräterin. Ich liebe dich“, antwortete sie hustend. Mein Vater schnaufte, überlegte kurz und fuhr sich leicht über seinen Mund. Es nagte nicht nur an meinen emotionalen Kräften, sondern auch denen meines Vaters. Er schlug mit der flachen Hand auf den Tisch und schaute mich besorgt an. Evelyn stand mittlerweile wieder fast aufrecht vor meinem Vater. „Gerald. Warum soll ich dich verraten oder hintergehen? Das würde ich niemals tun. Was hätte ich davon? Ich liebe dich doch, das weißt du!“ Dann sagte Evelyn aber etwas sehr Unüberlegtes, etwas, das mein Leben komplett auf den Kopf stellte! „Was habe ich davon, Gerald? Wenn ich dich verraten wollte, dann hätte ich Michael schon vor Jahren von Katharina erzählt.“ Dabei schaute sie mich flüchtig und ungewollt an. Ruckartig und zornig ging mein Vater zu ihr und packte sie diesmal mit kräftigem Schütteln am Hals. „Nimm diesen Namen nie wieder in deinen Mund. Hast du verstanden?“ Evelyn nickte noch schneller und bekam noch größere Augen und auch Angst. „Und jetzt geh und warte draußen auf mich!“, befahl mein Vater und stieß sie weg. Evelyn rannte weinend hinaus und sagte noch einmal vor der Türschwelle: „Ich liebe dich, Gerald!“ Dann verließ sie den Raum. Mein Vater stand regungslos und für mehrere Sekunden mit dem Rücken zu mir und mir kam es vor, als ob er sich gar nicht zu mir umdrehen wollte. Irritiert von Evelyns Antwort fragte ich ihn: „Was meinte sie über meine Mutter? Was weiß ich nicht? Versteckst du etwas vor mir, Papa?“ „Nichts Wichtiges. An dem Tag, als ich Evelyn eingestellt hatte, merkte ich, dass sie sich in mich verliebt hatte, doch ich ging niemals auf sie ein! Sie war immer schon eifersüchtig auf deine Mutter. Das hat sie gemeint.“ Danach drehte er sich endlich zu mir und ich sah in seinen Augen, dass er mir die Wahrheit sagte, doch dahinter versteckte sich noch eine größere Wahrheit. Und da kam noch ein anderes neues Gefühl hoch, das mir einfach keine Ruhe ließ. Evelyn säte in meinem Kopf den ersten winzigen Samen namens Verheimlichung und dieser Samen wuchs in Sekundenschnelle in meinem Kopf und umschlang meinen ganzen Körper! Anschließend verließen mein Vater und ich wortlos den Raum. Vier Mitarbeiter und Evelyn waren noch unten. Ich verabschiedete mich von meinem Vater, ging zu meinem Auto und sah, dass Herr Eduard Brikanu auf mich wartete. Frau Gloria Brikanu stand vor ihrem Auto, das weiter weg von meinem geparkt war, und versuchte mich unauffällig, aber offensichtlich nicht sexuell abgeneigt zu beobachten. Etwas demütig und verlegen fragte Herr Eduard Brikanu leise: „Michael, du hast mir noch keine Antwort gegeben. Du erzählst Gloria doch nicht, dass er schon in seinem jungen Alter Leichen schändet? Sie würde mich wortwörtlich töten, wenn sie das erfahren würde!“ Ich überlegte für einen kurzen Moment. Währenddessen rieb Herr Eduard Brikanu nervös seine Hände aneinander. Danach blickte ich zu Frau Gloria Brikanu und fasste für mich in diesem Augenblick den perfekten Entschluss. Etwas verschmitzt neigte ich meinen Kopf seitlich. „Unter einer Bedingung.“ Herr Eduard Brikanu kam in freudiger Erwartung näher zu mir und flüsterte: „Was du willst Michael. Sag alles, was du willst!“ „Alles? Bist du dir sicher?“ Er nickte ununterbrochen. „Hm, dann will ich deine Tochter Lucinda!“ Er erstarrte erschrocken, spielte etwas wütend mit seinen Fingern, schaute immer wieder zu seiner Frau hinüber und antwortete nach exakt 89 Sekunden widerwillig: „Ich gebe dir Lucinda!“ „Kluge Antwort! Ich sage dir, wann du sie mir bringen sollst.“ Herr Brikanu nickte. „Einverstanden.“ Dann ging er fast erleichtert wieder zurück zu seiner Frau. Sehr zufrieden stieg ich in mein Auto und gerade, als ich losfahren wollte, sah ich, dass mein Vater auch herauskam und Evelyn ihm demütig nachlief. Sie blieben beide vor dem Eingang stehen und ich konnte deutlich erkennen, dass sie beide aufgebracht miteinander diskutierten. Dabei bemerkte ich, dass Evelyn plötzlich meinen Vater immer wieder angrinste. Am liebsten wollte ich sie noch länger beobachten, doch mein Vater blickte zu mir und ich sah in seinen Augen, dass ich losfahren sollte. Während der Fahrt gingen mir Evelyns Sätze nicht aus dem Kopf. Die Nacht schlief ich kaum und ging am nächsten Tag unruhig meinen Sonntagsdienst an. Nach meinem letzten Patienten und zugleich meinem letzten Arbeitstag vor meinem Urlaub verabschiedete ich mich von Ute und Elias. Als ich mich ins Auto hineinsetzen wollte, parkte ein kleines Auto, das ich nicht kannte, direkt vor mir und Evelyn stieg aus. Sie hatte eine tief heruntergezogene schwarze Schildkappe auf dem Kopf und sah fürchterlich aus, als hätte sie seit Tagen durchgemacht. „Evelyn, was willst du hier? Was ist los?“ „Es ist sehr wichtig, Michael. Ich muss mit dir reden. Bitte fahr mir nach“, antwortete sie mir schnell, während sie sich verängstigt umsah, stieg wieder ins Auto hinein und schaute mich weiter bettelnd an. Besorgt wollte ich meinen Vater anrufen, um zu sagen, dass Evelyn bei mir ist. Erschrocken und sofort den Tränen nah, flehte sie mich an: „Bitte, Michael. Ruf jetzt niemanden an. Vor allem nicht deinen Vater“ Sie hielt sich am Lenkrad fest. Nach kurzer Überlegung beließ ich es, setzte mich ins Auto und folgte ihr. Nach 51 Minuten Autofahrt blieben wir an einem Waldstück neben der Passstraße etwas abgelegen von der Stadt stehen und stiegen aus. Ich stellte mich vor meine

Motorhaube und betrachtete die bergige Landschaft. Alles war still und man konnte nur die Vögel zwitschern hören. Mit langsamen Schritten kam Evelyn zu mir, nahm ihre Schildkappe ab und lehnte sich ebenfalls an die Motorhaube. Mit zittriger Stimme und Tränen in den Augen fing sie an zu erzählen: „Weißt du Michael, als ich deinen Vater zum ersten Mal im Kunstverein sah, habe ich mich sofort in ihn verliebt. Er war so selbstbewusst und hatte eine siegessichere Erscheinung. Seine gutgebauten Schultern und das gezeichnete Gesicht mit den ausdrucksvollen Augen. Zudem war er auch noch ein Charmeur. Obwohl ich wusste, dass er mit Katharina verheiratet war, habe ich ihm schöne Augen gemacht, aber dein Vater ging nie darauf ein, bis Katharina starb. Später lernte ich ihn noch besser kennen und lieben.“ Sie nahm einen tiefen Atemzug, holte ein Taschentuch heraus und wischte ihre Tränen ab, dabei schaute sie immer wieder in die Leere. „Ich würde deinen Vater niemals verraten, Michael! Das musst du mir glauben. Was hätte ich davon? Ich würde ihn verlieren. Den Menschen, den ich mehr als alles andere auf der Welt liebe.“ „Um mir das zu sagen, bringst du mich hierher, Evelyn?“, fragte ich erbost und deutete dabei in die Gegend. Evelyn schüttelte schnell ihren Kopf. „Ich möchte nicht, dass dein Vater mich tötet. Ich will nicht sterben, Michael! Hörst du?“ „Warum hast du so große Angst, Evelyn? Wenn du meinen

Vater nicht verraten hast, dann wird er dich auch nicht töten!", antwortete ich emotionslos. Evelyn fing plötzlich lautstark an zu weinen, was mich aufhorchen ließ. „Doch Michael. Wird er. Auch wenn ich keine Verräterin bin. Ich habe gestern Abend etwas Unüberlegtes gesagt. Ich kenne ihn mittlerweile sehr gut. Er hat mir das nicht verziehen und wird es auch nicht. Er wird mich töten! Wenn er außer sich ist, kann ihn niemand aufhalten. Du kennst deinen Vater. Er ist gemeingefährlich." Zapplig und genervt von ihren langsam gebildeten Sätzen unterbrach ich sie. „Evelyn! Was willst …" Bevor ich meinen Satz beenden konnte, fuhr Evelyn schnell und leise fort: „Sonst hätte er nicht deine Mutter getötet!" Zum zweiten Mal in sehr kurzer Zeit erschauderte ich, jedoch dieses Mal lähmte es mich zusätzlich noch für einen kurzen Moment. Ich traute meinen Ohren nicht. Außer mir und mit geballter Kraft packte ich Evelyn an den Haaren, die jetzt wie am Spieß schrie. Meine Wut kontrollierte meinen gesamten Körper. Mit einem todernsten Blick schrie ich sie weiter an und biss zugleich fest meine Zähne zusammen. „Was hast du gesagt?" Schnell schloss Evelyn ihre Augen. Mein Speichel rann mir schon aus dem Mund und ich schrie noch lauter: „Was sagst du da?" Ich schüttelte sie so kräftig, dass sie seitlich auf den Boden fiel. Ich ließ ihre Haare noch immer nicht los. Auf ihrem Körper kniend, zog ich, so fest ich konnte an ihren Haaren. Evelyn schrie. „Es stimmt. Es stimmt, Michael. Bitte hör auf. Michael!" Sie fing an, auf meinen Brustkorb zu schlagen. „Ich habe Beweise! Michael bitte. Deswegen bin ich ja hier!" Schlagartig ließ ich ihre Haare los und sie kroch langsam unter mir heraus. „Michael. Ich habe Beweise. Es ist wahr! Glaub mir!" Mit schnellen Schritten eilte sie zurück zu ihrem Auto. Ich stand auf und bemerkte, dass in meiner Hand ein Büschel von Evelyns blonden Haaren war. Die Sonne schien auf meine Hand, und als ich sie langsam öffnete, legte sich das Leuchten der Sonnenstrahlen um die blonden Haare. Es erinnerte mich an meine wunderschöne Mutter, der ich als Kind immer die Haare gestreichelt hatte. Den Tränen nah wollte ich sie gar nicht loslassen, doch ich übergab sie ungewollt dem Wind, der nur einen Hauch wehte, und blickte ihnen nach, bis ich sie nicht mehr erkennen konnte. Evelyn kam zu mir und übergab mir verängstigt und mit zittrigen Händen eine Akte. „Wenn das ein krankes Spiel von dir ist, Evelyn, dann werde ich dir unvorstellbare Qualen zufügen, bis du mich anflehst, dich zu töten!" Ich riss ihr die Akte aus der Hand. Evelyn weinte immer noch und schwieg. Mit rasendem Puls, der mir schon an der Kehle klopfte und mich fast tötete, öffnete ich die Akte. Es war ein Foto von meiner wunderschönen Mutter, die ich seit meinem vierzehnten Lebensjahr nicht mehr gesehen hatte! Ich wollte meine Augen nicht mehr von ihr nehmen! Auch ihre Daten standen in der Akte.

Geboren am 14. April und gestorben am 1. Oktober. Ihre gesamte Ahnenlinie und auch ihre guten und schlechten Eigenschaften waren aufgelistet. Ihre Stärke – skrupellos in allerlei Hinsicht. Ihre Schwäche – Ihr Sohn Michael! Mein Herz schmerzte und es zerbrach nach Jahren erneut in tausend Stücke. Es war ein Kampf für mich, nicht zu weinen! *Meine geliebte Mutter!* Doch auf der letzten Seite stand, dass eine zusätzliche Überweisung von meinem Vater an Herrn Eduard Brikanu getätigt worden war. *Warum überwies mein Vater zusätzlich so viel Geld an Herrn Eduard Brikanu?* Es wurde mir erst klar, als ich den letzten Absatz las, denn die Leiche meiner Mutter ging am 1. Oktober an Herrn Brikanu! Mir stockte der Atem und ich musste mit meiner Hand meinen Mund fest zu halten. Ich las immer und immer wieder den letzten Absatz! Ich konnte es nicht fassen! Doch ich musste sofort meine Gefühle für einen kurzen Moment abstellen. Schnell drehte ich mich von Evelyn weg, denn ich kämpfte mit meinen Tränen! „Es tut mir leid, Michael. Verstehst du jetzt, dass ich Angst vor deinem Vater habe? Wenn er die Liebe seines Lebens umgebracht hat, was meinst du, was er mit mir machen würde? Bitte hilf mir!“ Ich konnte immer noch nicht fassen, was hier gerade passierte! Wütend fragte ich Evelyn: „Seit wann weißt du, dass mein Vater meine Mutter umgebracht hat? Und woher hast du diese Akte?“ „Ich wusste es schon viel länger, Michael. Dein Vater hatte schon vor deiner

Geburt eine Akte über deine Mutter erstellt, jedoch 3 Tage nach ihrem Tod vervollständigte er sie und ich legte sie danach wieder zurück zu den anderen. Doch irgendwann bemerkte ich, dass die Akte verschwunden war. Ich fragte Gerald, aber er meinte, dass er sie vernichtet hatte! Ich glaubte ihm nicht und wurde misstrauisch, jedoch beließ ich es und dachte mir nichts mehr dabei. Bis er bei einem Sexstreit an meine Gurgel ging und mir sagte, dass er mich wie Katharina töten würde, wenn ich nicht das tue, was er will. Seit dem Tag habe ich Angst vor deinem Vater, jedoch liebe ich ihn immer noch so unendlich, dass ich ihn weder verlassen noch verraten würde!" Evelyn machte eine kurze Pause und erzählte stotternd weiter: „Ich bin zufällig letzte Woche auf die Akte gestoßen. Sie lag bei deinem Vater zu Hause, und als er mich auf eine sadistische Weise benutzen wollte, befahl er mir, ein paar Krawatten aus seiner Schublade zu holen. Sie lag versteckt unter seinen Krawatten. Ich war mir nicht sicher, ob er bemerkt hatte, dass ich die Akte gesehen hatte. Instinktiv holte ich sie ein paar Tage später. Wie sich herausstellte, war es die richtige Entscheidung. Du hast selbst gesehen, wie dein Vater mich gestern fast getötet hätte! Ich wollte die Akte als Schutz für mich. Gestern Abend nach der Versammlung hat er mir ein Ultimatum gestellt. Wenn ich die Akte nicht sofort zurückbringe, würde er mich auf bestialische Art umbringen! Ich drohte ihm ebenfalls und sagte, dass die Akte bei mir bleibe. Meine Zeit ist schon lange um! Ich fahre seit gestern Abend mit dem Auto meiner Schwester durch die Gegend und wusste nicht, wohin, also kam ich letztlich zu dir, in der Hoffnung, dass du mir hilfst!“ Anschließend kam Evelyn zu mir, stellte sich vor mir hin, hielt verzweifelt meine Hände fest und flehte mich an: „Bitte, Michael. Hilf mir! Nur du allein kannst deinen Vater davon abhalten, dass er mich nicht tötet. Ich habe dir die Akte gebracht. Du kennst jetzt die Wahrheit! Das schuldest du mir! Bitte!“ Regungslos schaute ich Evelyn an, obwohl sie mir die Wahrheit brachte und ich unendlich froh war, dass die mich umschlingende Wucherung der Verheimlichung endlich von mir abfiel, hätte ich sie problemlos vor meinem Vater beschützen können. Andererseits wollte ich dies auf keinen Fall, denn letztlich hatte sie meinen Vater Gerald Prook nicht nur bestohlen, sondern gerade verraten! An mich! Sie vergaß in dem Fall, dass ich auch ein Prook war! Niemand verrät uns Prooks! Wer weiß, was Evelyn sonst noch gemacht hatte oder noch machen würde, wenn sie am Leben bliebe? Eiskalt antwortete ich: „Du bist nicht nur eine Verräterin, sondern auch eine hinterhältige Diebin Evelyn! Ich gebe dir 2 Minuten, damit du verschwinden kannst, sonst töte ich dich hier und jetzt!“ Evelyn wurde hysterisch, schrie und flehte mich weiterhin an. „Bitte. Bitte Michael. Ich flehe dich an. Hilf mir! Versteh mich doch! Michael, bitte!“ Ich zog meine Hände von Evelyn weg. „Deine Zeit läuft Evelyn. Dir kann niemand mehr helfen. So oder so wirst du sterben!“ Evelyn erschauderte, ließ meine Hände los und ging langsam von mir weg. Während sie zum Auto rannte, starrte ich sie durchgehend an, als hätte der Löwe gerade seine Beute von der Herde getrennt. Mit hoher Geschwindigkeit fuhr sie panisch davon. Erst als Evelyn weg war, ließ ich mich wieder den zuvor abgestellten Schmerz fühlen. Lautstark schrie ich in den Himmel hoch und sackte schluchzend unter Tränen auf den Boden. Der Gedanke, dass mein Vater mir meine Mutter weggenommen und sie mit Sicherheit bestialisch getötet hatte, es ihm aber nicht genug gewesen war, sondern dass er ihre Leiche auch noch von Herrn Eduard Brikanu schänden ließ, nahmen mir meine Liebe zu ihm und auch die Luft, die ich atmete. Es schmerzte überall in meinem Körper. Minutenlang schrie ich an diesem einsamen Ort, bis ich mich nicht mehr hörte, nichts mehr spürte und meine Seele erschrocken vor den unendlichen Qualen von mir wegrannte. Ich starb innerlich! Es war nichts mehr von mir übrig! Ich wusste, was jetzt zu tun war. Vergeltung an den Menschen nehmen, die meine Mutter und jetzt auch mich getötet hatten. Mein Vater und Eduard! *Ich komme!* Eiskalt, entschlossen und furchtlos fuhr ich direkt zu meinem Vater. Magda öffnete mir die Tür, ich stürmte mit der Akte hinein und schrie wie von

Sinnen. „Gerald!“ Ich konnte ihn nirgends sehen. Lautstark schrie ich noch einmal: „Gerald!“ Aus dem Nichts hörte ich seine Stimme. „Michael.“ Wütend schaute ich um mich und sah, dass mein Vater oben beim offenen Flur stand und mich ausdruckslos anblickte. Mit lauten, schnellen Atemgeräuschen befahl ich: „Komm runter!“ Er schaute zuerst auf meine Hand und danach in meine Augen. Mit sehr langsamen Schritten ging er zur Treppe und starrte mich dabei ohne Unterbrechung an. Ich ging ebenfalls – an seine Schritte angepasst – bis zum Treppenaufgang und blieb dort stehen! Er steckte seine Hände in die Hosentasche und mit Tränen in den Augen fragte ich wütend: „Gerald! Hast du meine Mutter getötet?“ Mein Vater war von dieser Frage nicht überrascht, er neigte seinen Kopf leicht seitlich, musterte mich und nickte ein Mal. „Antworte!“, schrie ich. Stolz antwortete er: „Ja, ich habe deine Mutter getötet, Michael. Und ich würde es noch einmal tun!“ Unter Tränen senkte ich meinen Kopf und bemerkte auch, wie Magda ihre Tränen wegwischte und uns verängstigt beobachtete. Mein Vater kam langsam die Treppe hinunter, ich blickte ihn hasserfüllt an, warf die Akte vor mir auf die unterste Treppenstufe und schrie: „Und ihre Leiche hast du Eduard, diesem Leichenschänder gegeben, du widerwärtiger Hund?“ Ruhig und nickend kam er weiter Stufe für Stufe die Treppe herunter. Er war schon fast unten bei mir, doch bevor er Ja sagen konnte, packte ich ihn am Hals und an seinen Schultern, schleuderte ihn mit enormer Kraft gegen die Wand und er fiel auf den Boden. Magda schrie lautstark. Ich zog ihn am Kragen hoch und schleuderte ihn noch einmal durch die Luft, sodass er ins Wohnzimmer hinüberstürzte. Als ich weitermachen wollte, rannte Magda zu mir und stellte sich mir in den Weg. Ich stieß sie nur mit einer Hand so fest weg, dass sie ebenfalls auf den Boden fiel. Als ich fast bei meinem Vater war, sah ich, dass sein Hinterkopf blutete. Er drehte sich langsam zu mir und sein Gesicht war mit Blut beschmiert. Er versuchte aufzustehen, doch es fehlte ihm die Kraft. Bei ihm angekommen, packte ich ihn am Kragen und während ich ihn schüttelte, versuchte Magda mich erneut aufzuhalten. Doch mein Vater schrie: „Magda! Nein!" Magda blieb stehen und flehte weiterhin unter Tränen. „Michael! Nein!" Mit voller Wucht schüttelte ich ihn erneut und schlug ihn mit der Faust, sodass sein rechtes Auge sofort platzte. Mein Vater wehrte sich nicht. „Warum hast du meine Mutter getötet Gerald? Du hast mir meine Mutter weggenommen! Warum? Sag schon, Gerald! Warum?", schrie ich und schlug ihm erbarmungslos die nächste Faust ins Gesicht. Ich stürzte mich auf ihn und schlug noch einmal zu. „Was hat sie dir getan? Warum hast du ihre Leiche schänden lassen?" Im Gesicht meines Vaters war mittlerweile alles aufgeplatzt, seine Augen, seine Lippen, einfach alles! Von ihm war fast nichts mehr zu erkennen. Mein Gesicht und meine Fäuste waren ebenfalls voll mit dem Blut meines Vaters. „Sag schon Gerald?“ Mein Vater fing schon an, Blut zu spucken und versuchte, etwas zu sagen. Es reichte, ich ließ meine Faust oben und wusste, dass er mit dem nächsten Schlag von mir sterben würde. „Bevor du stirbst, Gerald, sag schon! Was hat dir meine Mutter angetan, dass du uns voneinander getrennt hast?“ Er sah mich mit halb offenen Augen an und antwortete sehr schwach und leise: „Ich liebe dich!“ Ich holte tief Luft und schrie vor lauter Wut, gab meine Kraft in meine Faust und befahl meinem Killer-Gen, sich jetzt herauszuhalten, denn nur ich, Michael, wollte ihn töten! Doch gerade als ich meinem Vater den Todesschlag verpassen wollte, schrie Magda: „Hör endlich auf, Michael. Er hat es für dich getan, um dich zu beschützen! Michael, nein!“ Wie aufgerüttelt schaute ich schockiert zu Magda, die sich schluchzend neben meinem Vater hinkniete und ihn an der Schulter streichelte. Mit Mühe öffnete mein Vater wieder seine Augen und Magda schrie mich an: „Hör auf, Michael! Dein Vater ist unschuldig. Deine Mutter wollte dich töten!“ „Du lügst!“, schrie ich. Magda schloss fest ihre Augen und weinte bitterlich. Meine Faust war immer noch oben und zitterte unkontrolliert. Magda riss ihre Augen auf und schrie erneut: „Nein, nein, nein, es stimmt! Dein Vater hat dich vor ihr beschützt, Michael!“ Ich ließ meine zittrige Faust wieder fallen, beugte mich ruckartig zu meinem Vater und schüttelte ihn erneut am Kragen. „Was sagt Magda?“ Mein Vater versuchte, seine Hand hochzuheben und nickte nur. Letztlich streichelte er sanft meine Wange und sagte entkräftet: „Es stimmt. Erinnere dich, mein Sohn, erinnere dich!“ Ich konnte wieder die Augen meines Vaters sehen, denn seine Tränen säuberten sie von seinem Blut. Ungläubig schrie ich: „Du lügst.“ Er schüttelte seinen Kopf, so gut er konnte, hustete und spuckte mittlerweile noch mehr Blut. Mit seinen allerletzten Kräften fuhr mein Vater leise stockend fort und nahm seine Hand von meiner Wange: „Michael, es stimmt! Erinnere dich, mein Junge! Erinnere dich an den Tag, als du vom Wasserspringen kamst.“ Ich heulte immer noch und schüttelte währenddessen ungläubig meinen Kopf. Schluchzend sagte ich: „Ihr lügt. Ihr lügt. Ihr lügt!“ *Aber Moment mal!* Urplötzlich konnte ich mich erinnern! An alles! An meine Mutter, die gebeugt vor meinem Bett stand, als ich im Halbschlaf war. Die ihre Hände fast schon an meinem Hals hatte. Und an meinen Vater, wie er bedrohlich und mit einem besorgniserregenden Ton „Katharina, lass ihn in Ruhe!“, sagte. Mein Vater und meine Mutter umarmten sich nicht in jener Nacht, sondern waren am Kämpfen. Mein Vater hielt meine Mutter nicht liebevoll von hinten, sondern er erwürgte sie, seine einzige große Liebe, um mich zu beschützen! Und an jenem Tag hatte mich meine Mutter um Verzeihung gebeten, bevor ich schlafen gegangen war. Sie wollte mich, ihren eigenen Sohn, tatsächlich töten! Schockiert ging ich von meinem Vater runter und ließ mich neben ihm fallen. Erschrocken und verängstigt starrte ich auf meine Hände, die wieder zitterten. *Was hatten sie angerichtet? Was habe ich getan?* Plötzlich erkannte ich, dass sie mit dem würdevollsten Blut beschmiert leuchteten. Mit Hingabe und unendlicher Liebe verschmierte ich das Blut meines lieben Vaters auf meinem Gesicht. Bitterlich weinte ich danach für einige Sekunden in mich hinein, bis mich Magdas panisches Schreien losriss. „Michael! Er stirbt! Hilf ihm! Michael!" Unverzüglich half ich meinem Vater, der am Sterben war, und kontrollierte seinen Puls. Sanft und leise probierte er immer noch „Ich liebe dich" zu sagen und ließ anschließend seinen Kopf zur Seite fallen. „Papa", schrie ich, riss sein Hemd auf und fing sofort mit der Wiederbelebung an. „Magda, ruf die Rettung!" Magda saß jedoch wie erstarrt auf dem Boden. „Magda! Ruf die Rettung an! Sofort!", schrie ich. Magda zuckte und rannte in die Küche. Konzentriert machte ich währenddessen eine Herzdruckmassage. „Sie kommen", meinte sie und setzte sich wieder heulend mit dem Handy in der Hand zu uns. „Ruf auch Mark an. Sag ihm, er soll ins Krankenhaus kommen!" Obwohl ich wegen meiner Tränen kaum sein Gesicht sehen konnte, machte ich unermüdlich weiter. Immer wieder schrie ich: „Komm schon! Komm schon! Papa!“ Ich spürte nichts, keinen Puls, keinen Atem, kein Zucken. Meine ganzen Erinnerungen mit ihm liefen wie in einem Film vor meinen Augen ab. Es durfte nicht wahr sein! Doch schließlich passierte das Unmögliche, denn ich spürte endlich wieder seinen schwachen Herzschlag. Ich weinte noch heftiger, aber gleichzeitig lächelte ich auch. *Mein lieber Papa! Komm schon!* Schließlich hörte ich den Krankenwagen und anschließend standen auch schon die Sanitäter bei mir. „Was ist passiert?“ Schlagartig antwortete ich: „Wir haben ihn so vorgefunden. Es waren Einbrecher im Haus. Sie haben ihn zusammengeschlagen.“ Die Sanitäter hoben meinen Vater auf die Liege und eilten in den Krankenwagen. Ich ging mit ihnen mit und hielt die ganze Fahrt die Hand meines Vaters. Obwohl sein Herz wieder selbst schlug, lag er wie eine Leiche direkt vor mir! Meine Tränen konnte ich immer noch nicht stoppen. Ich hatte riesengroße Angst! *Was hatte ich nur getan?*

KAPITEL 28

FATALER FEHLER

Ich sprang mit den Sanitätern aus dem Krankenwagen und sah, wie Mark, die Ärzte und auch die Krankenschwestern besorgt auf uns warteten.
Mark übernahm meinen Vater gleich und wir eilten in die Intensivstation. Während die Krankenschwestern meinem Vater die weiteren Zugänge anlegten, meinten sie, dass mein Vater sehr viel Blut verloren habe und wir Blut brauchen würden. Irgendeiner aus dem Team fragte, welche Blutgruppe mein Vater hätte und Mark antwortete „AB-positiv!" Vor dem Operationssaal angekommen, wollte auch ich hineingehen, Mark stoppte mich jedoch. Unter Tränen schrie ich: „Mark, lass mich rein! Er ist mein Vater! Mark, bitte!" Mark umarmte mich und stieß mich immer wieder von der Tür weg. Er schrie ebenfalls. „Michael, beruhige dich. Du kannst in diesem Zustand nichts für ihn machen."
„Mark, bitte, Mark!" Letztlich stieß er mich kräftig gegen die Wand und fixierte mich mit seinem Körper.
„Michael! Hör auf! Komm schon! Reiß dich zusammen!", schrie er erneut.

Unter Tränen und schluchzend blickte ich Mark verzweifelt an, der auch schon Tränen in den Augen hatte, und nickte nur. Mark nickte auch, ging mit seinem Körper langsam weg von mir und versuchte, mich zu beruhigen. „In diesem Zustand kannst du nichts für deinen Vater tun, Michael! Vertrau mir. Er wird es schaffen! Ich werde mich um ihn kümmern!“ Er klopfte hart mit seinen Händen ein paarmal auf meine Oberarme und lief eilig in den Operationssaal. Ich schaute Mark nach, und als die Schiebetüren zugingen, streifte ich mit meinen blutigen Händen durchgehend über mein Gesicht und meine Haare. Ich war so wütend auf mich, dass ich gegen einen Stuhl schlug, der weiter vorn stand. Hilflos stützte ich mich mit dem Rücken zur Wand und ließ mich langsam auf den Boden sinken; bitterlich weinte ich minutenlang und schlug immer wieder mit meinem Hinterkopf gegen die Wand. Mit geschlossenen Augen sagte ich mir: *Er wird sterben! Er wird sterben! Mein Vater wird sterben! Was habe ich nur getan?*

Erst als ich mein Gesicht in meinen blutigen Händen versteckte und den Schmerz herausschrie, beruhigte ich mich einigermaßen und bemerkte, dass Magda auch schon im Krankenhaus war. Weinend kniete sie sich vor mir hin und umarmte mich liebevoll und fest. „Er wird es schaffen. Du wirst sehen, Michael.

Dein Vater ist so stark!“ Kraftlos und regungslos konnte ich nicht einmal Magda umarmen, stattdessen saß ich wie ein Straßenköter auf dem Boden und war mir immer noch absolut sicher, dass er sterben würde! Nach fast 2 Stunden kam Mark endlich und wir eilten zu ihm. „Lebt er?“, fragte ich verängstigt. Mark nahm seinen Mundschutz herunter und mit leerem Blick antwortete er: „Er hatte neben einem Herzstillstand auch schwere innere Verletzungen und wir haben ihn deshalb in künstliches Koma versetzen müssen. Dir muss ich es nicht erklären, Michael.
Die nächsten 24 Stunden sind sehr kritisch. Er hat sehr viel Blut verloren.“ Hilflos griff ich über mein Gesicht und schüttelte den Kopf.
„Es tut mir leid, Michael“, sagte Mark und senkte seinen Kopf. Unter erneuten Selbstqualen blieb mir nichts anderes übrig, als zu warten, bis die 24 Stunden vergangen waren. „Ich weiß, du wirst nicht nach Hause gehen, Michael. Komm, wasch dich hier. Ich gebe dir auch frische Sachen von mir“, sagte Mark hilfsbereit und hielt mich am Oberarm. „Magda. Geh nach Hause, ruh dich aus. Niemand kann jetzt etwas machen. Wir müssen die 24 Stunden abwarten.“
„Auf keinen Fall. Ich bleibe hier bei Michael und Gerald!“ „Mark hat recht, Magda. Geh nach Hause, aber zu mir, ruh dich aus und komm später wieder“, sagte ich ihr und sie verließ unter Tränen das Krankenhaus.

Mark und ich gingen ins Treppenhaus und liefen wortlos hinauf zu den Personalräumen. Ich wusch mich, so gut es ging, zog ein frisches Shirt von Mark an und ging hinaus. Mark wartete schon vor dem Treppenhaus auf mich. „Dein Vater hat doch eine bombensichere Alarmanlage? Einbrecher? Das kann ich mir nicht vorstellen. Was ist wirklich passiert, Michael?", fragte er bestürzt. Beschämt blieb ich stehen, lehnte mich an die Wand und griff ein paar Mal über meinen Mund. „Meinetwegen liegt mein Vater im Koma. Keine Einbrecher, Mark. Das war ich. Ich habe meinen Vater so zugerichtet", brach es unter Tränen aus mir heraus. „Was meinst du?", fragte Mark nachdenklich und mit einem Stirnrunzeln. „Ich war's. Verstehst du mich nicht? Ich habe meinen Vater fast zu Tode geprügelt! Meinetwegen kämpft er um sein Leben. Alles ist meine Schuld!", schrie ich und senkte meinen Kopf. Schockiert legte Mark seine Hände auf seine Hüften und fragte in bitterernstem Ton: „Du hast ihm das angetan?" Ich nickte nur. Aus dem Nichts packte er mich am Shirt. „Michael, was sagst du da? Hast du deinen Verstand verloren? Die fremden Menschen, die du tötest, reichen sie dir nicht, dass du jetzt auch noch deinen eigenen Vater töten wolltest? Was hat er dir getan, dass du ihn so übel zugerichtet hast, du undankbares Stück Scheiße!", schrie Mark wie von Sinnen und ließ mich angewidert los.

Absolut nichts konnte ich auf diese verdienten Sätze sagen, denn er hatte recht! Weiterhin beschämt stand ich da und Mark eilte in schnellen Schritten weiter die Treppen hinunter. Ich schaute ihm nach, und als er die Ausgangstür öffnete, hörte ich: „Du bist erbärmlich, Michael!" Wie ein Häufchen Elend blieb ich einige Zeit im Treppenhaus, ging dann die restlichen 16 Stufen hinunter, setzte mich auf den Stuhl vor der Intensivstation und dachte nur an meinen lieben Vater. Weder an Lea, ihre verdammte alte mürrische Oma, die Unterstützer noch an Mark verlor ich einen einzigen Gedanken! Und zum allerersten Mal in meinem Leben redete ich mit Gott über meinen Vater und bat ihn, dass er sein Leben verschonen solle.
Aber Moment mal! Etwas stimmte nicht! Was hatte Mark vorhin gesagt? Nein, nein, nein, das konnte nicht wahr sein!
Völlig aufgelöst sprang ich vom Stuhl und rannte in den Personalraum, doch Mark war nicht dort. Panisch, verrückt und wild suchte ich ihn im ganzen Krankenhaus, bis ich ihn an den Aufzügen mit drei Ärzten stehen sah. Bei ihnen angekommen packte ich Mark ruckartig und zerrte ihn von den anderen Ärzten weg. Entgeistert schauten sie Mark und mich an und Mark deutete mit der Hand, dass alles in Ordnung sei. Leise und wutentbrannt sagte ich: „Du kommst jetzt mit mir mit!" Mark versuchte, sich zu befreien, doch ich hielt ihn noch fester.

Er hatte keinerlei Chance, zu entkommen!
Mit schnellen Schritten eilte ich mit ihm zum Treppenhaus und zerrte ihn zur letzten Etage des Krankenhauses, wo sich auch die Dachterrasse für das Personal befand. Immer wieder fragte Mark mich, was ich schon wieder vorhätte. Oben angekommen sah ich nur zwei Krankenschwestern, die eine kurze Zigarettenpause machten. Wir liefen an ihnen vorbei und ich blieb fast beim Ende der Dachterrasse stehen. Mit enormer Kraft stieß ich Mark vor und fragte wütend und bestimmt: „Woher weißt du, dass mein Vater die Blutgruppe AB-positiv hat? Wer bist du? Sag schon!" Mark erstarrte und blickte mich ertappt an. Er musste mir heute und jetzt eine Antwort geben, denn er hatte einen fatalen Fehler gemacht! „Antworte, wer bist du, Mark?", schrie ich. Vorsichtig und um sich schauend kam Mark näher, stellte sich direkt vor mir auf und starrte mich an. „Ich töte dich, Mark, hier und jetzt, wenn du mir nicht sofort antwortest. Wer bist du?" Mark grinste mir ins Gesicht, drehte sich um, holte plötzlich aus und gab mir einen heftigen Schlag mit der Faust mitten ins Gesicht, sodass ich wortwörtlich nicht nur silbrige, sondern auch schwarze Sterne sah. Ich sackte auf den Boden, Mark stürzte sich auf mich und holte noch einmal aus, jedoch konnte ich den zweiten Schlag abwehren, schlug ihm ebenfalls mit der Faust ins Gesicht und Mark fiel von mir herunter.

Während ich versuchte aufzustehen, hatte es Mark schon geschafft und packte mich an meinem Shirt. Er riss mich hoch, holte erneut aus und gab mir die nächste Faust ins Gesicht. Erneut fiel ich auf den Boden, spuckte etwas Blut und bemerkte, dass ich eine blutende Verletzung über dem rechten Auge hatte. Mark hatte bemerkenswerte Kraft und Wut in sich, wodurch ich mich ehrlich gesagt schwertat, ihn zu überwältigen, da ich meine Kräfte leider zuvor bei meinem unschuldigen Vater verbraucht hatte. Schnell wischte ich mir das Blut vom Gesicht und sah, wie Mark sich gerade auf mich stürzen wollte, doch ich drehte mich zur Seite, Mark verfehlte mich und fiel hart auf den Betonboden. Rasch sprang ich auf ihn und wir versuchten uns immer wieder gegenseitig, auch mit Erfolg, zu schlagen. Mittlerweile blutete auch Mark im Gesicht. Mit meinen letzten Kräften stieß ich Mark, der mich am Hals würgte, von mir weg und er fiel zur Seite. Als ich erschöpft aufstehen und Mark weiter schlagen wollte, blieb Mark aber auf dem Rücken liegen. Geschwächt schaffte ich es dennoch, langsam aufzustehen, richtete mich auf und sagte todernst: „Ich werde dich töten! Vertrau mir, Mark, ich werde dich töten! Nicht heute! Aber ich soll verdammt sein, wenn ich dich nicht töten werde!“ Mark war für mich erledigt!

Er atmete noch, doch wusste ich, dass ich, sobald ich meinen Vater aus dem Krankenhaus rausgeholt hatte, Marks Atem zum Stillstand bringen würde! Ich spuckte noch das restliche Blut aus meinem Mund und gerade, als ich loslaufen wollte, schrie Mark aus dem Nichts. „Er ist mein Vater!" Dann fing er an zu weinen. Wie meiner Sinne beraubt, lief es mir kalt über meinen Rücken!

Was hatte er gerade gesagt? Hatte ich das richtig verstanden? Mein Vater soll auch Marks Vater sein?

Schockiert drehte ich mich um und sah, dass Mark ebenfalls geschwächt, aber dennoch fast aufrecht stand und mich zornig anstarrte. Ich neigte meinen Kopf sehr langsam zur Seite und blickte ihn von oben bis unten an.

Das konnte nicht wahr sein! Er konnte niemals mein Bruder sein!

Mark rannte wütend auf mich zu, stellte sich direkt vor mich hin. „Jetzt weißt du, wer ich bin! Hörst du! Er ist auch mein Vater! Wie konntest du ihn nur so zurichten?", schrie er und hob seine Faust in die Höhe, und gerade als er mich erneut schlagen wollte, verspürte ich solch eine enorme Kraft in mir, die durch Hass und Zorn besiegelt war, dass ich seinen Arm problemlos in der Luft abfangen und festhalten konnte. Hasserfüllt schauten wir einander an und unsere Arme zitterten.

Dieselbe Kraft, die ich hatte, hatte auch Mark in sich! Woher kam diese machtvolle Kraft in ihm?
Langsam ließen wir unsere Hände wieder sinken und Mark blickte mich mit Tränen gefüllten Augen an. Und in diesem Moment sah ich sein Leid, seinen Kampf, aber auch seine Qualen. Er wischte seine Tränen ab. „Er ist mein Vater, Michael!"
„Unmöglich!", schrie ich. Mark weinte bitterlich und sagte nichts. Nachdenklich ging ich von ihm weg und stellte mich zum Rand der Dachterrasse. Minutenlang schaute ich in die Ferne und hatte nur eine Frage im Kopf: *Ist Mark der Verräter? Will man meinen Vater und mich in die Irre führen? Wenn ja, wäre jetzt der perfekte Zeitpunkt. Oder ist es vielleicht doch möglich, dass er mein Bruder sein könnte? Ist mein Vater auch sein Vater?*
Doch irgendwie konnte ich das nicht glauben. Ruckartig ging ich wieder zu ihm und stellte mich drohend vor ihm auf. „Ich glaube dir nicht, Mark!", sagte ich ernst. Mark schaute mich ernsthaft an.
„Ob du es glaubst oder nicht, er ist auch mein Vater!"
„Dann gibt es nur einen Weg, es herauszufinden."
Mark nickte selbstsicher und wir gingen. Ich wollte das Treppenhaus benutzen, doch Mark packte mich am Arm und zog mich zu den Aufzügen. Selbstbewusst und demonstrativ drückte ich und nicht Mark auf den Knopf und wartete mit aufrechter Haltung.

Als der Aufzug kam und die Türen sich öffneten, ging ich noch stolzer und selbstsicherer hinein, denn Mark wusste nicht, dass ich, seit wenigen Stunden meine größte Angst besiegt hatte. *Dank meiner Mutter, diesem Miststück!* Neidvoll beobachtete mich Mark, bis wir ausstiegen. Wortlos gingen wir ins Labor. „Ich werde dir die Speichelprobe abnehmen“, sagte ich bestimmt zu ihm. Er nickte und holte die Utensilien aus dem Schrank. Grinsend machte Mark seinen Mund auf und ich steckte ihm sehr grob den Tupfer hinein und nahm den Abstrich. Doch für einen kurzen Moment musste ich in seine blauen Augen blicken, die weder meinem Vater noch mir glichen! Anschließend ging ich allein zu meinem Vater hinein und Mark beobachtete mich von Weitem. Bestürzt sah ich meinen lieben Papa an, der immer noch wie tot da lag. Die ganzen Schläuche, die durch seine Nase und seinen Mund liefen, waren schrecklich anzusehen. Ich kämpfte mit meinen Tränen! *Und jetzt soll ich noch seinen Mund aufmachen und eine Speichelprobe entnehmen?* Den Tränen nah öffnete ich behutsam seinen Mund und steckte das Stäbchen sanft hinein. Danach nahm ich seine Hand, streichelte sie und verlor dabei ein paar Tränen. *Mein lieber Vater, es tut mir unendlich leid. Ich werde alles wieder in Ordnung bringen*, schluchzte ich leise und gab ihm einen langen Kuss auf die Stirn. *Oh Mark! Ich werde dich in tausend Stücke reißen, wenn du nicht mein Bruder bist!*

KAPITEL 29

ENTEHRTER BASTARD

Wir warteten in einem kleinen leeren Schulungszimmer auf das Ergebnis, was fast zwei Stunden dauerte. Ich saß am Ende des Tisches und beobachtete Mark, wie er sich immer wieder mit dem Stuhl hin und her drehte, bis er irgendwann seine Stirn ablegte. Er nahm einen tiefen Atemzug und umklammerte dabei seinen Hinterkopf. „Nervös?", fragte ich. Ohne mich anzuschauen, antwortete er: „Warum soll ich nervös sein? Ich weiß, dass Gerald mein Vater ist!"

Nach einer Weile stand ich von meinem Platz auf und setzte mich direkt vor Mark. „Hast du so große Angst, dass du nicht aussprechen willst, wer du wirklich bist, Mark? Oder bist du so erbärmlich, dass du dich selbst vor dir schämst?" Mark hob langsam seinen Kopf, blickte nachdenklich auf den Tisch und antwortete nach einer Weile. „Ich weiß, wer ich bin, Michael! Gerald, unser Vater, er muss sich schämen und nicht ich!" Er wurde still, spielte mit seinen Fingern und fragte ernst: „Du willst tatsächlich wissen, wer ich bin?" Ich verzog keine Miene und starrte ihn nur an. Mark lehnte sich noch weiter zu mir vor und fing an zu erzählen. „Also gut. Bevor Gerald deine Mutter geheiratet hatte, war er mit meiner Mutter zusammen. Als meine Mutter mit mir schwanger wurde, suchte Gerald das Weite, indem er meine Mutter schwanger und ohne Mittel zurückließ. Meine Mutter heiratete daraufhin Ben, meinen Stiefvater. Seit ich mich erinnern kann, trank und schlug Ben fast täglich nicht nur meine Mutter, sondern auch mich. Schon als Kind probierte ich mit Handtüchern und Wasser zuerst die Wunden meiner Mutter und danach meine zu versorgen. Auch habe ich immer auf sie eingeredet, wie schön es wäre, wenn es nur uns zwei gäbe. Meine Mutter versuchte jedes Mal, mich mit ihren aufgeplatzten Lippen anzulächeln und sagte: ‚Du bist so ein guter Junge, Mark. Das hast du von ihm.' Anfangs wusste ich nicht, was sie damit gemeint hatte. Doch später kam ich drauf, dass sie damit Gerald meinte. Tagtäglich beschimpfte Ben meine Mutter auf das Übelste und mich nannte er immer wieder einen entehrten Bastard! Früher wusste ich nicht, was diese Worte bedeuteten, aber später, als ich es erfuhr, wusste ich, dass Ben recht hatte. Ich war tatsächlich ein entehrter Bastard! Ich flehte meine Mutter oft an, dass wir von Ben weggehen sollen, aber meine Mutter hatte sehr große Angst vor ihm und auch keine Kraft zu gehen. Denn nach den jahrelangen Misshandlungen und dem Missbrauch durch Ben wurde sie schließlich selbst zur Alkoholikerin und versuchte, mich so gut es ging zu versorgen. Doch das schaffte sie nicht. Mit acht Jahren fing ich an, mich selbst zu versorgen, indem ich das, was ich zu Hause fand, ohne es zu kochen oder zu braten, aß. Manchmal blieb ich sogar länger bei den Nachbarn, damit ich dort etwas mitessen konnte. Ich stahl auch von Supermärkten und durchwühlte die Mülltonnen in unserer Gegend. In der Schule merkten weder die Lehrer noch die anderen Kinder, dass ich jeden Tag hungernd und fast tot in den Unterricht kam. Wie sollten sie das denn auch merken? Wenn ich von der Schule heimkam, zog ich meine saubere Kleidung aus, stopfte sie in einen Sack und versteckte sie unter meinem Bett. Im Verstecken bin ich wirklich gut. Ich versteckte auch meine blauen Flecken, die Ben mir zufügte. Auch nachts versteckte ich mich vor Ben, indem ich oft unter einem Baum in unserem kleinen, vermüllten Garten schlief. Eines Tages kam ich nach Hause, da war ich neun Jahre alt. Aus dem Nichts packte mich Ben am Kragen und schleuderte mich so heftig gegen die Wand, dass ich nicht nur laut schrie, sondern mir auch noch in die Hose machte. Meine Mutter, die ich anfangs gar nicht gesehen hatte, lag blutverschmiert am Boden. Sie eilte sofort zu mir, um mich zu beschützen, aber sie konnte es leider wieder nicht, denn sie war viel zu schwach. Ben war so sauer und außer sich, dass er meine Mutter und mich danach fast bewusstlos prügelte. Ich ging dann eine Weile nicht mehr zur Schule, war den ganzen Tag draußen und schaute mir die Väter und ihre Söhne an, die glücklich miteinander waren. Traurig dachte ich immer: Warum ist mein Vater nicht so liebevoll und fürsorglich? Welcher Vater außer meinem verabscheut so sehr seine eigene Familie? Was haben wir ihm eigentlich getan, dass er meine Mutter und mich fast jeden Tag zu Tode prügelt und so sehr hasst?“ Mark nahm einen langen Atemzug und blickte immer wieder in die Leere. „Irgendwann, mitten in der Nacht, hörte ich einen fürchterlichen Schrei meiner Mutter, den ich zuvor noch nie von ihr gehört hatte. Ich rannte aus meinem kleinen versifften Zimmer und lief ins Schlafzimmer. Meine Mutter lag fast nackt auf dem Rücken im Bett, Ben saß auf ihr und prügelte sie mit den Fäusten. Ich weiß nicht, was ich mir dabei gedacht habe, aber ich rannte in die Küche, holte zwei Messer und eilte wieder ins Schlafzimmer. Verängstigt stand ich hinter Ben. Nachdem ich meinen Mut zusammengefasst hatte, sprang ich aufs Bett und mit Wut stach ich abwechselnd mit den Messern in Bens Rücken und schrie dabei.“ Mark hob seine Hände leicht nach oben, blickte sie an und fuhr fort: „Wie viel Kraft hat ein kleines Kind gegen einen Mann, wenn er zusticht? Sehr wenig! Oder? Aber ich, ich hatte so viel Kraft in diesen Händen, dass ich die Messer bis zum Griff in seinen Körper gestochen hatte und verletzte dabei auch unabsichtlich mich selbst.“ Anschließend legte Mark stolz seine Hände wieder auf den Tisch, schaute mich an und erzählte weiter: „Ben drehte sich um und stieß mich so fest weg, dass ich auf den Boden fiel. Meine Mutter schrie noch lauter. Sofort stand ich mutig und brav wieder auf. Ben fiel schließlich auf den Boden. Meine Mutter eilte weinend zu mir, riss mir die Messer aus der Hand und warf sie auf den Boden. Ich schaute zu Ben hinüber und sein ganzer Körper zuckte. Meine Mutter hielt meinen Kopf, drehte ihn von Ben weg, denn sie wollte nicht, dass ich Ben sehe, umarmte mich und weinte bitterlich. Jedoch konnte ich unter ihrem Oberarm hindurch sehen, dass das Zucken von Ben aufhörte und er langsam und qualvoll starb. Mit 10 Jahren hatte ich Ben getötet und meine erste Leiche gesehen. Immer wieder sagte meine Mutter: ‚Oh Mark. Oh Mark. Es tut mir leid!‘ Ich fragte sie nur: ‚Gehen wir jetzt Mama?‘ Als ich das fragte, spürte ich, dass meine Mutter mich fast erdrückte. Sie hatte so viele Schuldgefühle und so viel Liebe für mich, dass sie mich nicht mehr losließ, bis sie die Polizeisirenen hörte. Die Nachbarn mussten die Polizei gerufen haben. Meine Mutter fing sich, rannte in die Küche und kam mit zwei großen Alkoholflaschen in der Hand zurück. Schnell kniete sie sich vor mir hin, schüttete es auf meine Hände und säuberte sie. Sie zog auch mein Shirt aus und sagte anschließend besorgt: ‚Hör mir gut zu Mark. Das warst du nicht! Hörst du? Du hast nichts getan! Du warst das nicht!‘ Verängstigt fing ich schlagartig an zu weinen, denn meine Mutter machte mir auch noch Angst, nicht nur, dass sie im ganzen Gesicht blutete und ihr rechtes Auge kaum zu sehen war, sondern auch, weil sie panisch war. Um wieder zu mir zu kommen, hielt sie mich fest am Kopf und schrie: ‚Mark. Hab keine Angst! Hör mir zu! Es wird alles gut! Du warst das nicht! Alles klar? Du hast Ben nicht getötet! Hör mir genau zu! Ich habe ihn getötet! Nicht du! Mark wiederhole das, was ich sage!‘ Unter Tränen schaute mich meine Mutter an, die noch lauter schrie und mir befahl: ‚Mark wiederhole, was ich gesagt habe!‘ Ich nickte und wiederholte das, was meine Mutter mir befahl. ‚Du warst es! Ich habe Ben nicht getötet! Du warst es! Ich habe Ben nicht getötet!‘ Meine Mutter nickte ununterbrochen und lächelte mich dabei an. Heute weiß ich, warum meine Mutter mich diese Sätze hatte wiederholen lassen. Ich musste fest daran glauben, dass ich Ben nicht getötet hatte und kein Mörder war, um ein normales Leben führen zu können. Zudem wollte sie auch nicht, dass ich in einer Einrichtung unter psychiatrische Beobachtung gestellt werde oder ins Gefängnis gehe. Sie wollte mich nur beschützen, wusste aber nicht, dass sie das nicht hätte machen müssen, denn mich hätte man als zehnjährigen Jungen nicht verurteilen können. Jedenfalls stand mittlerweile die Polizei schon vor der Tür und klopfte. Meine Mutter drehte kurz verängstigt ihren Kopf zur

Tür und wieder zu mir, unter bitteren Tränen sagte sie: ‚Mark, ich liebe dich. Es tut mir leid, mein Schatz. Ich liebe dich. Vergiss das niemals. Hörst du? Ich liebe dich!‘ Danach umarmte sie mich und streichelte immer wieder über meinen Kopf. ‚Du musst noch eines wissen. Es ist sehr wichtig, Mark. Ben ist nicht dein Vater! Hörst du? Ben ist nicht dein Vater!‘ Ich war noch immer am Weinen und realisierte erst später, was mir meine Mutter sagte und auch, was ich da nachsprach. Meine Mutter wischte unsere Tränen ab, gab mir einen Kuss auf den Kopf und redete weiter: ‚Ben ist nicht dein Vater! Dein Vater ist Gerald …‘ Danach hörte ich einen lauten Knall, sah, wie die Polizei die Wohnung stürmte und wie sich die Lippen meiner Mutter bewegten. Ich schrie sehr laut, schloss kurz meine Augen und hielt mir die Ohren zu. Als ich die Augen wieder öffnete, sah ich, wie meine Mutter die beiden Messer in ihrer Hand hatte und zwei Polizisten sie verhafteten. Mich zog jemand von hinten und brachte mich aus der Wohnung hinaus. Während ich in den Armen eines Polizisten tobte, konnte ich meine Mutter sehr gut erkennen, wie sie seitlich mit dem Gesicht auf dem Boden lag, mich hoffnungslos anschaute und ihre Lippen ‚Ich liebe dich‘ sagten. Meine Mutter wanderte für ein Verbrechen, das sie nicht begangen hatte, lebenslänglich hinter Gitter und mich brachten sie in ein Waisenhaus. Ich durfte keinerlei Kontakt zu ihr haben, denn schließlich war

sie ja nicht nur eine Alkoholikerin, sondern jetzt auch eine Mörderin! Die Briefe, die ich ihr schrieb, wurden vor meinen Augen von der Leitung im Waisenhaus zerrissen. Ohne meine Mutter und ohne den Nachnamen von meinem richtigen Vater zu wissen, wuchs ich drei Jahre in dieser Hölle auf, wo Folter und Hunger an der Tagesordnung standen, bis mich eines Tages ein älteres Lehrerpaar adoptierte. Sie gaben mir Liebe, ein warmes Zuhause und Bildung. Sie bestanden darauf, dass ich Arzt wurde, und ermöglichten mir alles, was dazu nötig war. Bei ihnen lernte ich zum ersten Mal, was zu Hause bedeutete. Ich schlief jede Nacht ohne Angst und Furcht in meinem Zimmer ein. Ich hatte sie in mein Herz geschlossen. Sie wurden zu meinen Eltern und ich wurde ihr einziges Kind. Dennoch war die Sehnsucht nach meiner Mutter und die Neugier nach meinem richtigen Vater immer da."
Mittlerweile konnte ich Mark nicht mehr so gut erkennen, da es draußen und auch im Schulungsraum etwas dunkel wurde. Weder Mark noch ich schalteten das Licht ein. Ich muss ehrlich sagen, dass mich die Kindheit von Mark zutiefst traf. Ich lehnte mich zu ihm und hörte ihm weiterhin aufmerksam zu. Mark lehnte sich etwas zurück, schaute auf den Boden und legte die Hände unter dem Tisch auf seinen Schoß. Danach nahm er einen verzweifelten langen Atemzug und erzählte weiter: „Meine Adoptiveltern wussten, dass meine Mutter Alkoholikerin war und auch, dass

sie im Gefängnis saß. Sie hatten immer Ausreden, wenn ich sie besuchen wollte. Trotzdem schrieb ich weiterhin Briefe. Meine Adoptiveltern leiteten die Briefe weiter, doch meine Mutter schrieb mir nie zurück. Irgendwann gab ich die Hoffnung auf und glaubte, dass meine Mutter mich nicht mehr lieben würde und nichts mehr mit mir zu tun haben wollte. Erst später erfuhr ich, dass meine Briefe bei ihr nie angekommen waren. An dem Tag als auch mein Adoptivvater kurz nach meiner Adoptivmutter starb, bat er mich in sein Zimmer und gab mir einen Brief in die Hand. Darauf war der Stempel des Gefängnisses. Der Brief war von meiner Mutter an mich. Erst mit 17 Jahren erfuhr ich, in welchem Gefängnis meine Mutter inhaftiert war. Die letzten Worte meines Adoptivvaters waren: ‚Es tut mir leid, Mark, dass ich dir diesen Brief nicht schon vor Jahren gegeben habe.'" Marks Augen füllten sich mit Tränen. „Ich habe ihn mehr als tausendmal durchgelesen, sodass ich ihn schon auswendig kann!

‚Mein lieber Sohn Mark,

es tut mir unendlich leid, was ich dir angetan habe. Ich war eine schreckliche Mutter und konnte dich vor diesem abscheulichen Menschen nicht beschützen. Ich hoffe, dass du mir irgendwann verzeihen kannst. Glaub nicht, dass ich dich vergessen habe, mein Schatz. Ich habe dich gesucht, doch keiner wollte mir helfen. Mit Unterstützung von drei Wärtern habe ich dich endlich ausfindig machen können. Gott sei Dank habe ich dich jetzt gefunden. Wenn ich hier rauskomme, werde ich als Erstes zu dir fahren. Nur wir beide, wir werden ein glückliches Leben miteinander führen, so wie du es verdient hast. Ich verspreche es dir. Ich denke jede Nacht an dich, bevor ich ins Bett gehe. Und am nächsten Tag, wenn ich meine Augen öffne, denke ich wieder nur an dich. Den ganzen Tag bist du nicht nur in meinem Kopf, sondern auch in meinem Herzen und das wirst du auch immer bleiben, mein tapferer Held, mein Schatz. Bis dahin möchte ich, dass du weiterhin stark bleibst und gut auf dich achtgibst. Du bist ein toller und auch ein sehr kluger Junge. Das hast du von deinem Vater Gerald. Du bist ihm in sehr vielen Dingen ähnlich. Schließlich bist du ein Prook. Ich liebe dich über alles auf der Welt.

Deine Mama'"

Anschließend wischte Mark seine Tränen weg. „Erst da wusste ich endlich auch den Nachnamen meines Vaters, Prook! Nachdem ich diesen Brief gelesen hatte, fuhr ich ins Gefängnis, um meine Mutter endlich zu sehen. Dort angekommen erfuhr ich, dass sie vor Kurzem an einer Überdosis Heroin gestorben war."
Danach wurde Mark wütend und in einem lauten Ton beendete er seine Geschichte: „Wie ein Verrückter

suchte ich die Wärter, die meiner Mutter geholfen hatten, um vielleicht mehr Informationen zu bekommen und auch um mich zu bedanken. Jedoch erfuhr ich mit Entsetzen, dass meine Mutter gezwungen war, ihren Körper dafür an die Wärter zu verkaufen. Ben hat meine Mutter zu einer Alkoholikerin und einem Wrack gemacht, aber ihr wahrer Mörder ist Gerald Prook!" Erschrocken von Marks Geschichte stand ich ruckartig auf, ging zum Fenster, lehnte mich an und überlegte. Mark stand ebenfalls auf und stellte sich an den Platz, an dem ich eben noch gesessen hatte. Minutenlang schauten wir uns schweigend an!□

KAPITEL 30

MEIN GESCHENK AN DICH

„Wie hast du mich gefunden?", fragte ich Mark ernst und verschränkte dabei meine Arme. Mark musterte mich und antwortete verschmitzt: „Als ich endlich den Nachnamen meines richtigen Vaters kannte, fing ich an, nachzuforschen, wer er ist. Der wohlhabende, erfolgreiche Psychologe Gerald. Mit seiner hübschen Vorzeigefrau und seinem einzigartigen schlauen Sohn Michael! Ich wurde wütend und zugleich auch neugierig auf dich. Ich fand heraus, dass du auch Arzt sein wolltest. Also schrieb ich mich an der gleichen Universität ein. Ich wollte unbedingt in deiner Nähe sein, um zu sehen, ob du auch so einzigartig und schlau bist, aber auch, um zu schauen, ob wir uns in einer Sache ähneln. Als ich erfuhr, dass du einen Mitbewohner suchst, ergriff ich die Gelegenheit und machte einen perfekten Plan." Danach kam Mark in langsamen Schritten sehr nah zu mir und ich bemerkte zum allerersten Mal, dass er, wie mein Vater, seine Hände in die Hosentasche steckte und dabei leicht seinen Kopf zur Seite neigte. *Er kontrollierte sich nicht mehr! Das war Mark!* Er blickte mir tief in die Augen und fuhr weiterhin grinsend fort: „Also habe ich alle Interessenten, die deine Mitbewohner sein wollten, der Reihe nach getötet! Du hast mich immer wieder gefragt, warum ich nichts unternehme, wenn du tötest. Na, weil ich auch töte, Michael! Genau wie du bin auch ich ein Mörder! Wir sind Brüder! Das ergab der Geschwistertest, den ich mit deinen Haaren an das Labor geschickt habe! Was glaubst du, was ich jeden Abend zwischen 23:00 Uhr und 01:00 Uhr nachts auf dem Campus gemacht habe? Klar bin ich laufen gegangen, aber auch jagen! Die perfekten Opfer aussuchen und sie nachher abschlachten! Glaubst du, dass nur du so schlau bist, Michael? Ich habe es gleich bemerkt, wie du mich wochenlang verfolgt und beobachtet und tatsächlich irgendwann auch geglaubt hast, dass ich stundenlang nur laufen gehen würde!"

Dann nahm Mark seine Hände wieder aus den Hosentaschen, schüttelte seinen Zeigefinger in der Luft und sagte diesmal aber mit einem Lachen, „Zzzzz, und wie du getötet hast, nur um eine Reaktion von mir zu sehen. Das war echt schlau!" Ich stand immer noch angelehnt am Fensterbrett und verzog keine Miene! Mark schüttelte seinen Kopf, steckte seine Hände wieder in die Hosentaschen und erzählte weiter: „Ja, ja, du warst bei mir immer auf der richtigen Spur. Du musstest einfach deinen Instinkten folgen, Michael! Das hast du aber nicht! Nicht einmal, als ich dich auf der Intensivstation überraschte, wie du dabei warst, die Frau zu töten, und es auch schlussendlich durchgezogen hast – Respekt! Hast du dich nicht gefragt, was ich dort wirklich gesucht habe? Unser Patient brauchte keine Visite, das wusstest du doch! Ich war dort, um ihn zu töten, was ich auch gemacht habe. Hörst du? Ich war direkt vor dir, Michael, und habe unseren gemeinsamen Patienten getötet! Du bist danach nicht einmal ins Zimmer hinein, um zu schauen, ob es ihm gut geht! Du bist zwar sehr schlau, Michael, aber nicht so schlau wie ich, denn du lässt immer noch deine Gefühle zu, wenn es nicht sein sollte, und kannst selten deine Wut kontrollieren!" Sprachlos, aber wutentbrannt ging ich noch näher zu Mark und unsere Nasenspitzen berührten sich fast wie damals im Treppenhaus. Mark grinste: „Wütend? Sprachlos, Michael?", fragte er und redete überheblich weiter: „Weißt du eigentlich, wie oft ich hinter dir aufgeräumt habe und das immer noch mache? Nicht? Also, da wäre die eine junge Studentin, die du in unsere Wohnung mitgebracht hattest. Du hast geglaubt, dass du sie getötet hast, hast du aber nicht Michael! Sie war nicht tot! Denn als du im Bad warst, hat sie plötzlich versucht aufzustehen. Ich musste ihr das Genick brechen, sonst wäre sie aus der Wohnung entkommen! Oder im Krankenhaus, als du dem Anwalt im vierten Stock mit deiner Hand den Mund und die Nase bis zum Herzstillstand zugehalten hast, jedoch nicht bemerkt hast, dass ihn die Stationsschwester zurückgeholt hat, nachdem du weg gewesen bist. Ich habe danach einfach den Stecker gezogen, damit er nicht mit dem Finger auf dich zeigen kann. Ach ja, und die neue Assistenzärztin, die für deine Gruppe vorgesehen war, Überraschung habe ich auch getötet, um erneut in dein Leben zu treten! Oh, nicht zu vergessen, Mona! Sie hat mir an jenem Abend alkoholisiert erzählt, dass sie dich unheimlich findet, in deiner Praxis Patienten sterben und auch deren Akten auf mysteriöse Weise verschwinden! Auch ihrer Freundin hätte sie es schon vor Kurzem erzählt. Also musste ich Mona und auch ihre Freundin noch an jenem Abend nach dem Sex zu dritt im Wald umbringen und anschließend ihre Leichen verbrennen! Ja, du hörst richtig. Ich töte, seit es mir so gut gefiel, die beiden Messer in Ben zu stechen, dass ich mich immer wieder sehne, jemanden zu töten! Manche der Leichen werfe ich auch in die Mülltonen oder suche einen Misthaufen und lasse sie dort liegen, so wie ich es mit den drei Wärtern gemacht habe.“ Mark fing lautstark an zu lachen und sagte mit einem selbstgefälligen Blick: „Und du hast geglaubt, dass ich auf die langweilige, prüde Lea stehe! Was glaubst du, warum ich gesagt habe, dass du sie nicht töten sollst? Dein Vater überschätzt dich, Michael, sodass dir nicht einmal aufgefallen ist, dass du dich sofort in Lea verliebt hast, als du sie bei mir gesehen hast! Du kannst doch nicht die Frau töten, für die du etwas empfindest. Das durfte ich nicht zulassen. Schließlich bin ich ein netter Bruder, der sich um dich sorgt! Und du sollst Geralds einzigartiger, schlauer Sohn sein?“ Als ich diese Sätze hörte, stieß ich Mark mit voller Kraft von mir weg. Er stolperte zum Tisch und lachte einfach nur weiter. Wütend blickte ich ihn an! Mark richtete sich auf. „Komm schon, Michael. Sei doch etwas freundlicher, schließlich habe ich dir ein Geschenk gemacht. Ich habe dich erleuchtet!“ Todernst sagte ich: „Ich werde dich töten!“ Mark wurde abrupt ernst, hob belehrend seinen Zeigefinger und richtete ihn auf mich: „Zzzzz. So redet man nicht mit seinem älteren Bruder, der sich um einen sorgt. Wo sind deine Manieren geblieben, Michael? Und wenn hier irgendjemand einen Prook tötet, dann bin ich das! Ich töte Gerald Prook und wenn du dich weiterhin so unartig benimmst, muss ich dich auch töten!" „Du wirst meinen Vater niemals anfassen! Dafür sorge ich!" „Oh doch! Bevor ich nicht weiß, warum Gerald meine Mutter und mich dieser Bestie ausgeliefert hat, darf er nicht sterben! Aber glaube mir Michael, sobald ich meine Antworten von ihm bekommen habe, werde ich ihn quälen und anschließend töten!" „Es reicht. Er ist nicht dein Vater!", schrie ich und packte ihn am Shirt. Mark schrie ebenfalls: „Du hast recht. Es reicht!" Drohend sagte ich: „Glaube mir Mark, das wird niemals geschehen! Bevor du in die Nähe von meinem Vater kommst, werde ich, ohne dass du es merkst, aus dem Nichts vor dir stehen und dich mit erbarmungsloser Härte töten!" Gerade als ich ihm weiter drohen wollte, ging die Tür auf und ich ließ Marks Shirt los. Die Krankenschwester schaute uns verdutzt an, ging zu Mark, gab ihm den zusammengefalteten Zettel mit dem Ergebnis und verließ den Raum. Mark lachte mich verschmitzt an und streckte mir selbstbewusst den Zettel entgegen. „Schau, wer mein Vater ist!" Ich riss den Zettel aus seiner Hand und Mark hörte auf zu grinsen. Meine Hände zitterten. Mein Herz sprang mir fast aus dem Leib. Mark räusperte sich, ging zur Tür hinüber und schaltete das Licht ein. „So siehst du besser". Dann verließ er siegessicher den Schulungsraum! Nervös öffnete ich ihn nach langem Überlegen und las schockiert, dass Mark in der Tat zu

99,9 % der Sohn von Gerald Prook, meinem Vater, war. *Er hat die Wahrheit gesagt! Er ist tatsächlich mein Bruder! Mark ist mein Bruder!* Mit rasendem Herz faltete ich den Zettel schnell wieder zusammen, steckte ihn in die Hosentasche und mit Wut und Tränen versprach ich mir, meinen Vater zu beschützen! Schnell rannte ich zur Intensivstation und sah durch die obere Hälfte der Milchglasscheiben, dass Mark und auch zwei andere Ärzte bei ihm waren. Ich glaubte nicht, dass Mark vor den anderen unserem Vater etwas antun würde, denn er hatte ja schließlich gesagt, dass er ihn erst dann töten würde, nachdem er Antworten bekommen hat. Ganz vertrauen konnte ich ihm dennoch nicht! Jedoch blieb mir nichts anderes übrig, als hilflos vor den Scheiben zu stehen! Nach einer Weile kamen sie heraus und Mark lief wortlos an mir vorbei. Ich setzte mich direkt vor die Tür und wachte die restlichen Stunden über meinen Vater. Als die 24 Stunden endlich um waren, kam Mark zu mir und sagte selbstsicher: „Ich habe es dir doch gesagt. Dein Daddy hat es geschafft! Ich habe alles getan, damit er am Leben bleibt!“ Ich stand von meinem Stuhl auf und starrte Mark an. Mark grinste und wollte meine Schulter anfassen, jedoch ließ ich es nicht zu. „Wir verlegen ihn nachher auf die normale Station und in ein paar Tagen kann er schon nach Hause gehen“, sagte er und ging. Doch plötzlich blieb er stehen, eilte aufgesetzt mit kleinen Schritten und einem gespielten

Buckel zu mir. Leise und listig flüsterte er in mein Ohr: „Pass sehr gut auf deinen Daddy auf, Michael. Denn wenn ich ihn besuchen komme, muss er absolut bei Sinnen und Kräften sein!“ Anschließend richtete er sich wieder auf, steckte seine Hände in die Hosentasche, drehte sich fast tanzend um und ging glücklich pfeifend weiter. Ich rief Magda an, erzählte ihr, dass mein Vater es geschafft hatte, und bat sie, für uns frische Kleidung zu bringen. Obwohl Mark bei der Visite nie dabei war, wich ich drei Tage nicht von der Seite meines Vaters und verließ nicht einmal das Zimmer. Ich manipulierte sogar die Zimmertür, sodass man diese nur von innen öffnen konnte. Da es keiner bemerken durfte, insbesondere Mark, ließ ich die Tür den ganzen Tag offen und schloss sie nur am Abend. Herzzerreißend schaute ich nur meinen Vater an, der geschwächt da lag. Ich war unendlich froh, dass er lebte. Mir war immer noch alles egal, die Unterstützer, die verdammte mürrische Marie, Lea, Mark, ja sogar ich selbst. Meine Welt war nur mein lieber Vater! Spät in der Nacht musste ich eingenickt sein, denn ich spürte, dass mich jemand beobachtete. Ruckartig zuckte ich zusammen und schaute schnell zur Tür. Zum Glück war keiner da. Doch als ich zu meinem Vater hinübersah, sah ich, wie er mich anschaute. Unter Tränen sprang ich auf, ging zu ihm und hielt seine Hand fest. „Es tut mir leid, Papa. Bitte verzeihe mir. Papa, mein lieber Papa“, flüsterte ich und senkte demütig meinen Kopf. Mit geschwächter und zittriger Stimme sagte mein Vater: „Michael! Was habe ich dir schon einmal gesagt? Hast du es vergessen? Senke niemals deinen Kopf, mein Sohn!“ Beschämt weinte ich noch mehr und konnte meinen Kopf trotzdem nicht hochheben! Dann fuhr mein Vater mit den fast gleichen Sätzen, die er mir als Kind schon einmal gesagt hatte, fort: „Alles ist in Ordnung, mein Sohn. Es gibt nichts zu verzeihen, denn du kanntest die Wahrheit nicht! Du hast richtig gehandelt!“ Ich weinte noch mehr und viel nach diesen Worten der Größe in einen nicht endenden tiefen Abgrund hinein. Es schmerzte so sehr, dass ich es schwer ertragen konnte. „Nein, Papa, ich habe alles falsch gemacht! Ich hätte dir vertrauen müssen. Auch wenn du sagst, dass es nichts zu verzeihen gibt, werde ich mir das, was ich dir angetan habe, niemals verzeihen! Niemals!“ Mein Vater legte schwach seine andere Hand auf meine Hand. „Bitte, Michael. Schau mich an.“ Ich schüttelte heftig meinen Kopf und mein Vater bat mich erneut: „Mein Sohn. Ich bitte dich, schau mich an!“ Sehr langsam hob ich etwas meinen Kopf und schaute meinen Vater zum ersten Mal seit dem letzten Schlag in seine Augen, die diesmal nicht mit Blut verschmiert, sondern komplett mit Tränen gefüllt waren. „Du bist mein Sohn. Ich liebe dich und ich werde dich immer lieben. Auch wenn du mich mit oder ohne einen Grund töten würdest. Lieber sterbe ich durch deine

Hand!“ Schluchzend sprang ich meinem Vater um den Hals und umarmte ihn. „Ich liebe dich, Papa.“ Mein Vater streichelte sanft meinen Kopf. „Ich liebe dich viel mehr, mein Sohn.“ Dann gab er mir einen schwachen Kuss.□

KAPITEL 31

LIEBESBEWEIS

„Ich möchte dir etwas über deine Mutter Katharina erzählen.“ Ruckartig ging ich von meinem Vater weg. „Ich will über sie nichts wissen! Nicht einmal ihren Namen kann ich ertragen, wenn ich ihn höre!“ Mein Vater lächelte und fing dennoch an zu erzählen. „Ich lernte Katharina an der Universität kennen und verliebte mich sofort in sie. Sie war so schön und hatte eine liebevolle und schüchterne Art. Irgendwann wurden wir ein Paar. Wir unternahmen fast alles gemeinsam und waren überglücklich. Ich stellte sie auch gleich deinen Großeltern vor, die auf Anhieb von ihr begeistert waren. Katharina stellte mich auch ihrer kleinen Familie vor, die dann aber alle nacheinander starben. Anfangs dachte ich, dass das Schicksal es mit ihr nicht gut meinte. Später stellte sich heraus, dass

Katharina ihre gesamte Familie getötet hatte! Nach einer Weile bemerkte ich kleine Veränderungen an ihr. Sie wurde immer nachdenklicher, gereizter und auch nervöser. Zuerst dachte ich, sie wolle sich wegen eines anderen Mannes von mir trennen und könne es mir nicht sagen. Eines Tages verfolgte ich sie. Sie traf sich tatsächlich mit einem fremden Mann. Sie gingen gemeinsam in den Wald, zuerst redeten sie und lachten miteinander. Das mit anzusehen war eine Qual für mich. Katharina ging während des Redens immer näher zu ihm, und als ich mir sicher war, dass sie ihn jetzt küssen würde, schloss ich unendlich traurig kurz meine Augen. Doch als ich sie wieder öffnete, sah ich, wie Katharina mit einem Messer wild auf den Mann einstach. Ich wollte zu ihr eilen, doch ich bemerkte, wie zufrieden, genau und präzise sie tötete. Sie deckte den Mann anschließend mit Ästen und Zweigen zu und ging den Weg entspannt wieder zurück. Auf halber Strecke kreuzte ich ihren Weg. Sie schaute mich locker und lässig an, als wäre sie von einer Lesung gekommen. Ich sprach sie auf das Geschehen an und Katharina erzählte mir ihr Geheimnis, dass sie sich ohne zu töten krank und schlecht fühle. Mit diesen Erkenntnissen ging ich zu deinen Großeltern und erzählte ihnen, dass Katharina auch tötet. Dein Großvater testete daraufhin Katharina in seiner Praxis auf das Killer-Gen und war verblüfft, dass sie es zu 44,6 % in sich hatte!

Überglücklich machte ich ihr sofort einen Antrag, denn mit Katharinas und meiner DNA hätten wir den besten und perfekten Killer erzeugen können, den es selbst in der Linie der Prooks so noch nie gegeben hatte. Was wir schließlich auch taten, dich, Michael! Danach zeigten und lehrten deine Großeltern und ich, Katharina unsere richtige, einzige und makellose Welt! Die Welt der Prooks! Wir verstanden uns prächtig mit ihr! Unser Leben war perfekt und wurde durch deine Geburt noch unbeschreiblicher. Doch als du 14 Jahre alt warst und du manche deiner Morde sehr unkontrolliert und auch schlampig begingst, ärgerte es Katharina so sehr, denn in ihren Augen bröckelte diese perfekte Familie. Nicht nur sie sah, dass du lange zum Lernen brauchtest, sondern auch die Männer, die die Leichen mitnahmen. Auch die Unterstützer bekamen das mit und hatten Angst, dass sie alle deinetwegen irgendwann auffliegen würden. Mir war das egal, denn schließlich warst du doch noch ein Kind. Ich wusste, dass es Zeit bräuchte, aber Katharina gab sie dir nicht. Anfangs bemerkte ich ihre Wut auf dich nicht!
Wie du weißt, war sie nicht nur eine schöne Frau, sondern auch eine enorm schlaue Frau. Ich sagte immer zu ihr, dass das nicht so schlimm wäre und du es bald in den Griff bekommen würdest. Doch sie war sehr ungeduldig mit dir.

Sie beobachtete dich öfter, wenn du am Essen, am Lernen oder sogar nur am Fernsehen warst. Ihre Augen waren stets auf dich gerichtet. Irgendwann wollte Katharina nur noch halbtags in der Praxis arbeiten und mehr Zeit mit dir und auch zu Hause verbringen. Es machte mich stutzig, denn wir hatten sehr viele Patienten und zudem glaubte ich ihr nicht, dass sie es mit dir gut meinen würde! Sie musste etwas im Schilde führen, da war ich mir sicher! Um es herauszubekommen, stimmte ich dem aber zu. Ich beauftragte Magda, dass sie dich niemals mit ihr alleine lassen sollte, erzählte ihr aber nicht von meiner großen Sorge. Mit der Zeit ahnte Magda, warum ich dies tat. Schließlich kennt sie uns alle. An jenem schrecklichen Abend am 1. Oktober – diese Nacht werde ich niemals vergessen – als dein Trainer Jörg mich angerufen hatte. Deine Mutter war außer sich. Ich habe in ihren Augen gesehen, dass sie dich töten wollte. Wir gingen alle schlafen. Magda sagte ich vorher schon, dass sie, nachdem wir zu Bett gegangen waren, ins Gästezimmer gehen und dort mit einem offenen Auge und angelehnter Tür schlafen solle. Ich legte mich so hin, dass Katharina glaubte, ich würde schlafen. Und tatsächlich täuschten mich mein Gefühl und auch meine Einschätzung nicht. Denn nach ein paar Stunden verließ Katharina das Ehebett und schlich aus dem Zimmer.

Sofort sprang ich aus dem Bett, eilte zum Gästezimmer und holte Magda. Versteckt und angelehnt an der Türschwelle, beobachtete ich Katharina, die leise und mit gebückter Haltung in dein Zimmer hinein ging! Eilig rannten wir zur Tür, und ich schob sie einen Spalt auf und sah, wie Katharina seitlich vor deinem Bett stand. Sie beobachtete dich mit einem abscheulichen Blick, den ich bei ihr noch nie gesehen hatte. Ich hoffte trotzdem insgeheim, dass sie das, was ich ahnte, nicht machen würde. Versuchen, dich zu töten. Doch sie tat es, sie hob ihre Hände und gerade, als sie sie an deinen Hals legen wollte, schob ich die Tür ganz auf! Katharina erschrak und sah mich mit weit geöffneten Augen an. Und zum ersten Mal wusste ich, wie der Blick eines Teufels aussieht! Um dich nicht aufzuwecken, drohte ich leise, dass sie dich in Ruhe lassen solle.
Ihr hasserfüllter Blick sagte mir, dass sie entschlossen war, dich zu töten. Schnell hob sie ihre Hände und wie von Sinnen beraubt, stürmte ich ins Zimmer, packte sie von hinten und hielt ihren Mund und ihre Nase zu. Katharina versuchte, sich zu wehren. Mit meiner ganzen Kraft fing ich an, sie zu erwürgen, und hoffte insgeheim, dass du nicht aufwachst. Doch du wurdest kurz wach, machtest deine Augen leicht auf und genau in diesem Moment atmete deine Mutter ihren letzten Atemzug. Ich hatte sie getötet, war wie erstarrt und atmete kaum, als ich dich sah.

Daher musste ich schnell handeln, also legte ich die Leiche von Katharina an meinen Körper, um dir vorzutäuschen, dass sie sich mit dem Rücken an mich anlehnt. Dabei lächelte ich dir zu. Zum Glück hast du deine Augen wieder geschlossen und schliefst gleich wieder ein. Als ich mir sicher war, dass du weiterschläfst, zog ich ihre Leiche aus deinem Zimmer hinaus und Magda machte deine Zimmertür schnell und leise zu. Ich brachte Katharinas Leiche runter in den Keller und legte sie auf den kalten Boden, setzte mich neben ihr hin und küsste sie überall in ihrem Gesicht, denn sie sah wieder, wie ein Engel aus.“ Mein Vater nahm einen sehr langen und tiefen Atemzug. „Aber das war sie nicht. Sie war ein Teufel!
Ein Dämon, der sein eigenes Fleisch und Blut, ihren kleinen wunderbaren Sohn töten wollte!
Eine Weile saß ich im Keller und nachdem ich mich gefangen und alles bis ins kleinste Detail geplant hatte, erzählte ich Magda, was jetzt zu tun war. Wir legten uns wieder schlafen und ich fuhr in der Früh in die Praxis, um kein Aufsehen zu erregen, ging meine Patientengespräche aber etwas schneller durch. Nach meinem letzten Patienten fuhr ich nach Hause und trug die Leiche ins Auto. Magda wollte unbedingt mitkommen. Ich erlaubte es ihr aber nicht und fuhr alleine zu Herrn Brikanu. Herr Brikanu wartete schon auf mich.

Er ließ mich durch den Hintereingang hinein und wir gingen mit ihrer Leiche auf meinen Armen ins Krematorium hinunter. Als wir unten waren, tränten meine Augen. Ich wusste, was gleich mal passieren würde. Herr Brikanu hatte für Katharina einen schönen Altar gerichtet. Es lag ein weißes Tuch auf dem Stein, auch Blumen waren überall aufgestellt und das Licht hatte er gedämmt. Ich legte sie auf den Stein, richtete ihr Nachthemd und ihre Haare. Immer wieder streichelte ich über ihren Kopf. Ich verabschiedete mich mit diesen Worten von deiner Mutter: ‚Meine wunderschöne Katharina. Ich werde dich den Rest meines Lebens immer lieben, und wenn ich die Zeit zurückdrehen könnte, würde ich eines anders machen. Ich hätte dich schon vor einem Jahr töten müssen, als du deine dämonischen Augen auf meinen geliebten Sohn gerichtet hattest!' Danach blickte ich zu Herrn Brikanu und nickte. Er nickte ebenfalls und fragte mich, ob ich tatsächlich zuschauen wolle.Unter Tränen nickte ich erneut und Herr Brikanu zog den Hebel, der ihre Leiche dem Feuer übergab. Fast zwei Stunden beobachtete ich alleine, wie Katharinas lebloser Körper zu Asche wurde, und verließ anschließend das Krematorium. Draußen standen Herr Brikanu und mittlerweile auch Frau Brikanu. ‚Mein Beileid', sagten sie noch und ich fuhr wieder zurück.

Vielleicht war ich egoistisch, da ich nach ihrem Tod sofort alle Bilder von Katharina entfernte und auch das ganze Haus erneuerte. Aber ich konnte nichts mehr von diesem Teufel sehen! Auf jeden Fall hast du mich während der Fahrt angerufen, mein Sohn. Ich wollte dir keinesfalls die Wahrheit sagen, also erzählte ich dir, dass sie einen Autounfall gehabt hätte. Als ich nach Hause kam und dich so zusammengebrochen sah, wie du über die Frau, die dich töten wollte, mit liebenden und qualvollen Schmerzen schriest, bin ich innerlich gestorben! Später vollendete ich die Akte von Katharina, die ich damals nach unserer Hochzeit angelegt hatte, und versteckte sie bei uns zu Hause in der Hoffnung, sie dir irgendwann selbst zu übergeben!" Mein Vater lächelte mich kurz an. „Auch über dich habe ich eine Akte angelegt, Michael. Deswegen durftest du niemals die Wahrheit wissen und wenn, dann nur von mir! Ich haben schon versucht, es dir zu sagen, als ich dir die Akte von Herrn Eduard Brikanu in die Hand gab, jedoch brachte ich es nicht über die Lippen und auch nicht übers Herz. Doch Evelyn, dieses undankbare, naive Stück Dreck, hat mich beklaut und dir die Akte von deiner Mutter gegeben, ohne die Wahrheit zu kennen. Ich wusste an diesem Tag, als Evelyn unüberlegt im Kunstverein über Katharina redete, dass du sofort etwas geahnt hast.

Auch wusste ich, dass Evelyn mit der Akte zu dir gehen würde. Sie versteckte sich vor mir, doch ich stellte Männer auf, die bei deiner Praxis auf Evelyn warteten. Nachdem ihr euch in dem Waldstück getroffen hattet und Evelyn gegangen war, ließ ich sie auf der Rückfahrt von den Reinigern von der Passstraße abdrängen, sodass sie dort den Abhang hinunterstürzte und im Feuer starb!" Ruckartig umarmte ich meinen Vater und konnte ihm unter Tränen nur eines sagen: „Ich liebe dich, Papa!" Doch mein Vater erwiderte meine Umarmung nicht und sagte auch nichts. Ich dachte, dass er mich nicht gehört hatte, also sagte ich lauter: „Papa, ich liebe dich!" Doch er reagierte wieder nicht. Unter Schock wich ich von ihm zurück und bemerkte, dass mein Vater zum Glück nur eingenickt und nicht tot war! Leise ging ich danach ins Badezimmer und weinte minutenlang lautlos in meine Hände hinein. Das war der größte Liebesbeweis meines Vaters. Er liebte mich mehr als alles andere auf der Welt! Sogar seine Liebe tötete er für mich! *Papa, ich liebe dich und werde dich den Rest meines Lebens lieben! Doch, Katharina! Wie konnte eine Frau, eine Mutter, ihr eigenes Kind so sehr hassen, dass sie es töten wollte? Nur, weil das Kind noch am Lernen war? Verdammt noch mal, ich war noch ein Kind! Warum hast du mir nicht mehr Zeit gegeben?*

Ich war tatsächlich ihre Schwäche, wie es in ihrer Akte stand! Nicht weil sie Angst um mich hatte oder mich liebte, sondern weil sie mich als ihre eigene Schwäche sah, die aus ihr herausgekommen war! *Oh, Katharina, ich hätte dich Herrn Brikanu zum Schänden gegeben, denn etwas anderes hast du nicht verdient!* Anschließend starrte ich mich lange im Spiegel an! Tief blickte ich in meine Augen, sah und hörte, dass meine Seele in diesem Moment zu mir sagte: *Ich bin Michael Prook! Ich wurde am 1. Oktober geboren!*□

KAPITEL 32

ALLES FÄLLT

An diesem Morgen durfte mein Vater das Krankenhaus verlassen. Während ich seine Sachen einpackte, wartete er sitzend auf dem Bett. „Kommt Mark auch noch, um nach mir zu sehen?“, fragte er. Und wie es der Zufall wollte, kam er auch schon. „Gerald, du siehst ja viel besser aus“, scherzte er. Mein Vater lächelte und nickte. „Dank euch großartigen Ärzten.“ Ich wendete meine Blicke keinesfalls von Mark ab. „Kommst du heute zum Abendessen?

Das würde mich und Michael freuen." Mark warf mir einen kurzen, listigen Blick zu. „Heute nicht Gerald. Erhole dich noch ein wenig. Schließlich möchte ich, dass du absolut bei Kräften bist, wenn ich komme! Morgen komme ich dich besuchen", antwortete er und warf mir erneut einen flüchtigen, listigen Blick zu. Mein Vater lächelte, denn der Arme wusste nicht, dass Mark kommen wollte, um ihn zu töten! Als wir das Zimmer verlassen hatten, verabschiedeten sich mein Vater und Mark mit einem Händeschütteln. „Bis dann, Mark." Mark grinste. „Bis morgen, Gerald. Ich komme auf jeden Fall! Morgen bin ich bei dir!" Danach hängte sich mein Vater bei mir ein und ich ging mit ihm einige Meter weiter. Doch zornig drehte ich mich um und sah, wie Mark seine Hände in der Hosentasche hatte und grinste. Wütend blieb ich stehen, starrte ihn an und erzählte ihm in Gedanken meine kleine Geschichte.

Oh, Mark. Du irrst dich! Denn als ich dich das erste Mal sah, empfand ich sofort eine enorme Anziehungskraft. Jedes Mal, wenn ich in deine blauen Augen sah, spürte ich eine Vertrautheit. Du unternahmst nichts gegen mich, denn dir ist es ebenso gegangen. Nur wusstest du etwas, was ich nicht wusste, dass ich dein Bruder bin! Aber ich weiß auch etwas, was du nicht weißt!

Du glaubst, dass ich bei der Studentin versagt hätte und nicht wusste, dass sie nicht tot war? Oh nein, Mark, ich ließ sie mit

Absicht nicht sterben, nur um endlich eine Reaktion von dir zu sehen. Mein Herz pochte, als ich dich durch die Spalte der Badezimmertür beobachtete und sah, wie du mit einem ausgezeichneten Handgriff flink ihr Genick für mich gebrochen hast. Da wusste ich, dass du das nicht das erste Mal gemacht hattest!

Glaubst du, ich habe nicht bemerkt, dass du draufgekommen bist, dass ich dich verfolge? Ich wollte es so, Mark! Ich wusste, du musstest glauben, dass du wieder sicher bist. Also verfolgte ich dich dann erneut und sah endlich mit meinen eigenen Augen, dass du mitten in der Nacht nicht nur laufen, sondern auch töten gewesen bist! Was glaubst du, wer all deine Leichen und Spuren, die du schlampig hinterlassen hast, entsorgt und beseitigt hat? Nein, nein, Mark, nicht du, sondern ich habe dir nachgeräumt. Und seit du wieder in mein Leben kamst, räume ich dir immer noch hinterher, und das exakt 26 Mal bis heute.

Unser gemeinsamer Patient, der auf der Intensivstation starb, ich wusste, dass du ihn getötet hattest, denn ich bin bewusst in das gegenüberliegende Zimmer, in dem die Frau lag, hineingegangen, da ich dich im Augenwinkel gesehen hatte. Ich war auch direkt vor dir und wollte dich bei deinem Werk nicht stören! Ich erschrak nur, weil du mich bei meinem Werk gestört hast! Ich wusste es an diesem Abend, als du mit deinem Kaffeebecher den Aufenthaltsraum verlassen hattest und du wieder genau denselben Handgriff gemacht hast, wobei du mit deinem Daumen und Zeigefinger deine Nasenwurzel massierst. Das, lieber Mark, machst du immer, wenn du töten willst oder gehst. Ich musste dich erneut testen, ob du auch heute meine Spuren wie damals beseitigen würdest; also habe ich ebenfalls bewusst meinen Patienten, den Anwalt im vierten Stock gerade so erstickt, dass er von der Stationsschwester wiederbelebt werden konnte. Wenn du danach nicht den Stecker gezogen hättest, damit er nicht redet, hätte ich es selbst gemacht. Ich war dir immer im Nacken, Mark!

Ach ja, und Mona mit ihrer lästigen Freundin. Kurz bevor ich mit Lea das Dafina verließ, hast du beinahe ohne Unterbrechung deine Nasenwurzel massiert. Absolut sicher wusste ich, dass du sie töten würdest. Dachte aber, dass du sie noch viel länger benutzen würdest, bevor du sie beide verbrennst! Denn die lästige Freundin von Mona flüsterte mir, bevor Mona es dir alkoholisiert erzählt hatte, an diesem Abend selbst ins Ohr, dass ich unheimlich sei und meine Patienten und deren Akten auf mysteriöse Art und Weise verschwinden würden. Nachdem ich Lea nach Hause gefahren hatte, fuhr ich wieder zurück ins Dafina, um die lästige Freundin noch weiter in mein Ohr flüstern zu lassen, und um danach beide zu töten. Doch von euch war keiner mehr da. Ihre verbrannten Leichen wurden von meinen Männern abgeholt! Bei der Nachricht, die du mir und nicht Mona aufs Handy geschickt hattest, wusste ich sofort, dass du sie geschrieben hast, denn Mona und ich hatten die Abmachung, uns niemals Nachrichten zu senden, da sie einen Freund hatte! Danke, dass du sie aus meinem Leben genommen hast!

Du hast mich im Schulungsraum gefragt, ob ich wütend und sprachlos bin? Ja, ich war wütend, dass ich dir das alles und noch vieles mehr nicht in dein Gesicht schreien konnte. Und sprachlos, aber auch unendlich froh, dass du, Mark, mein Bruder bist! Mag sein, dass ich nicht erkannt habe, wie und weshalb du in mein Leben gekommen bist – wie auch? Und dass du die Mitbewerber um die Wohnung und auch die Assistenzärztin beseitigt hast. Aber eines kann ich dir versichern, seit du wieder in meinem Leben bist, habe ich dich schon längst rundum in mein Netz eingebettet! Mark, ich habe und gebe dir zurück, was du mir, seit wir uns kennen, gegeben hast und immer noch gibst – Vertrauen, Treue, Loyalität, Freundschaft! Denn unser Blut zieht uns gegenseitig an und verlangt einander! Du bist mein Bruder! Wir sind Brüder! Wir beschützen uns! Doch dein Hass, aber auch deine Liebe zu mir machen dich sehr gefährlich. Deine Waage muss irgendwann in eine Richtung fallen! Meine Waage ist schon vor Tagen gefallen, als ich erfuhr, dass du mein Bruder bist. Doch Mark, wenn du versuchst, unseren Vater zu töten, werde ich dich, egal, in welcher Welt du bist, finden und mit unerbittlichem Zorn über dich herfallen. Ach ja, da wäre noch Lea …

Ruckartig bemerkte ich, wie mein Vater meinen Arm kräftig schüttelte. „Michael, Michael …“, sagte er und riss mich aus meiner kleinen Geschichte mit Mark, denn ich wollte ihm noch so vieles erzählen. Wieder völlig klar sah ich meinen Vater an. „Michael, alles in Ordnung? Was überlegst du?“

Wortlos klopfte ich auf seine Hand und mein Vater sah zwischen Mark und mir hin und her. Anschließend brachte ich meinen Vater nach Hause. Ich ließ ihn im Wohnzimmer, das Magda mittlerweile schon aufgeräumt und sauber gemacht hatte, auf der Couch Platz nehmen. Die großen Schiebetüren öffnete ich, sodass er den Duft der verschiedenen Blumen, Pflanzen und des frisch gemähten Grases im Garten riechen konnte. Ich ging hoch ins Bad und duschte mich zum ersten Mal nach Tagen ausgiebig. Minutenlang ließ ich das Wasser über meinen Kopf laufen und versuchte, meine Gedanken zu ordnen. Magda richtete derweil für meinen Vater und mich etwas zum Essen. Ich setzte mich neben ihn, der gerade seinen letzten Bissen von seinem Sandwich nahm, und schaute ihn traurig an. Die blauen Flecken in seinem Gesicht waren noch deutlich zu sehen und auch in seinen Augen konnte man die geplatzten Blutgefäße sehr gut erkennen. Nachdem auch ich mein Sandwich fertig gegessen hatte, brachte ich meinen Vater ins Bett und er schlief bis zum nächsten Morgen durch. Derweil versuchte ich, Lea anzurufen, die wie immer nicht abnahm, und schmiedete stattdessen Pläne gegen Mark. Auch musste mein Vater so schnell wie möglich wieder auf die Beine kommen, um die unsichtbare Schlange, die sich um uns gewickelt hatte, sichtbar zu machen! *Heute kommt Mark!*

Die Kindheit von Mark, aber auch das, was er vorhatte, gingen mir nicht aus dem Kopf.
Wann und wie würde er unseren Vater aus dem Leben reißen? Wenn er seine Antworten bekommen hatte?
Ich war sehr besorgt. Ich wusste, dass ich Mark, meinen Bruder heute töten musste, und durfte nicht einmal den Hauch eines Fehlers machen, denn ich hatte jetzt zum ersten Mal einen starken Gegner, der auch so strategisch wie ich vorgehen würde.
Ich musste gegen mich antreten! Kurz vor dem Abendessen kam mein Vater herunter, ich setzte mich mit ihm ins Wohnzimmer und wir spielten Karten. Mein Vater meinte, dass er mir nach dem Besuch von Mark das Ergebnis seiner Nachforschung zeigen und mit mir durchgehen wolle. Wir aßen gemeinsam im Garten unter dem großen Pavillon. Nachdem Magda den Tisch aufgeräumt hatte und ins Haus hineingegangen war, sagte mein Vater: „Ich glaube, dass Mark nicht mehr kommt.“ Er machte eine kurze Pause und fuhr mit ernstem Blick fort: „Ich habe erstaunliche Dinge erfahren, Michael. Über Marie, ihre Sippe und auch über einen unserer Unterstützer, der mit ihnen in Kontakt steht! All die Beweise und Fotos habe ich!“ Neugierig lehnte ich mich zu meinem Vater vor und fragte bitterernst: „Wer? Wer ist die Schlange?“ Mein Vater klopfte auf meine Oberschenkel. „Komm, gehen wir hinein.“

Er setzte sich wie gewohnt in seinen großen Sessel im Wohnzimmer und schlug seine Beine übereinander. Ich holte die Whiskyflasche aus der Bar und schenkte mir einen Doppelten ein. Als ich mich hinsetzte, klingelte es schon an der Haustür. Magda kam mit Mark herein, der einen großen Kranz aus Lilien in der Hand hielt. Rasch stand ich auf, ging unauffällig zu meinem Vater, stellte mich hinter ihn und nahm dabei keinesfalls meinen Blick von Mark. Zu Magda, die direkt hinter Mark stand, sagte ich: „Magda, lass uns heute alleine. Wir werden sicher sehr laut sein, geh zu mir nach Hause.“ Magda schaute mich verdutzt an. „Das ist mir egal, Michael. Ich schlafe ohnehin wie ein Stein. Und außerdem muss ich noch die Küche fertig putzen.“ Plötzlich drehte sich Mark zu ihr um, wobei er sie angrinste. „Michael hat recht, Magda. Heute lasse ich es mit den Prooks krachen. Es wird sicher sehr laut werden.“ Magda schaute wieder zu mir. „Die Küche kann warten. Wir sehen uns morgen.“ Sie legte ihre Schürze ab, ging kurz in die Küche und danach hörten wir noch, „Feiert nicht zu wild mit dem alten Mann“, und die Haustür fiel ins Schloss. Mein Vater erkannte sofort an der Situation, dass etwas nicht stimmte. Es war eine Weile still zwischen uns, danach schaute mein Vater Mark ernst an. „Ich dachte nicht, dass du noch kommen würdest. Was hast du denn da mitgebracht? Der Kranz ist nicht für mich? Oder doch?“

Mark grinste verschmitzt, kam näher vor zu uns und legte den Kranz auf den Tisch. „Doch der ist für dich Gerald, denn ich habe überlegt, welche Blumen ich dir heute mitbringen könnte. Da sprang mir dieser Kranz ins Auge, der perfekt zu dir und zum heutigen Abend passt!“ Mein Vater neigte seinen Kopf zur Seite und schaute Mark prüfend eine Weile an, der mit einem komplett anderen Gesichtsausdruck als sonst vor uns stand. Mit seinen hasserfüllten Augen starrte er uns an. Mein Vater fragte nach dieser kurzen Überlegung mit erhabenem Blick und ernstem Ton: „Willst du heute deinen Lohn haben, weil du meinen Sohn Michael bis heute nicht verraten hast? Oder bist du gekommen, um mir, um uns zu drohen? Egal, was du antwortest, in deine Hand passt der Kranz besser! Also sag, was oder wie viel willst du, Mark?“ Mark fing lautstark an zu lachen und klatschte dabei. Mein Vater blieb sehr ruhig. Nach kurzer Zeit hörte er auf zu lachen und zu klatschen und ging noch näher zu ihm. Ruckartig machte ich einen Schritt vor zu Mark und wir starrten einander an. Anschließend schaute Mark zu meinem Vater. „Jetzt weiß ich, woher dein Sohn seine Überheblichkeit hat. Wohl nicht von Katharina! Wie kommst du darauf, dass ich von dir Geld möchte? Ich will nur eines von dir, Gerald! Dich töten, nachdem ich meine Antworten bekommen habe. Ich will Antworten, Gerald!“

Bestimmt antwortete mein Vater: „Was für Antworten willst du? Komm, stell mir deine Fragen. Ich habe auf alles eine Antwort.“ Mark klatschte einmal, ging zur Couch und setzte sich unverschämt direkt vor unserem Vater hin. „Als erstes Gerald, warum hast du deine Familie nicht beschützt?“ Mein Vater änderte seine Sitzposition, indem er seine Ellenbogen auf die Oberschenkel stützte, lehnte sich vor und starrte Mark von oben bis unten an. „Bis heute beschütze ich meine Familie und werde sie auch beschützen, bis ich sterbe! “Mark lehnte sich ebenfalls vor und deutete mit dem Finger auf mich. Ohne mich dabei anzuschauen, sagte er: „Das, was dein Sohn gerade macht, das ist Beschützen, Gerald! Er steht wie eine Festung vor und hinter dir. Er beschützt dich, seine Familie, denn er hat einen Beschützerinstinkt!“ Danach deutete er mit dem Finger auf unseren Vater und fuhr vorwurfsvoll fort: „Doch du! Du Gerald! Du hast es nicht, denn du bist ein Feigling!“ Mein Vater grinste Mark an. „Und das willst ausgerechnet du wissen?“ „Ja, ich weiß es, Gerald. Du bist ein Feigling und du weißt auch nicht, was beschützen bedeutet!“ „Dann erkläre mir, Mark, warum ich ein Feigling bin und was Beschützen oder der Beschützerinstinkt bedeutet!“ Mark fing ebenfalls an zu grinsen und sagte in einem harten und lauten Ton: „Ein Feigling ist einer, der verschwindet, wenn es ernst wird! Ein Feigling ist einer, der vor seinen Pflichten wegläuft!

Ein Feigling ist einer, der nicht zu seinen Taten steht! Beschützen bedeutet, dass man seine Familie, seine Frau und sein Kind beschützt! Kannst du das von dir behaupten, Gerald? Hast du deine Familie wirklich beschützt? Nein! Du hast keinen Beschützerinstinkt!" Mein Vater hörte auf zu nicken. „Nichts von dem, was du soeben gesagt hast, trifft auf mich zu!" Mark wurde sauer und beschimpfte ihn: „Feigling!" Dann wartete er kurz und ergänzte: „Lügner!" „Du bist der Feigling und auch der Lügner, Mark! Du hast dich feige und verlogen in unser Leben eingeschlichen! Bis jetzt kannst du nicht sagen, was du eigentlich willst! Sag schon, was willst du, Mark?" Diesmal hob mein Vater seinen Zeigefinger und schüttelte ihn belehrend. „Michael hat seinen Beschützerinstinkt von mir! Glaub mir, Mark, ich habe einen Beschützerinstinkt! Bis heute beschütze ich meine Familie und ich vernichte jeden, der meiner Familie zu nahe kommt. Du kannst nicht erahnen, wozu ich fähig bin, Mark!" Er nahm seine Hand wieder herunter, stützte seine Unterarme wieder auf seine Schenkel und starrte Mark angriffslustig an. „Oh, ich kann mir gut vorstellen, Gerald, dass du zu einer Bestie werden kannst! So herzlos und erbarmungslos! Du hast viele Facetten! Das weiß ich!" Mein Vater bestätigte ihn durchgehend mit einem Kopfnicken. „Seit ich mich kenne, beschütze ich meine Familie.

All die Menschen, die ich liebe! Ich habe meine Großeltern beschützt. Ich habe meine Eltern beschützt. Ich habe Katharina, die Liebe meines Lebens beschützt, bis sie meinen Sohn Michael töten wollte! Ohne eine Sekunde nachzudenken, tötete ich sie!“ Ich war überrascht! *Mein Vater erzählte Mark soeben, dass er meine Mutter getötet hatte.* Mark blickte ungläubig kurz zu mir und mein Vater nickte. „Bis zu meinem letzten Atemzug werde ich weder meine Augen, Ohren noch meine schützenden Hände von meiner Familie nehmen! Und egal, wer uns schaden will, den werde ich mit meinen eigenen Händen töten!“ Ich ahnte, dass jetzt entweder mein Vater oder ich Mark töten müssten! Doch das passierte nicht, denn Mark schrie aus dem Nichts: „Warum hast du dann meine Mutter und mich nicht beschützt, Gerald, und den Menschen umgebracht, der uns geschadet hat! Du Feigling! Du Lügner! Sag schon!“ Mein Vater riss seine Augen auf, schrie und sagte etwas, das ich nicht glauben konnte. „Ich habe dich beschützt, Mark!“ Mark erstarrte, aber ich auch! *Verdammt! Jetzt weiß ich, warum ich Mark nicht töten durfte! Mein Vater weiß, dass er sein Sohn ist! Papa, was geschieht hier?* Nachdem sich die Erstarrung von Mark gelöst hatte, schrie er: „Wann? Wann hast du mich, deinen Sohn beschützt, Gerald? Wann?“ Mein Vater saß regungslos da und gab ihm keine Antwort.

Ich bemerkte, wie die Augen von Mark tränten. „Gerald! Wann hast du mich beschützt? Sag schon! Wann? Verdammt noch mal, ich bin auch dein Sohn! Weißt du das überhaupt? Weißt du überhaupt irgendetwas? Wo warst du? Gib mir Antworten. Ich möchte dich danach töten! Antworte!“ Bei einem kräftigen Schlag meines Vaters auf den Tisch zuckten nicht nur Mark, sondern auch ich für einen Moment zusammen. Mein Vater befahl in lautem Ton: „Mark! Genug!“ Mark liefen schon die Tränen, aufgelöst schaute er unseren Vater an, der ihn jetzt sichtlich angespannt anstarrte. „Mein Sohn.“ Mark riss seine Augen auf und wie eine Statue schaute er unseren Vater an. „Ja. Du bist mein Sohn. Mein Fleisch und Blut. Ich war immer da Mark, stets war ich immer in deiner Nähe und habe dich beschützt!“ Mark weinte bitterlich, senkte seinen Kopf, schüttelte ihn heftig und sackte ein. Mittlerweile bemerkte ich auch Tränen bei meinem Vater. Sichtlich mit sich am Kämpfen erzählte er weiter: „Die Leute, die dich jahrelang im Waisenhaus gefoltert haben, habe ich persönlich jeden einzeln auf bestialische Weise und unter Folter getötet! Und deine Leichen, die du, seit deiner Jugend hinterlässt, habe ich entsorgt und seit du auf der Universität in unser Leben getreten bist, macht es Michael, dein Bruder!“ Da liefen auch meinem Vater die Tränen, wobei er einmal schwer schlucken musste.

Wie bitte? Mein Vater hatte gerade gesagt, dass ich Marks Leichen entsorge! Aber Moment mal, jetzt weiß ich auch, warum er mehr Leichen hatte als ich! Fest schlug mein Vater mit der flachen Hand immer härter und öfter auf den Tisch. „Dieser Mistkerl Ben. Wie gerne hätte ich seine Arme, die dich angefasst haben, bei lebendigem Leibe aus ihm herausgerissen! Doch ich erfuhr erst, als deine Mutter im Gefängnis war, dass ich noch einen Sohn habe!" Mark fasste kurz schluchzend seinen Kopf an, stand ruckartig auf und schrie: „Du wusstest, dass ich dein Sohn bin?" Mein Vater antwortete mit einem Nicken. „Antworte! Du wusstest immer schon, dass ich dein Sohn bin? Warum hast du mich nicht zu dir geholt, Gerald? Warum musste ich bei meinen Adoptiveltern bleiben? Warum durfte ich nicht bei dir und Michael sein? Warum? Ich glaube dir nicht! Du lügst, Gerald, du wusstest, dass meine Mutter mit mir schwanger war, und hast uns Ben überlassen!" Obwohl noch geschwächt, stand mein Vater ebenfalls auf. „Ich lüge nicht, Mark! Ich wollte dich zu mir holen! Doch ich konnte nicht! Du warst glücklich bei deinen Adoptiveltern. Du hattest ein warmes Zuhause und ich konnte dich nicht hierher bringen! Katharina hätte mit Sicherheit auch versucht, dich irgendwann zu töten! Ich konnte dich so einer Gefahr nicht aussetzen! Bei ihnen warst du in Sicherheit." Mark schüttelte heftig seinen Kopf.

Mein Vater ging zur großen Vitrine, öffnete die Tür und holte aus dem versteckten Tresor in der Rückwand einen Stapel Unterlagen. Eilig und etwas außer Atem kam er zurück, stellte sich vor Mark hin, warf die Unterlagen geöffnet auf den Tisch und ich blickte unter anderem auf Fotos und Briefe von Mark. Mark warf nur einmal einen flüchtigen Blick darauf. „Hier! Ich habe deine Adoptiveltern regelmäßig besucht, wenn du nicht zu Hause warst. Sie berichteten mir von dir und deiner großartigen Entwicklung. Sie gaben mir Fotos von dir, aber auch die Briefe, die du deiner Mutter geschrieben hast. Ich wollte nicht, dass du mit ihr Kontakt hast. Ich habe denselben Hass auf sie, den ich auch auf Katharina hatte! Deine Mutter hat dich mir vorenthalten! Ihretwegen musstest du so viel Leid und Kummer ertragen! Nicht meinetwegen!“ Mark schrie außer sich: „Sei still! Gib nicht meiner Mutter die Schuld, Gerald!“ „Deine Mutter war ein Feigling und eine Lügnerin, Mark! Nicht ich! Niemals hätte ich dich aufgegeben, wenn ich gewusst hätte, dass du existierst! Hier sieh dir die Unterlagen genau an. Lies den Brief, den sie mir geschrieben hat. Schau auch auf das Datum!“ Mark blickte zu den Unterlagen und man konnte ihm ansehen, dass er aufgewühlt überlegte, ob er sie lesen sollte. Letztlich las er mit zittrigen Händen. „Ich habe noch alles von dir.

Es war auch mein Wunsch, dass du Arzt werden solltest, weshalb ich auch deine Ausbildung ermöglicht habe. Auch war ich bei fast allen deinen Veranstaltungen in der Schule dabei. Ich war immer da, bei dir. Auch, wenn du mich nicht gesehen hast, habe ich dich immer gesehen! Ich habe dich auch oft von Weitem beobachtet: wie du getötet hast, wie du Michael, deinem Bruder, nahegekommen bist, und wie du ihn immer wieder beschützt und nie verraten hast. Ich habe stets auch ein Auge auf dich gehabt, mein Sohn!" Mark schüttelte den Kopf. „Egal wie, du hättest mich trotzdem holen müssen! Ich habe meinen richtigen Vater gebraucht!" Mein Vater hob langsam seine Hände seitlich und sagte todernst: „Jetzt hast du deine Antworten und auch die Beweise, mein Sohn. Töte mich, wenn es dir danach besser geht. Töte mich!" Mit Verachtung warf Mark die Unterlagen auf den Boden, die sich dort verteilten, und packte ihn plötzlich und voller Zorn am Kragen. Rasch griff ich Marks Hände. Mein Vater sah mich an. „Michael, lass ihn los!" Doch ich ließ Mark trotzdem nicht los. Mark schrie seine aufgestauten Emotionen aus dem Leib und schüttelte unseren Vater noch fester am Kragen. „Warum hast du mich nach dem Tod von Katharina nicht geholt? Warum hast du mich später nicht geholt? Warum hast du nichts gesagt? Warum! Ich hatte meine Mutter verloren. Ich brauchte meinen Vater!"

Mein Vater sah mich erneut erzürnt an. „Michael, lass Mark endlich los!“ Ungewollt ließ ich Mark los und schrie meinen Vater ebenfalls an: „Papa. Er wird dich töten!“ Mein Vater schaute wieder zu Mark. „Mein Sohn. Ich wollte nur das Beste für dich! Ich liebe dich!“ Mark wurde dadurch noch aggressiver und ich wusste, dass er jetzt all seine Antworten bekommen hatte und unseren Vater töten würde! Er schrie lautstark, sodass in seinem Gesicht fast alle Adern zu sehen waren. Schweren Herzens bereitete ich mich auf den Kampf zwischen Mark und mir vor. Mir war egal, was mein Vater von mir verlangte; ich war bereit, bereit, meinen Bruder für meinen Vater zu töten! Mark schüttelte und schüttelte immer noch an seinem Kragen. Als ich mir absolut sicher war, dass Mark ihn gleich erwürgen würde, stieß Mark ihn fast vier Meter rückwärts gegen den Sessel und drückte ihn fest hinein. Plötzlich und unerwartet ließ Mark unseren Vater los und mit sehr kleinen Schritten ging er rückwärts von ihm weg. Unter Tränen schaute Mark ihn an und wischte anschließend mit seiner Handoberfläche seine rinnende Nase ab. Heulend und in eiligen Schritten verließ er das Haus. Verwundert schaute ich kurz zu meinem Vater und rannte ihm noch nach. „Mark! Mark!“, schrie ich ihm nach, doch er fuhr bereits mit Vollgas davon. Als ich wieder bei meinem Vater war, hielt er den Kopf zwischen seinen Händen. „Warum hast du mir nicht gesagt, dass Mark mein Bruder ist?", fragte ich ihn vorwurfsvoll. Mein Vater blickte zu mir. „Ich hätte es dir irgendwann gesagt, doch wusste ich nicht, wann!" „Du hattest so viele Gelegenheiten, es mir zu sagen. Als er mein Mitbewohner wurde, oder nach dem Studium, als ich ihn töten wollte und du mir strikt davon abgeraten hast! Oder als er erneut in mein Leben kam. Du hättest mir es dort sagen müssen, dass er mein Bruder ist!" Dann setzte ich mich vor ihm hin. „Du wusstest auch, dass ich Marks Leichen entsorge, und nicht einmal da hast du mir gesagt, dass er mein Bruder ist!" „Ja, das wusste ich. Was glaubst du, wie überrascht ich war? Und doch musste ich vorgeben, als wüsste ich alles, als die Reiniger, die Mark beobachteten und seine Leichen verschwinden ließen, mir sagten, dass auch zusätzlich weitere Reiniger in deinem Auftrag dort waren und ob ich darüber Bescheid wüsste. Ich bejahte und beauftragte die drei Männer, absolutes Stillschweigen zu bewahren. Du hast es vor mir verheimlicht. Mein Sohn, auch wenn du mein Nachfolger bist, bin ich noch nicht gestorben! Ich bin noch immer das Oberhaupt der Prooks! Du hast keinen Grund, sauer auf mich zu sein, denn du hast es mir ebenfalls verschwiegen." Enttäuscht schüttelte ich meinen Kopf, legte meine Ellenbogen auf meine Schenkel und faltete meine Hände. „Das ist etwas anderes, Papa. Ich dachte, dass wir uns vertrauen und uns alles sagen. Ich habe dir immer alles gesagt, doch du, du hast mir gezeigt, dass du mir nicht vertraust." Er schwieg und zutiefst enttäuscht blickte ich auf die Unterlagen. Das ganze Leben von Mark lag auf dem Boden. Fotos, Bilder, die er als Kind gezeichnet hatte, seine Gesundheitswerte, einfach alles. Versteckt unter den Unterlagen entdeckte ich eine Akte, die der Katharinas ähnelte. Neugierig nahm ich die Akte und setzte mich wieder hin. Fragend schaute ich zu meinem Vater. „Die Akte von Mark, deinem Bruder!"□

KAPITEL 33

DER KLEINE, GROSSE MICHAEL

Ich öffnete die Akte und überflog die ersten Seiten und Papiere, auf denen Marks Geburtstag stand und unter denen seine Geburtsurkunde und sein Lebenslauf von der Kindheit bis zu seiner Studienzeit zu finden waren. Auch seine kompletten Gesundheitswerte waren detailliert aufgelistet. „Warum durfte ich Mark nicht töten? Er wollte dich umbringen." „Hat er aber nicht! Dein Bruder hatte genug Gelegenheiten, um uns zu töten, doch er hat es nicht! Auch wir hätten ihn jederzeit umbringen können, doch wir haben es auch nicht! Michael, du darfst niemals, egal was passiert, deinen Bruder töten! Du musst dich jederzeit kontrollieren, damit das nicht geschieht. Entscheide dich immer für deinen Bruder, egal, was kommt oder wer vor dir steht! Auch wenn es heißt, dass Mark oder du sogar euren Vater töten müsst. Schau mich doch an, ich bin nicht mehr der Jüngste! Doch Mark und du, ihr seid beide jung, mental auf höchstem Niveau und zudem seid ihr nur gemeinsam stark! Ihr braucht euch und ihr ergänzt einander. Was glaubst du, warum ich wollte, dass auch Mark Arzt wird? Damit ihr euch, wenn nötig, selbst, aber auch gegenseitig versorgen könnt und auf niemanden angewiesen seid. Du hast gesehen, wie es mit Florian geendet hat. Entgegen dem Rat deines Großvaters wurde ich Psychologe, obwohl unsere Linie nur praktische Ärzte hervorgebracht hatte, denn ich wollte unbedingt die Menschen analysieren, welche mich immer noch faszinieren und die nicht so sind wie wir." Er stand auf, ging erneut zur Vitrine und holte aus dem Tresor noch eine Akte heraus, die exakt gleich aussah wie die von Mark. Mit ermüdeten Schritten setzte er sich wieder hin und legte die Akte auf seinen Schoß. „Mark ist impulsiv und handelt unüberlegt mit Wut und Hass, den er in sich hat! Das wird ihm und uns irgendwann schaden. Er muss lernen, sich zu kontrollieren! Und das so schnell wie möglich. Er braucht deine Hilfe, Michael. Ich weiß, dass du auch enttäuscht bist, nicht nur wegen Katharina und Mark, sondern auch meinetwegen. Auch weiß ich, dass du deine Wut kontrollierst, du kannst deine Gefühle von deinem Verstand trennen. Du kannst dir nicht vorstellen, mein Sohn, wie stolz ich auf dich bin und wie sehr ich dich wegen dem liebe, wie und was du bist. Denn du, mein Sohn, du kannst deine Wut problemlos wie ein Staubkorn in deiner Hand mit einem Hauch deines Atems wegblasen. Du bist stark, gefestigt und brillant. Doch dein Bruder leidet seit seiner Geburt. Er muss das auch lernen und glaub mir, das wird er. Es braucht ein wenig Zeit, denn er ist auch sehr schlau." Danach lächelte er und sah kurz zu den Unterlagen am Boden. „An dem Tag, als du Mark das erste Mal zu mir nach Hause gebracht hast, konnte ich eindeutig erkennen, obwohl seine Augen blau strahlten, dass er ein Prook ist. Er hatte denselben Blick wie ich. Seine Wut und zugleich die Freude, dass er vor mir steht, glänzten in seinen Augen. Ich wusste durch seine Adoptivmutter, dass sein Adoptivvater vorhatte, Mark kurz vor seinem Tod zu erzählen, wer sein richtiger Vater ist. Mark wollte an jenem Abend in mein Schlafzimmer, aber er wusste nicht, dass, wenn wir Gäste haben, die Türen immer abgesperrt sind. Er wollte ganz bestimmt meine Zahnbürste oder meinen Kamm mitnehmen. Verzweifelt schlich er sich deshalb zu Florian, um an meine Daten heranzukommen. Als ich sah, dass er sich heimlich mit diesem Mistkerl unterhielt, hatte ich schnell einen Plan im Kopf und besuchte Mark an deinem freien Tag im Krankenhaus. Mit einem Vorwand erzählte ich ihm, dass ich mich nicht so gut fühle und er meine Blutwerte kontrollieren lassen solle. So gab ich ihm mein Blut und bat ihn, dir nichts zu erzählen, da du dir sonst unnötig Sorgen machen würdest. Auch ermöglichte ich ihm, sein großes Haus zu einem Spottpreis zu kaufen und bezahlte ohne sein Wissen den Rest.“ Danach starrte mein Vater in die Leere, setzte sein Lächeln ab und fuhr schlagartig mit ernstem und wütendem Blick fort. „Er strapaziert jedoch meine Nerven. Warum hat er mich nicht durchschaut? Warum denkt er nicht? Und warum wartete er an jenem Abend, nachdem alle Gäste gegangen waren, unentschlossen und wie ein Feigling vor meinem Haus? Rede oder töte mich, aber sei nicht so ein Feigling! Du bist doch ein Prook!“ Er hob leicht seinen Kopf und deutete mit seinen Augen auf die Akte, die ich immer noch in meiner Hand hielt. „Deswegen braucht er dich, Michael. Weiche nicht von seiner Seite. Niemals! Schau dir seine Stärke und seine Schwäche an.“ Ich blätterte weiter in der Akte und las Marks Stärke – Michael Prook. Marks Schwäche – Gerald Prook. „Obwohl du fünf Monate jünger bist als Mark, bist du der kleine, große Michael! Beschütze deinen Bruder. Beschützt einander!“ Dann nahm er die Akte von seinem Schoß. Ich schloss die Akte von Mark, mein Vater kam zu mir und streckte mir die zweite Akte entgegen. „Das ist deine Akte, mein Sohn. Seit du auf der Welt bist, habe ich sie immer wieder ergänzt und erneuert. Sie gehört jetzt dir.“ Ich übernahm meine Akte und mein Vater setzte sich wieder hin, atmete tief ein und beim Ausatmen sagte er stolz: „Schau dir deine Stärke und deine Schwäche an!“ Aufgeregt wollte ich meine Akte öffnen, doch ich konnte es nicht, also stand ich auf und wollte gehen. „Michael“, schrie mein Vater und ich blieb stehen. „Beschützt einander. Ich liebe euch beide. Doch wenn das Killer-Gen von Mark, deinem Bruder, sich gegen dich richtet, werde ich ihn höchstpersönlich, ohne Erbarmen und skrupellos töten!“ Unendlich traurig schloss ich kurz meine Augen. *Oh, mein lieber Papa. Ich liebe dich auch. Mark ähnelt dir mehr, als du denkst, denn du handelst auch mit Wut! Soeben hast du mir selbst gesagt, warum du Mark nach dem Tod von Katharina nicht geholt hast. Du kannst ihn nicht ertragen, weil er nicht so schlau ist wie wir und sich auch nicht wie wir kontrollieren kann. Alles an ihm ist dir zu langsam. Ich traue mich jetzt gar nicht, dich anzuschauen, denn ich bin mir absolut sicher, dass, wenn ich mich jetzt umdrehen würde, du genau denselben dämonischen Blick hast wie der, den Katharina damals für mich hatte. Mach dir keine Sorgen, ab jetzt werde ich meinen Bruder bis zu meinem letzten Tropfen Blut verteidigen und auch beschützen, insbesondere vor dir! Denn mein nichts ahnender Bruder hat auch eine Katharina in seinem Leben, jedoch heißt seine Gerald!*□

KAPITEL 34

STILL UND LAUT

Auf der Fahrt nach Hause wollte ich wütend sein. Wütend auf mich, auf Mark und auf meinem Vater, doch es ging nicht. Ich hatte keine Kraft mehr und war müde. Ich konnte und wollte nicht mehr denken. Zumindest nicht heute und nicht jetzt! Ich legte Marks und meine Akte und auch den Vaterschaftsnachweis, den ich seit dem Ergebnis bei mir trug, in den Tresor! Am nächsten Tag ging ich Wasserspringen und schwamm auch zusätzlich mehrere Bahnen. Weder Mark noch mein Vater meldeten sich bei mir. Magda hatte ich beauftragt, mich laufend über den Zustand meines Vaters zu informieren. Die Einzige, die mich endlich zurückrief und das fünfmal war Lea, jedoch wollte ich weder mit ihr reden, noch wollte ich sie sehen! Ich musste zuerst wieder zu mir finden.

Am Abend dachte ich mir, dass ich töten gehen könnte. Penibel richtete ich mich her und fuhr in eine Motorradkneipe, die etwas weiter draußen am Stadtrand lag. Ich setzte mich an die Bar und trank meinen Whisky. Dabei fielen mir zwei junge, schlanke Männer auf, die mich vom Ende der Bar beobachteten.

Irgendwann kamen sie zu mir und fragten, ob sie mich auf einen Drink einladen dürften. Ohne zu zögern, ließ ich mich einladen, denn mein Killer-Gen musste heute unbedingt wieder gefüttert werden. Nach zwei Stunden sinnloser Gespräche fragten sie mich, ob ich Lust hätte, mit zu ihnen nach Hause zu gehen. Ich stimmte sofort zu, machte ihnen jedoch ein Gegenangebot und wir fuhren zu einem abgelegenen Plätzchen im Wald. Ich parkte tiefer in den Wald hinein, sodass man uns von der Straße aus nicht sehen konnte, und stieg aus. Die beiden Männer stiegen ebenfalls aus und setzten sich auf die Motorhaube ihres Autos. Einer von ihnen zog einen Joint aus dem Hosensack, zündete sie an und gab sie an den anderen weiter. Nachdem er auch einen Zug genommen hatte, streckte er mir den Joint entgegen. Ich schüttelte den Kopf. „So hättest du aber mehr Spaß." Danach nahmen sie abwechselnd einen Zug und fingen an, sich zu küssen. Als einer von ihnen den Hosengürtel des anderen öffnen wollte, griff ich ein. „Das mache ich." Sie lächelten mich an. Zuerst zog ich den Gürtel des einen aus seiner Hose und nachher den des anderen. Ich verknotete die beiden Gürtel und legte sie um die Taille der Männer. Dabei schaute ich, dass auch ihre Hände gefesselt waren. Ruckartig zog ich auch meinen Gürtel aus, legte ihn den beiden um den Hals und zog ihn zu.

Sie meinten immer noch, dass das zum Vorspiel gehörte, und es gefiel ihnen. Sie hatten keine Ahnung, dass sie gerade in den Händen eines perfekten Killers auf seinem Höhepunkt gelandet waren. Als ich sie fest aneinander gefesselt hatte, stieß ich sie mit voller Wucht zu Boden. Überrascht sagte einer der Männer: „Hey Mann. Auf so etwas stehen wir gar nicht."
Ich ging drei Schritte auf sie zu und trat mit meinem Fuß in sein Gesicht. Sie rollten am Boden und versuchten verzweifelt, aufzustehen. Als sie es geschafft hatten, sah ich, dass der eine im Gesicht stark blutete. „Was ist denn mit dir los? Mach die Gürtel wieder auf!" Ich packte sie beide fest im Gesicht. „Ihr wollt wissen, was mit mir los ist? Ihr wollt das wirklich wissen?" Beide erstarrten und fingen an zu weinen. Voller Kraft stieß ich sie fest von mir weg. Sich zu Tode fürchtend, schauten sie mich halb im Sitzen an. „Arschloch, mach jetzt die Gürtel auf!" „Bitte mach die Gürtel auf, bitte lass uns gehen. Bitte!" Lächelnd schüttelte ich den Kopf und schrie sie an: „Nein, nein. Er hat gefragt, was mit mir los ist! Also wird er mir jetzt zuhören!" Heftig trat ich erneut auf die beiden ein, setzte mich in einem Schneidersitz vor ihnen auf den Boden und fing an zu erzählen. „Wo soll ich nur anfangen! Ihr wisst ja, dass ich Arzt bin und gut aussehe, muss ich euch nicht sagen, oder?"

Beide nickten nur und trauten sich mittlerweile nicht mehr, sich zu bewegen. Das gefiel mir, also lächelte ich sie an und fuhr fort.
„Mein Vater Gerald ist auch ein absolut gut aussehender Mann. Er ist ebenfalls sehr schlau. Wisst ihr, dass er Katharina, meine Mutter, dieses Miststück getötet hat?“ Panisch schauten sie mich beide an.
„Gebt mir eine Antwort! Wisst ihr, dass er Katharina, meine Mutter, dieses Miststück getötet hat?“
Sie schlossen ihre Augen, weinten bitterlich und sagten immer wieder: „Wissen wir nicht.“
„Soll ich weitererzählen?“
„Ja. Ja. Ja. Erzähle.“ Ich grinste.
„Weil dieses Miststück mich töten wollte! Könnt ihr euch das vorstellen? Nur, weil ich bei meinen Morden zu viele Fehler gemacht hatte. Ich war erst 14.
Wie sollte ich besser werden, wenn es erst mein achter Mord war? Zum Glück hat mein Vater, den ich vor Kurzem fast zu Tode geprügelt habe, sie umgebracht. Aber das ist eine andere Geschichte. Jetzt erzähle ich euch das Allerneueste.“
Ich stand auf, streifte über meine Haare und die beiden Männer versuchten kriechend und langsam von mir wegzukommen. Doch ich verpasste einem von ihnen eine gewaltige Faust ins Gesicht und sie lagen beide wieder am Boden. „Wohin des Weges?“, fragte ich sie und schlug abwechselnd weiter in ihre Gesichter.

Einer von ihnen übergab sich und wurde bewusstlos. Der andere schrie: „Lass ihn in Ruhe! Hör auf! Hör auf! Erzähl weiter, denn ich bin neugierig."
Ruckartig hörte ich auf zu schlagen und fing lautstark an zu lachen.
„Na, na, na. Schau ich aus wie ein Hampelmann? Glaubst du, dass du mich verarschen kannst? Du Hund!"
Ich schlug ihm wieder in sein Gesicht, denn er meinte, dass er mich ablenken konnte.
„Weißt du überhaupt, wer vor dir steht? Ich bin Michael! Ich bin der schlaueste Mörder überhaupt!"
Danach setzte ich mich auf den bewusstlosen Mann.
„Mark ist fast so schlau wie ich. Weißt du, wer Mark ist?"
Er schüttelte heftig seinen Kopf und versuchte das Blut, das mittlerweile aus seinem Mund kam, auszuspucken. „Mark war mein bester Freund, aber das ist er nicht mehr. Jetzt ist er mein Bruder. Aber stell dir vor, mein Vater wusste bereits, dass er noch einen Sohn hatte und auch Mark wusste, dass ich sein Bruder bin! Sie haben es mir beide verschwiegen! Kannst du dir das vorstellen? Ach ja, und Mark ist auch ein Mörder, seine Leichen lassen wir verschwinden. Aber wisst ihr, was so merkwürdig ist?"
Sie hatten beide keine Kraft mehr und schüttelten mittlerweile viel langsamer ihre Köpfe.

Ich machte eine gewaltige Faust, übergab mich völlig meinem Killer-Gen, das jetzt zum Zug kam, und schlug mit enormer Wucht immer wieder in ihre Gesichter. Lautstark schrie ich: „Warum!"
Mir liefen die Tränen nur noch herunter und ich merkte nicht einmal, dass ich die beiden schon lange zu Tode geprügelt hatte. Meine ganze Wut, meine Bedenken, meine Gefühle, alles gab ich in meine Killerfaust. Anschließend ließ ich mich entkräftet mit meinem Rücken auf die beiden Leichen fallen und fuhr über meine Haare. Ich nahm einen sehr langen Atemzug und blickte wieder in meinen pechschwarzen Himmel mit den silbernen Sternchen und sagte seufzend: „Und ich konnte euch noch gar nicht von Lea erzählen!"

KAPITEL 35

VERRÄTER

Nach diesem Doppelmord schlief ich am nächsten Tag viel länger. Mein Vater hinterließ mir auf meinem Handy eine Nachricht, dass ich zu ihm kommen solle, da er mit mir über den Verräter reden wollte. Ich richtete mich her und fuhr zwei Stunden vor dem Abendessen zu meinem Vater. Magda öffnete mir die Tür und ich lief, ohne sie anzuschauen, an ihr vorbei ins Wohnzimmer. Er saß wie immer in seinem großen Sessel, der diesmal zum Garten hin ausgerichtet war, und ich stellte mich neben ihn. Immer wieder sah ich meinen Vater flüchtig an und bemerkte, dass er nach den zwei Tagen, in welchen ich ihn nicht gesehen hatte, sehr verändert aussah. Es brach mir erneut das Herz und ich schämte mich, ihn so zu sehen, denn der dynamische, robuste und starke Mann war gegangen. Ich hatte ihn durch mein Würgen in einen geschwächten alten Mann verwandelt, doch ich wusste, dass er nach einigen Wochen wieder der starke Gerald Prook sein würde. Mein Vater blickte kurz zu mir auf. „Magda, mach alle Türen und Fenster zu."

Magda zog die großen Glasschiebetüren zu und gerade als sie den Raum verlassen wollte, sagte mein Vater: „Magda, auch hier." Ich hörte, wie Magda auch diese Schiebetür zuzog. „Michael, setz dich." Doch ich blieb weiterhin stehen. „Wer ist der Verräter?" „Setz dich, Michael." „Wer?", fragte ich bestimmt weiter. Mir ging nur ein Gedanke durch den Kopf: *Sobald ich den Namen von diesem Verräter bekäme, würde ich ihm noch am selben Tag langsam und mit Sicherheit bei lebendigem Leibe seine Zunge herausreißen.* Hoch konzentriert fing mein Vater an zu reden: „Ich bin alles und jeden noch einmal durchgegangen, Michael. Angefangen von unseren früheren und auch jetzigen Freunden, Bekannten und Nachbarn. Keiner von ihnen hat Kontakt zu den Unterstützern vom Kunstverein, absolut niemand. Ich ließ alle Unterstützer, aber auch jene, die nur im Kunstverein arbeiten, beschatten, um zu sehen, wer Kontakt zu dieser alten Frau Marie haben könnte. Du wirst erstaunt sein, was ich herausgefunden habe. Über die alte Frau Marie habe ich letzte Woche die restlichen Informationen erhalten. Jedoch konnte ich wegen dieser Umstände noch nicht mit dir reden. Marie floh mit 12 Jahren gemeinsam mit neun weiteren Kindern im Alter von sieben bis dreizehn aus dem Waisenhaus. Für fast zwei Jahre lebten sie auf der Straße, bis die Polizei sie aufsammelte und auf verschiedene Waisenhäuser verteilte.

Doch Marie und noch drei andere entkamen der Polizei. Kurz darauf lernte Marie ein altes Schneiderpaar kennen, das sich um sie sorgte. Als sie Jahre später starben, übernahm Marie die Schneiderei und lernte so ihren Mann kennen. Sie bekamen fünf Kinder, drei davon starben bereits im Kindesalter. Später kamen ihr Mann und ihr Sohn bei einem Unfall auf dem Feld ums Leben. Sie verkaufte die Schneiderei für sehr wenig Geld und siedelte mit ihrer Tochter hierher um. Mit ihrem Ersparten und Krediten kauften sie das jetzige Gebäude. Ihre Tochter heiratete einen Schurken und kurz darauf bekamen sie zwei Kinder, Lea und Finn. Der Vater verließ die Familie nach ihrem Tod und hinterließ Marie und damit auch seinen Kindern einen riesigen Berg an Schulden. Mittlerweile lebt er mit seiner Lebensgefährtin weit weg von ihnen. Bis heute hat er weder Kontakt zu seinen Kindern noch zu Marie, denn ich lasse auch die Post von ihnen allen abfangen. Die alte Frau hat nie wieder geheiratet, denn sie widmete ihr Leben der Schneiderei, Lea und Finn. Bis auf zwei Nachbarn hat sie mit niemandem Kontakt. Als du 11 Jahre alt warst, stellte deine Mutter Marie ein. Sie arbeitete für fünf Auktionen und somit fast drei Jahre bei uns im Kunstverein und restaurierte die antiken Kleider, bis sie auf eigenen Wunsch ging. Später übernahm sie noch vereinzelt Aufträge, da sie Geld brauchte.

Ihr letzter Auftrag war vor zehn Jahren. Marie arbeitet immer noch in ihrer eigenen Schneiderei und ihr Haus ist bis heute nicht abbezahlt. Seit mehreren Monaten, vielleicht auch länger, hat Marie mit einem von unseren Unterstützern regelmäßigen Kontakt." „Mit wem?", fragte ich angespannt. Mein Vater atmete laut ein. „Okko. Mit Okko Grandam." „Dann haben wir den Verräter?" Doch durch die Spiegelung der Glasscheiben konnte ich erkennen, wie mein Vater nervös durch die Gegend schaute. Ich drehte mich zu ihm und fragte wütend: „Ist Okko der Verräter?" Mein Vater blickte zu Boden, schnaufte kurz, griff seitlich zum Sessel und holte einen kleinen Stapel Fotos heraus. Er schaute mich mit bestürztem Gesichtsausdruck an. „Ja, Okko ist der Verräter." Und erneut nahm er einen langen Atemzug, legte die Fotos auf den Beistelltisch „Aber auch Lea." *Was? Hatte mein Vater gerade Lea gesagt?* Mich traf wortwörtlich der Schlag! Ich traute mich nicht, die Bilder anzuschauen. „Die Aufnahmen wurden vor zwei Wochen gemacht." *Was? Lea und Okko saßen gemeinsam mit der verdammten Marie in der Schneiderei. Dieses verdammte Miststück!* Auf dem anderen Foto saß Lea allein mit Okko in der kleinen Bäckerei. Und auf dem letzten Foto sah man deutlich, dass Okko seine Hand um Leas Taille legte. *Okko, du Hund! Seit Wochen kostest du mich Kraft und Geld, doch nicht mehr lange, dann habe ich zwei deiner loyalsten Männer in meiner Hand.*

Und dann weiß ich auch, was du in deinem Büro für Spiele spielst. Du willst so sein wie ich? Du willst so aussehen wie ich? Und jetzt willst du auch noch dieses Miststück? Oh nein, ich gebe sie nicht her, Lea gehört mir! Ich blickte zu meinem Vater, der auf den Boden schaute. „Okko geht, seit du den Kunstverein übernommen hast, fast alle drei Wochen in die Schneiderei. Er versteht sich mit Marie, aber auch mit Lea hervorragend." Ich schüttelte den Kopf, ich wollte es nicht wahrhaben. „Das ergibt jedoch keinen Sinn." Mein Vater schnaubte verärgert und meinte in einem ernsten Ton: „Nur weil du den Sinn noch nicht kennst, heißt es nicht, dass sie keine Verräter sind, Michael! Es ist offensichtlich, dass diese Verdammten etwas mit uns vorhaben. Überleg doch. Eine alte Frau und ihre Enkelin, die wissen, dass wir Mörder sind! Und auch noch sehr engen Kontakt mit einem unserer Unterstützer haben! Was können die drei gemeinsam haben? Wohl nicht, dass Okko jetzt zum Schneider wird? Kommt dir das nicht merkwürdig vor?" „Wie haben sich Marie und Okko dann kennengelernt, wenn Marie den letzten Auftrag vor zehn Jahren und Okko erst vor Kurzem den Platz von seinem Vater im Kunstverein übernommen hat?" „Bei den Vorbereitungen zu den Auktionen hat sie vielleicht den alten Herrn Grandam kennengelernt. Alle Mitarbeiter vom Kunstverein kennen auch flüchtig die Unterstützer.

Wer weiß, vielleicht hatte Marie eine vertraute Beziehung mit ihm und kannte auch Okko schon vorher." *Mag sein, dass vielleicht die verdammte Marie und der alte Grandam sich sehr nahegestanden hatten, doch wenn sie Verräter waren, warum trafen sie sich in aller Öffentlichkeit? Sie mussten es doch verheimlichen, dass sie Okko kennen! Oder waren dieses Miststück und der Hund wirklich so genial, dass sie es in aller Öffentlichkeit „versteckten"? Das müsste es sein! Ich bringe euch alle um! Aber ich muss mich noch kontrollieren!* „Michael. Auch wenn es für dich keinen Sinn ergibt und wir dieses Spiel noch nicht durchschaut haben, wissen wir zumindest, wer unsere Gegner sind. Marie, Okko und Lea! Sie haben gewartet, bis du den Kunstverein übernimmst. Du bist das Ziel, mein Sohn!" *Was sollte ich sagen? Mein Vater hatte recht! Ich war das Ziel! Doch warum?* Ich ordnete meine Gedanken. *Okko begegnete mir seit unserem ersten Treffen mit Neid und Missgunst. Zudem musterte er mich durchgehend, egal, ob ich bei ihm oder im Kunstverein war. Er hatte ein Geheimnis! Und Lea? Seit dem Tag, als ich sie gesehen hatte, war sie ständig in meinem Kopf. Mein Körper fühlte sich jedes Mal leer und gleichzeitig voll an. In ihrer Gegenwart fühlte ich mich immer gut, doch ihre kalte, schwarze und düstere Seite war in dem Fall ihr Verrat. Ihr Plan ging auf – Sie war die falsche unsichtbare Schlange, die sich listig und züngelnd um meinen Hals gewickelt hatte!*

„Was ist dein Plan?“ Mein Vater schaute mich sehr ernst an. „Sicher?“ Überzeugt nickte ich. „Michael, wir machen kurzen Prozess mit ihnen! Still und leise!“ Ich nickte erneut und er erzählte mir seinen perfekten Plan. Nachdem ich jetzt unsere nächsten Schritte kannte und mich wieder beherrschen, meine Wut und auch meine Gefühle gegenüber allen kontrollieren konnte, erwähnte er, dass er auch Mark für heute zum Abendessen eingeladen hatte. Da ich auf ein Familienessen absolut keine Lust hatte, ging ich. Zuerst wollte ich mit dem Auto zurück nach Hause fahren, jedoch war die Last auf meinen Schultern so schwer, dass ich mich entschied, den weiten Weg zu laufen. Als ich das Tor öffnete, wollte ich Mark anrufen, um ihn unter einem Vorwand davon abzuhalten, zu unserem Vater zu gehen. Doch ich sah, dass er gerade mit dem Auto auf die Auffahrt fahren wollte. Er blieb vor mir stehen, ließ das Fenster herunter und schaute mich nur wütend an. „Mark, wenn du weiterleben möchtest, dann wirst du dich heute und auch sonst niemals mit ihm allein treffen!“ Mark lachte überheblich. „Eifersüchtig, Michael? Angst, dass ich dir deinen Daddy wegnehme?“ Er deutete mit dem Kopf auf das Haus und fuhr ernst fort: „Ich werde mich niemals mit Gerald treffen oder gar mit ihm an einem Tisch sitzen. Ich bin nur gekommen, um meine Unterlagen zu holen.

Danach verschwinde ich aus seinem und deinem Leben! Ihr seid für mich schon tot!" Mark ahnte nicht, dass ich ihn vor unserem Vater beschützte und es wahrscheinlich das Beste für ihn war, aus dem Leben unseres Vaters zu verschwinden! Auch wenn ich damit nicht nur meinen besten Freund, sondern auch meinen Bruder verlieren würde. Hauptsache, er lebte! Er fuhr in schnellem Tempo in die Einfahrt hinein und ich eilte wieder zurück ins Haus. Gemeinsam mit unserer kalten Energie gingen wir hinein. Unser Vater war überrascht und glücklich zugleich, dass er uns gemeinsam daherkommen sah. Er glaubte, dass wir zum Abendessen bleiben würden! Doch Mark kam gleich zur Sache. „Du hast gesagt, dass ich meine Unterlagen holen kann." Mein Vater nickte. „Setz dich. Essen wir gemeinsam und reden." „Gib mir die Sachen, die mir gehören, Gerald. Ich bin nicht gekommen, um mit dir zu essen oder zu reden." Mein Vater brachte ihm seine Unterlagen und Mark riss sie aus seiner Hand. „Ich verschwinde von hier. Ich will mit dir und mit deinem Sohn nichts zu tun haben, Gerald! Wenn ihr mir irgendwann in die Quere kommt oder mir helft, indem ihr meine Leichen entsorgt, töte ich euch beide! Hast du mich verstanden?" Mein Vater nickte eiskalt und Mark eilte aus dem Haus. Ich blickte kurz zu meinem Vater, schüttelte enttäuscht meinen Kopf und ging auch.

Wütend setzte sich Mark ins Auto, warf die Unterlagen hastig zur Beifahrerseite und fuhr los. Ich lief mit schnellen Schritten auf die Straße hinaus und bemerkte, dass es langsam anfing zu regnen. Nach wenigen Metern blieb Mark neben mir stehen. „Du bist so ein eifersüchtiger Bengel, Michael. Ihr passt so gut zueinander!" Dann wendete er sein Auto und fuhr weg.

Stopp!

Ich konnte nicht mehr! Aus dem Nichts kamen mir die Tränen. Ich blieb einfach stehen und atmete mehrere Male sehr lange und tief ein und aus. Langsam neigte ich meinen Kopf komplett nachhinten und ließ meine Tränen für einen Moment mit dem lauwarmen Sommerregen vermischen.

War es das Schicksal, das mich auf die Knie zwang oder die Menschen, die herzlosen Menschen, denen ich vertraute, die ich liebte oder liebe? Leise sagte ich zu mir: „Genug!"

Dann senkte ich meinen Kopf und wischte dabei mit dem Handrücken meine Tränen ab. Mit hängendem Kopf fiel auch die Last zusammen mit den Regentropfen ab, die auf meinem ganzen Körper verteilt waren.□

KAPITEL 36

LUST

Mein Handy klingelte währenddessen vier Mal und es war Lea, die mich anrief. Wütend drückte ich sie weg und schaltete es letztlich aus. Der Gedanke, dass Lea mit mir wie mit einer Marionette spielte, machte mich zornig! Sie hatte erneut nicht nur meine Einzigartigkeit infrage gestellt, sondern auch meine Ehre zertrampelt!
Hätte ich dieses hinterhältige Miststück doch bloß in der kleinen Gasse getötet!
Nach fast zwei Stunden zu Hause angekommen, ging ich hinein und schob mit dem Bein die Tür zu. Ich zog meine Schuhe aus, warf sie irgendwie auf den Boden und ging mit komplett durchnässtem Shirt und durchnässter Hose bis zum Ende des Flures. Erst dann ließ ich meine kompletten Gedanken und auch meinen enorm großen Zorn aus mir heraus!

Was passierte gerade? Diese Enttäuschung von meinem Vater, dem einzigen Menschen, dem ich nicht nur mein Leben anvertraute, sondern auch mehr als alles andere auf der Welt liebte, gab mir einen unerwarteten und unvorhersehbaren Stoß, sodass ich nur schwer vom Boden aufstehen konnte! Hinzu kam noch, dass ich ihn töten wollte, ohne mit der Wimper zu zucken!

Oh Gott, und Katharina, meine Mutter, diese Dämonin! Und da war noch Mark! Mein Bruder! Und Lea, dieses Miststück, das einen Hampelmann aus mir machte! Warum konnte ich all die Dinge nicht erkennen! Was war mit mir los? Ich lehnte mich mit dem Gesicht zur Wand, wischte mir meine letzten Tränen aus dem Gesicht und stand regungslos da. Bald drauf schloss ich auch meine Augen.
Ist das das Leben? Ist das mein Leben?
Instinktiv öffnete ich nach wenigen Minuten wieder meine Augen und bemerkte, dass sich die Haustür langsam öffnete. Die Regentropfen konnte ich jetzt lauter hören. Ich hatte die Haustür scheinbar nicht fest genug zugeschoben. Erschöpft drehte ich nur meinen Kopf leicht seitlich zur Haustür und sah zwei durchnässte Füße mit weißen Sandalen. Langsam nahm ich meine Hand wieder runter, ging von der Wand weg und blickte nach oben. Der eigentliche und wahre Teufel war gekommen und stand vor mir. *Lea!* Die, die mein Leben in den Abgrund stürzte und immer noch nicht genug hatte. *Lea!* Sie kam mit sehr langsamen und vorsichtigen Schritten zu mir und blieb fast direkt vor mir stehen. „Michael. Ich konnte dich nicht erreichen. Ist alles in Ordnung?" Obwohl der Plan meines Vaters vorsah, dass ich Lea noch näher an mich heranließ, um herauszufinden, was sie vorhatten, wollte ich sie trotzdem jetzt und auf der Stelle umbringen.

Ohne groß nachzudenken, riss ich meine Augen auf und stand so nahe vor ihr, dass ich ihren Atem an meinem Hals spüren konnte. Lea zuckte und wich mit ihrem Oberkörper zurück. Schnell packte ich sie fest am Hals, fing an zuzudrücken und fragte lautstark: „Wer bist du?“ Erschrocken schloss Lea ihre Augen, umklammerte mit ihren Händen mein Handgelenk und probierte nach Luft zu schnappen. Ihre Atmung wurde immer kürzer, sie öffnete wieder ihre Augen und schaute mich weiterhin mit erschrockenen Blicken an. Ich drückte noch fester zu. „Wer bist du?“, wiederholte ich und schleuderte sie weiter ins Haus hinein. Lea stolperte bis fast in die Mitte der Küche und verlor dabei ihre Sandalen. Sie lag zitternd mit dem Bauch auf dem Marmorboden und versuchte, nach Luft zu schnappen. Ich ging zum Eingang, schlug die Haustür fest zu und sperrte sie ab. Mit eilenden Schritten ging ich wieder zu ihr. Lea drehte sich selbst um, hustete und fasste dabei an ihren Hals. Sie war sehr blass und bekam kaum Luft. Erhaben und erbost stand ich vor ihr und sah zu ihr hinunter. Verängstigt schaute Lea nach oben und versuchte, meinen Namen zu sagen. Ich packte sie erneut am Hals und hob sie hoch; dabei hörte ich ein unerklärliches Geräusch, das ich im ersten Moment nicht zuordnen konnte. Mittlerweile kamen Lea die Tränen.

Ich sah ihr tief in die Augen. Entschlossen, dass ich sie gleich töten würde, schleuderte ich sie, ohne dabei ihren Hals loszulassen, zwischen Küche und Treppe gegen die Wand und drückte weiter mit meinem ganzen Körper dagegen. „Wer bist du?" Mit ihren Händen umklammerte Lea, so gut sie konnte, mein Handgelenk und versuchte, etwas zu sagen. Ich lockerte kurz meinen Griff und drückte mich nicht mehr so stark an ihren Körper. Erst da fiel mir auf, dass das Geräusch vorhin Leas Kleid war, auf dem ich versehentlich gestanden hatte. Es war zerrissen, als ich sie vom Boden hoch gezerrt hatte. Fast entblößt stand sie vor mir und ich konnte deutlich ihre Brüste sehen, die ein wenig von ihren nassen Haaren verdeckt waren.
„Lea. Ich bin Lea", antwortete sie schwach, leise und mit zittriger Stimme, schloss danach ihre Augen und die Tränen liefen ihr den Hals hinunter, sodass ich sie auch auf meiner Handoberfläche spüren konnte. Ich drückte noch einmal fest ihren Hals zu und entschloss mich, ihre Seele jetzt aus ihr herauszureißen.
„Sieh mich an! Mach deine Augen auf!" Lea öffnete langsam ihre Augen, die nicht aufhören wollten zu weinen, und sah mich emotionslos an. Als ich in ihre Augen blickte, sah ich, dass sie bereit war. Bereit, um jetzt zu sterben! Ebenfalls bereit drückte ich diesmal mit beiden Händen an Leas Hals und da passierte das Unerwartete.

Lea wehrte sich nicht mehr. Aus dem Nichts lockerte sie ihren Körper, ließ mein Handgelenk los und ihre Arme fallen. Sie erlaubte mir, ihre Seele aus ihr herauszureißen. Mit einem sanften Blick schaute sie mich noch einmal an, bevor sie ihre Augen schloss! Also drückte ich ihren Hals ein letztes Mal mit voller Kraft zu, doch ließ ich sie schnell wieder los. Schnell beugte Lea ihren Oberkörper vor und ich ging einen großen Schritt weg von ihr. Sie hustete schwer und versuchte mit aller Kraft zu atmen. Immer wieder griff sie sich an den Hals und stützte sich an der Wand ab. Wütend starrte ich Lea an, die massiv mit sich am Kämpfen war. Ich wusste nicht, was ich machen sollte, denn zum allerersten Mal wehrte sich mein Opfer nicht und ließ mich gewähren! Trotz des Zornes stand ich selbst kurz unter Schock! Als Lea nach einer Weile wieder Luft bekam, sah ich, dass ihr Hals komplett rot und blau war. Sie wischte ihre Tränen ab und wir sahen uns wortlos an. Doch dann kam der nächste Schock, denn ein anderer Drang gelangte an die Oberfläche.

Ich will Sex!

Schnell ging ich auf Lea zu, stieß sie an den Schultern gegen die Wand und küsste sie. Doch sie erwiderte meine Küsse nicht, also presste ich meinen Körper fest zwischen ihre Beine, sodass sie sich nicht bewegen konnte.

Mit ihren letzten Kräften versuchte sie, mich wegzudrücken, bis sie es letztlich schaffte und mir zudem noch eine gewaltige Ohrfeige verpasste. Etwas beschämt ließ ich meinen Kopf hängen und nickte nur. Danach fasste ich meinen Mut und schaute Lea wieder an, denn ich verstand mich selbst nicht, weder, warum ich sie töten, noch warum ich sie auf meine sadistische Art benutzen wollte.

Doch schlagartig fiel jetzt Lea über mich her und fing an, mich heftig zu küssen. Ich wusste nicht, was los war, also ergriff ich instinktiv ihre Oberschenkel so fest, dass ich schon meinte, dass meine Finger in ihr Fleisch eingedrungen waren, und hob sie hoch. Fest stieß ich sie gegen die Wand und spürte nicht nur mein Verlangen nach Lea, sondern auch die Gier von ihr, denn Lea zerriss mit Leichtigkeit mein durchnässtes Sommershirt und öffnete meinen Hosengürtel. Auch ich riss ihr die restlichen Stofffetzen runter, die noch von ihrem Kleid an ihr hingen, und trug sie die Treppe hinauf ins Schlafzimmer. Als ich Lea auf das Bett warf, hatte ich alle Gedanken daran, sie zu töten oder bluten zu sehen, vergessen.

In dieser Nacht schlief ich mit ihr zwei Mal auf eine Art und Weise, die ich zuvor noch niemals mit einer Frau erlebt hatte. □

KAPITEL 37

ERDBEERE

Am nächsten Tag erwachte ich auf dem Rücken und hatte ein Déjà-vu. Mein erster Gedanke: *Lea ist weg!* Schnell drehte ich mich um und sah, dass sie schlief. Leise stand ich auf, setzte mich auf den Bettrand, runzelte für ein paar Minuten meine Stirn und schaute immer wieder zu ihr. Danach ging ich unter die Dusche, drehte das kalte Wasser auf und ließ es mehrere Minuten über mich rinnen. Mit geschlossenen Augen versprach ich mir, mich besser bei Lea zu beherrschen, damit ich sie nicht töten würde. Der Plan, den mein Vater mit mir über diese Verdammten geschmiedet hatte, musste vollzogen werden. Sie mussten davor noch alle elend leiden, sollten spüren, was Verrat bedeutete und qualvoll sterben. Plötzlich kam Lea zu mir unter die Dusche, zuckte kurz und nahm gleichzeitig einen hastigen Atemzug. Sie legte ihre Arme um meinen Hals, griff immer wieder in meine Haare hinein und streichelte meinen Kopf. Ihre Blicke waren sinnlich und ihr Körper zitterte. Ich umarmte sie mit einer Hand an der Taille und stellte für sie das Wasser auf warm.

Lea lächelte kurz und fing an, mich auf meinen Brustkorb zu küssen. Anschließend schlief ich wieder mit ihr. Wortlos trocknete sich Lea danach ab und wickelte sich im Handtuch ein. Sie ging vor bis zum Bett. „Gibst du mir ein Shirt von dir?“ Ich sah sie kurz an, setzte mich, mit einem Handtuch um die Hüfte bedeckt, hin und deutete mit dem Kopf zum großen Schrank. Lea zog ein blaues Shirt an, wickelte einen Gürtel um ihre Taille, sodass es nach einem kurzen Kleid aussah und lief wortlos in schnellen Schritten aus dem Zimmer. Weder sagte ich etwas, noch rührte ich mich vom Fleck. Ruhig und ausgelaugt blieb ich weiterhin am Bettrand sitzen. Ich hörte noch, wie die Haustür ins Schloss fiel, Lea ihr Auto startete und wegfuhr.

Später machte ich mir meinen schwarzen Kaffee, setzte mich auf die Couch und versuchte, nicht an den Verrat von Lea zu denken. Es ging aber nicht. Immer wieder versuchte ich es, jedoch funktionierte es nicht. Also beließ ich es dabei und startete meinen Tag wütend und voller Hass. Zwei volle Stunden starrte ich in meinen Garten hinaus. Später aß ich eine Kleinigkeit, setzte mich erneut ins Wohnzimmer und starrte wieder hinaus. Da mein Handy ausgeschaltet war, fing das Haustelefon ab Mittag an, ständig zu läuten, also riss ich das Kabel mit Gewalt heraus. Am Nachmittag trank ich einen Whisky nach dem anderen und bemerkte, dass die Gedanken mich langsam losließen. Endlich konnte ich mich entspannt auf meiner Couch zurücklehnen. Doch irgendwann am späteren Nachmittag hörte ich jemanden die Tür aufsperren. Zornig stand ich auf und lief mit der Whiskyflasche und meinem Whiskyglas zur Tür. Ich sah Magda, die gerade ins Haus kommen wollte. Wutentbrannt schrie ich: „Raus." Magda erschrak, doch sie ging einfach weiter. Mit schnellen Schritten lief ich ihr entgegen und schrie erneut: „Ich sagte: Raus hier!", und warf die Whiskyflasche und auch das Whiskyglas gegen die Flurwand. Magda schlug die Tür fest und schnell hinter sich zu. Erzürnt wegen Magda ging ich in die Küche, holte eine neue Whiskyflasche und ein neues Whiskyglas und setzte mich zurück auf die Couch. Wütend schenkte ich mir noch einmal ein und warf anschließend die volle Whiskyflasche mit aller Kraft gegen die Wohnzimmerwand, denn alles war wieder da! Meine Gedanken zerfraßen mich nicht nur, sondern machten mich diesmal noch unkontrollierter! Erneut bemerkte ich, dass wieder jemand die Haustür aufsperren wollte. Ich war entkräftet und wollte nicht erneut aufstehen, denn ich wusste, dass es Magda war. Schnaufend stellte ich mein Whiskyglas auf den Tisch, nahm mir vor, Magda fest an den Armen zu packen und vor die Tür zu zerren. Als ich aufstehen wollte, hörte ich: „Michael." Diese Männerstimme gehörte nicht zu Magda. Ich drehte mich nicht einmal um. Denn diese Stimme gehörte zu meinem damaligen besten Freund. Meinem eifersüchtigen und nichts ahnenden Bruder Mark! Gelassen trank ich an meinem Whisky weiter. „Ich habe den Schlüssel vorhin von Magda bekommen; wir sind uns begegnet. Sie meinte, dass ich dich noch eine Weile in Ruhe lassen solle, bevor ich hereinkomme", und stand mittlerweile schon vor mir. Es lagen überall auf dem Boden Glasscherben und der Whisky tropfte von der Wand. Ich sah zu Mark, der erstaunt und jetzt mit langsamen Schritten im Haus umherlief. Mein Haus, besonders das Erdgeschoss, sah aus, als hätten versiffte Obdachlose hier randaliert, denn ein Teil von Leas Kleid hing am Treppengeländer, der Rest war in kleinen Stücken verteilt und ihre komplette, ebenfalls zerrissene Unterwäsche lag verstreut am Boden. Mein feuchtes Shirt war auf der Treppe und tropfte noch leicht vom Regen und nicht zu vergessen die Unordnung, die ich schon fast den ganzen Tag, nicht nur in der Küche, sondern bis ins Wohnzimmer gemacht hatte. Genervt von Mark, der direkt vor mir stand, fragte ich: „Müsstest du nicht schon weg sein? Was suchst du hier? Ich frage anders: Was willst du noch von mir?" Mark setzte sich neben mich, lehnte seinen Kopf auf die großen Kissen und schaute hinauf. Ich lehnte mich ebenfalls zurück und trank weiter an meinem Whisky. Minutenlang redeten wir nicht miteinander. Aus dem Nichts fing Mark auf einmal an zu lachen. Verwirrt, aber auch genervt sah ich ihn nur an. Er hörte einfach nicht auf, also konnte ich mir irgendwann das Lachen auch nicht mehr verkneifen, sodass auch ich für einen sehr kurzen Moment mit ihm lachte. Nachdem Mark sich wieder gefangen hatte, fragte ich: „Warum bist du da, Mark?", dabei schaute ich in den Garten hinaus. Mark lehnte sich vor, blickte ebenfalls hinaus und antwortete ernst: „Ich wollte so nicht gehen. Nicht ohne mich von dir zu verabschieden. Nichtsdestotrotz warst du bis jetzt mein einziger und bester Freund auf dieser Welt, mein Lebensbegleiter." Danach stand er auf und streckte mir seine Hand entgegen. Nach sehr kurzer Überlegung stand ich auch auf. „Bevor du gehst, Mark, trinken wir noch ein letztes Mal zusammen?" „Ein letztes Mal." Ich machte für Mark, aber auch für mich einen doppelten Wodka und legte zwei Erdbeeren auf einen kleinen Teller. Mark saß schon auf der Couch, ich streckte ihm sein Wodkaglas entgegen und stellte die zwei Erdbeeren hin. Er nahm sein Wodkaglas, warf einen Blick auf die Erdbeeren und mein Wodkaglas und fragte überrascht: „Zwei Wodka? Zwei Erdbeeren?" Schmunzelnd setzte ich mich neben ihn. „Zum Abschied." Verwundert schaute er mich an und grinste, denn ich trank nie Wodka und ich aß auch nie Erdbeere zu meinen Drinks. Ich tat es nur für ihn. Ich wollte, dass er eine letzte schöne Erinnerung von uns hatte. Nachdem ich einen Schluck getrunken und von der Erdbeere abgebissen hatte, musste ich die Erdbeere mit einem säuerlichen Gesichtsausdruck gleich wieder in meine Hand ausspucken. Mark lachte herzlich und ich meinte: „Gar nicht meins." Er nahm die ausgespuckte und die angebissene Erdbeere aus meiner anderen Hand und warf sie sich locker aus dem Handgelenk in seinen Mund. „Du hast keine Ahnung, Michael." Ich nickte und lächelte kurz. Jedoch innerlich brach es mir mein Herz. *Mein Bruder hatte sowohl die angebissene als auch die ausgespuckte Erdbeere aus meiner Hand gegessen.*

Die Zeit war gekommen, Mark ging vor zu den Glasscheiben, beobachtete eine Weile den Garten und holte einen Schlüssel heraus. Mit ernstem Blick kam er zu mir. „Hier, dein Haustürschlüssel." „Behalte ihn. Falls du irgendwann nicht mehr weiter weißt oder in Schwierigkeiten gerätst, kannst du jederzeit hierher zu mir kommen. Jederzeit, Mark! Ich bin da!" Mark nickte mit schnellen Kopfbewegungen, senkte dabei seinen Kopf und spielte mit dem Schlüssel in der Hand. Sichtlich mit sich am Kämpfen und fast unter Tränen, steckte er meinen Haustürschlüssel wieder ein, klopfte mir auf die Schulter und ging. Doch er drehte sich plötzlich um, musterte mich fast eine Minute lang und fragte: „Bevor ich gehe, Michael, Lust auf eine gemeinsame Jagd?"□

KAPITEL 38

BESONDERE JAGD

Im Auto entspannte ich mich zur Musik und folgte Mark fast drei Stunden. Wir parkten vor einer kleinen Bar, bestellten unsere Drinks und aßen auch eine Kleinigkeit. Es dauerte nicht lange, bis schon die ersten Frauen zu uns kamen, aber wir führten nur kurze oberflächliche Konversationen mit ihnen. Auf keinen Fall erzählten wir aber, dass wir Brüder waren. Niemand durfte das wissen. Niemand.Als wir alleine waren, fragte Mark bestürzt: „Michael, wollte deine Mutter dich tatsächlich umbringen, wie Gerald es gesagt hat?“ Emotionslos nickte ich und Mark schüttelte entsetzt seinen Kopf. „Dieser Teufel wollte mich tatsächlich umbringen, weil ich ihr nicht sauber und präzise genug getötet habe. Sie hatte keine Geduld mit mir. Zuerst dachte ich, dass mein Vater Katharina getrieben durch sein Killer-Gen umgebracht hat, weshalb ich ihn fast zu Tode geprügelt habe. Ich war nicht nur sauer auf Katharina, sondern auch auf meinen Vater. Er hat Katharinas Leiche dem Leichenschänder gegeben, der sie aber leider nicht geschändet hat!“ Mark riss seine Augen auf. „Killer-Gen? Leichenschänder?“ Nickend nahm ich einen großen Schluck von meinem Whisky. „Ja, Killer-Gen, auch MAOA-Gen genannt. Dieses Gen kennst du doch! Du hast dieses Gen auch in dir, Mark, so wie unser Vater und ich. Deswegen tötest du auch wie wir gerne und mit Leidenschaft!“ Mark nickte neugierig und ich fuhr fort: „Einer unserer Unterstützer ist Bestatter. Er schändet die Leichen, die wir getötet haben; zudem hat er eine wunderschöne, kluge neun jährige Tochter. Es gibt auch weitere Unterstützer. Einer von ihnen hat zum Beispiel eine Affäre mit seiner eigenen Tochter. Du denkst dir sicher, dass er derjenige war, der sich seiner Tochter angenähert hat. Nein, nein. Sie hatte sich mit 13 Jahren in ihren eigenen Vater verliebt und er konnte irgendwann der Versuchung nicht mehr widerstehen, also wurden sie heimlich ein Paar und zeugten ein Kind. Niemand weiß davon! Auch von den anderen Unterstützern kenne ich die dunkelsten Geheimnisse, Mark! Doch einer davon hat uns verraten. Ich weiß nicht genau, was er will, aber entweder will er unser Vermächtnis, das uns Prooks gehört, oder er will unseren Vater oder mich töten. Wenn ich nur wüsste, was die drei vorhaben!“ Mark lehnte sich angespannt, aber auch hoch interessiert zu mir vor und fragte: „Wer will dich umbringen, Michael? Welche drei?“ „Du wirst niemals glauben, wer die anderen zwei sind.“Mark schaute mich diesmal wütender und gereizter an. Er atmete schneller. „Erzähl es mir.“ Nach kurzer Überlegung erzählte ich Mark, wie unsere Unterstützer die Leichen beseitigten, vom Verräter Okko, von der verdammten mürrischen Marie und auch von dem hinterhältigen Miststück Lea. Mark schaute mit schnellen Blicken um sich und schlug mit der Faust auf den Tisch, sodass die anderen Gäste am Nebentisch erschraken. Wütend und leise sagte er: „Und ich habe gestern Lea angerufen, nachdem ich dich verzweifelt im Regen hatte stehen sehen. Ich habe sie gebeten, nach dir zu sehen.“ *Also hat Mark mir diesen Teufel geschickt!* „Du bist in sehr großer Gefahr, Michael. Ich möchte dir helfen. Sag mir, was zu tun ist!“„Ich habe es dir nicht erzählt, weil du mir helfen sollst, Mark. Ich wollte nur, dass du dir meine Sorgen anhörst. Papa und ich haben einen perfekten Plan geschmiedet. Geh du deinen Weg, das hast du verdient. Du hast mehr gelitten als jeder andere von uns. Fang von vorn an und lass alles hinter dir, die Stadt, die Menschen, Papa, ja sogar mich! Lebe Mark!“ „Es gibt zwei Optionen, Michael. Die Erste – wenn du meine Hilfe annimmst, befolge ich strikt deine Anweisungen. Alles, was du mir aufträgst, werde ich durchführen, ohne es zu hinterfragen. Egal, was! Und wenn du außer Gefahr bist, erst dann werde ich die Stadt verlassen! Die zweite Option wäre …“ Er machte eine Pause, spielte dabei mit seinem Wodkaglas und fuhr entschlossen fort, „Wenn du meine Hilfe nicht annimmst, werde ich, bevor ich weiterfahre, wieder zurückfahren, die zwei hinterhältigen Miststücke und die Reinigungsfirma von diesem

Dreckskerl so verbrennen, dass sie Tage brauchen werden, um alles zu löschen! Deine Entscheidung, Michael!" Ich wusste, dass Mark sehr entschlossen war! Mir gefielen beide Optionen, doch für die zweite Option durfte ich mich nicht entscheiden. Schließlich würde ich dann niemals erfahren, was sie mit uns Prooks vorhatten! Obwohl mich der Gedanke beflügelte! „Die erste Option." Mark lächelte. „Ich habe zwei Bedingungen. Meine erste Bedingung ist: Du wirst während dieser Zeit immer in meiner Nähe sein! Und meine zweite Bedingung ist: Du wirst dich niemals mit unserem Vater alleine treffen!" Mark lachte lautstark. „Du bist echt ein Bengel, Michael. Ich will deinen Daddy nicht! Ihn kannst du gerne für dich haben! Einverstanden.",„Morgen erzähle ich dir unseren Plan. Aber jetzt reden wir über etwas anderes." Mark nickte, bestellte für uns weitere Drinks und wir redeten erfreut über die Geschichten, die wir gemeinsam erlebt hatten. Mark ahmte mich auch nach und wir lachten ununterbrochen. Doch plötzlich bemerkte ich im Augenwinkel eine zierliche Frau, die alleine am Tisch saß. Ich hatte gerade mein perfektes Opfer gefunden! Ich warf ihr einen langen Blick zu, sie ging sofort darauf ein und musterte mich anschließend ununterbrochen. Sie war schätzungsweise 35 Jahre alt, schlank, hatte braune kurze Haare und trug eine dezente Brille. Ihre Augen schrien förmlich nach mir, als könnte sie es kaum erwarten, mein Opfer zu werden! Irgendwann bezahlte sie ihre Rechnung und ging langsam an mir vorbei. Sie streifte mit ihrem Oberkörper an meinem Rücken entlang, sah mich dabei kurz an und verabschiedete sich höflich von uns. Mark hatte ich seit Minuten nicht mehr zugehört. Ruckartig stand ich auf und sagte leise zu ihm: „Ich habe mein Opfer gefunden." Überrascht hob Mark seine Hände etwas in die Höhe. „Dein Opfer?" Ich klopfte auf seine Schulter. „Mark, wir treffen uns morgen. Ich melde mich noch bei dir. Bis dann", und eilte hinaus. Draußen sah ich, dass die Frau schon auf mich wartete. „Ich dachte, du kommst nicht." Verschmitzt und selbstsicher fragte ich: „Soll ich dich mitnehmen?" „Klar." Langsam fuhr ich mit ihr vom Parkplatz los und sah, wie Mark auch aus der Bar herauskam, mich immer noch verwundert anschaute und sich anschließend in sein Auto setzte. „Wohin?", fragte ich. Sie schlug die Beine übereinander „Irgendwo, wo wir ungestört sein können." „Du bist direkt! Ich mag direkte Frauen." „Nach zehn Jahren Beziehung mit einem Versager wird man mit der Zeit direkter und kommt auch schneller zur Sache." Sie machte eine kurze Pause und fragte, wobei sie ihre Augen nicht von mir lösen konnte: „Was ist mit dir?" „Was soll mit mir sein?" Sie fing an, meinen Oberschenkel zu streicheln, und meinte: „So ein gut aussehender junger Mann wie du, der ist sicher nicht alleine. Hast du keine Freundin?Oder eine Frau, die auf dich wartet?" Grinsend schüttelte ich meinen Kopf. Langsam streifte sie mit der Hand von meinem Oberschenkel hinauf zu meinem Oberarm und streichelte dort weiter. „Wann sind wir da?" „Bald." Ich parkte schon nach wenigen Minuten an einem abgelegenen Ort, dort, wo fast überall Bäume und Büsche standen. Sie löste ihren Gurt, stürzte sich sofort auf mich und versuchte, mich zu küssen, jedoch stieß ich sie von mir weg. Verwirrt fragte sie: „Was ist?" „Gehen wir raus." Verführerisch setzte sie sich auf die Motorhaube, spreizte gleich ihre Beine und ich ging dazwischen. „Laufen wir etwas hinein." Unsicher blickte sie nach hinten. „Aber nicht weit hinein." Ich nickte, hielt ihre Hand und wir liefen noch tiefer ins Gebüsch. Nach fast fünf Metern wurde sie langsamer, unruhiger und schaute immer wieder zurück. Die Straße konnte man jetzt fast nicht mehr erkennen. Plötzlich blieb sie stehen. „Hier ist gut", sagte sie und wollte meine Hand loslassen. Doch es gelang ihr nicht, denn ich hielt sie fest. „Hey. Lass mich los", schrie sie. Doch ich ging mit ihr im Schlepptau noch schneller und konnte es kaum erwarten, sie zu töten. Panisch schlug sie auf meine Hand. „Lass mich endlich los", sagte sie und stolperte. Das machte mich so wütend, dass ich sie kräftig nach vorn schleuderte. Sie fiel mit dem Gesicht auf den Boden und ich starrte sie nur an. Als sie sich umdrehte, fing sie an zu weinen. „Bitte, tu mir nichts. Lass mich gehen."Langsam öffnete ich grinsend meinen Gürtel und sie flehte: „Bitte, tu das nicht. Tu mir das nicht an. Bitte.“ Rasch zog ich meinen Gürtel heraus und spielte damit in der Luft. Sie fing grundlos an zu schreien und ich grinste sie an. „Schschsch, ich habe doch noch gar nicht angefangen!“„Bitte, bitte, mach das nicht. Bitte.“ Langsam ging ich zu ihr und sie kroch auf dem Rücken nach hinten. Immer wieder presste sie dabei ihre Oberschenkel aneinander. Genervt schüttelte ich den Kopf, sprang abrupt auf sie und sie schrie um ihr Leben. Heftig schlug sie auf mich ein und wehrte sich mit den Beinen. Strategisch fesselte ich ihre Beine und legte danach ihre Arme hinter ihren Rücken. Mit aller Kraft setzte ich mich auf sie und brach ihr dabei die Rippen. „Hör auf, zu schreien!“, befahl ich ihr, aber sie hörte nicht auf. Ich schlug ihr mit der Faust ins Gesicht und sie wurde kurz bewusstlos. In dieser Zeit genoss ich die Stille und dachte nach, doch als sie wieder zu sich kam, fing sie erneut an zu schreien. Wutentbrannt packte ich sie am Kinn. „Stell das Schreien ab! Und weine nicht!“ Sie tat es nicht. Also machte ich eine Faust und schrie: „Hör auf damit!“ Tatsächlich schrie sie nicht mehr und stellte auch ihr Weinen ein! Zwar langsam, aber sie tat es! „Du bist heute meine Auserwählte! Dir erzähle ich meine Geschichte zu Ende! Eigentlich wollte ich es meinen anderen zwei Opfern erzählen, aber ich tötete sie viel zu früh! Ich konnte mich einfach nicht beherrschen!“

Ihre Augen stachen förmlich aus ihr heraus, sie erstarrte und ihre Tränen liefen nur so herunter. Es erfüllte mich, ihren Schockzustand mit anzusehen, und machte mich auch unendlich glücklich. Doch ich bemerkte auch, dass sie gleich mal wieder anfangen würde zu schreien. Was sie dann auch tat! Rasch drückte ich mit meiner flachen Hand ihren Mund zu und drohte leise: „Wenn du noch einmal schreist, reiße ich dir bei lebendigem Leib deine Zunge heraus! Ich kann das! Ich habe das unzählige Male gemacht! Hast du mich verstanden?" Sie schloss ihre Mondaugen und nickte permanent. Langsam ließ ich ihren Mund los und insgeheim hoffte ich, dass sie schreien würde, denn ich hätte ihre Zunge so gerne aus ihr herausgerissen. Doch sie tat es nicht. Nur ihre Tränen wurden immer mehr. Nun ja, ich ließ sie weinen! Anschließend machte ich es mir auf ihr bequem, wobei ich meine Arme verschränkte und sie ernst fragte: „Kennst du Lea?" Heftig und unter schmerzverzerrtem Gesicht schüttelte sie ihren Kopf. Ich zuckte die Schultern. „Ich kenne sie auch nicht! Zumindest nicht diese eine Seite von ihr! Doch eines kann ich dir sagen: Sie ist ein bezauberndes, verlogenes Miststück, das nach Lavendel duftet! Lea riecht immer nach Lavendel, egal wann ich auf sie treffe und auch als ich in ihr war. Aber Moment mal, nur einmal, da roch sie nicht nach Lavendel. Warum? Weißt du, wo das war? Das war, als ich sie in der Schneiderei besucht habe. Hm, warum roch sie dort anders? Ah, jetzt weiß ich es, na wegen ihrer verdammten Oma!“ Ich überlegte kurz, runzelte die Stirn und fragte: „In dem Fall kennst du ihre mürrische, alte, verdammte Oma Marie auch nicht?“ Auf diese Frage schüttelte sie erneut ihren Kopf, sodass sie die Ruhe störte, die ich in mir verspürte. „Verdammt noch mal, schüttle nicht so heftig deinen Kopf, sonst reiße ich ihn dir von deinem Körper!“ Schlagartig hörte sie auf, ihren Kopf zu schütteln, und ich lehnte mich zu ihrem Gesicht vor. Grinsend und flüsternd wollte ich ihr mein Geheimnis verraten. „Weißt du, dass mein Bruder gesagt hat, dass ich in Lea verliebt bin? Er weiß aber nicht …“ Bevor ich meinen Satz beenden konnte, hörte ich jemanden meinen Namen flüstern: „Michael!“ Ruckartig drehte ich meinen Kopf nach hinten und konnte nichts erkennen. Es konnte doch niemand nach mir rufen, denn schließlich waren nur wir zwei hier. Doch je länger und genauer ich mich umsah, erkannte ich, dass jemand aus dem Busch in unsere Richtung kam. Die Frau bemerkte es ebenfalls und fing lautstark an zu schreien „Hilfe. Hier bin ich. Helfen Sie mir. Bitte.“ Sofort sprang ich von ihr auf, ging zwei Schritte vor und blieb hoch konzentriert stehen. Nicht einmal eine Sekunde hatte ich Angst, denn ich wollte auch denjenigen töten, der gleich mal vor mir stand! „Michael. Michael“, hörte ich von der Person und konnte endlich deutlich erkennen, dass es

Mark, mein Bruder war! „Was machst du denn?“, fragte er und fuchtelte dabei mit seinen Händen. Überrascht antwortete ich ihm: „Was ich hier mache? Wonach schaut es denn aus?“ Mark steckte seine Hände in die Hosentasche und stand schon vor mir. Gerade als er etwas sagen wollte, rannte mein Opfer mit Mühe und Not zu Mark: „Bitte. Bitte, er will mich töten. Bitte helfen Sie mir“, und versteckte sich hinter ihm. Mark schaute mich an und danach über seine Schulter zu der Frau. „Sehr gut, Mark“, sagte ich und schaute ihn vorwurfsvoll an. Mark holte die Frau vor und hielt sie an ihren Armen: „Bitte beruhigen Sie sich!“ Mit vorwurfsvollem Blick fragte er: „Was soll das, Michael? Ich habe dich doch gefragt, ob du Lust hast, gemeinsam jagen zu gehen. Doch lässt du mich in der Bar sitzen, um alleine jagen zu gehen! Ich hatte mich gefreut, jemanden gemeinsam mit dir zu töten!“ Die Frau realisierte, dass Mark nicht ihr Retter war, und fing schon wieder an, fürchterlich zu schreien. Mark schlug ihr sofort mit der flachen Hand ins Gesicht und hielt anschließend ihren Mund fest zu. „Ich dachte nicht, dass du dir mit ‚gemeinsam jagen‘ uns zusammen vorgestellt hast. Ich dachte, jeder sucht sich ein eigenes Opfer! Das ist dann auch gemeinsam jagen“, erklärte ich verlegen. Weiterhin sauer auf mich, schüttelte Mark seinen Kopf. „Ich beobachte dich seit Minuten! Was machst du denn so lange? Warum tötest du sie nicht gleich? Ist das neu?“ „Ich musste ihr noch meine Geschichte fertig erzählen! Dank dir kann ich es jetzt nicht!" Verdutzt wechselten seine Blicke zwischen der Frau und mir hin und her. „Du musst was?" Lässig hob ich leicht meine Hände hoch. „Was ist? Ich erzähle ihnen meine Lebensgeschichte! Und wenn du es genau wissen willst, ja, es ist neu. Ich mache das seit Kurzem!" Mark fing lautstark an zu lachen. „Jetzt im Ernst, du erzählst ihnen deine Lebensgeschichte, bevor du sie tötest?" Mark konnte sich kaum mehr halten vor Lachen. Zuerst ärgerte es mich, doch plötzlich fing ich ebenfalls an zu lachen und sah dabei auf den Boden. Danach stützte ich meine Hände auf meine Hüften und antwortete weiterhin lachend: „Ja. Das würde ich dir auch empfehlen, Mark, erzähle ihnen wahre Lebensgeschichten, sodass sie noch mehr Angst bekommen, bevor du sie tötest! Glaub mir, das macht richtig Spaß, wie sie dann um ihr Leben betteln. So erbärmlich! Oder willst du es lieber unserem Vater, dem Toppsychologen unserer Großstadt, erzählen?" Verschmitzt nannte er mich „Bengel", lachte weiter und schaute dabei auch zu der Frau, die immer noch unter Schock stand. Doch plötzlich schaffte sie es, sich kurz von Marks Händen loszureißen, doch Mark schnappte sie mit einem festen Griff wieder am Arm und sie fing sofort an zu schreien. Genervt hielt ich meine Ohren zu. „Ihr Geschrei, ich halte das nicht aus! Stell sie ab!" Während ich das sagte, nahm Mark die Frau schon in den Würgegriff. Endlich schrie sie nicht mehr! „Stimmt. Ich könnte das auch mal ausprobieren!“ Grinsend nickte ich und verschränkte meine Arme: „Na los!“ Mark schaute freudig zu der Frau und fragte sie: „Soll ich es auch mal versuchen? Was meinst du, willst du dir meine Geschichte auch anhören?“ Der Kopf der Frau war schon rot und sie bekam keine Luft mehr. Mark lockerte leicht seinen Handgriff und unter Tränen flehte die Frau: „Bitte nicht!“ „Fang an. Erzähl“, ermutigte ich ihn. „Hast du gehört, junge Dame? Du bist heute mein Opfer. Sicher, Michael, dass du sie mir überlässt?“ Überzeugt lächelte ich: „Sie gehört dir, Mark! Erzähl ihr deine Geschichte und zeig mir anschließend, wie du tötest!“ Als ich meinen Satz ausgesprochen hatte, brach Mark jedoch ruckartig ihr Genick und ließ sie los. Sie war auf der Stelle tot! Überrascht schaute ich ihn an, der langsam die Hände leicht hoch und wieder herunternahm. Danach zog er seine Augenbrauen nach oben und meinte: „Ich hab’ es probiert. Ging nicht!“ Ich schmunzelte, schüttelte meinen Kopf und Mark lächelte kurz. Wir blickten zu der Leiche hinunter und freudlos sagte ich: „Ich konnte meine Geschichte wieder nicht zu Ende erzählen! Wem erzähle ich jetzt meine Geschichte?“ Mark legte fürsorglich seinen Arm um meine Schulter. „Mir. Deinem Bruder.“ Gerührt legte ich ebenfalls meinen Arm um seine Schulter und wir liefen gemeinsam den Weg zurück!

KAPITEL 39

WILLKOMMEN

Die nächsten Tage machte ich einen komplett neuen Plan und wollte auch meinem Vater davon erzählen. Also rief ich ihn an und sagte, dass ich später vorbeikommen würde. Doch wusste er nicht, dass auch Mark mitkäme. Mein Vater saß unter dem großen Pavillon und las seine Zeitung. Er war so vertieft, dass er gar nicht bemerkte, dass auch Mark vor ihm stand. Überrascht legte er die Zeitung auf den Tisch und schaute uns mit abwechselnden Blicken an. Ich setzte mich vor ihm hin und Mark blieb stehen. Mein Vater deutete durch die Gegend. „Alles, was du hier siehst, gehört nicht nur Michael und mir, sondern auch dir, Mark. Du kannst dich hier so frei bewegen, wie du willst, denn das ist auch dein Haus. Du bist ein Prook!" Mark verdrehte genervt seine Augen, setzte sich neben mich und rutschte tiefer in den Stuhl hinein. Ausdruckslos schaute er unseren Vater an, stützte dabei sein Kinn und mein Vater grinste ihn kurz an. Magda, die abseits Gartenblumen schnitt, meinte, dass sie uns gleich etwas zu trinken und auch zu essen bringen würde.

„Einen neuen Plan hast du, Michael? Wieso?“ „Ja, ich habe einen kompletten neuen Plan, Papa. Und Mark wird uns dabei helfen.“ Mein Vater runzelte die Stirn und sah zu Mark. „Ich dachte, dass du uns verlassen willst, Mark? Bist du zu der Erkenntnis gekommen, dass du ein Prook bist? Und dass die Prooks sich immer und jederzeit gegenseitig unterstützen?“ Mark verzog keine Miene und starrte ihn weiterhin nur an. „Erzähl, Michael.“ „Papa. Ich werde Mark in den Kunstverein einschleusen. Er wird die Stelle von Evelyn als Buchhalter übernehmen, dich dadurch entlasten und sich dabei auch mit Okko Grandam anfreunden. Marks erste Aufgabe wird sein, im Namen von Evelyn, einen Brief an die verdammte Marie zu schicken. Darin wird stehen, dass sie an ihrem letzten Arbeitstag vor ihrem Umzug in eine andere Stadt angeblich die Namen der Schneiderinnen im System verwechselt hat. In diesem Brief wird stehen, wie dankbar der Kunstverein für die restaurierte antike Kleidung ist, aber dass man sich dennoch von ihr trennen müsse, da sie doch nicht so professionell gearbeitet hatte wie gefordert. Auch eine beachtliche Geldsumme zur Entlohnung wird erwähnt werden. Somit haben wir schon den ersten Samen gesät. Den Samen des Geldes! Die verdammte Marie wird die Summe, die ihre Nachfolgerin bekommen hat, sehen und anfangen zu grübeln.

Das kleine Gebäude von ihr ist immer noch nicht abbezahlt. Ich will nicht wissen, wie es drinnen ausschaut und was zu renovieren ist! Ihr Leben ist an ihr vorbeigezogen, sie hat nur gearbeitet und ihre Enkel erzogen. Sie will sicherlich auch etwas kürzertreten, denn weder Lea noch Finn können ihr helfen. Wie auch? Finn hat selbst mit Schulden den Club gekauft. Und Lea? Sie müsste noch mindestens fünf Jahre mit dem Maßband um den Hals arbeiten, bis sie einmal die Zinsen abbezahlt hat. Sie wird ganz bestimmt in den Kunstverein kommen, um den Brief zurückzubringen. Du, Papa, lässt sie ohnehin beschatten. So wissen wir, wann sie sich auf den Weg zum Kunstverein macht. Mark darf auf keinen Fall dort sein, wenn sie kommt! Und wenn sie da ist, wirst du ihr überrascht begegnen, als wäre es ein Zufall. Du wirst sie loben und ihr auch indirekt ein Angebot machen, ob sie gelegentlich unsere antiken Kleider wieder restaurieren würde." Mein Vater schüttelte heftig den Kopf und unterbrach mich: „Warum soll die alte Frau bei uns arbeiten wollen? Sie weiß doch, dass wir Mörder sind. Zudem weiß sie sicher, dass du mir eure Begegnung erzählt hast. Das würde sie niemals annehmen, geschweige denn, zu uns in den Kunstverein zurückkommen." Fest von meinem Plan überzeugt, entgegnete ich: „Doch wird sie, Papa!"
„Wie?"

Überzeugt und mit einem kleinen Lächeln antwortete ich: „Vertraue mir Papa, sie wird kommen! Stell dir vor, Okko, die verdammte Marie, vielleicht sogar Lea, alle drei im Kunstverein! Wir haben überall Überwachungssysteme. Wir könnten sie problemlos beobachten und analysieren. Ich weiß, dass es etwas dauern wird, bis Okko Mark vertraut, jedoch bin ich fest davon überzeugt, dass er dies schaffen wird."
Mein Vater verhakte seine Finger ineinander und dachte nach. Währenddessen kam Magda zu uns. „Und das Mädchen?", fragte er. Fest entschlossen und mit sehr ernstem Blick antwortete ich: „Für Lea ändert sich nichts. Ich werde …", und redete nicht weiter, denn Magda stand schon vor uns und deckte auf. Sie legte jedem ein belegtes Brot, meinem Vater und Mark zusätzlich ein Stück Apfelkuchen auf den Tisch, schenkte uns Mineralwasser ein und stellte eine Thermoskanne mit Kaffee und Kaffeetassen an den Tischrand. Verschmitzt fragte mich Mark: „Warst du nicht artig, Michael, dass du von Magda keinen Apfelkuchen bekommst?" „Ich mag keine Äpfel. Weißt du Mark, ich habe bis heute genau drei Äpfel gegessen. Moment und ein Stück Apfelkuchen."
„Das wusste ich gar nicht, dass du keine Äpfel magst." Danach sagte er zu Magda: „Schmeckt hervorragend, danke Magda."

Magda lächelte und ging wieder ins Haus. Überrascht fragte mein Vater: „Wann und wo hast du einen Apfelkuchen gegessen, Michael?“ Ich biss in mein belegtes Brötchen und ohne ihn dabei anzuschauen, antwortete ich: „Als Lea bei mir war, brachte sie mir einen selbst gemachten Apfelkuchen mit.“
Nachdem ich meinen Plan bis ins kleinste Detail zu Ende erzählt hatte, wollten wir gehen und unser Vater meinte zu Mark: „Mark. Ich habe es Michael auch gesagt. Egal, was passiert, haltet immer zusammen. Immer! Und lasst niemanden zwischen euch! Nicht einmal mich. Euren Vater. Wenn du irgendwann zwischen ihm und mir entscheiden musst, dann entscheide dich immer für Michael. Niemals für mich! Hast du mich verstanden?“ Mark belächelte ihn. „Mach dir keine Sorgen. Niemals würde ich mich für dich entscheiden, Gerald! Niemals! Lieber sehe ich dich sterben!“ Mein Vater nickte emotionslos. „Ich habe euch noch etwas zu sagen.“ „Bitte sag uns, dass du noch einen Sohn hast!“, lächelte Mark ihn weiter an. „Nein. Ich habe keinen weiteren Sohn.“ „Dann eine Tochter, Gerald?“ Mein Vater wurde wütend. „Nein. Ich habe auch keine Tochter! Ich wollte sagen, dass ich sehr stolz auf euch bin und euch beide liebe!“ Mark schüttelte seufzend seinen Kopf und lief in schnellen Schritten raus.

Ich gab meinem Vater einen Kuss auf die Stirn und ging ebenfalls. Draußen stand Mark angelehnt am kleinen Brunnen und wartete auf mich. Schmunzelnd ging ich zu ihm. „Ich ertrage diesen Mann nicht!“, sagte Mark genervt. Ich klopfte ihm aufbauend auf seine Schulter und Mark fragte: „Der Plan, den du gegen Okko und Marie gemacht hast, ist brillant Michael. Aber sag mir eines: Was ist mit Lea? Ich kenne deinen Plan mit ihr nicht.“ „Der Plan mit Lea ist, dass ich sie noch näher an mich heranlassen werde.“ Mark schaute mich schuldbewusst an. „Michael. Es tut mir leid, dass ich dachte, dass du dich in Lea verliebt hast und ich dieses Miststück zu dir geschickt habe!“ Ich starrte ins Leere und fragte: „Willst du dir meine Geschichte mit Lea anhören?“ Mark nickte neugierig und ich erzählte: „Als ich Lea das erste Mal bei dir sah, und in ihre Augen blickte, habe ich sofort gesehen, dass sie ein finsteres Geheimnis hat.“ Mark schaute mich fragend an, setzte sich seitlich mit einem Bein am Brunnen hin und ich fuhr fort: „Ja, du hast richtig gehört. Als Lea ihre Sonnenbrille abnahm und mir in die Augen schaute, sah ich es. Hinter ihrer Schüchternheit, ihrem natürlichen Wesen, ihrer freundlichen Art verbirgt sich das Pechschwarze. Sie ist so warm und gleichzeitig so kalt.

Weißt du, dass ich ihretwegen sogar Lavendel in meinen Garten hab einpflanzen lassen, nur um Leas Duft in meinem gesamten Haus zu riechen und um mich noch besser darauf konzentrieren zu können, was ihre Finsternis ist? Wie oft hatte ich die Gelegenheit, sie zu töten! Ich sah es seit Tag eins in ihren verdammten Augen! Ihre verdammte düstere, kalte und schwarze Seele! Ich bereue es so sehr, dass ich dieses Miststück nicht getötet habe. Aber glaube mir, Mark, ich werde sie wie geplant an dem Tag, an welchem ich sie meinem Vater vorstelle, qualvoll töten! Ich werde mit Lea ein Doppelleben führen. Dieses bezaubernde Miststück werde ich so nah an mich heranlassen, um zu schauen, wann sie ihren ersten Fehler macht oder was sie noch zu verbergen versucht! Bis dahin werde ich stets auf der Lauer sein und werde niemals schlafen! Denn Lea hat mir einmal gesagt, wenn der Engel Michael schläft, kommt der Teufel heraus. Heute verstehe ich, was Lea damit gemeint hat. Sie meinte nicht mich! Lea hat es mir gleich am Anfang gesagt, dass sie mein Teufel ist und mich töten wird!" Wütend und ununterbrochen nickte Mark, blickte nachdenklich eine Weile in die Leere.

„Es tut mir leid, wie es mit uns gelaufen ist. Wir werden sie alle nach der Reihe töten, Michael! Das verspreche ich dir!"

Er atmete tief ein, griff fest an meine Schultern und ergänzte: „Ich bleibe hier bei dir, für immer. Ich werde, auch wenn ich Gerald nicht liebe, uns Prooks gemeinsam mit dir beschützen. Ganz besonders dich werde ich beschützen und für immer an deiner Seite sein. Das ist meine Aufgabe als großer Bruder, meinen kleinen Bruder zu beschützen!“ Sprachlos sah ich Mark an, denn diese Sätze von meinem Bruder durchbohrten mein Herz wie ein Pfeil und blieben sanft darin stecken. Doch plötzlich hörte ich ein Geräusch vor der Gartentür. Ich hatte das Gefühl, als ob uns jemand belauschen würde. Es konnte nur Magda sein, denn mein Vater würde das niemals machen. Warum auch? Ich deutete Mark gegenüber an, dass dort jemand sein könnte, und eilte hinüber, doch ich konnte niemanden sehen. Schnell rannte ich ins Haus und sah, dass Magda aus dem Badezimmer herauskam und mein Vater im Wohnzimmer in seinem Psychologiebuch las. Dennoch erzählte ich ihm, dass Magda Mark und mich belauscht haben musste und vielleicht auch ein falsches Spiel mit uns spielte. Später vergewisserten wir uns mithilfe der Überwachungssysteme, dass Magda weder persönlich noch in einer anderen Form Kontakt zu diesen Verdammten hatte! Ich hatte mich geirrt!□

KAPITEL 40

EINLADUNG

In den nächsten Wochen begannen wir, den Plan perfekt umzusetzen. Mark arbeitete weiter im Krankenhaus und machte sich in jeder freien Minute mit den Unterlagen des Kunstvereines und denen über Okko Grandam vertraut. Mein Vater hatte sich bestens erholt und ging ebenfalls wieder zur Arbeit. Alles hatte seinen gewohnten Ablauf. Und ich, na ja, ich ließ Lea an mir kleben und schlief auch fast täglich mit ihr. Gut, dass es Lea egal war, dass ich sie fast umgebracht hatte. *Miststück!* Sie sprach mich auf den Vorfall nicht einmal an und zog es beinhart mit mir durch! *Respekt!* Mit einer Leichtigkeit hatte ich Lea in meiner Hand. Sie konzentrierte sich vollkommen auf mich und ich mich auf sie. Lea war sehr raffiniert, nichts ließ sie sich anmerken. Nicht einmal, als sie erneut über eine Stunde allein mit Okko in der Schneiderei gesessen hatte! *Miststück!* Doch eine Sache musste ich noch durchziehen, bevor ich das Massaker mit ihnen beginnen konnte. Das kleine Mädchen, das bei Herrn Olaf Svante sich in mein Auto versteckt hatte, konnte ich leider nicht mitnehmen, also musste und wollte ich es diesmal unbedingt mit der kleinen Lucinda durchziehen! Da ich auch noch den Wunsch hatte, dies gemeinsam mit meinem Bruder zu machen, erzählte ich ihm, was ich mit Lucinda vorhatte. Mark ging überrascht und sehr erfreut sofort darauf ein und bestätigte mir, dass er auf jeden Fall mitmachen würde. Als ich mir sicher war, dass weder Magda, Lea noch mein Vater mich stören würden, rief ich Herrn Eduard Brikanu an und sagte ihm, wann und wohin er Lucinda bringen sollte. Zu mir nach Hause! Ich holte meinen Fotoapparat, versteckte drei Kameras, bereitete die Denkaufgabenspiele vor, die ich als Kind gespielt hatte, und wartete auf Lucinda und Mark. Als es an der Tür klingelte, öffnete ich aufgeregt und Herr Eduard Brikanu und Lucinda standen vor mir. Sie sah in ihrem kleinen weißen Kleid, mit den zwei Zöpfen und mit der kleinen Handtasche zuckersüß aus. Herr Eduard Brikanu schob Lucinda wortlos zu mir. „Ruf mich an, wann ich sie wieder abholen soll." Ich reagierte nicht darauf und er eilte zurück zu seinem Auto. Lucinda ging von sich aus ein paar Schritte hinein. „Schön, dass wir uns wiedersehen, Luci." Sie lächelte mich an und wollte in den Garten, doch ich stoppte sie. „Setz dich bitte auf die Couch." Brav und elegant setzte sie sich hin und schaute mich neugierig an. „Weißt du, warum du da bist?", fragte ich sie und setzte mich neben sie. Sie schaute mich mit ihren wunderschönen Augen an und schüttelte ihren Kopf. „Du musst heute besonders brav sein und auch alles machen, was ich dir sage.

Gleich kommt noch jemand. Erst, wenn er da ist, werden wir mit dir ein Spiel spielen, doch bis er kommt, kannst du mit diesem Denkaufgabenspiel spielen." „Was ist das für ein Spiel, was wir nachher spielen werden?" Ich nahm meinen Fotoapparat in die Hand und antwortete: „Doktorspiele!" Während Lucinda beim Spielen war, klingelte es schon an der Tür. Mark war da. Wir stellten uns vor Lucinda hin und er fragte mich ernst: „Bist du dir absolut sicher, Michael?" „Absolut", antwortete ich ihm und stellte Mark vor: „Lucinda, das ist Mark." „Hallo Mark. Spielen wir jetzt?" Mark nickte und ich setzte mich neben sie. „Würdest du deine Haarzöpfe für mich aufmachen?" Sie nickte und nahm die Haargummis ab. Danach ging ich mit ihr zur Wand und machte von ihrem Gesicht ein Foto, während Mark sich hinsetzte und uns dabei beobachtete. Als ich fertig war, hielt ich ihre Hand und wir setzten uns wieder hin. Mark gab ich den Fotoapparat, der das Foto gleich ausdruckte, und ich fotografierte das Bild mit meinem Handy ab. „Luci, ich bin Doktor und Mark auch. Dürfen wir dich untersuchen? Wir werden dir nicht wehtun. Versprochen." Sie blickte traurig zu Boden und zuckte mit ihren Schultern. „Ok." Ich öffnete meinen Arztkoffer, hielt langsam Lucis kleine Hand, holte sie vor zu mir und fing an, ihren Kopf abzutasten. Gleich bemerkte ich eine kleine Beule und deutete Mark, dass er ein Foto machen solle. Er machte ein Bild. Danach hob ich behutsam ihre Haare nach oben und sah erneut frische Bissspuren. Mark fotografierte diese ebenfalls. Anschließend befahl ich Luci, sich bis auf ihre Unterhose auszuziehen, untersuchte sie auch an ihrem Körper und sah auf ihrem Rücken und auf ihrer Brust größere blaue Flecken und Kratzspuren. Mark fotografierte alles. „Luci tut dir irgendetwas weh?", fragte ich besorgt. Sie überlegte kurz, legte ihre kleine Hand auf ihren Kopf und antwortete: „Hier", danach wanderte ihre Hand nach unten zwischen ihre Beine: „Und hier." Zutiefst mitgenommen blickte ich kurz zu Mark, der ebenfalls von Lucis Schicksal betroffen war. Ich zog meine Untersuchungshandschuhe an und untersuchte sie an ihren Genitalien und stellte mit Entsetzen fest, dass, wie ich schon beim ersten Treffen vermutet hatte, dieses süße, kleine, schlaue, brave und wunderschöne Mädchen vergewaltigt wird. Mit einem langen Atemzug sagte ich Luci, sie könne sich wieder anziehen und setzte mich neben Mark. Während sie versuchte, ihre Haare in zwei Zöpfe zu flechten, legte Mark die Fotos geordnet auf den Tisch und ich fragte sie: „Luci, wer hat dir weh getan?" Sie gab mir keine Antwort, denn Lucinda versuchte verzweifelt und auch mittlerweile etwas genervt, weiter ihre Haare zu flechten. „Ich kann dir zwei Haarzöpfe machen, wenn du willst." Sie fragte glücklich, aber auch gleichzeitig ängstlich: „Was muss ich dafür tun?" „Für mich musst du gar nichts tun. Ich möchte nur wissen, wer dir immer weh getan hat. War es dein Vater? Oder dein Bruder?“ Sie streckte mir ihre bunten Haargummis entgegen, drehte ihren Rücken zu mir und antwortete leise: „Mami tut mir weh.“ Fassungslos und mit den bunten Haargummis in der Hand schaute ich zu Mark, der mich ebenfalls entsetzt anstarrte. Niemals hätte ich gedacht, dass Gloria ihre eigene Tochter misshandelt und auch noch missbraucht! Herr Eduard Brikanu – ja. Sein 14 Jähriger Sohn – ja. Aber niemals Gloria! Anschließend erzählte uns Lucinda, dass sie von Herrn Eduard Brikanu und von ihrem Bruder auch geschlagen wird und sie öfter an Weglaufen und Selbstmord denkt. Das Leid und der Schmerz in diesem kleinen Wesen machten mich so unendlich traurig, dass ich mit meinen Tränen kämpfte. Als Lucinda uns ihr Martyrium fertig erzählt hatte und ich ihre Haare flechten wollte, klingelte es an der Haustür. Joris, mein treuer Maulwurf bei Mex Pasani übergab mir einen großen Briefumschlag und ging wieder. Ich nahm einen Pass heraus und gab ihn Lucinda. „Schau mal hinein, Luci. Der gehört dir.“ Neugierig öffnete sie ihn. „Da ist das Foto, das du vorhin gemacht hast, und es steht nicht Lucinda, sondern Luci. Aber mein Nachname ist falsch, ich heiße Brikanu und nicht Steiner!“ Ich lächelte sie an. „Was hältst du davon, wenn du auch einen neuen Nachnamen bekommst und wir spielen noch ein Spiel, das Verstecken heißt?“ Überglücklich sprang sie mir an den Hals: „Ja, spielen wir. Aber flechte mir bitte noch die Zöpfe fertig!" Nachdem ich ihr zwei Zöpfe geflochten hatte, übergab ich nach langen und festen Umarmungen Lucinda an Mark. Sie verließen eilig das Haus und Mark wusste, was jetzt zu tun war! Nachdenklich holte ich die Aufnahmen von den versteckten Kameras und legte diese gemeinsam mit den Fotos in den Tresor.

Später am Abend klingelte es wieder an meiner Haustür. Ich wusste, dass Eduard Brikanu davorstand. Verängstigt sagte er: „Michael. Ich muss jetzt Lucinda abholen, Gloria sitzt im Auto und wartet schon. Sie ist sehr sauer. Sag Lucinda, sie soll kommen." Ich sah zu Gloria, danach zu ihm, neigte meinen Kopf leicht zur Seite und schmunzelte. „Lucinda ist nicht da. Sie kommt auch nicht mehr!" Erschrocken und fast hysterisch fragte er: „Michael, was sagst du da? Bitte gib mir Lucinda", hektisch spielte er mit seinen Fingern, kam plötzlich sehr nah zu mir und hielt mich an meinen Schultern fest. „Michael! Sag nicht, dass sie es nicht überlebt hat oder du sie getötet hast! Michael, bitte, sag was!" Langsam hob ich meine Hände, fasste Eduard Brikanus Handgelenke und drückte seine Arme kraftvoll hinunter. „Was glaubst du, was passiert, wenn du deine kleine Tochter einem Mörder übergibst, Eduard? Lucinda ist nicht da! Sie kommt auch nicht mehr! Und jetzt geh!" Bitterlich, hilflos und verzweifelt fing er an zu weinen und ich schlug grinsend die Haustür vor seiner Nase zu, ging ins Wohnzimmer hinein und beobachtete durch die Überwachungskamera, wie Herr Brikanu und Gloria heftig im Auto diskutierten und anschließend wegfuhren. *Eure Lucinda ist schon vor fünf Jahren gestorben. Das sah ich am ersten Tag, als ich auf sie traf, denn obwohl Lucinda zufrieden ein Denkaufgabenspiel für Erwachsene mit Leichtigkeit löste und mich immer wieder herzlich anlächelte, sah ich, dass sie keine Seele mehr hatte! Eure Lucinda ist tot! Doch meine Luci lebt. Sie ist mit meinem Bruder seit Stunden in der Luft und wird ihr neues Leben, weit weg von euch Brikanus, in einem anderen Land und in einem der besten Internate für hochbegabte Kinder beginnen. Das Einzige, was ich von Luci habe, ist ihr blaues Bonbon in meinem Tresor, den sie mir bei unserer ersten Begegnung schenkte.* Mit diesem herrlichen Sieg ging ich schlafen! Jetzt konnte ich mich voll und ganz auf die Verdammten konzentrieren!

Lea wartete lange, bis sie mich zu sich nach Hause einlud. Auch die verdammte Marie müsste den Brief schon lange erhalten haben. *Doch warum und worauf warteten sie?* Bis endlich die Einladung kam. Am Donnerstag, dem letzten Arbeitstag meiner Woche, rief mich Lea an und meinte, dass ihre Oma mich kurzfristig zum Essen bei ihnen zu Hause eingeladen hatte. Mich machte es stutzig. *So kurzfristig? Warum zum Teufel lud mich diese mürrische verdammte alte Frau ein und nicht Lea? Wollte mich die verdammte Marie vergiften? Oder wartete Okko versteckt bei ihnen auf mich? Oder wollen sie sich zu dritt auf mich stürzen?* Ich erzählte es meinem Vater und Mark, keiner von ihnen wollte mich allein zu ihnen schicken. Doch ich wollte das nicht. Ich besorgte eine Flasche Rotwein und Blumen. Als ich aus dem Auto stieg, sah ich Mark, der auf dem Rücksitz seines Autos saß und mich angrinste. Er war da. Ich klingelte, Lea machte mir auf und ich ging hinein. Obwohl das Haus sehr alt war, gefiel es mir dennoch, denn darin standen sehr schöne antike Schränke und Kommoden. Auch die Türen und die Türgriffe waren verschnörkelt und sehr hochwertig. Die große und enge Wendeltreppe, die durch das zweistöckige Haus und bis zum Keller ging, gefiel mir aber am besten, doch ich konnte auch deutlich erkennen, dass es renoviert werden musste. Sie brauchten Geld! Durch einen schmalen Flur gingen wir in den Hinterhof hinaus, der einen kleinen Garten hatte. Und da saß sie! An der Kopfseite des gedeckten Tisches! *Die alte, verdammte, mürrische Marie!* Neben ihr Finn und sein Lebensgefährte Paul. „Guten Abend“, sagte ich. Marie stand auf und ich übergab ihr den Rotwein und den Blumenstrauß. Am liebsten hätte ich die Flasche an ihrem Kopf kaputt gemacht und die Blumen in ihren alten Mund gestopft. Das konnte ich mir aber leider nur denken. „Danke schön, sehr nett von dir“, erwiderte sie und ich sah zum ersten Mal ihre dritten Zähne. Diese alte mürrische Frau lachte mich zum allerersten Mal an und war übermäßig freundlich. *Nur warum?* „Hallo Michael“, begrüßten mich auch Finn und Paul. „Setz dich“, deutete Lea mit ihrer Hand auf einen der Stühle, die rechts neben der verdammten Marie waren. Ich setzte mich vor Paul und sah, wie altmodisch der Tisch gedeckt war. Gefiel mir überhaupt nicht! Ein braunes Tischtuch mit goldfarbenen Streifen lag quer über dem Tisch. Das Porzellangeschirr, das mit verschnörkelten roten Rosen verziert war, passte perfekt zum Goldbesteck und den dünnen großen Weingläsern. Das warme Essen war in großen Porzellanschüsseln. Sie hatten denselben hässlichen Geschmack wie die Grandams! *Haben sie es vielleicht voneinander abgeschaut? Hm.* Lea setzte sich neben mich und legte ihre braune Stoffserviette, die ebenfalls zum Tischtuch passte, auf ihren Schoß. Ich blickte zu Marie, die mich aufgesetzt nett anschaute, und bedankte mich: „Danke für die Einladung.“ Marie grinste. „Gerne“, sagte sie und stand auf, beugte sich vor, öffnete den Deckel der Schüssel und meinte verschmitzt: „Ich habe dein Lieblingsessen gemacht, lieber Michael. Lasagne. Das ist doch dein Lieblingsessen? Oder nicht? Lea hat mir gesagt, dass du gerne Lasagne isst?“ Ich starrte die verdammte Marie an und blickte danach zu Lea, die mich anlächelte. Marie nahm ein großes Stück und klatschte es mir auf meinen Teller. Lea räusperte sich,

Finn und Paul schauten einander verwundert an und Marie setzte sich wieder hin. „Oh, Michael, tut mir leid. Ist mir aus der Hand gefallen. Das wollte ich nicht.“ Obwohl sie mich immer noch aufgesetzt anlächelte, blickte sie mich trotzdem listig und hasserfüllt an. „Ist schon gut.“ Am liebsten hätte ich sie an ihrem dünnen langen weißen Haarzopf gepackt und in der Luft herumgewirbelt. Egal, mit Vorsicht aß ich die Lasagne, die absolut nach nichts schmeckte. Das ganze Essen lang unterhielten wir uns. Besser gesagt, Finn, Paul und Lea, denn ich nickte nur zu den Gesprächen, denn Marie und ich waren mit verachtenden, gegenseitig tötenden Blicken beschäftigt. Zudem schmatzte sie mich mit Absicht nach jedem Bissen an. Dennoch ließ ich mich nicht von meiner Wut kontrollieren und dank Finn, der unüberlegt redete, hatte ich zusätzlich sehr viel über die verdammte Marie und auch über die anderen erfahren. Zum Beispiel, dass Finn der Lieblingsenkel war und sie weder Finn noch Lea einen Schuldenberg überlassen wollte, wenn sie sterben würde. Dass Lea und Finn unzertrennlich waren und sich immer, egal bei welchen Themen, gegenseitig unterstützten. Dass Paul mittlerweile auch schon fast zur Familie gehörte und sie eine stabile Bindung hatten. Jedoch glaubte ich nicht an die Treue von Finn oder Paul, denn Paul arbeitete im Marketing und war oft unterwegs. Und Finn, wenn er zu viel trank, dann gefiel ihm jeder andere Mann. Irgendwie hatten Finn und Paul ein Geheimnis zwischen ihnen, das keiner kannte. Das konnte ich aus den Gesprächen und auch aus den Interaktionen erkennen. Nach dem Essen fing Lea an, die Teller wegzuräumen, und Finn und Paul wollten ins Dafina gehen. Marie sagte noch aufgesetzt und grinsend: „Bleibt doch noch. Es gibt noch einen Apfelkuchen. Ich habe ihn ebenfalls extra für Michael gemacht", und schaute mich wie immer listig an. Finn und Paul gaben Marie einen Kuss auf die Wange. „Danke, Oma. Aber wir sind satt. Lasst ihr es euch schmecken", verabschiedeten sie sich. Lea kam wieder und Marie bat sie: „Lea, bringst du uns den Apfelkuchen?" Lea ging wieder ins Haus hinein. Das war der perfekte Zeitpunkt, ich sah nach hinten, um sicherzugehen, dass keiner mehr da war, und blickte wieder zu Marie. Sie spielte und schmatzte, obwohl sie nichts mehr im Mund hatte, und grinste mich weiterhin an. Ich lehnte meinen Arm auf die Stuhllehne und fragte schäbig: „Du verdammte alte mürrische Frau. Warum hast du mich eingeladen? Wohl nicht, um deine geschmacklose Lasagne zu essen! Was willst du?" Marie stellte ihr Grinsen ab. „Oh gut, dass sie dir nicht geschmeckt hat! Ich habe sie weder gewürzt noch gesalzen! Doch der Apfelkuchen, den du nachher essen wirst, der hat wirklich Geschmack, ich habe ihn für dich perfekt hinbekommen!" *Diese verdammte Frau!* Sie starrte mich eine Weile an und wartete auf eine Reaktion von mir, jedoch verzog ich keine Miene. „Ich möchte mich für die Einladung von euch Prooks in den Kunstverein bedanken. Jedoch muss ich euch Mördern absagen. Ich wollte es dir persönlich sagen, verdammter Michael!“ „Wovon redest du? Was für eine Einladung, du senile Frau? Immer, wenn wir uns begegnen, erzählst du mir irgendwelche Geschichten.“ „Michael, ich weiß, dass ihr sehr, sehr schlau seid. Mir kannst du nichts vormachen! Das ist eure Strategie. Es stinkt bis hierher nach einem Plan von einem Prook. War es der Plan von Gerald? Oder von dir? Ich falle auf eure Spiele nicht herein. Sag deinem Mördervater, er soll mich in Ruhe lassen, wenn er weiterhin leben will. Und du: Verschwinde endlich aus unserem Leben, du Verdammter!“ „Du hast recht. Wir Prooks sind sehr schlau! Auch sind wir Mörder! Doch warum sollte mein Vater gegenüber einer alten, mittlerweile auch senilen Frau einen Plan schmieden? Wenn mein Vater wissen würde, dass jemand, egal wer, über mich, seinen eigenen Sohn, Bescheid weiß, vor allem, dass er ein Mörder ist und ihm auch noch droht, was glaubst du, was der mächtige, schlaue Gerald Prook mit dieser erbärmlichen Kreatur machen würde? Du kennst uns Prooks angeblich? Nein, nein. Du kennst uns nicht. Nicht einmal ansatzweise kennst du uns. Ich sage dir, was ein Gerald Prook mit dieser Kreatur machen würde. Er würde sie zuerst quälen, indem er geliebten

Menschen vor deren Augen erst foltert und anschließend tötet.“ Marie konnte man sehr gut ansehen, dass sie nachdachte. Ich deutete mit der Hand auf sie. „Doch du lebst, auch deine Enkelkinder! Du verdammte Marie, lässt meinen Vater, Gerald Prook, in Ruhe. Nicht einmal seinen Namen nimmst du in deinen alten Mund! Das ist etwas zwischen dir und mir! Ich bin nicht Gerald Prook, der sofort tötet. Ich bin Michael Prook, ich werde dich langsam töten, denn du gehörst mir. Und da wäre noch etwas: Ich verschwinde nicht aus eurem Leben!“ „Oh, das wirst du. Du Teufelsbrut! Dafür werde ich schon sorgen!“ Grinsend nahm ich die Dessertgabel in die Hand und spielte damit. Anschließend blickte ich sie an. „Und wie wirst du das anstellen? Schau dich mal an. So alt, senil und allein, wie du bist.“ „Das wirst du schon noch erfahren, du Teufelsbrut. Ich bin nicht senil und schon gar nicht allein!“ Marie tappte mit diesen Fragen endlich in meine Schlangenfalle! Sie bestätigte mir, dass ich mit meinem Vorhaben richtig lag und auch, dass sie nicht allein war!

Während wir einander anstarrten, hörte ich, dass Lea kam. Schnell lehnte ich mich erneut zu der verdammten Marie und drohte leise: „Du weißt nicht, mit wem du dich angelegt hast! Deine Tage sind gezählt, du verdammte Marie!“ „Eure Tage sind auch gezählt, verdammter Michael!“ „Was flüstert ihr zwei denn?", fragte Lea und stellte das Tablett hin. Schnell setzte ich mein Lächeln auf. „Deine Oma meint, dass sie mich mittlerweile mag und sehr froh darüber ist, dass wir zusammen sind." „Ach wirklich Oma?" Marie grinste mich und Lea aufgesetzt an. „Ja. Ich mag Michael sehr. Er ist so höflich, nett und zudem auch noch sehr vertrauenswürdig." „Vielen Dank", grinste ich. Wütend würgte ich den ersten Bissen runter und Marie hatte recht, der Apfelkuchen hatte tatsächlich einen ausgezeichneten Geschmack, denn er war nicht fertig! *Miststück!* Dennoch aß ich ihn auf und bemerkte, dass Lea ihren nach der ersten Gabel stehen ließ. *Bezauberndes Miststück!* Ich musste so schnell wie möglich weg von den beiden. Nach kurzer oberflächlicher Konversation stand ich auf und wollte gehen. „Lea. Pack drei Stück für Michael ein." „Warum drei Stück Oma? Das kann er doch alles gar nicht essen." „Für seinen Vater, die Haushälterin und ihn." *Ich stopfe dir gleich mal den nicht fertigen Apfelkuchen in deinen Mund und lasse dich qualvoll daran ersticken! Doch davor stecke ich deine schreckliche hässliche Kuchenbox in … Oh, diese alte verdammte Frau brachte mich an meine Grenzen!* An Marie konnte ich sichtlich erkennen, dass sie wütend auf ihre verdammten dritten Zähne biss. *Ja, ja, alte Frau. So wütend mache ich dich auch. Warte! Das ist erst der Anfang!* Ungewollt streckte sie mir ihre Hand entgegen und wir schüttelten uns kräftig die Hände. Lea rückte noch die Stühle zurecht, während Marie und ich ein paar Schritte vorgingen. Schnell und unauffällig beugte ich mich zu ihr und sagte leise: „Hoffentlich sehen wir uns bald wieder! Ich kann es kaum erwarten, dich zu quälen.“ Sie grinste ebenfalls erhaben und flüsterte: „Mit Sicherheit werden wir uns wieder sehen, du Teufelsbrut!“ Sie verschränkte ihre Arme, Lea kam zu uns und während wir nach draußen gingen, sagte Marie genau das, was ich mir erhofft hatte und mich in meiner Einzigkeit bestätigte: „Grüß deinen Vater, ich werde ihn im Kunstverein besuchen kommen, Michael.“ *Sie hatte angebissen. Mein Plan geht auf! Komm nur!* Vor der Tür bedankte ich mich bei ihnen und gab Lea einen Gutenachtkuss. Die verdammte Marie blieb etwas hinter ihr stehen und schaute mich wütend an, denn ich konnte sehr gut erkennen, dass sie mir noch so vieles sagen wollte. Als ich mein Auto aufsperrte, blickte ich kurz zu Mark hinüber, der noch da war, und nickte unauffällig, dass alles in Ordnung war. Danach stieg ich ins Auto und fuhr nach Hause. Wütend zu Hause angekommen, warf ich den nicht fertigen Apfelkuchen in den Müll. Obwohl die verdammte Marie in meine Schlangenfalle getappt, konnte ich mich nicht freuen. Irgendwie sagte mir mein Gefühl, dass ich etwas übersehen hatte, nur wusste ich nicht, was es war. Aber ich bin mir absolut sicher, dass es ein winziges kleines, aber zugleich auch ein riesiges Detail war. *Nur was war es? Hm.*

KAPITEL 41

VORAHNUNG

Am nächsten Tag trafen wir uns am Nachmittag bei meinem Vater. Mark und ich zogen die Schiebetüren im gesamten Wohnbereich zu und setzten uns mit einem Drink zu ihm. Ich erzählte ihnen vom Gespräch mit Marie. „Ich komme nicht drauf!", beendete ich meine kurze Zusammenfassung. Mein Vater saß wie immer mit übereinandergeschlagenen Beinen und hatte schon seinen zweiten Whisky in der Hand. „Was meinst du?" „Wir übersehen etwas. Ich übersehe etwas. Etwas sehr Kleines. Ich weiß nicht genau, was, aber irgendwas übersehe ich." Mein Vater neigte nachdenklich seinen Kopf, Mark kam etwas vor, legte seine Ellenbogen auf die Oberschenkel und schaute mich besorgt an. Ich nahm ebenfalls einen Schluck von meinem Whisky. „Marie ist sich zu siegessicher. Auch ihre Blicke und wie sie sich artikuliert. Sie ist sich absolut sicher, dass sie uns zu Fall bringen kann. Mit Sicherheit weiß sie mehr über uns, als wir ahnen!" „Ja, von Lea. Schließlich bist du seit mehreren Wochen mit ihr zusammen! Sie bekommt vieles von dir mit und die alte Frau verlässt immer noch selten das Haus oder die

Schneiderei und wenn, dann sitzt sie nur für maximal eine Stunde in der kleinen Bäckerei. Und mit Okko hat sie sich in den letzten Wochen nur ein Mal in der Schneiderei ohne Lea getroffen und seitdem nicht mehr", sagte mein Vater ernst. Nachdenklich starrte ich in die Leere, tippte dabei immer mit meinen Fingern an mein Kinn. „Es ist vor meinen Augen. Was ist es? Seit gestern Abend lässt es mir keine Ruhe." „Es ist vor deinen Augen, Michael. Wie Gerald es gesagt hat. Lea! Es ist Lea! Sie erzählt alles, was sie weiß, ihrer Oma und mit Sicherheit auch Okko." „Ja, es ist Lea, aber da ist noch etwas anderes. Es macht mich wahnsinnig." Doch mein Vater und auch Mark redeten mir ein, dass ich zu viel nachdenken würde und es dabei belassen solle. Zudem freuten sie sich, dass die verdammte Marie in der Schlangenfalle saß, und konnten es kaum abwarten, mit ihr im Kunstverein zu spielen!

Am Samstagabend war es so weit. Mark, ich und die Unterstützer saßen im Kunstverein und ich stellte Mark als den neuen Buchhalter vor. Keiner ahnte auch nur ansatzweise, dass Mark mein Bruder und somit auch ein Prook war. Um das auch so geheim zu halten, durfte mein Vater heute nicht dabei sein. Denn auch wenn Mark weder meinem Vater noch mir glich, ähnelte er ihm mit seiner Körperhaltung und

Körpersprache jedoch sehr. Das konnte ich nicht riskieren. Wir saßen am großen Tisch versammelt und ich blickte kurz zu Okko, der wie immer ausdruckslos in die Runde schaute und doch ertappte ich ihn exakt zwei Mal, wie er mich siegessicher kurz angrinste! *Na warte! Auf das, was ich mit dir vorhabe, freue ich mich ganz besonders! Und dann werde ich dich angrinsen, du Hund!* Auf jeden Fall wanderten meine Blicke auch zu den anderen. *Herr und Frau Brikanu waren sehr angespannt, doch konnten sie nichts sagen. Was auch? Schließlich vergötterte er seine Leichen und sie das Geld. Oh, und wenn Mex Pasani, der Esel in der Runde, wüsste, was mir Joris täglich für Geschichten über ihn berichtete. Was war eigentlich mit Olaf Svante und Anita Hulste los? Sie wirkten heute sehr abwesend. Warum? Und Arlo, warum traute er sich immer noch nicht, mir in die Augen zu schauen? Dafür gab es doch keinen Grund! Mir ist es egal, ob er Männlein oder Weiblein mag! Oder hatte er ein schlechtes Gewissen mir gegenüber? Hm. Der Normalste in der Runde war Herr Fornalle, oder doch nicht – denn er trug schließlich seinen Vater in sich herum. Alles klar, Mark und ich sind die Normalen. Was auch immer man darunter verstehen mag. Aber Moment mal, zurück zu Okko, warum hatte er solch eine ungepflegte Frisur? Er ist doch sehr eitel. Oder lässt er sich jetzt die Haare wachsen?* Na ja, wir gingen wie immer die üblichen Punkte durch und nach der Sitzung näherte Mark sich Okko. Ich verließ den Kunstverein, indem ich mich noch von allen, auch von Mark, verabschiedete. Gegen Mitternacht traf ich mich dann mit Lea im Dafina. In dieser Nacht ging es Lea nicht so gut, denn sie beschwerte sich, wie schon seit exakt 15 Tagen, dass sie sich ab und zu kraftlos und sehr müde fühle. Ich bot ihr an, sie zu untersuchen, jedoch lehnte sie es immer ab und meinte, dass sie zu viel und lange arbeiten würde und dass es bestimmt daher komme. Dennoch kontrollierte ich immer, wenn wir uns trafen, ihre Temperatur, ihren Blutdruck und Puls. Alles war in Ordnung. Doch mich ließ es nicht in Ruhe. Also bestand ich darauf, für eine Untersuchung in meine Praxis zu fahren. Lea wollte anfangs nicht und änderte aber doch ihre Meinung. Endlich eine Gelegenheit, dieses kalte, finstere und irgendwie vertraute in ihrem Blut zum Vorschein zu bringen! Ich schaltete nur das Licht von meinem kleinen Laborzimmer ein und nahm von Lea Blut ab. Sie zappelte währenddessen mit ihren Füßen und schaute um sich. „Wie geht es dir?" „Gut. Du übertreibst, Michael. Ich habe es dir doch so oft gesagt, ich arbeite zu viel und schlafe zu wenig. Deswegen bin ich immer müde und kraftlos." Ich klebte Lea das Pflaster auf und gab die Blutprobe in das kompakte Analysegerät zur Auswertung. Während ich meine Handschuhe auszog, fragte ich: „Was meinst du mit kraftlos und müde? Erzähle es mir genau." Lea kam zu mir und legte ihre Hände über meinen Nacken, frech und spielerisch lächelte sie mich an. „Also, Herr Doktor, ab und zu fühle ich mich kraftlos, müde und traurig und dann wieder glücklich und hellwach. Ab und zu habe ich auch das Gefühl, dass mir noch etwas im Leben fehlt; da ist so ein Verlangen. Ab und zu verstehe ich auch die Welt nicht mehr. Aber das ist, wie erwähnt, ab und zu", sagte sie und ging aus dem Laborzimmer hinaus. Nachdenklich lehnte ich mich an den Türstock und musterte Lea, die im Warteraum vor dem großen weißen Tisch stand und hinausschaute. „15 Minuten, dann wissen wir, was du hast." Lea lächelte mich an und schaute wieder hinaus. *Sei mir bloß nicht krank! Ich brauche dich, du musst ausgesprochen gesund und hellwach sein, wenn ich mit dir abrechne, denn dein Tod wird meine Erlösung sein, du verlogenes bezauberndes Miststück.* Doch plötzlich lief ich wütend zu Lea, die erschrak und zuckte. Fest packte ich sie an ihren Haaren, stieß ihren Oberkörper auf den Tisch und hob ihr Kleid hoch. Lea wehrte sich, doch ich drückte sie mit einer Hand fest am Rücken und zerriss ihre Unterhose. Nachdem ich meine Finger abgeleckt und sie zwischen den Beinen angefasst hatte, drang ich in sie ein. Lea schrie und versuchte, sich weiterhin zu wehren. Nach wenigen Stößen von mir und heftigem Schreien und Wehren von ihr schaffte sie es letztlich doch, mich von sich wegzustoßen. Wütend sah sie mich an, schrie: „Bestimmt nicht", und stieß mich mit aller Kraft gegen meinen Brustkorb, sodass ich leicht einen Schritt nach hinten machte. Immer wieder stieß sie mich und schrie dabei: „Bestimmt nicht." Bis ich letztlich auf die kleine

Couch fiel. Zornig sah sie mich an und ich fürchtete, dass es jetzt zwischen uns vorbei wäre und ich alles vermasselt hatte. Doch Lea hielt selbst ruckartig ihr Kleid hoch, setzte sich auf mich, griff fest meine Haare am Hinterkopf und ritt unersättlich auf mir. Kurz bevor sie zum Höhepunkt kam, drückte sie mit voller Kraft meine Kehle zu. Was soll ich sagen? Ich war überaus froh, dass sie nicht gegangen war. Das hätte alles noch schlimmer gemacht und ich hätte wieder von vorn anfangen müssen. Danach ging Lea von mir herunter und legte sich seitlich auf meinen Brustkorb. Sie nahm meine Hand und legte sie über ihre Taille. Minutenlang redeten wir nichts miteinander. „Hast du keine Angst vor mir, dass ich dich verletze oder vielleicht gar töte, Lea?" „Michael. Ich habe es dir schon einmal gesagt: Ich habe keine Angst vor dir. Vor niemandem! Auch wenn du mich verletzt oder tötest, dann ist es so. Ich kann nichts ändern. Früher oder später werden wir doch alle sterben. Nur wissen wir nicht, wann und wo, oder? Wir können das nicht beeinflussen." „Dann meinst du, dass es Schicksal ist?" „Nein! Es ist nicht das Schicksal, Michael. Ich sehe das anders. Jeder Mensch meint, sobald ihm etwas Schlechtes passiert, dass es das Schicksal war. Ist es aber nicht! So haben sie immer eine Ausrede, falls einmal etwas schiefgeht. Sie können sich feige hinter diesem Satz verstecken." Lea machte mich sehr neugierig mit ihrer Denkweise. „Erklär mir, wie du das siehst, wenn das nicht das Schicksal ist." „An jenem verregneten Tag, als Mark mich anrief und sagte, dass du jemanden zum Reden brauchst und es dir nicht gut geht, wollte ich unbedingt bei dir sein. Als ich zu dir kam, sah ich, dass es dir miserabel ging. Du sahst nicht wie der Michael aus, den ich kennengelernt hatte. Deine hasserfüllten Blicke haben mir keine Angst gemacht, denn ich sah – dich – in deinen verweinten Augen, Michael. Ich hätte gleich gehen können. Das bin ich aber nicht. Ich hätte auch, als du mich durch dein Haus geschleudert hast, schreien oder wegrennen oder probieren können, mich zu wehren, während du mich gewürgt hast, oder … Ich habe mich aber fürs Nichtstun entschieden und gewartet, wie es mit mir, meinem Leben weitergeht oder vielleicht endet. Und schau, ich lebe, ich liege hier. Neben dir. Und schon wieder habe ich entschieden und nicht das Schicksal." Danach stütze Lea sich mit ihren Ellbogen auf meinen Brustkorb und erzählte erfreut weiter: „Wie bei meiner Oma. Anfangs mochte sie dich nicht. Doch jetzt? Jetzt mag sie dich. Sie hat sogar dein Lieblingsessen für dich zubereitet; zwar hatte sie es vergessen zu würzen, aber in ihrem Alter kann das schon mal vorkommen. Sie hat entschieden, nicht das Schicksal." *Von wegen!* „Ich bin froh, dass meine Oma dich mag, Michael. Anfangs wollte sie mich mit einem unserer neuen Stammkunden zusammenbringen." Meine Ohren spitzten sich. „Mit wem?" Lea schmunzelte. „Mit einem gut aussehenden Mann." Ich runzelte meine Stirn und Lea streifte über meine Haare „Aber nicht annähernd so gut aussehend wie du." Oh, das gefiel mir. „Und wer war dieser Mann?" Lea legte sich wieder hin. „Ich kenne ihn noch nicht sehr lange. Er ist ein sehr penibler und eitler Mann. Er kommt regelmäßig zu uns in die Schneiderei. Manchmal gehen wir in die kleine Bäckerei und unterhalten uns. Meine Oma hat ihm schon mindestens fünf Anzüge in der Farbe Marineblau genäht. Er liebt diese Farbe." Danach blickte sie hoch zu mir. „Er hat einen seltsamen Namen, den ich zuvor noch nie gehört hatte." Natürlich wusste ich, wen Lea meinte. *Den Hund – Okko!* „Wie heißt er?" „Okko! Hast du mal solch einen Namen gehört?" Innerlich verärgert, schüttelte ich emotionslos meinen Kopf. Lea setzte sich ruckartig komplett auf und grinste. „Ach komm, Michael. Sag jetzt nicht, dass du eifersüchtig bist. Und außerdem hat Oma es schnell gelassen, mich mit ihm zusammenzubringen. Und mich hat er ohnehin nicht interessiert, da er mich zu oft über meinen Schwarm und nachher meinen Freund ausgefragt hatte. Doch ich habe ihm nie etwas über dich erzählt, außer, dass du ein kluger Charmeur bist und zudem noch sehr gut aussiehst." Ich sah diese Frau an, die nicht nur schön, sondern auch sehr klug und raffiniert war! Oh, sie war gut. Wirklich gut. Ihre Performance und ihre Aussagen waren bemerkenswert. Jeder hätte ihr das mit dem

Schicksal, ihrer Oma und mit Okko geglaubt, aber ich? *Bestimmt nicht! Du verlogenes, bezauberndes Miststück!* Danach läutete das Analysegerät, wütend ging ich ins Laborzimmer und riss den Zettel ab. Ich sah, dass manche Werte eher hoch und manche niedrig waren, doch mich interessierte nur eines und mit Entsetzen bestätigte sich, was ich schon geahnt hatte. Jetzt wusste ich, warum Lea sich ab und zu kraftlos und müde fühlte und ein ganz besonderes Verlangen hatte! Auch, woher vorhin die Kraft kam! „Und?", fragte Lea und stand plötzlich an der Türschwelle. Schnell faltete ich den Zettel zusammen. „Deine Vitaminwerte sind zu niedrig. Deswegen fühlst du dich so." Was ja auch stimmte. „Siehst du. Ich habe nichts." Ich nickte, holte ein paar Vitaminpackungen aus meinem Medizinschrank, dabei steckte ich den Zettel unauffällig ein und wir verließen die Praxis. Lea redete während der Fahrt ununterbrochen – doch bis heute weiß ich nicht, was sie mir alles erzählt hat! Zu Hause angekommen las ich exakt 930 Mal die Testergebnisse und überlegte, ob ich es meinem Vater und Mark jetzt oder später sagen sollte! Danach legte ich ihn in meinen Tresor, ging ins Bett, verschränkte die Hände hinter dem Kopf, lächelte für einen kurzen Moment und schlief ein!□

KAPITEL 42

ELEND MENSCH

Am nächsten Morgen erwachte ich von Magdas Lärm, die im Erdgeschoss das Haus reinigte. Ich hatte nämlich vergessen, dass heute wie immer der Monatsputz auf dem Plan stand. Ich stand auf, frühstückte, entspannte mich kurz draußen im Garten und ging danach Wasserspringen. Draußen im großen Schwimmbecken schwammen vier Mitglieder ihre Längen. Daneben, bei den zwei Sprungtürmen, war niemand. Um mich aufzuwärmen, schwamm ich zuerst 12 Bahnen im Becken und nahm danach den Zehnmeterturm. Nach zwei Sprüngen fing es plötzlich wie aus dem Nichts an zu regnen. Die anderen vier Mitglieder gingen in die Schwimmhalle hinein. Mir machte es nichts aus, denn schließlich liebte ich den Regen, also blieb ich draußen und kletterte wieder auf den Turm hinauf. Als ich oben stand, schaute ich eine Weile gedankenlos in die Ferne und dachte plötzlich über mein Leben nach. Darüber, was ich die letzten Wochen erlebt hatte! Und vor allem, wie ich überlebt hatte! Sanft machte ich meine Augen zu, atmete einmal tief ein und aus, und schloss zwischen dem leidenden, schwachen Michael und dem einzigartigen, starken

Michael folgenden Pakt: *Der leidende, schwache Michael springt den Turm hinunter, wäscht sich unter Wasser frei und der einzigartige, starke Michael hilft ihm aus dem Schwimmbecken heraus!*

Also ließ ich meinen Kopf sinken, atmete erneut tief ein und beim Ausatmen hob ich ihn wieder hoch, neigte ihn leicht nach hinten, öffnete meine Augen und schaute wieder gerade nach vorn. Danach ließ ich die schweren spätsommerlichen Regentropfen, die das Gröbste von mir abwuschen, auf mein Gesicht und meinen Körper fallen, hob meine Arme langsam hoch, spannte dabei meinen Körper an und sprang als der leidende Michael den Turm hinunter, mit dem ersten Wort Qual, das in meinem Körper und auch in meinen Gedanken gegenüber meinem lieben Vater saß. *Wie konnte ich ihm das nur antun! Ich hätte fast den Menschen, den ich am meisten liebte, getötet! Papa, mein lieber Papa. Nochmals, es tut mir leid. Ich liebe dich unendlich!* Unter Wasser strampelte ich die Qual mit Händen und Füßen von mir ab. Als ich merkte, dass die Qual mich verlassen hatte, ließ ich meinen Körper ruhen und erleichtert treiben. Tief holte ich Luft, schwamm zum Beckenrand, und sah, wie der einzigartige, starke Michael auf mich wartete! Zufrieden damit, ihn gesehen zu haben, schloss ich kurz meine Augen, neigte meinen Kopf komplett einmal nach hinten und nickte. Mit vertrautem Handgriff half er mir aus dem

Becken. Erneut ging ich hoch und das nächste Wort wartete schon auf den leidenden Michael. Schmerz, tiefer Schmerz, den ich für Katharina, meine dämonische Mutter empfand. *Mutter, ich habe dich geliebt, mehr als alles andere auf der Welt, mehr als meinen Vater und auch mehr als mich selbst. Du warst meine größte Liebe! Meine hässliche, schöne, liebe Mutter, du wolltest mich, deinen kleinen Jungen, tot sehen!* Ich sprang mit Schmerz hinunter. Heftig strampelte ich unter Wasser und musste diesmal meine Luft etwas länger anhalten, bis der Schmerz mich verließ. Mit langem Ausatmen kam ich hoch und schwamm zum Beckenrand, wo wieder der einzigartige, starke Michael auf mich wartete. Stolz streckte er mir seine Hand entgegen, ich hielt sie fest und er half mir wieder aus dem Becken. Der nächste Sprung ging an das Wort Wut. Wut für meinen lieben Bruder Mark! *Oh Mark, warum hast du es mir nicht gesagt, dass durch unsere Adern dasselbe Blut fließt? Du hättest mir vertrauen müssen. Und warum erzählst du mir deine Geschichte nicht zu Ende? Vertrau mir doch!* Wutentbrannt strampelte ich auch mit Wut unter Wasser und kam letztlich erlöst von der Wut wieder an die Wasseroberfläche. Der einzigartige, starke Michael wartete schon wieder auf mich und streckte mir diesmal lächelnd erneut seinen Arm entgegen. Ich lächelte ihn an, gab ihm meine Hand und mit Leichtigkeit stieg ich diesmal aus dem Becken heraus. Wieder oben angekommen, rannte das Wort Hass in mich hinein. Hass auf mich selbst! Ich hasste mich, dass ich die Spiele und auch die Masken der Menschen, die sie mir gegenüber aufsetzten und vorspielten, nicht sah! Mit Hass in mir und auch schwer auf meinen Schultern, sprang ich vom Turm hinunter, strampelte und schwamm, ohne dabei aufzuatmen, noch zwei schnelle Bahnen! Am Beckenrand angekommen, hörte ich, noch unter Wasser, den einzigartigen starken Michael klatschen und als ich den Kopf aus dem Wasser hob, sah ich, wie er tanzend seine Hand nach mir streckte. Mit festem Handgriff und einem breiten Grinsen hielt ich sie fest und stieg, fast ohne seine Hilfe, aus dem Becken hinaus. Kummer schrie mich von oben an. Schnell kletterte ich hoch zum Kummer und dachte an Lea. *Meine erste Liebe.* Die Frau, die mein Herz erwärmte und zugleich auch erkalten ließ. *Lea, mein Vater hatte es mir schon angedeutet, als ich ihm zum ersten Mal von dir erzählt habe und Mark hatte auch recht, denn Lea, ich liebe dich, seit ich dich das erste Mal gesehen habe. Doch ich werde dich, du Miststück, auf eine Art und Weise töten, sodass du dir wünschst, niemals geboren worden zu sein! Koste es, was es wolle, und komme, was wolle! Ich töte dich!* Und dann sprang ich mit dem Kummer tief in meinem Herzen herunter. Doch als ich unter Wasser war und mit aller Kraft, mit Kummer herum strampelte, merkte ich, dass der Kummer nicht vom leidenden, schwachen Michael verschwand. Panisch strampelte ich weiter, bis ich meinen Atem kaum mehr halten konnte. Fast mit Atemnot musste ich hochkommen und zum Beckenrand schwimmen. Erschöpft legte ich meinen Kopf zwischen meine Unterarme und versuchte mit schnellen Atemzügen, klar zu denken. *Warum war der Kummer nicht verschwunden?* Doch dann kam der einzigartige, starke Michael zu mir, beugte sich vor, streckte seine Hand aus und sagte leise, lächelnd und sicher: Ist doch klar, dass der Kummer nicht verschwunden ist. Du musst deinem Vater und auch deinem Bruder erzählen, was bei Leas Test herausgekommen ist! Erst dann verschwindet der Kummer! Überglücklich motiviert und mit neuer Kraft, die ich innerhalb von Sekunden verspürte, stützte ich mich am Beckenrand ab und schob mich heraus. Ich schaute suchend nach Michael. Doch wo war er so schnell hingegangen? Er war nicht mehr da! Ich wollte mich bei ihm bedanken und ein Versprechen abgeben. Ruhig und gelassen wartete ich kurz, ließ den Regen für eine Weile auf mich tropfen und streifte anschließend langsam über meine wunderschönen dunklen vollen Haare, kreiste dabei zwei Mal meinen Kopf, betrachtete meinen perfekten, durchtrainierten Körper und lächelte mich, Michael, den einzigartigen starken Mann an, und beschloss, das, was bei Leas Test herausgekommen war, auch meinem Vater und meinem Bruder zu sagen! Doch bevor ich das tat, ging ich erneut auf den Turm und wollte noch einen letzten, perfekten Sprung für den einzigartigen, starken Michael! *Für mich!* Von oben entdeckte ich dann den leidenden Michael, der mir zuwinkte und langsam verschwommen in der Ferne verschwand.

KAPITEL 43

SCHLANGENBISS

Nach dem Wasserspringen rief ich Magda an und sagte ihr, dass, wenn sie mit dem Hausputz fertig sei, sie nicht für mich vorkochen müsse, und dass ich heute bei meinem Vater essen würde. Später holte ich Mark ab und wir gingen zu meinem Vater. Mein Vater saß wie immer im Wohnzimmer und entspannte sich zu klassischer Musik, die leise im Hintergrund lief. Wir setzten uns hin und ich sagte, während ich beide abwechselnd anschaute, „Papa, Mark, es gibt eine Neuigkeit. Ich muss euch etwas sehr Wichtiges über Lea erzählen." Mein Vater richtete sich auf, schlug seine Beine übereinander und verhakte seine Finger ineinander: „Ohne dabei etwas zu trinken, Michael?" Schmunzelnd stand ich auf, wollte uns etwas richten, doch er meinte nur: „Nicht du. Mark soll uns etwas zum Trinken herrichten.

Ich möchte aus der Whiskyflasche trinken, die mir Mark beim ersten Besuch mitgebracht hat." Mark starrte unseren Vater kurz an und blickte zur kleinen Bar, die in der Ecke stand. Lässig ging er grinsend hinüber, richtete drei Gläser und schaute währenddessen immer wieder zu unserem Vater, der ihn sichtlich zufrieden beobachtete. Mark nahm die Whiskyflasche, die er für ihn mitgebracht hatte, in die Hand, grinste weiterhin und ließ sie dabei plötzlich, wie in Zeitlupe, auf den Boden fallen. „Ups." Mein Vater wurde wütend und Mark nahm eine neue Whiskyflasche. Er schenkte eines der drei Gläser ein, nahm danach eine Wodkaflasche, schenkte das andere Glas ein und kam wieder. Das Glas mit dem Whisky gab er mir, das andere behielt er für sich und setzte sich wieder neben mich. Ohne dabei etwas zu sagen, stieß er unsere Gläser aneinander und nahm einen Schluck. Danach starrte er unseren Vater lächelnd an. Sichtlich wütend von Marks Handlung machte sich unser Vater selbst seinen Drink und setzte sich wieder hin. „Weißt du, was du brauchst, mein Sohn?", fragte er Mark und schaute ihn dabei erhaben an. Mark trank weiterhin gelassen und ruhig an seinem Wodka und er fuhr fort: „Du, mein Sohn, brauchst unbedingt eine Therapie, eine Sitzung bei mir! Am besten gleich morgen", und nahm einen kräftigen Schluck. Mark drehte verspielt an seinem Glas und ging auf die kleine Stichelei nicht ein.

Doch mich amüsierten die beiden so sehr, dass ich für einen kurzen Moment alles vergaß und lächeln musste. Anschließend stand mein Vater auf und meinte: „Reden wir draußen.“ Er nahm sein Whiskyglas, steckte eine Hand in die Hosentasche und ging. „Ich weiß, dass ich es dir schon einmal gesagt habe, Michael, aber ich kann Gerald einfach nicht ausstehen! Er ist ein solcher Besserwisser und macht alles mit Absicht, nur um mich zu ärgern. Bin ich froh, dass ich ihm nicht gleiche.“ Schmunzelnd sagte ich: „Komm, gehen wir.“ Mark ging erneut zur kleinen Bar, machte sich einen zweiten Drink und ich wartete auf ihn. Danach hörte ich schon Magda, die ins Haus hereinkam. Freundlich begrüßte sie uns, sah die verwüstete Bar und sagte: „Oje, ich räume das gleich weg.“ Danach streichelte sie mich sanft am Rücken. „Nachher bekommst du schon wieder Lasagne, Michael.“ Wie ein bestätigtes Kind grinste ich Mark an, der mich mit einem lustigen Kopfschütteln anschaute. „Apfelkuchen haben sie für ihn nicht gemacht, Magda?“, fragte er und verzog kindlich seine Mundwinkel. „Alles würde ich für Michael backen, doch niemals einen Apfelkuchen“, murmelte sie und ging in die Küche. Ich grinste Mark an, er lächelte und flüsterte: „Bengel.“ Danach ging er hinaus, in Richtung unseres Vaters, der mit strengem Blick unter dem großen Pavillon saß.

Ich schaute Mark kurz nach und musste erneut schmunzeln, denn mitten auf dem Weg steckte er ebenfalls seine Hand in die Hosentasche und lief mit genau demselben Gang wie unser Vater. Und auch seine Art, mich zu ärgern, was mir ja gefiel, hatte er von unserem Vater. *Tja, so sind wir Prooks.* Mit einem Lächeln im Gesicht und dem Whiskyglas in meiner Hand, als ich gerade über die Schwelle zwischen Wohnzimmer und Garten gehen wollte, kam es ohne Vorwarnung und wie aus dem Nichts. *Aber Moment mal! Das gibt's doch nicht! Ich hatte soeben das winzig kleine, aber zugleich auch riesige Detail gefunden! Endlich! Jetzt wusste ich es! Verdammt!* Wutentbrannt ging ich zu den beiden und setzte mich hin. „Welche Neuigkeit gibt es?", fragte mein Vater weiterhin mit strengem Blick. Eine Neuigkeit? Ich habe jetzt zwei sehr wichtige Neuigkeiten! Doch die Neuigkeit über Lea musste warten! „Ich habe es gefunden, Papa. Was ich euch kürzlich gesagt hatte. Mein Gefühl hat mich nicht getäuscht, denn es gibt noch einen Verräter!" Angespannt fragte er: „Wer?" Ich lehnte mich vor zu meinem Vater, stellte meine Ellenbogen auf meine Schenkel, blickte tief in seine Augen, schaute danach zu Mark und deutete mit meinem Kopf zum Haus. Mein Vater überlegte eine Weile und fragte todernst: „Ich lasse sie doch auch seit Langem beschatten. Alles, was sie macht, wohin sie geht, ihre Telefongespräche, ja sogar ihre Post lasse ich abfangen.

Sie hat weder zu Okko noch zu Maries Sippe Kontakt. Bist du dir sicher, mein Sohn?" „Absolut! Sie ist in Kontakt mit einem von ihnen, Papa." „Aber wie macht sie das, Michael? Wie kontaktieren sie sich gegenseitig?" „Ich weiß es nicht, aber wir werden es herausbekommen. Vertraue mir, Papa, Magda ist auch eine Verräterin." Mein Vater überlegte erneut und schlug wütend auf den Tisch. Fassungslos stand er auf und ging zu den kleinen Bäumen, dabei sagte er immer wieder: „Ich bringe sie um!" Er war außer sich, fuhr immer wieder durch sein Gesicht und seine Haare. Besorgt gingen wir zu ihm. „Diese undankbare Schlange! Ich bringe sie um! Ich bringe sie um!" Mark und ich schauten einander an und ich versuchte, meinen Vater zu beruhigen, indem ich ihn fest an den Schultern hielt. „Papa. Beruhig dich! Sie wird sterben, aber nicht jetzt! Kontrollier dich!" Mein Vater schüttelte heftig seinen Kopf und atmete viel schneller. Plötzlich warnte uns Mark: „Achtung, sie kommt!" Wir sahen, wie Magda mit einem Tablett zu uns herüberlief. Hasserfüllt starrten wir sie an und setzten uns wieder hin. Mark fing an, an seinem Nasenbein zu reiben. Mein Vater hatte auf seinem Schoß seine Faust liegen und die Augen geschlossen. Sie wirkten beide extrem angespannt und fast sogar unkontrolliert. Also legte ich meine Hand auf seine Faust und sagte leise: „Nicht!" Langsam öffnete er seine Augen und auch seine Faust.

Mittlerweile rieb Mark noch schneller an seinem Nasenbein. Magda war schon fast bei uns und ich drückte fest auf seinen Oberschenkel: „Mark! Nicht!“ Abrupt schaute Mark zu mir und ließ dabei auch sein Nasenbein wieder los. Magda deckte den Tisch und schaute uns alle drei immer wieder flüchtig an. Ich wusste, dass nicht nur mein Vater und Mark, sondern mittlerweile auch ich uns in diesen Sekunden nur sehr schwer kontrollieren konnten, um sie nicht auf der Stelle zu töten! Ich sah Magda an, als wäre sie nicht nur eine giftige Schlange, sondern auch eine Hyäne, die mitten unter drei hungrigen Löwen stand, die sie gerade zerfleischen wollten! So gerne hätten wir uns auf diese verräterische Hyäne mit dem Schlangenkopf gestürzt und sie in der Luft zerrissen! Ich hatte es schon an jenem Abend, als wir uns mit Mark am Brunnen unterhielten, geahnt, dass Magda uns belauscht hatte! *Ich hatte recht!* Meine Adern pumpten nicht nur im Gesicht, sondern am ganzen Körper, doch ich musste mich beherrschen! Damit sie das Gespräch auch mitbekommt. „Papa, ich möchte dir meine Freundin Lea vorstellen.“ Mein Vater ging sofort darauf ein. „Natürlich, Michael. Ich würde mich freuen, sie endlich kennenzulernen. Wann und wo?“ „Am Freitagabend. Hier bei dir zu Hause und Magda könnte für uns kochen.“ Mein Vater bestätigte: „Freitagabend. Sehr gut und Magda kocht.“

Als ich weiterreden wollte, bemerkte ich, dass Mark erneut mit seinem Nasenbein spielte. „Mark", sagte ich etwas lauter und schaute ihn ernst an. Mark zuckte kurz und ließ sein Nasenbein wieder los. „Du bist auch eingeladen." Er nickte nur, obwohl ich nicht das Gefühl hatte, dass er mir zugehört hatte. Magda stellte das leere Tablett hin und ging wieder Richtung Haus. Jetzt wusste sie, dass ich Lea an diesem Freitag töten würde! *Du Schlange, was machst du mit dieser Information? Was wird dein nächster Schritt sein?* „Michael! Ich kann mich nicht länger beherrschen, sag schon! Was hat Magda damit zu tun?", fragte mein Vater wütend. „Nicht hier, Papa" „Wo dann? Sag schon. Bei dir?" „Auch nicht bei mir. Sie kann jederzeit kommen!" Mark richtete sich auf. „Bei mir!" Ich nickte. „Wir lassen uns nichts anmerken. Mark und ich gehen in zehn Minuten. Nach einer Stunde verlässt auch du das Haus, Papa, und kommst zu Mark." Mein Vater nickte und starrte ins Haus. „Papa, tu ihr nichts! Beherrsche dich, wenn wir gegangen sind! Wir brauchen sie noch!" „Mach dir keine Sorgen. Ich werde ihr nichts tun. Jetzt nicht! Doch später werde ich sie töten. Nicht du. Nicht Mark. Ich! Ich werde sie töten! Hast du das verstanden?" Mit einem vielversprechenden Blick nickte ich. Die nächsten zehn Minuten redete keiner von uns. Wir waren alle in Gedanken mit uns selbst beschäftigt und hoch konzentriert.

Nach diesen zehn Minuten verließ ich mit Mark das Haus, davor verabschiedeten wir uns noch aufgesetzt bei Magda. Während der Fahrt rief ich noch Lea an, die die Einladung erfreut annahm. Bei Mark angekommen machten wir alle Fenster und auch die Türen, die nach draußen gingen, zu und warteten in der Küche. „Wie bist du auf Magda gekommen, Michael?“, fragte mich Mark und schob zwei Pizzen in den Backofen. Nach einem langen und tiefen Atemzug, während ich mit beiden Händen über meinen Kopf fuhr, antwortete ich: „Als wir am Brunnen saßen, hörte ich doch ein Geräusch, als ob jemand uns belauschen würde. Ich dachte schweren Herzens sofort an Magda, doch die Untersuchungen ergaben nichts. Dann der Apfelkuchen. Nur mein Vater, Katharina, du und Magda wissen, dass ich keine Äpfel esse. Sonst niemand!“ Mark runzelte die Stirn und fragte: „Lea?“ „Ich habe Lea niemals gesagt, dass ich keine Äpfel esse! Und an jenem Abend, als mir die verdammte Marie sagte, dass sie mir angeblich meinen Lieblingskuchen gemacht hatte, war Lea nicht anwesend. Also die Frage ist: Von wem weiß die verdammte Marie, dass ich keine Äpfel esse? Ganz bestimmt nicht von unserem Vater oder von der toten Katharina, denn ich wurde erzogen, nicht einmal einen Hauch meiner Vorlieben und Abneigungen jemals preiszugeben, wie unscheinbar sie auch waren!

Und auch nicht von dir, Mark, denn du bist mein Bruder. Ich vertraue dir! Und wie schon gesagt, sicher nicht von Lea, denn ihr habe ich es niemals gesagt! Also bleibt nur noch Magda übrig!" „Bist du dir absolut sicher, Michael, dass du Lea nichts gesagt hast?" „Absolut! Und das mit der Lasagne! Bei uns gibt es, seit ich mich erinnern kann, einmal im Monat und auch nur zu besonderen Anlässen Lasagne. Weder du noch Papa wissen, dass ich bei der verdammten Marie Lasagne gegessen habe! Also, woher weiß Magda, dass ich schon wieder Lasagne esse?" „Aber warum macht Magda das? Du hast mir doch erzählt, dass sie euch gegenüber sehr loyal ist und dich zudem sehr mag. Ich meine, das sieht man auch daran, wie sie mit dir und Gerald umgeht! Was hätte sie davon? Ich verstehe es nicht!" „Glaub mir, Mark, ich verstehe es auch nicht, aber Magda gehört zu der Schlange, zu diesem Mistkerl Okko! Sie weiß alles! Obwohl wir niemals in Magdas Gegenwart geredet haben, weiß sie alles. Ich bin mir absolut sicher, dass sie auch weiß, dass du ein Prook bist! Wenn wir über die Unterstützer, über die verdammte Sippe von der verdammten Marie oder über Okko unterhalten haben, muss sie uns irgendwie belauscht haben!" „Dann wissen Marie, Lea und Okko alles über uns Prooks?" Ich schnaufte. „Alles!" Danach ging der Wecker vom Backofen, ich fing an, unsere Pizzen anzurichten, und sagte überzeugt: „Sie werden alle sterben!"

„Dann hast du einen neuen Plan?“ Ich stellte die Pizzen auf den Tisch, setzte mich wieder hin und sagte ernst: „Nein, Mark, keinen Plan. Es wird dir sehr gefallen! Wir werden sofort handeln und alle diese Verdammten umbringen, bis auf Okko!“ Mark grinste. „Du hast recht. Gefällt mir, wie und wann starten wir?“ „Auch am Freitag! Bevor du zu unserem Vater zum Abendessen kommst, wirst du davor Finn und auch Paul töten. Finn geht jeden Tag, außer am Donnerstag, schon bevor der Club öffnet, zwischen 16:00 und 18:00 Uhr ins Dafina. Bis 05:00 Uhr morgens bleibt er im Club. Sein Lebensgefährte Paul, wenn er nicht auf Geschäftsreise ist, ist auch immer im Dafina. In dieser Zeit musst du sie töten und ihre Leichen mitnehmen. Ich glaube nicht, dass das ein Problem für dich ist, oder?“ Mark schüttelte seinen Kopf und ich fuhr fort. „Erst, wenn auch du bei Papa zu Hause bist, werde ich Lea direkt und ohne Vorwarnung mit ihrem Verrat konfrontieren. Wenn sie redet oder auch nicht, werde ich dieses Miststück endgültig töten! Leas, Finns und Pauls Leichen legen wir in den Keller und übergeben sie später an Eduard Brikanu zum Schänden!“ Mark fragte irritiert und besorgt: „Brikanu? Was ist, wenn er redet, dass er mehr Leichen bekommen hat als laut Liste vorgesehen? Und da wäre noch Luci, schließlich meint er, dass sie durch deine Vergewaltigung gestorben ist oder du sie erbarmungslos getötet hast.“

Ich grinste kurz. „Er soll das weiterhin glauben. Glaub mir, er wird nicht reden! Sonst hätte er schon bei Katharina geredet. Zudem hat er mit unserem Vater, warum auch immer, ein sehr nahes und vertrauensvolles Verhältnis. Ich glaube nicht, dass Eduard dies aufs Spiel setzen würde. Schließlich schenke ich ihm auch alle Leichen." „Ich vertraue dir. Wie du meinst." „Die verdammte Marie lassen wir am nächsten Tag erfahren, dass Finn und Paul tot sind. Sie wird sich auf die Suche nach Lea machen. Sie wird glauben, dass Lea bei mir zu Hause ist und noch lebt. Doch bevor sie aus ihrem Haus herauskommt, werde ich vor ihr stehen, ihre verdammte Seele langsam aus ihr herausziehen und dabei endlich meine Antworten bekommen! Okko, dieser Hund wird niemals draufkommen, dass wir Prooks seine Handlanger getötet haben. Also wird er aus seinem Drecksloch herauskriechen, eine komplett neue Gruppe bilden und einen neuen Plan gegen uns schmieden. Doch er wird nicht wissen, dass er diesmal von uns Prooks umzingelt ist und wir uns auf die Lauer gelegt haben!" „Magda?" „Magda, Magda, Magda. Sie gehört unserem Vater, Mark. Er soll mit ihr tun und lassen, was er will! Ich hoffe, er macht es sehr langsam und qualvoll." Mark lächelte mich an und stieß mit seinem Wasserglas an. Das gefiel mir! Danach klingelte es schon, Mark ging aufmachen und mein Vater kam herein, er wirkte wieder kontrolliert, ruhig und klar.

Selbstbewusst stand er vor uns und hatte seine Hände wie immer in die Hosentaschen gesteckt. Da er noch nie bei Mark zu Hause gewesen war, musterte er die Küche. Mark setzte sich wieder hin und aß weiter. Anschließend ging mein Vater zu den Schränken und öffnete sie einzeln, so als würde er nach irgendwas suchen. Mark deutete genervt mit dem Kopf auf ihn. Schmunzelnd aß ich weiter an meiner Pizza und mein Vater fand, was er suchte. Mit einem Whiskyglas, einer Whiskyflasche und einem Glas Wasser in der Hand kam er zu uns zum Küchentisch und stellte alles ab. Während er dies tat, schaute er Mark lässig an, der ihn bockig anstarrte. „Was? Ich bin ein Prook! Oder etwa nicht? Das ist auch mein Haus!“, sagte er und setzte sich selbstbewusst neben mich. Mark drehte seinen Körper noch weiter in meine Richtung. Diese zwei kleinen, großen Männer bescherten mir bei jedem Treffen unvergessliche Momente. Ich liebte ihre gegenseitigen Sticheleien! Fürsorglich schob ich meinen Teller zu meinem Vater und wischte mit der Serviette meine Hände und meinen Mund ab. Mein Vater nahm noch die restlichen Stücke von der Pizza, fing an zu essen und ich erzählte ihm dabei, was wir jetzt alle zu tun hatten! Doch mir ging eines nicht aus dem Kopf:

Obwohl wir jeden beschatteten, wussten wir nicht, wie Magda eigentlich Okko, Lea oder die verdammte Marie kontaktierte? Verdammt noch mal, was ging hier vor?

KAPITEL 44

ÜBERRASCHUNG

Endlich kam der Abend des Spielens! Der Abend der Abrechnung! Der Abend der Befreiung! Der Abend des Tötens! Punkt 18:45 Uhr parkte ich vor der Schneiderei und wartete hoch konzentriert auf Lea. Die verdammte Marie saß in der Schneiderei und schaute zu mir. Von Weitem konnte ich schon ihren verdammten Atem hören, der mich so sehr störte, dass ich kurz mit beiden Händen über meine Ohren streifte, um den Drecksatem von ihr zu ignorieren! Geklappt hat es nicht, gut, dass Lea gleich mal aus dem Haus herauskam und, was soll ich sagen, sie hatte wieder ihr Pokerface auf und sah wie immer atemberaubend aus. Schnell merkte ich, dass Leas Schritte das Atemgeräusch der verdammten Marie überdeckten. Selbstbewusst stieg ich aus und mit schüchternen Blicken kam mir Lea entgegen. Ich begrüßte sie, indem ich ihr einen letzten, langen Kuss auf den Mund drückte und begleitete sie zum Auto. Dabei hielt ich sie an ihrer Taille und öffnete ihr die Beifahrertür. Als ich zur Fahrerseite zurückging, sah ich, wie die alte verdammte Marie mit verschränkten Händen vor der Schneiderei stand und mich mit ihren mürrischen Blicken anstarrte. *So, was hast du vor? Was ist dein Plan?* Lässig blieb ich stehen und begrüßte sie mit einem Kopfnicken. Die verdammte Marie hob ihren Kopf noch höher und setzte wie immer ihren abschätzigen Blick mir gegenüber auf. Während ich einstieg, konnte ich es doch nicht lassen und ärgerte sie, indem ich sie siegessicher angrinste und ihr wie ein Schuljunge zuwinkte. Die verdammte Marie ließ ihre Hände sinken und schaute mich mit dem Na-warte,-dir-werde-ich-es-schon-noch-zeigen-Blick an. Langsam fuhr ich an ihr vorbei und Lea winkte ebenfalls. Mit einem furchterregenden Blick starrte ich sie an.

Bitte schön! Ich bin Michael, die Teufelsbrut! Deine Enkelkinder sind in den Händen von uns Prooks und atmen ihre letzten Atemzüge! Auch deine Zeit läuft. Ticktack! Ticktack! Wer wird euch heute retten, verdammte Marie? Ticktack. Ticktack …

Überglücklich sah ich im Rückspiegel, wie die verdammte Marie eilig in die Schneiderei ging und nach kurzer Zeit schon das Handy von Lea läutete. „Meine Oma", murmelte Lea verwundert. Als sie annehmen wollte, griff ich nach ihrer Hand und wollte sagen, dass sie nicht abnehmen solle, doch Lea hatte es schon am Ohr. „Ja, Oma?" *Miststück!* Leider konnte ich nicht hören, was die verdammte Marie sagte, aber von Leas kurzen, flüchtigen Blicken zu mir, ihrer Mimik und aufgrund ihrer unruhigen Körperhaltung, wusste ich sofort, dass es um mich ging und Lea zum ersten Mal Angst vor mir hatte! Fast vier Minuten lang redete die verdammte Marie und Lea schwieg.

Oh, hast du deinen Plan ändern müssen, alte Frau? Oder sagst du dem bezaubernden Miststück, wie sie sich benehmen soll? Zu spät! Entspannt fuhr ich weiter. „Mach' ich, Oma. Wir sehen uns später", sagte Lea und legte auf. Ich warf einen flüchtigen Blick zu ihr, die jetzt wie erstarrt dasaß und mit einer Hand ihre Handtasche fest umklammert hielt. *Ja, ja. Die solltest du auch haben!* Nach kurzer Zeit wühlte Lea eine Weile in ihrer Handtasche nach irgendwas, hörte dann aber wieder auf. „Arbeitet deine Oma noch so spät?" „Ja, sie wird heute bis spät in der Nacht arbeiten." Danach schaute sie, bis wir bei meinem Vater ankamen, nachdenklich hinaus und sagte nichts mehr. Bei ihm angekommen griff ich nach Leas Arm, um ihr zu sagen, dass wir da sind, doch Lea erschrak und nahm abrupt ihre Hand weg. Hoch konzentriert stieg ich aus. *Warum hast du jetzt so große Angst vor mir, Lea? Du weißt es doch schon lange, dass ich dich heute töten werde? Was hat dir die verdammte alte Frau noch gesagt?* Lea stieg nicht aus. Ich beugte mich vor ins Auto und sah, wie sie noch immer unruhig umherschaute. Mit fragenden Blicken schaute ich sie an. „Ich bin ein wenig nervös, ich komme gleich. Ich trag' mir noch schnell Lippenstift auf." „Brauchst du nicht!", antwortete ich und machte die Fahrertür zu.

Um Lea mehr Zeit zu geben, blieb ich noch kurz stehen und ging danach langsam vor das Auto. Ich bemerkte dabei, wie Lea in ihre Handtasche hineinstarrte. Auf der Beifahrerseite angekommen, wollte ich ihr gerade die Tür öffnen, als Lea erneut erschrak, nicht weiter in ihre Handtasche starrte und die Beifahrertür selbst öffnete. „Ich habe meinen Lippenstift vergessen", sagte sie aufgesetzt, schaute mich dabei nicht an und wir gingen wortlos ins Haus hinein. *Verdammt, was habt ihr vor?* Am großen Esstisch im Wohnzimmer war Magda noch dabei, den Tisch zu decken. Als sie uns bemerkte, schauten sie sich flüchtig an und danach zu mir. *Na, du Hyäne mit dem Schlangenkopf! Wenn du wüsstest, was mein Vater heute mit dir machen wird! Und du, du bezauberndes Miststück. Heute töte ich dich!* Und schon kam auch mein Vater selbstbewusst die Treppen herunter, begrüßte Lea sehr herzlich und sagte, dass Mark noch nicht da sei und wir uns draußen im Garten hinsetzen sollten. Also gingen wir hinaus und setzten uns unter den großen Pavillon. Lea wirkte immer noch gedankenverloren. Wir führten eine oberflächliche Konversation mit Lea, die uns nur Antworten gab und nichts fragte! Immer wieder spielte sie unruhig unter dem Tisch mit ihren Fingern und zappelte mit ihren Füßen. Das fiel meinem Vater ebenfalls auf; er übernahm das Gespräch und musterte Lea dabei. Ich blickte immer wieder ungeduldig und unauffällig auf die Uhr und zum Haus hinüber. *Wo war Mark? Er müsste schon da sein! Warum hatte er Verspätung? War etwas schiefgelaufen? Oder war er vielleicht tot? Mark, wo bist du?*

Mit solchen verängstigten Gedanken schloss ich kurz meine Augen und fing innerlich an zu zählen. Schon bei der Zahl 29 hörte ich endlich die Stimme von meinem Bruder und öffnete überglücklich meine Augen. Ich sah, wie er zu uns rüberkam, doch ich bemerkte auch sofort, dass etwas passiert war. Sein Gang war hektisch und schnell, seine Blicke gingen ebenfalls hektisch zu mir und zu Boden, zudem streifte er unruhig immer wieder über seinen Kopf und sein Gesicht. Mein Vater bemerkte dies auch und stand gleich auf. „Mark ist da, wir können jetzt zu Tisch!" Mark begrüßte uns alle hektisch, aber auch raffiniert mit einem Handschlag und wir gingen hinein. Immer wieder schaute mich Mark an und flüsterte mir bei der ersten Gelegenheit, noch vor dem Esstisch zu: „Finn! Du glaubst nicht, was ich gesehen habe, Michael!" Wir setzten uns an den gedeckten Tisch. Rechts von mir setzte sich Mark hin, links von mir mein Vater und Lea vor mir. Geduldig, nachdenklich und ruhig legte ich meine Serviette auf meinen Schoß und fragte Mark: „Konntest du deine zwei Patienten retten oder sind sie beide tot?", denn ich musste so schnell wie möglich erfahren, ob die zwei noch lebten! Mark wusste exakt, dass ich mit seinen zwei Patienten Finn und Paul gemeint hatte! Er schüttelte den Kopf, wartete kurz und antwortete dann: „Nein, sie sind nicht tot. Sie leben!“ Lea runzelte ahnungslos ihre Stirn, legte ebenfalls ihre Serviette auf den Schoß und trank gleich das Wasser aus, das sie vor sich hatte. *Verdammt, was war da los? Warum hatte Mark Finn und Paul nicht getötet? Hm, egal, Finn und Paul können wir auch später töten. Hauptsache, Lea und Magda sterben nachher!* In dem Moment kam auch Magda, die Hyäne mit dem Schlangenkopf! Je länger ich sie betrachtete, wie sie uns die Steaks auf unsere Teller legte, bemerkte ich tatsächlich, dass sie wie eine Hyäne mit einem Schlangenkopf aussah und musste schmunzeln. So sah kein Mensch aus, nur Magda! Eigentlich wäre es schade, sie zu töten, so ein Unikat! Dennoch wollte ich am liebsten mit dem Steakmesser zuerst ihren Schlangenkopf abtrennen und anschließend ihren Hyänenkörper aufspießen! *Dein Verrat an uns Prooks wird mit dir, du Hyänen-Mutant, und mit euch allen anderen qualvoll enden! Ihr Verdammten!* Mein Vater öffnete derweil die Rotweinflasche, die ich mitgebracht hatte, und schenkte uns allen ein. Lea saß noch immer sehr schüchtern da und lächelte meinen Vater an. „Noch mal, lieben Dank für die Einladung, Gerald.“ Ausdruckslos nickte mein Vater, stellte die Rotweinflasche auf den Tisch und schnitt an seinem Steak. Er war ebenfalls nicht begeistert, dass Finn und Paul noch lebten! Plötzlich stand Mark auf. „Ich richte mir ein Glas Wodka", grummelte er und warf mir einen Blick zu, um mir zu verstehen zu geben, dass ich ebenfalls zu der kleinen Bar kommen solle. „Ich mache mir auch einen Drink", stotterte ich und ging zu Mark. Er richtete uns die Gläser und flüsterte dabei besorgt: „Michael, Finn betrügt Paul. Ich habe gesehen, dass Finn sich mit einem Mann hinter dem Dafina getroffen hat. Sie redeten eine Weile und plötzlich küssten sie sich leidenschaftlich. Zuerst konnte ich den Mann nicht erkennen, doch als es stürmischer zur Sache ging, erkannte ich im Laternenlicht einen der Unterstützer!" Danach wartete er kurz und grinste. „Und es war nicht Okko!" „Wer?" „Arlo!" *Arlo? Wie jetzt? Er wird doch auch beschattet? Was hatte er damit zu tun? Was ging hier vor? Verdammt, wie weit ausgedehnt war Okkos Spinnennetz? War Olaf Svante auch einer der Verräter? Waren vielleicht mehrere oder gar alle im Kunstverein unsere Gegner? Wir, die Prooks gegen den Rest? Doch warum?* „Arlo wird doch beschattet." „Er ist genial, Michael. Nachdem sie sich geküsst hatten, ging Arlo. Ich bin ihm unauffällig gefolgt. Der kleine Fuchs ist vom großen Baum beim Nachbarhaus auf den anderen Baum bei ihnen geklettert und von dort aus in sein Zimmer. Deine Männer meinen, dass Arlo heute den ganzen Abend zu Hause war und Finn nur den Müll rausgebracht hat." *Irgendetwas passiert in den vier Wänden von Familie Svante, dass Arlo sich hinausschleichen muss! Doch schleicht er sich aus dem Haus, um Finn zu sehen oder auch um Okko zu besuchen?* „Verdammt, wir müssen sehr vorsichtig sein, Mark." Mark kratzte sich am Kinn und sah zu Lea. „Was ist mit Lea? Hast du bei ihr etwas bemerkt?" „Ja, sie hat plötzlich Angst vor mir. Ich weiß nicht genau, was da noch kommt. Doch wie gesagt, wir müssen sehr vorsichtig sein." Mark nickte und wir gingen wieder zu Tisch, aßen weiter und unterhielten uns, wie wir uns kennengelernt hatten, über die Arbeit von Lea als Schneiderin, das Haus von meinem Vater und über seinen Beruf als Psychologe. Besser gesagt, wir setzten alle falsche Masken auf! Nach der ersten Flasche Rotwein kam Magda mit einer neuen Rotweinflasche und wollte sie öffnen. Doch plötzlich fragte Lea: „Darf ich sie öffnen? So kann ich auch gleich das Wort ergreifen und mich bei euch richtig vorstellen!" Wir waren etwas überrascht, schauten einander flüchtig an und richteten danach die Blicke auf Lea. Mein Vater nickte und Lea nahm ihre Serviette vom Schoß in die Hand, putzte ihre Mundwinkel ab und legte sie auf den Tisch neben ihr immer noch volles Rotweinglas. Magda gab ihr die Rotweinflasche und stellte sich weiter weg. Danach räusperte Lea kurz, stand auf, öffnete langsam und selbstsicher die Rotweinflasche und schmunzelte dabei. Erhaben blickte sie uns einzeln nach der Reihe an. Die schüchterne, verängstigte und nachdenkliche Lea von vorhin war verschwunden. *Endlich.* Vor mir stand jetzt eine komplett andere, furchtlose, neue Lea.

Sie ging mit der Rotweinflasche zu Mark und blieb seitlich neben ihm stehen. Als sie Mark einschenken wollte, fiel ihr die Rotweinflasche aus der Hand und zerbrach. „Oje, tut mir leid“, flüsterte sie und Magda eilte schon in die Küche. Um uns Prooks wütend zu machen, ließ sie mit Absicht die Rotweinflasche herunterfallen! Da bin ich mir sicher, *dieses Miststück*! Währenddessen wartete sie mit aufrechter Körperhaltung, ja fast mit einer eingebildeten Art auf Magda, die schnell wieder mit einem Tuch zurückkam. *Das Spiel hatte begonnen!* Wir verzogen keine Miene, denn wir wussten und sahen, dass Lea gerade ihre verdammte Maske runtergenommen hatte! *Na also!* Magda fing gleich an, die Scherben wegzuräumen, und Lea sagte: „Ich weiß, dass ihr jetzt etwas irritiert seid, weil ich mich bei euch Prooks richtig vorstellen möchte.“ Danach beugte sie sich zu Mark, legte eine Hand auf den Tisch und die andere auf Marks Schulter und fragte ihn: „Du bist doch ein Prook? Der ältere Bruder von Michael? Oder, Mark?“ Mark drehte wie in Zeitlupe langsam seinen Kopf zu Lea, blickte sie mit hasserfüllten Augen an und sagte nichts. „Michael, er ist doch dein älterer Bruder, oder?“ Ich runzelte kurz die Stirn, starrte Lea tief in ihre Augen und sah das, was ich seit unserer ersten Begegnung immer schon in ihren Augen gesehen hatte. *Dunkelheit! Kälte! Finsternis!* Lea nahm einen langen Atemzug, klopfte ein paarmal auf Marks Schulter, richtete sich auf und kam zu mir.

Wie bei Mark legte sie ihre Hand auf meine Schulter, die andere Hand auf den Tisch und kam mit ihrem Kopf sehr nah an mein Gesicht. Sekunden lang musterte sie mich und starrte auch mir dabei tief in die Augen. „Ihr ähnelt euch nicht, Michael. Weder eure Haare, Augen, Nase noch euer Mund. Nichts! Absolut nichts!“ Danach verschränkte sie ihre Arme, schaute kurz nachdenklich an die Decke und sagte, als wäre sie soeben draufgekommen: „Doch, bei einer Sache ähnelt ihr euch.“ Sie ließ ihre Hände abrupt sinken, deutete abwechselnd zu Mark und mir und ergänzte mit einem aufgesetzten Lächeln: „Ihr seid beide Mörder!“ Kurz blickte ich zu meinem Vater, der sein Kinn mit dem Zeigefinger und Daumen stützte und Lea mit sehr ernstem und bösem Blick beobachtete, die immer noch aufgesetzt lachte. Doch trotzdem saßen wir alle gelassen und ruhig da und ließen Lea machen und vor allem reden. Lea war so von sich überzeugt, dass sie gar keine Ahnung hatte, dass wir Prooks auch über sie Bescheid wussten, denn auf diesen Moment hatten wir schon alle gewartet. Insbesondere ich! *Zeig dein wahres Gesicht, Miststück!* Mich amüsierten diese Schauspielkünste von ihr. Doch obwohl wir Prooks nicht einmal mit der Wimper zuckten, hatten wir alle auch noch ein Adlerauge auf Magda, die immer noch beim Aufräumen war. Endlich stellte Lea ihr Lachen ab, ging zu ihrem Platz und setzte sich hin. „Von wem haben sie das wohl? Natürlich von ihrem Vater! Dem mächtigen Gerald Prook. Dem Strategen. Das sehr schlaue Familienoberhaupt! Alles fällt und steht nur mit einem Wort von ihm! Für seine Söhne, Mark und Michael, würde er alles tun und hat auch alles getan!" Grinsend blickte sie zu meinem Vater und fuhr fort: „Soll ich Ihnen etwas sagen, Herr Prook? Sie sind gar nicht so schlau, wie sie denken!" Mein Vater blieb in der gleichen Körperhaltung sitzen und nickte diesmal lediglich kurz mit seinem Kopf. Anschließend ergänzte Lea, indem sie langsam und deutlich „Mörder" zu ihm sagte. Er ließ sein Kinn los, deutete fragend mit der Hand, wie es jetzt weitergehe, und grinste Lea ebenfalls an. Lea stellte ihr Grinsen ab und stand ruckartig wieder auf: „Sie wollen wissen, was ich noch zu sagen habe? Ach ja, da wäre ja noch Magda." Magda erschrak, stand langsam vom Boden auf, wischte ihre Hände leicht an ihrer Schürze ab und spielte unsicher mit dem Tuch. Lea ging zu ihr, legte ihren Arm um Magdas Nacken, lächelte sie kurz an und schaute mit abwechselnden Blicken zu meinem Vater und mir. „Eure liebe Magda. Die euch Prooks treu ergebene Magda. 30 Jahre lang blind, taub und stumm." Magda stand verwirrt da. Mit durchgehendem Nicken und dem Blick zum Boden kam Lea wieder zum Tisch und blieb stehen. Sie überlegte, wobei sie ihren Kopf seitlich neigte und die Augen verschloss. Mit ihren Fingern tippte sie leicht an ihre Oberschenkel. Nach einer Weile hörte Lea auf mit dem Nicken, ihr Tippen am Oberschenkel wurde schneller, sie öffnete weit ihre Augen, blickte mich todernst an und was danach geschah, übertraf all meine Vorstellungen und das, obwohl ich nach dem Ergebnis der Blutuntersuchung über sie Bescheid wusste. Denn Lea nahm flink das Steakmesser, ging ruckartig zu Magda und stach mit voller Kraft vier Mal auf ihren Körper ein! Wir sprangen von unseren Stühlen auf und schauten einander mit entsetzten Blicken an. Mit dieser Aktion von Lea hatte niemand gerechnet und zum ersten Mal standen wir, die Prooks, kurz schockiert und fassungslos da und beobachteten das Geschehen.

KAPITEL 45

MEINE FINSTERNIS

Magda fiel zu Boden und versuchte zu atmen. „Aber eure liebe Magda ist nicht blind oder taub. Und schon gar nicht ist sie stumm.“ In dem Moment wollte Mark unkontrolliert zu Lea und Magda laufen, um sie beide zu töten, jedoch schrie unser Vater: „Mark. Lass es!“ Ruckartig blieb Mark stehen, hob fragend seine Hände nach oben und starrte ihn zornig an. Mein Vater schüttelte einmal seinen Kopf und gab mit seiner

Hand ein Zeichen, dass wir nichts tun sollten. Also unternahmen wir nichts gegen Lea, die noch immer mit dem Rücken zu uns stand. Magda atmete immer flacher, war schon bleich im Gesicht und blickte schmerzverzerrt mit halb offenen Augen bettelnd zu meinem Vater. Erst als sie nach wenigen Minuten qualvoll vor den Füßen von Lea starb, drehte sie sich wieder zu uns. Wir konnten alle sehen, dass Lea Tränen in den Augen hatte. Zudem konnte ich sichtlich erkennen, dass sie zusätzlich auch entkräftet war. Ausgelaugt, erschöpft und planlos stand sie da und schaute mich mit ausdruckslosem, eiskaltem und Schuld zuweisendem Blick für wenige Sekunden an. Es schmerzte so sehr, dass ich plötzlich spürte, wie mein Herz in tausend Stücke zerfiel. Sie tat mir unendlich leid, denn letztlich war sie die Frau, die ich liebte, die mit einem blutigen Messer in der Hand vor mir stand, die soeben vor meiner Familie und mir zu einer Mörderin geworden war und deren Tränen jetzt über ihre Wangen flossen! Meine Augen füllten sich ebenfalls mit Tränen und ich wusste in diesem Augenblick, dass es für Lea und mich keine Chance mehr gab! Hoffnungslos schloss ich für einen Moment meine Augen und sah danach, wie Lea zu meinem Vater ging. Mark und ich näherten uns ihm beschützend. Ich war bereit, Lea, die Frau, die ich liebte, zu töten, bevor sie unseren geliebten Vater töten konnte! Hoch konzentriert und mit qualvollen

Schmerzen in der Brust wartete ich auf ihr Vorhaben. Für mehrere Sekunden stand sie schweigend vor ihm. Mein Vater inspizierte Lea mit seinen Blicken langsam von oben bis unten. Lea nickte kurz mit ihrem Kopf. „Sie, Herr Prook wollten mich tot sehen, weil sie dachten, dass ich die Verräterin bin! Der eigentliche Verräter war jedoch die längste Zeit direkt vor ihrer Nase! Wie schon gesagt. Sie, Herr Prook, Sie sind nicht schlau!“ Danach schaute sie Mark und mich an. „Und ihr beide seid auch nicht schlau!“ Mein Vater runzelte die Stirn, Lea knallte kraftvoll das blutige Messer auf den Tisch und ergänzte: „Ich stelle mich vor. Ich bin Lea. Eure Beschützerin!“ Für wenige Minuten war es still und man konnte unseren Atem laut hören. Sie starrte meinen Vater lange an und setzte sich anschließend wieder hin. „Und jetzt? Was geschieht als Nächstes? Du hast uns neugierig gemacht, Lea. Du bist unsere Beschützerin?“, fragte mein Vater und setzte sich ebenfalls hin. Lea hob erzürnt ihren Kopf hoch, blickte meinen Vater vorwurfsvoll an, griff in ihre Handtasche, holte einen kleinen Stapel Zettel heraus und legte sie vor ihm hin. „Ich habe noch sehr viele davon, Herr Prook! Lesen Sie sie, wenn Sie die Wahrheit wissen wollen!“ Nach kurzer Überlegung setzte mein Vater seine Brille auf, las hoch konzentriert und blickte immer wieder erstaunt zu Lea. Doch bei dem letzten Brief stand er plötzlich auf, eilte in die Küche und kam mit einem Zettel wieder zurück.

Während Mark und ich unseren Vater beobachteten, sah ich vom Augenwinkel, wie Lea mich wütend anstarrte. Dennoch blickte ich nicht zu ihr und verzog auch keine Miene. Mein Vater blieb direkt neben mir stehen, nahm seine Brille ab und legte mir die Briefe hin. Mark kam noch näher zu mir, beugte sich vor, mein Vater setzte sich nachdenklich wieder hin und verhakte seine Finger ineinander. Langsam nahm ich die Briefe in die Hand und mein Vater nickte mir zu, dass ich sie auf jeden Fall jetzt lesen solle. Manche geschriebenen Zeilen in den Briefen erschütterten mich!

„Voller Sehnsucht und unter Tränen schreibe ich dir mit zittriger Hand diese Zeilen. Ich konnte endlich aus den Fängen von Wuschmat fliehen. Zum Glück werden meine Albträume immer weniger. Ich träume nicht mehr jede Nacht von diesem abscheulichen Mann, der mich auf menschenunwürdige Art täglich an so viele Männer verkaufte. Dies verdanke ich nur Gerald und Katharina …“

„Michael ist so ein schlauer, süßer und braver Junge. Einmal im Monat mache ich ihm sein Lieblingsessen – Lasagne, aber Äpfel mag er noch immer nicht. Auch wenn ich sie ihm heimlich unterjubelte, er merkt es gleich. Wenn ich ihn ab und zu beobachte, bricht es mir das Herz, denn ich weiß, dass er einmal ein Mörder sein wird. Dieser Lauser ist mir sehr ans Herz gewachsen …“

„Es ist passiert! Michael ist jetzt ein Mörder. Er hat seinen besten Freund Simon getötet. Dies hörte ich von seinen Eltern, als sie stolz über ihn redeten …“

„Als ich nach unserem Treffen mit dir nach Hause kam, stellte ich entsetzt fest, dass Michael alles im Haus kaputt geschlagen hatte. Er hatte einen Nervenzusammenbruch, denn Gerald sagte ihm, dass seine Mutter bei einem Autounfall gestorben sei. Jedoch weiß der kleine Junge nicht, dass seine Mutter ihn die Nacht zuvor töten wollte und sein Vater deswegen Katharina getötet hatte …“

„Michael ist der neue Anführer und er tötet immer noch weiter und weiter und das mit einer nie gesehenen Skrupellosigkeit …“

„Wenn du diese Zeilen liest, möchte ich, dass du so schnell wie möglich handelst! Ich weiß, dass wir uns nur in äußersten Notfällen treffen können, selbst, wenn ich, wie beim letzten Mal wegen deiner Erkältung, dabei krank werde …“

„Nehmt euch von dem neuen reichen Kunden in Acht! Er ist einer der gefährlichsten Männer und ist auch in diesem Kreis, der die Prooks unterstützt. Ich bat heimlich einen seiner Männer, als sie Belindas Leiche entsorgten, mich Okko vorzustellen. Denn ich habe auch mitbekommen, als seine zwei engsten Mitarbeiter über Okko redeten, dass dieser einen großen Groll Michael gegenüber hegt. Endlich und nach langem Warten auf Okkos Antwort habe ich ein Treffen mit ihm. Dies mache ich

nur für euch. Für Lea …"

„Sie glauben, dass du und Lea die Verräter seid! Die Prooks schmieden Pläne gegen euch. Sie werden euch töten. Bedenke, sie sind jetzt zu dritt, denn der nette Mark ist ebenfalls Geralds Sohn!"

„Die Prooks sind immer noch überzeugt, dass Lea und du die Verräter seid! Ich hörte die Brüder am Brunnen reden. Michael sagte, dass er Lea persönlich an dem Tag töten werde, an dem er sie seinem Vater vorstellt. Doch ich werde stets da sein, um Lea zu beschützen, und wenn es sein muss, werde ich für euch die Prooks töten, das heißt auch meinen kleinen Lauser Michael!"

Beim Lesen bemerkte ich gar nicht, dass ich meine Atmung eingestellt hatte. Ich machte eine kurze Pause, atmete tief ein und mit Entsetzen las ich den weiteren Brief, denn ich konnte meinen Augen nicht trauen, was ich da in den Zeilen las!

„Ich muss mich so beherrschen, da ich Lea nicht jedes Mal lange genug umarmen kann, wenn ich auf sie treffe. Am liebsten will ich ihr sagen, in was für einer großen Gefahr sie ist und ihr alles erzählen. Aber jedes Mal schreibst du mir, dass ich dies nicht darf, doch wann, sag Marie, wann darf ich es ihr erzählen?"

„Warum schaffst du es nicht, Lea von Michael fernzuhalten und obwohl ich dir gesagt hatte, dass Okko besser für Lea wäre, hast du aufgehört, sie weiter einander näherzubringen. Und du hast recht, Marie! Ich kann mich erinnern, Lea schaut wie

unsere Mutter aus, wenn sie traurig ist …"

Fassungslos blickte ich zu Lea, die mich weiterhin wütend anstarrte und nachher zu meinem Vater, der immer noch nachdenklich dasaß. Mark legte seine Hand auf meine Schulter und sagte leise: „Michael!" Bevor ich weiterlas, legte ich die Briefe wieder hin und streifte mit beiden Händen immer wieder über mein Gesicht, denn mir ging nur eines durch den Kopf - *Lea hatte soeben ihre Großtante getötet! Wieso? Was zum Teufel passierte hier gerade?* Danach setzte ich mich hin, verhakte wie mein Vater meine Finger ineinander, stützte dabei mein Kinn und blickte ausdruckslos zu Lea. Es war erneut für einen kurzen Moment still zwischen uns! „Ihr habt richtig gelesen, Magda ist, war meine Großtante! Ich habe es dank dir vor Kurzem erfahren, Michael." „Mir?" „An jenem Tag, als du die leere Kuchenbox in die Schneiderei zurückbrachtest, hast du mit meiner Oma geredet. Ich habe alles gehört, Michael, wie meine Oma dich als Mörder bezeichnet hatte und wie du das bestätigt hast! Auch wie ihr einander bedroht habt!" „Du kannst es nicht gehört haben! Denn du warst nicht da!" Lea schmunzelte und kam mit ihrem Oberkörper vor. „Doch! Ich war da, Michael! Kurz nach dem Besuch in der Bäckerei musste ich wieder zurück in die Schneiderei, doch du und meine Oma, ihr wart so mit euch beschäftigt, dass ihr mich gar nicht am Eingang gesehen habt! Mit deiner bedrohlichen Körperhaltung standest du halb verdeckt vor meiner Oma. Ich bekam ein mulmiges Gefühl, also ging ich leise vom Haus in die Schneiderei hinein. Ich habe euch gehört, Michael! Ich war da! Direkt vor dir! Uns trennte nur ein Vorhang!" Ich verzog wie immer keine Miene, denn ich war am Überlegen. *War Lea wirklich da? Stimmt das, was sie erzählte, oder hatte die verdammte Marie ihr alles erzählt? Aber Moment mal, als ich sie aus der Bäckerei rauszerren wollte, war sie nicht da! Was jetzt?* Lea wurde ernst, erzählte traurig, aber auch gefasst weiter: „Wie du weißt, glaube ich weder an Zufälle noch an Schicksal, denn der kleine Sohn meiner Freundin hat an diesem Tag für sich selbst, seine Mutter und vor allem für mich entschieden, als wir in der Bäckerei saßen. Denn sie bekam, kurz nachdem wir unseren Kaffee bekommen hatten, einen Anruf, dass ihr kleiner Sohn, trotz Verbot auf einen Baum geklettert und dabei abgestürzt war. Wäre er nicht auf den Baum geklettert, wäre meine besorgte Freundin nicht bei einem Autounfall auf dem Weg ins Krankenhaus gestorben, ihr Sohn wäre jetzt keine Halbwaise und ich hätte euch nicht gehört und erfahren, dass du ein Mörder bist!" Danach wurde Lea kurz still, atmete tief ein und aus und erzählte weiter: „An diesem Tag wusste ich, dass ich mich nicht nur in einen gut aussehenden, gebildeten Charmeur, sondern auch in einen skrupellosen Mörder verliebt hatte. Ab dem Moment verstand ich, warum meine Oma nicht wollte, dass wir zwei zusammen sind! Und schlagartig fielen mir auch deine Tötungsversuche ein. Wie oft du mich hattest töten wollen, es aber nicht konntest. Doch von wo oder durch wen wusste meine Oma, dass der Mann, der in mein Leben getreten war, ein Mörder ist? Still und heimlich durchwühlte ich ihre Sachen und verfolgte auch meine Oma. Bis ich irgendwann merkte, dass sie in der Bäckerei, zwei Mal in der Woche nicht nur Kaffee trinken ging, sondern dort Briefe entgegennahm, sie dort las und danach versteckte. Als ich irgendwann draufkam, wo meine Oma die Briefe und auch Fotos versteckte, las ich sie alle heimlich und legte sie dann wieder zurück. So erfuhr ich nicht nur, dass Magda, eure Haushälterin, meine Großtante war, sondern auch, dass du mich heute Abend töten wolltest!“ Ungläubig schüttelte ich meinen Kopf. Lea kniff leicht ihre Augen zusammen und ich fragte: „Warum hast du sie getötet? Nur weil sie uns Prooks verraten hat oder uns töten wollte? Vielleicht hätte sie es nicht getan? Wie konntest du dir da so sicher sein? Das glaube ich dir nicht, Lea.“ „Du hast den letzten Brief nicht gelesen, Michael! Lies auch den letzten Brief!“ Ich überlegte und nahm den letzten Brief, der ganz unten im kleinen Stapel lag.

„Es ist so weit! Michael möchte Lea, Gerald vorstellen! Und das Treffen mit Okko hat auch noch nicht stattgefunden! Bitte,

Marie, sie soll auf keinen Fall hierherkommen! Sie wird sterben! Michael wird sie höchstpersönlich töten. Sag ihr endlich die Wahrheit und auch, dass die Prooks Mörder sind und ich ihre Großtante bin! Wenn sie doch zu diesen Mördern kommt, werde ich in Leas Nähe sein und bevor sie Lea töten können, werde ich die Prooks mit einer Flasche Rotwein vergiften, gleich danach Lea alles erzählen und mit ihr fliehen …

Erschüttert, dass Magda uns alle drei hatte töten wollen, wurde mir auch gleichzeitig und schlagartig etwas klar! Abrupt blickte ich zu Lea und wusste endlich, warum sie so kalt, dunkel, schwarz, düster und finster war! Denn ihre Augen spiegelten den kalten, schwarzen, düsteren Michael! *Mich!* Sie liebt mich ebenfalls und das, seit dem Tag, an dem sich unsere Seelen das erste Mal begegneten! Plötzlich stand mein Vater auf, verhakte seine Hände hinter seinem Rücken und fragte Lea grinsend: „Wenn du angeblich schon unsere Beschützerin bist, dann sag uns, warum du Michael oder uns Prooks nicht viel früher davor gewarnt hast, dass Magda uns heute Abend vergiften wollte! Und da du auch noch so redselig bist, erzähle uns auch etwas über Okko, denn du verstehst dich schließlich sehr gut mit ihm! Oder nicht?“ Lea wurde wütend, drehte schnell ihren Kopf zu meinem Vater und antwortete: „Wie es in den Briefen steht, wussten und wissen wir immer noch nicht, dass Okko ein gefährlicher Mann ist! Und ja, wir verstehen uns gut

mit Okko, jedoch wissen weder meine Oma noch ich, was ihr unter einem gefährlichen Mann versteht und in welchem Zusammenhang er zu euch Prooks steht! Auf die Frage Herr Prook, warum ich Michael nicht viel früher gewarnt habe, kann ich nur sagen, dass ich es auch erst kürzlich erfahren habe, dass meine Großtante euch alle heute Abend vergiften wollte!"
Auf die Antwort von Lea lachte mein Vater lautstark. „Angenommen, das, was du erzählst, ist die Wahrheit, was ich dir nicht glauben kann, dann bist du sehr mutig, Lea, dich ganz allein vor drei skrupellosen Mördern hinzusetzen", sagte er todernst und starrte sie grinsend an. Lea fing plötzlich an zu lachen, bedeckte dabei ihr Gesicht, schüttelte ungläubig den Kopf und mit wütendem und todernstem Gesichtsausdruck sagte sie siegessicher: „Wer sagt, dass ich allein bin, Herr Prook?" Plötzlich schaute Mark unruhig um sich, um herauszufinden, ob jemand kam oder bereits da war. Mein Vater trat beschützend zu mir. Ich hingegen blieb sehr ruhig, denn ich wusste, wen sie damit gemeint hatte! Lea griff erneut in ihre Handtasche, holte einen zusammengefalteten Zettel heraus und legte ihn vor mir auf den Tisch. „Ich bin nicht allein. Wir sind zu dritt!" Mark kam noch näher zu mir und ich blickte nicht einmal auf den Zettel! *Aber Moment mal! Lea sagte zu dritt! Ich dachte, sie sind zu zweit! Verdammt!* Mit Herzrasen nahm ich den Zettel und während ich ihn öffnete, kam mein Vater auch näher

zu mir und mit Entsetzen starrten wir auf den Zettel. *Verdammt, Lea hatte recht. Sie waren tatsächlich zu dritt!* Schlagartig ging mein Vater von mir weg, setzte sich hin und blickte nachdenklich in die Leere. Mark starrte wie eine Statue noch etwas länger auf den Zettel und hielt dabei seinen Kopf. Wie ferngesteuert nahm mein Vater seine Serviette, blickte mich an und putzte dabei das blutige Messer sorgfältig ab. Ich saß immer noch fassungslos da und wusste ganz genau, dass, auch wenn Lea nicht an Schicksal glaubte, ich es trotzdem tue, denn zwischen ihr und mir wurde nicht nur von meinem Vater, sondern auch vom Schicksal ein unsichtbares Band verknotet, das uns aneinander geschnürt hatte! Denn letztlich starrte ich immer noch nicht nur fassungslos, sondern auch mit Freude meine Zwillinge an! Danach sah ich zu Lea, die nickte, und genau in diesem Moment erkannte ich auch, was das Licht in ihren Augen war. *Lea!* Sie liebte mich so sehr, dass sie sogar für mich töten würde, egal, wer vor ihr stand, nur um mich und die zwei Menschen, die ich liebe, die Prooks, zu beschützen! *Lea! Ich werde dich in mein Leben hineinsaugen! Ich werde dir die Welt von Michael Prook zeigen und, wenn nötig, auch alles beibringen! Ich werde dich beschützen, denn du trägst das kostbarste Gut in dir. Mein Blut! Aber Lea, wenn du doch mit Okko einen gemeinsamen Plan gegen mich geschmiedet hast, werde ich, bevor du noch deine Wehen bekommst, meine Kinder qualvoll aus dir rausholen und dich in deinem eigenen Blut ertränken! Aber Moment mal!*

KAPITEL 46

ABER MOMENT MAL

Nein! Nein! Nein! Das konnte nicht wahr sein! Nein! Wie von Sinnen sprang ich urplötzlich vom Stuhl auf, schaute mit schnellen Blicken abwechselnd zu Mark und meinem Vater, die mich verwundert anschauten. „Verlasst auf keinen Fall das Haus! Lasst auch Lea nicht aus dem Haus, bis ich komme! Ich erkläre es euch später!", schrie ich und eilte los. Ich hörte nur noch Mark und meinen Vater, die mir nachschrien. Gerade als ich rausging, passierte mir fast ein schrecklicher Fehler. Ich vergaß das Bedeutendste und das Allerwichtigste in meinem Leben! Schnell rannte ich wieder zurück. Mein Vater, Lea und Mark standen immer noch verwirrt und unverändert da. Ich blieb direkt vor meinem Bruder stehen, hielt ihn am Nacken, zog ihn zu mir und flüsterte ihm ins Ohr. Mark wich schockiert zurück und schaute mir den Tränen nah in die Augen. Wortlos nickte ich einmal und gab ihm einen Kuss auf die Stirn. Anschließend eilte ich wieder hinaus, stieg ins Auto und fuhr wie ein Wilder los. *Wie konnte ich nur durch meinen Hass, Wut und Zorn so blind sein? Ich bekam doch die Hinweise! Und das immer wieder! Es war jedes Mal vor meinen Augen und Ohren! Verdammt, verdammt, verdammt!* Als ich ankam, parkte ich direkt schräg vor der Schneiderei. Wutentbrannt stieg ich aus dem Auto, schlug die Autotür zu und eilte zur Schneiderei. Mit festem Griff öffnete ich die Tür und sah, dass Marie hinten am Schneiderstuhl saß und nicht überrascht war, dass ich da war. Es sah sogar danach aus, als ob sie schon auf mich gewartet hätte. Mit schnellen Atemzügen und Schritten ging ich zu ihr und schaute sie zornig an. Sie lehnte sich emotionslos zurück, musterte mich eine Weile von oben bis unten, stand danach auf und nahm die große Schere, die auf dem Nähtisch lag. Mit langsamen Schritten kam sie näher zu mir und sagte währenddessen mit erhobenem Haupt: „Ich habe schon auf dich gewartet!" Als sie direkt vor mir stand, blickte sie mir abwechselnd in die Augen, legte die Scherenspitze seitlich fest an meinen Hals und drückte sie hinein. Furchtlos hob ich meinen Kopf höher, kontrollierte wieder meinen Atem und drückte nicht nur mit meinem Hals, sondern auch mit meinem Oberkörper dagegen. Marie nickte zufrieden, sah nach einer Weile auf meinen Kragen, nahm sehr langsam die Scherenspitze, die schon in meiner Haut steckte, von meinem Hals weg und schnitt einen kleinen Faden von meinem Kragen ab. Sie starrte den kaum sichtbaren Faden lange an, spielte zwischen ihrem Daumen und Zeigefinger damit und hauchte ihn anschließend weg. Siegessicher legte sie die Schere zurück auf den Tisch und starrte mich erneut mit verschränkten Armen an. Immer noch wutentbrannt nahm ich einen tiefen und sehr langen Atemzug und sagte nach einer Weile: „Als du in meiner Praxis warst, hast du mir nicht irgendeine Geschichte, sondern mit versteckten Botschaften die Realität erzählt. Es ging dabei um Finn, Paul, Lea, dich, mich und den Verräter! Der Junge war Finn, seine Freundin war Paul, die Mutter warst du, der Bruder des Jungen war Lea. Du hast mich zwei Mal gefragt, wer ich bin, und ich sagte dir, dass ich der Teufel bin, jedoch fragtest du mich, wer ich in der Geschichte war! Die richtige Antwort wäre gewesen: das skrupellose Mädchen! Doch viel wichtiger war, wer war die Geliebte des Jungen? Es war Arlo! Du wolltest mich auf Arlo aufmerksam machen! Und die kurzfristige Einladung zum Abendessen! Du wolltest, dass ich schnell handle. Versteckt sagtest du mir, dass du angeblich meinen Lieblingskuchen gebacken hättest. Doch ich habe dich nicht verstanden, deswegen warst du sehr wütend auf mich, und nicht, weil ich dir gedroht hatte. Du wolltest mich auch dort aufmerksam machen, und zwar auf Magda, deine Schwester!“ Danach senkte ich fassungslos meinen Kopf und schüttelte ihn. Mit einem ungläubigen Blick, einem unkontrollierten kurzen Lächeln und noch immer mit Wut auf mich selbst, fuhr ich fort: „Auch wusstest du von Anfang an, dass Lea deine Briefe liest. Den letzten Brief, dass

Magda uns Prooks mit der Weinflasche vergiften wolle, hast du, ohne ihr Wissen, in Leas Handtasche gelegt und sie danach angerufen, damit sie ihn lesen konnte, was sie auch schnell im Auto tat. Doch was hast du ihr bei dem langen Telefongespräch noch alles erzählt?" Marie beugte sich zum Nähtisch, nahm ein kleines Tuch, streckte es mir entgegen und deutete dabei auf meinen Hals. Ich wusste, was sie meinte, denn ich hatte schon gespürt, dass ein warmer Blutstropfen langsam meinen Hals hinunterlief. Ich nahm das Tuch, wischte mein Blut ab und schaute es an. „Zuerst wolltest du, dass Lea mit Okko zusammenkommt, doch als du erfahren hast, dass er nicht nur einer unserer Unterstützer ist, sondern auch ein Verräter, hast du es gelassen. Lieber wolltest du Lea mit einem Mörder, den du nicht magst, zusammen sehen. Mit mir!" *Wie konnte ich nur so blind sein? Warum ließ ich mich durch meine Gefühle kontrollieren und hörte dieser alten Frau nicht einmal zu? Warum bemerkte ich nicht, was sie mir zu sagen versuchte?* Ich streifte sehr langsam über meine Haare, schaute eine Weile umher und stand mit einem glasklaren Gedanken vor Marie, die mich langsam anlächelte. Todernst fragte ich: „Du wolltest niemals, dass ich mich von Lea fernhalte! Sag schon, Marie! Warum beschützt du mich?"

Sie wollen wissen, wie es weiterging?

Ich melde mich wieder…

Über die Autorin

Arzu ist ein Freigeist
und folgt keinem Klischee.

Sie steht nicht gern im Fokus.

Ihre Bücher
hält sie bewusst Schwarz.

Sie hat Höhen und Tiefen durchlebt.
„Doktor Michael Prook“
ihr Debüt-Buch,
verhalf ihr aus letzterem.

Mit ihrer neugewonnenen Energie
möchte sie Menschen erreichen.

Printed in Poland
by Amazon Fulfillment
Poland Sp. z o.o., Wrocław

34671303R10253